KB181556

이스탄불 이스탄불

Istanbul Istanbul by Burhan Sonmez
Copyright © Burhan Sonmez – Kalem Agency

Korean translation copyright © 2020 Taurus Books
Published in agreement with Kalem Agency through Greenbook
Literary Agency.

이 책의 한국어판 저작권과 판권은 그린북저작권에이전시
영미권을 통한 저작권자와의 독점 계약으로 황소자리 출판사에 있습니다.
저작권법에 의해 한국 내에서 보호를 받는 저작물이므로
무단 전재와 무단 복제, 전송, 배포 등을 금합니다.

부르한 쇤메즈 | 고현석 옮김

황소자리

지하감옥 배치도

차례

학생 데미르타이의 이야기

철문

"실은 긴 얘기지만 짧게 할게요. 이스탄불에 그렇게 눈이 많이 온 적은 없을 거예요. 한밤중에 수녀 두 명이 안 좋은 소식을 전하기 위해 카라쾨이의 성 조지 병원을 출발해 파두아의 성 안토니오 성당으로 가고 있었어요. 처마 밑에 새 수십 마리가 죽어 있는 것이 보였어요. 그때는 4월이었는데, 유다나무 꽃들은 얼어서 갈라지고 면도날처럼 날카로운 바람 때문에 거리에 돌아다니는 개들은 추위에 진저리를 칠 정도였어요. 의사 아저씨, 4월에 눈이 온 적 있다는 걸 아세요? 실은 긴 얘기지만 짧게 할게요. 눈보라를 맞으면서 구르고 넘어지던 수녀 중 한 명은 젊은 수녀였고, 나머지 한 명은 나이가 든 수녀였어요. 수녀들이 갈라타 탑에 거의 도착했을 때 젊은 수녀가 같이 가던 나이든 수녀에게, 어떤 남자가 계속 자신들 뒤를 따라 언덕을 올라오고 있다고 말했어요. 나이든 수녀는 이렇게 깜깜하고 눈보라가 치는데 남자가 따라오는 이유는 하나밖에 없을 거라고 말했어요."

멀리서 철문 소리가 들리자 나는 이야기를 멈추고 의사를 쳐다보았다.

감방은 추웠다. 내가 의사에게 이야기를 하는 동안 이발사 카모는 콘크리트 바닥에 오그리고 누워 있었다. 덮을 것이 없었으므로 우리는 강아지처럼 서로의 몸을 붙여 온기를 유지해야만 했다. 며칠 동안 시간이 멈춰져 있었기 때문에 우리는 낮인지 밤인지조차 분산을 할 수 없었다. 고통이 무엇인지는 잘 알았다. 매일매일 고문을 당하러 끌려갈 때마다, 우리는 심장을 조여오는 공포를 새롭게 겪어내고 있었다. 끌려가는 짧은 순간 동안 우리는 고통 당할 준비를 했다. 인간과 동물, 정상인과 미친 인간, 천사와 악마는 모두 똑같은 것이었다. 철문 삐걱거리는 소리가 복도에 울려 퍼지자 이발사 카모가 일어나 앉아 말했다. "날 끌고 가려고 오는 거야."

일어나 감방 문으로 가서 작은 쇠창살 사이로 밖을 살펴보았다. 철문 쪽에서 누가 오는지 알아내려고 안간힘을 쓰고 있을 때 복도에 불이 들어와 눈이 부셨다. 아무도 없었다. 아마 그들은 입구에서 기다리고 있었을 것이다. 불빛 때문에 잘 안 보여 눈을 깜빡거렸다. 맞은편 감방을 흘깃 보았다. 상처 입은 동물처럼 그들이 내던져 놓은 여자가 죽었는지 살았는지 궁금했다.

복도에서 나던 소리가 잦아들자 나는 다시 앉아서 발을 의사와 이발사 카모의 발 위에 올려놓았다. 우리는 맨발을 서로 더 바짝 붙여 온기를 유지하려 애썼고, 입에서 나오는 뜨거운 바람을 서로의 얼굴 가까이에 계속 뿜어 주었다. 기다리는 데도 일종의 기술이 필요했다. 우리는 아무 말도 하지 않은 채 벽의 반대편에서 들려오는 아주 작은 짤랑 소리와 덜커덕 소리에 귀를 기울였다.

내가 이 감방에 처음 들어왔을 때 의사는 갇힌 지 2주째였다. 그때 나는 온몸이 피투성이였다. 다음날 깨어보니 의사가 계속 내 상처를 봐주고 있었다. 또 자기 윗옷을 나한테 덮어주기도 했다는 걸 알게 됐다. 매일 다른 심문조가 우리 눈을 가려 어디론가 데려가고 몇 시간 뒤 의식이 반쯤 나간 상태의 우리를 감방으로 돌려보냈다. 하지만 이발사 카모는 사흘 동안이나 불려가지 않고 대기 상태로 있었다. 이발사 카모는 이 방에 들어온 뒤로 한 번도 심문 받으러 끌려가지 않았고, 그들이 이름을 부른 적도 없었다.

가로 1미터 세로 2미터 크기 감방은 처음에는 좁아 보였지만 우리는 곧 익숙해졌다. 바닥과 벽은 콘크리트, 문은 주철로 돼 있었다. 방에는 아무것도 없었다. 우리는 바닥에 앉아 있었다. 다리가 저리면 일어나서 감방 안을 걸었다. 가끔 멀리서 비명 소리가 들려올 때면 우리는 고개를 들어 복도에서 들어오는 희미한 불빛에 서로의 얼굴을 살펴보았다. 우리는 잠을 자거나 얘기를 하면서 시간을 보냈다. 항상 추웠고 날이 갈수록 우리는 수척해졌다.

녹슨 철문이 삐걱대는 소리가 다시 들렸다. 심문자들은 아무도 내려가지 않았다. 확인하기 위해 우리는 귀를 기울이며 기다렸다. 철문이 닫히자 소리는 더 이상 들리지 않고 복도는 다시 텅 빈 상태가 됐다. "빌어먹을 놈들이 나를 안 끌고 갔군. 아무도 안 끌고 갔어." 이발사 카모가 한숨을 쉬면서 중얼거렸다. 고개 들어 어두운 천장을 쳐다보던 그는 다시 몸을 웅크리고 바닥에 누웠다.

의사는 내게 하던 얘기를 계속 해보라고 재촉했다.

"수녀 두 명이 눈보라를 맞으며 가고 있었는데," 이야기를 시작하자마자 이발사 카모가 내 팔을 갑자기 움켜잡았다. "이봐, 꼬마. 그 얘기 말고 다른 재미있는 얘기는 없나? 이 바닥도 이렇게 빌어먹을 정도로 추워서 얼어죽을 지경인데 꼭 눈보라치는 얘기를 해야겠어?"

이발사 카모는 우리를 친구로 생각했을까, 적으로 생각했을까? 지난 사흘 동안 자기가 자면서 고래고래 소리를 질렀다고 우리가 얘기해서 화가 난 걸까? 그래서 우리를 그토록 경멸하는 눈으로 노려본 걸까? 그들이 이발사 카모의 눈을 가리고 끌고 가 몸을 만신창이로 만들었다면, 양팔을 묶어 몇 시간 동안 매달아 놓았다면, 이발사 카모는 우리를 믿었을지도 모른다. 사실 그는 우리가 하는 말과 우리의 두들겨 맞은 몸을 견뎌내는 것만으로도 힘들었던 것이다. 의사는 이발사 카모의 어깨를 살짝 두드리며 "잘 자게, 카모."라고 말했다. 다시 누우라는 뜻이었다.

나는 다시 이야기를 시작했다. "이스탄불이 그렇게 더웠다는 것을 아는 사람은 아무도 없을 거예요. 실은 긴 얘기지만 짧게 할게요. 한밤중에 수녀 두 명이 좋은 소식을 전하기 위해 카라쾨이의 성 조지 병원을 나와 파두아의 성 안토니오 성당으로 출발했을 때였어요. 수십 마리 새들이 처마 밑에서 즐겁게 지저귀고 있었지요. 유다나무의 꽃봉오리들은 한겨울인데도 꽃을 피우려고 했고, 길거리의 개들은 더워서 녹아 증발할 지경이었어요. 한겨울인데 사막처럼 찌는 듯이 덥다는 얘기를 들어본 적 있어요? 실은 긴 얘기지만 짧게 할게요. 그렇게 강렬한 더위 아래 비틀비틀 걷던 수녀 중 한 명은 젊은 수녀였고, 다른 한 명은 나이가 든 수녀였어요. 수녀들이 갈라타 탑에 거의 도착했을 때 젊은 수녀가 같이 가던 나이든 수녀에게, 어떤 남자가 계속 자신들 뒤를 따라 언덕을 올라오고 있다고 말했어요. 나이든 수녀는 어둡고 인적이 없는 거리에서 남자가 따라오는 이유는 하나밖에 없을 거라고 했어요. 강간하기 위해서라는 거지요. 수녀들은 조마조마한 마음으로 언덕을 올라갔어요. 사람이라곤 한 명도 보이지 않았어요. 갑자기 닥친 더위로 사람들은 갈라타 다리로 몰려가 금각만 해변에서 햇볕을 쪼였고, 늦은 밤이 되자 거리에는 사람이 아무도 없었던 거지요. 남자가 점점 더 가까이 다가오고 있어서 언덕 꼭대기에 도착하기 전에 잡힐 것 같다고 젊은 수녀가 말했어요. 나이든 수녀는 뛰자고 했어요. 긴 치마와 거추장스러운 의복이 방해가 됐지만 수녀들은 간판가게, 음반가게, 서점을 지나 전속력으로 질주했어요. 가게는 전부 문을 닫은 상태였어요. 젊은 수녀가 뒤를 돌아

보더니 남자도 뛰고 있다고 말했어요. 수녀들은 벌써 숨이 차고 등에서는 땀이 흘러내렸어요. 남자가 따라잡기 전에 둘로 갈라지자고 나이든 수녀가 말했어요. 적어도 한 명은 도망칠 수 있다는 계산이었지요. 수녀들은 갈라져 다른 길로 뛰기 시작했어요. 앞으로 어떤 일이 닥칠지 모르는 상태로 말이지요. 젊은 수녀는 뛰면서 뒤를 돌아보고 싶었어요. 젊은 수녀는 성경에 나오는 이야기를 생각했어요. 멀리서 도시를 마지막으로 보기 위해 뒤를 돌아보던 사람들의 운명을 맞지 않기 위해 좁은 거리에서 앞을 보며 계속 달렸어요. 젊은 수녀는 어둠 속에서 계속 방향을 바꾸면서 달렸어요. 오늘은 저주받은 날이라는 사람들의 말이 맞았어요. 한겨울의 무더위를 재앙의 전조로 받아들인 무당들이 TV에 나와 떠들었고, 길거리 건달들은 하루 종일 깡통을 두드려 댔지요. 잠시 후 젊은 수녀는 자기가 뛰는 소리밖에는 안 들린다는 것을 깨닫고 구석에서 속도를 낮췄어요. 낯선 거리에서 벽에 기댄 젊은 수녀는 길을 잃었다는 생각을 했어요. 거리에는 아무도 없었어요. 발치에서 뛰어다니는 개와 함께 젊은 수녀는 아주 천천히 벽을 따라 살금살금 걸어갔어요. 실은 긴 얘기지만 짧게 할게요. 젊은 수녀가 파두아의 성 안토니오 성당에 도착해 보니 나이든

수녀는 없었어요. 자신이 당한 불행에 대해 얘기해 성당을
시끄럽게 만들 시간이 없었어요. 사람들이 나이든 수녀를
찾아 막 나서려고 할 때 문이 열리고 나이든 수녀가 흐트
러진 머리로 숨을 헐떡거리며 들어섰어요. 나이든 수녀는
의자에 주저앉아 숨을 고르고 물 두 잔을 마셨어요. 젊은
수녀는 너무나 궁금해 나이든 수녀에게 자초지종을 물었어
요. 나이든 수녀는 거리 여기저기를 뛰어다녔지만 남자를
따돌릴 수는 없다고 말했어요. 어차피 도망칠 수 없다는
것을 알게 된 거지요. 젊은 수녀는 그래서 어떻게 했느냐
고 물었어요. 나이든 수녀가 길거리 구석에 멈춰 섰고 그
남자도 멈춰 섰어요. 그리고 무슨 일이 일어났을까요? 나
이든 수녀는 치마를 위로 걷어올렸어요. 그리고 어떻게 됐
을까요? 남자가 바지를 내렸지요. 그러고 나서는? 나이든
수녀가 다시 도망치기 시작했어요. 어떻게 됐겠어요? 빤하
지요. 치마를 걷어올린 여자가 바지를 내린 남자보다는 빨
리 뛰지 않겠어요?"

　이발사 카모는 누운 채로 웃기 시작했다. 카모가 그렇
게 웃은 것은 처음이었다. 카모의 몸은 가볍게 흔들렸다.
마치 꿈을 꾸면서 이상하고 신기한 존재와 놀고 있는 듯했
다. 나는 얘기의 마지막 부분을 다시 말했다. "치마를 걷

어올린 여자가 바지를 내린 남자보다는 빨리 뛰지 않겠어요?" 이발사 카모가 큰 소리로 웃자 나는 몸을 기울여, 누워 있는 그의 입을 막았다. 갑자기 이발사 카모가 눈을 뜨고 나를 쏘아보았다. 간수들이 우리 소리를 듣는다면 구타하거나 몇 시간 동안 감방 벽 앞에 일렬로 늘어서 있도록 벌을 줄 것이다. 다음에 고문 당하기 전까지의 시간을 그렇게 보내고 싶지는 않았다.

이발사 카모는 일어나서 벽에 기대 앉았다. 한숨을 쉬고 난 그의 표정은 예의 진지한 얼굴로 돌아갔다. 전날 밤 술에 취해 도랑에 빠져서 자다 깬 후 그곳이 어디인지 분간을 못하고 있는 사람 같았다.

카모가 말했다. "내 몸이 불에 타는 꿈을 오늘 꿨어. 지옥의 맨 아래에 있었는데, 사람들이 다른 사람들의 불에서 막대기를 꺼내 나를 태우는 불에 집어넣었지. 그런데 제길, 몸이 계속 추운 거야. 다른 죄인들이 비명을 질러서 내 고막이 터졌다가 다시 낫기를 수천 번이나 반복했어. 불이 점점 세졌는데도 나는 잘 타지 않았어. 당신네들은 거기 없었어. 죄인들 얼굴을 죄다 살펴봤지만 의사 선생이나 학생은 안 보였어. 불이 더 필요했어. 나는 도살장으로 끌려가는 짐승처럼 소리를 지르고 애원했지. 부자들, 목사들, 삼류시인들, 비정한 엄마들이 내 눈 앞에서 불에 타면서 불길 사이로 나를 노려봤지. 내 마음속 상처는 타서 재로 변하지 않았어. 내 기억도 녹아서 망각 속으로 가는 것을 거부했지. 금속을 액체로 만드는 불길에서도 나는 저주받은 과거를 떠올릴 수 있었어. 회개하라. 그들이 말했지. 하지만 그 정도면 충분한 건가? 회개만 하면 영혼이 구원을 받았던가? 지옥의 모든 죄인들! 빌어먹을 놈들! 나는 그냥 평범한 이발사였다고. 자식은 없었지만, 집에 먹을 것을 갖다 주고 책 읽는 것을 좋아하는 이발사였어. 우리 인생이 엉망이 됐을 때도 아내는 나를 나무라지 않았어. 차라리 아내가 그러길 바랐지만 아내는 자신이 받은 저주조차 내게로 옮겨갈까 봐 조심했어. 술에 취했을 때 아내에게 내가 제정신일 때 생각한 깃을 말했어. 어느 날 밤 나는 아내 앞에 서서 나란 인간은 형편없는 놈이라고 말했지. 아내가 나를 모욕하고 내게 소리치기를 기다렸어. 나를 경멸적으로 쳐다보는지 살펴봤지. 하지만 아내는 뒤로 돌아섰고, 그때 아내의 얼굴에는 슬픔밖에 없었어. 여자들이 제일 나쁜 게 뭔지 알아? 항상 남자들보다 낫다는 거야. 우리 엄마도 포함해서. 이런 얘기를 하는 내가 이상하다고 생각하겠지. 난 상관없어."

이발사 카모는 턱수염을 만지더니 창살 사이로 들어오는 빛 쪽으로 고개를 돌렸다. 사흘 동안 못 씻은 것은 그렇다고 쳐도 처음 감방에 들어오던 날의 지저분한 머리, 긴 손톱, 썩은 빵 냄새로 미루어 볼 때 카모는 밖에서도 씻는 것과는 거리가 멀었던 사람 같았다. 나는 의사의 냄새에 익숙해진 상태였고 내 냄새를 풍기지 않기 위해 꽤 조심했다. 카모의 냄새는 마치 자신의 영혼을 압도하는 불길한 징조처럼 쉼 없이 자기 존재를 과시하고 있었다. 사흘 간의 침묵이 지난 지금 카모를 말리는 것은 불가능했다.

　"아내를 만난 건 '카모 이발소'라는 간판을 창에 달고 이발소를 처음 열던 날이었지. 아내는 이제 막 초등학교에 입학할 나이가 된 남동생의 머리를 깎아주려고 데려왔어. 난 그 아이에게 이름을 묻고는 내 이름도 말했어. 내 이름은 카밀인데, 사람들은 다 카모라고 부르지. 아이는 '네, 카모 아저씨.'라고 말했어. 난 아이에게 수수께끼를 내고 학교에 대한 재밌는 이야기를 들려줬지. 이발소 구석에 앉아 우리를 바라보던 미래의 아내에게 말을 건네자 자기는 고등학교를 막 마치고 집에서 재봉 일을 하고 있다고 말했어. 아내는 내 시선을 피해 벽에 걸린 처녀의 탑 사진, 그 사진 밑에 있는 바질, 파란색 테두리 거울, 면도날과 가위를 바라다봤어. 아이의 머리에 발라준 향수를 아내에게 건넸을 때 아내는 작은 손을 코 높이로 올리고 숨을 들이쉬다가 손을 펴고 눈을 감았어. 그 순간 나는 아내가 눈꺼풀 아래에서 보고 있는 대상이 나이기를 바랐지. 시선이 필요한 건 아니었어. 다만 내가 사는 동안 나를 한 번이라도 다시 쳐다봐 줄 두 눈이 필요했던 거야. 레몬 향 향수를 뿌리고 꽃무늬 드레스를 입은 아내가 이발소를 나갈 때 나는 문 앞에 서서 그녀가 가는 것을 지켜봤어. 아내에겐 이름도 묻지 않았어. 마히제르. 조그만 손으로 내 삶을 열고 들어와 결코 내 삶에서 떠나지 않을 것이라고 내가 믿었던 아내의 이름이야."

"그날 밤 난 오래된 우물로 돌아갔어. 메넥셰 근처 내가 자란 집의 뒷마당에 있던 우물이야. 주변에 아무도 없을 때 나는 우물 가장자리에 기대 우물 안의 어둠을 보곤 했어. 그렇게 보노라면 해가 지는 줄도 몰랐어. 우물과 연결되지 않은 또 다른 세상이 있다는 사실조차 잊었어. 어둠은 고요함이지. 어둠은 신성한 거야. 난 축축한 냄새에 점점 취하게 됐어. 너무나 즐거워 어지러울 정도였지. 한 번도 못 본 아버지와 내가 닮았다고 누군가 말할 때마다, 엄마가 나를 카모라고 부르지 않고 아버지의 이름인 카밀로 부를 때마다, 난 우물로 달려갔어. 숨을 헐떡이면서 말이지. 어둠 속의 공기를 듬뿍 들이마시면서 나는 몸을 우물 안으로 기울여 우물에 빠지는 상상을 했어. 엄마, 아버지, 어린 시절로부터 달아나고 싶었던 거지. 제길! 엄마의 약혼자는 엄마를 임신시키고 자살했어. 엄마는 나를 낳았지. 나를 낳는다는 것은 가족에게 버림받는다는 의미였지만, 엄마는 그렇게 했어. 그리고 내게 자기 약혼자의 이름을 붙여 주었지. 내가 밖에 나가 놀 정도로 자랐을 때에도 엄마는 내게 젖을 먹이곤 했어. 젖꼭지를 내게 물리고 엄마는 울곤 했어. 나는 엄마 젖이 아니라 눈물을 먹은 거지. 눈을 감고 손가락을 헤아렸어. 곧 끝날 거라고 스스로 말하면서 말이야. 어느 날 어둑해질 무렵이었어. 내가 우물에 기대 있는 걸 본 엄마가 내 팔을 잡아채 우물 밖으로 나를 밀어냈지. 바로 그 순간 엄마가 딛고 있던 돌이 갑자기 밑으로 빠져버렸어. 지금도 엄마가 우물에 빠질 때 지르던 비명 소리가 들려. 엄마가 죽은 뒤 나는 다뤄샤파카 고아원에서 살았어. 그곳, 자신이 살아온 얘기를 끝도 없이 하는 사람들이 모인 기숙사에서 나는 혼자 몽상에 빠져 잠들곤 했지."

카모는 우리가 자기 얘기를 듣고 있는지 세심하게 관찰

했다.

"마히제르와 약혼을 한 뒤 나는 소설책과 시집을 선물하곤 했어. 학교 다닐 때 문학 선생님은 사람은 모두 자신만의 언어를 가지고 있다고 말했지. 그 언어 중 어떤 것은 꽃으로 이해하고, 어떤 것은 책으로 이해할 수 있다는 거야. 마히제르는 집에서 천을 오리고 바느질을 해서 드레스를 만들었어. 어떤 때는 조그만 종잇조각에 시를 써서 동생을 시켜 내게 전하기도 했지. 시가 적힌 종잇조각들은 이발소 제일 아래 서랍에 있는 상자에 향비누와 같이 모아두었지. 장사는 잘 됐어. 단골이 꾸준히 늘었어. 손님 중 한 명인 기자가 와서 머리를 깎고는 활짝 웃고 나간 날이었어. 이 손님은 문을 나서자마자 총에 맞았어. 습격자 두 명은 땅에 쓰러진 기자에게 달려가 머리에 한 발을 더 쏘고는 사랑하지 않을 거면 떠나라고 소리쳤어. 다음날 아직도 피로 얼룩진 거리에 수많은 사람들이 모여 기자를 추모했어. 나도 거기에 있었지. 내가 그 기자의 머리를 깎았기 때문이야. 장례식에도 갔어. 난 정치를 신뢰하지 않아. 내가 가깝다고 느낀 유일한 정치적인 사람은 하야틴 선생님이었어. 학교 때 문학 선생님이지. 선생님이 정치에 대해 말한 적은 없지만, 사회주의 성향 잡지가 선생님의 서류 더미에서 비어져 나와 눈에 띄곤 했어. 내 비판은 보편적인 거야. 사람들이 모여서 하는 게 정치인데 어떻게 정치가 세상을 바꿀 수 있나? 친절함이 사회를 구원하고 행복하게 만든다고 주장했던 사람들은 인간에 대해 아무것도 모르기 때문에 그런 주장을 한 거야. 그들은 인간에게 이기심이란 존재하지 않는 것처럼 행동했어. 멍청한 놈들이지. 인간 속성의 기본은 자신의 이익 추구, 탐욕, 그리고 경쟁이야. 내가 이런 말을 하면 손님들은 반박하면서 내 생각을 바꿔보려고 치열하게 주장을 펼쳤지. 순서를 기다리던 손님 중 하나는 시를 사랑하는 사람이 어떻게 그런 말을 할 수 있냐고 말하기도 했어. 이 손님은 거울 옆에 앉아서 내가 거기다 둔 《악의 꽃》 시집을 소리 내 읽고 있던 사람이었어. 폭력은 진정될 기미가 보이지 않았지. 근처 거리에서 사람들이 총에 맞는 소리가 들렸어. 어느 날 젊은 손님 하나가 엉망인 상태로 이발소에 뛰어들어서는 경찰에 잡히기 전에 총을 숨겨 달라고 내게 부탁했어. 가끔 손님들을 도와주었지만 그렇다고 해서 내가 정치에 관심 있는 것은 아니었어. 내 유일한 일상은 집 살 돈을 모으고 아이들에게 아버지 노릇을 하고 마히제르와 밤을 보내는 것뿐이었어. 하지만 어쩐 일인지 아이를 가지지 못했지. 결혼한 다음해에 의사를 찾아갔어. 나한테 문제가 있어 그렇다는 사실을 알게 됐지."

　"어느 날 밤, 이발소 문을 닫으려는데 거리에서 세 사람이 한 남자를 공격하고 있는 거야. 하야틴 선생님이었어. 학교 때 문학 선생님 말이야. 칼을 집어들고 밖으로 뛰어나갔지. 놈들의 손과 얼굴에 칼을 휘둘렀어. 공격자들은 예상치 못한 공격을 당하자 뒤로 물러나더니 어둠 속으로 사라졌어. 선생님은 나를 안아줬지. 우리는 걸으면서 쉬지 않고 얘기를 했어. 우리는 사마티아에 있는 선술집으로 들어갔어. 선생님과 나는 우리에 대한 이야기를 했지. 다뤼샤파카 고아원 이후로 선생님은 학교를 두 번 옮겼고, 수업도 줄였다고 했어. 이제는 정치적인 활동에 더 많은 시간을 쓴다는 거야. 선생님은 나라의 미래에 걱정이 많았어. 선생님은 내가 대학에 들어가 불어불문학을 공부한다는 걸 들었다고 말하셨지. 하지만 2학년 때 중퇴했다는 얘기는 못 들으신 모양이야. 난 일을 해야만 했거든. 선생님이 내 얘기를 듣고 슬퍼하셨어. 선생님은 아직도 시에 관심이 있는지 물었고 나는 선생님의 수업시간에 외웠던 보들레르의 시 몇 줄을 웅얼거렸어. 선생님이 자랑스럽게 나를 보더니 내가 시낭송 대회에서 1등상을 받았을 때를 얘기했어. 우리는 라키(터키의 국민 술—옮긴이) 술잔을 부딪쳤어. 선생님이 내 결혼생활 얘기를 듣고는 기뻐하셨지. 선생님은 여전히 혼자 살고 계셨어. 그 몇 해 전에 선생님은 제자와 사랑에 빠졌던 것 같은데, 표현을 하지 않으셨어. 그 제자가 학교를 졸업하고 결혼했다는 얘기를 들었을 때 선생님은 자신을 완벽한 고독 상태로 몰아넣었지. 우리는 새벽까지 마셨어. 나는 시를 암송했고 선생님은 자신이 사랑했던 소녀를 위해 쓴 시를 큰 소리로 읽었지. 집에 어떻게 왔는지는 모르겠어. 마히제르의 이름이 선생님이 쓴 시에 나왔다는 사실을 기억해낸 것은 이튿날 술이 깨고 나서였어."

"한 달 뒤 선생님이 돌아가셨을 때 난 장례식에 가지 않았어. 학교에서 퇴근하다가 머리에 총을 한 방 맞으셨지. 선생님의 서류 더미에서 내게 바쳐진 시가 발견됐어. 폭풍 속에서 말을 달리는 사람들에 관한 시였지. 선생님의 친구 중 한 분이 내게 그 시를 가져다 줬어. 그날 밤 나는 마히제르에게 매달려 나를 떠나지 말라고 애원했어. 바보 같은 사람, 내가 왜 당신을 떠나겠어요? 마히제르는 말했어. 그날 난 이발소에 있는 향비누 서랍에 몇 년 동안 간직했던 상자를 가져왔지. 상자를 열어서 우리가 약혼한 후 마히제르가 쓴 시들을 꺼내 읽어 달라고 했어. 시가 쓰인 종잇

조각들에서 장미 향과 라벤더 향이 났어. 마히제르가 시를 읽는 동안 난 마히제르의 블라우스를 벗기고 그녀의 가슴을 빨았어. 나는 젖이 먹고 싶었는데, 가슴을 타고 내려온 눈물을 맛봐야 했지. 석 달이 지났어. 어느 날 밤 마히제르는 내게 질문을 쏟아내며 다시 울기 시작했어. 목소리가 떨리고 있었어. 마히제르는 누가 선생님을 쐈는지 물었어. 마히제르는 '선생님은 한 번도 내게 함부로 대한 적이 없어요.'라고 말했어. 며칠 밤을 내가 잠꼬대를 했다는 거야. 그 사람은 죽어도 싸다고 말했다더군. 다른 누군가를 두고 그렇게 잠꼬대한 거겠지. 내가 말했어. 선생님 말고도 죽어야 할 사람이 더 있다는 뜻인가요? 마히제르가 물었어. 엄마를 걸고 맹세하는데, 난 그 일과는 아무 상관이 없어. 내가 강조했어. 꿈꾸면서 한 말은 아무 의미도 없는 거야. 난 코트를 입고 추운 곳으로 나왔어. 망상이야! 피곤한 내 영혼! 바보 같은 늙은이라고. 불의 날개를 가졌던 내 영혼! 조금만 자극을 줘도 날아오를 내 영혼. 숨가쁜 병자. 쓸모없어진 일. 세상에 재로 끝나지 않을 것이 하나라도 있을까? 내 영혼, 비참하고 노쇠하고 피를 흘리는 불쌍한 존재. 삶의 열정도, 사랑의 분출도 이제는 아무 상관없는 일이 돼버린 거지. 시간은 숨가쁘게 흐르지. 숨을 쉴 때마다 내가 방향을 잃으면서 녹아내리는 게 느껴져. 우물가에 내가 어떻게 가게 됐을까? 어떻게 내가 돌을 치우고 우물 뚜껑을 들어올렸을까? 난 제정신이 아니었던 거야. 우물 안쪽으로 몸을 기울이고 난 소리쳤어. 엄마! 엄마가 내게 강제로 젖을 빨도록 했을 때 왜 젖이 아니고 눈물을 먹인 거지요? 엄마! 내 보잘것없는 몸에 엄마가 매달렸던 때 왜 엄마는 내 이름이 아닌, 아버지의 이름을 그토록 애타게 부른 거지요? 엄마가 카모 대신에 카밀이라고 나를 부를 때 아버지를 생각했다는 걸 알고 있어요. 엄마가 돌아가시던 날 밤에도 엄마는 카밀을 소리쳐 불렀어요. 난 엄마가 밟고 선 돌이 헐겁게 놓인 걸 알고 있었어요. 엄마는 우물에 빠질 수밖에 없었던 거예요! 엄마는 내가 아버지 덕분에 태어났다고 말했죠. 내 목숨을 아버지에게 빚진 거라고 말이야. 빌어먹을! 죽은 사람은 죽은 거고 이제 없잖아! 엄마는 빚이 얼마나 잔인한지 몰랐던 거예요. 빚은 외부에서만 사물을 보여줄 뿐, 정작 빛은 안을 들여다 볼 수 없게 만들잖아."

이발사 카모는 혼자 중얼거리듯이 마지막 말을 내뱉었다. 카모가 고개를 앞으로 푹 숙이더니 다시 뒤로 젖혀 벽을 들이받았다. "간질 발작이야." 의사가 말하면서 재빠르게 카모를 바닥에 눕혔다. 의사는 언제 들어올지 모르는 새 동료를 위해 아껴둔 빵 조각을 카모의 이 사이에 물렸다. 혀를 깨물지 못하게 하려는 거였다. 나는 카모의 발을 붙들었다. 카모는 몸을 통제하지 못한 채 경련을 일으켰다. 입에서는 거품이 일었다.

감방 문이 열렸다. 간수는 위에서 우리를 내려다보며 소리를 질렀다. "무슨 일이야?"

"이 친구가 간질 발작을 일으키고 있습니다." 의사가 부탁했다. "의식을 되돌리려면 강한 냄새가 나는 뭔가가 필요합니다. 향수나 양파 같은 것 말예요."

간수가 안으로 들어오더니 말했다. "이 자식이 죽으면 말해. 그래야 시체를 치우지." 그러면서도 간수는 카모 쪽으로 몸을 수그려 얼굴을 살폈다.

간수에게서 피, 곰팡이, 축축한 물기 냄새가 역겹게 났다. 숨을 쉴 때마다 알코올의 악취가 풍기는 것으로 보아 간수는 근무 전에 술을 마신 것이 분명했다. 간수는 곧바로 일어나서 바닥에 침을 뱉었다.

간수가 문을 닫을 때 오늘 들어온 여자의 얼굴이 맞은편 감방 쇠창살 사이로 보였다. 여자의 왼쪽 눈은 감겨지고, 아랫입술은 찢어져 있었다. 여자는 오늘 처음 여기에 들어왔지만 상처의 색깔로 봤을 때 오랫동안 고문을 당한 것이 분명했다. 문이 닫히자 나는 바닥에 쭈그려 앉았다. 카모의 다리를 잡은 채 얼굴을 콘크리트 바닥에 붙여 문과 바닥 사이 틈으로 간수의 발을 보았다. 간수는 여자에게로 다가가 멈추어 섰다. 간수의 발이 움직이지 않았으므로 그런 게 틀림없었다. 여자가 어둠 속으로 틀어박히지 않았다면 아직 쇠창살 앞에 있는 거겠지? 간수는 욕을 하지도, 여자의 감방 문을 두드리면서 위협하지도 않았다. 감방 안으로 밀고 들어가 여자를 벽에 내던지지도 않았다. 그 사이 카모의 몸은 안정을 찾았다. 가끔 경직을 반복할 뿐이었다. 카모는 다리를 내 손아귀에서 빼내려고 몸부림쳤다. 카모가 양 팔을 뻗어 감방 벽을 때렸다. 마지막으로 한 번 더 경련을 일으킨 후 발작이 멈추더니 쌕쌕거림도 사라졌다. 맞은편 감방을 살펴보던 간수는 여자를 혼자 남겨두고 가버렸다. 간수의 발자국 소리가 복도에서 멀어졌다. 나는 일어나 밖을 보았다. 쇠창살 뒤에 있는 여자가 보였을 때 나는 여자를 향해 고개를 끄덕였지만 여자는 움직이지 않았다. 얼마쯤 지난 후 여자는 안쪽으로 들어갔다. 어둠 속으로 사라진 것이다.

의사는 벽에 기대 다리를 펴고, 카모의 머리를 자기 무릎 위에 올려놓았다. "이런 자세면 한동안 잘 수 있을 거야." 의사가 말했다.

"우리 이야기하는 게 들릴까요?" 내가 물었다.

"이런 상태에서 들을 수 있는 환자도 있고, 못 듣는 환자들도 있어."

"자기 얘기를 이렇게 많이 하는 거는 별로 좋지 않을 듯해요. 말해주는 게 좋겠어요."

"자네 말이 맞네. 이제 그만 얘기해야 돼."

의사는 이발사 카모를 환자가 아니라 마치 아들을 재우는 듯한 눈길로 바라다보았다. 의사는 카모의 이마에서 땀을 닦고 머리칼을 매만졌다.

"맞은편 감방에 있는 여자는 어때?" 의사가 물었다.

"얼굴이 온통 오래된 상처투성이예요. 여러 날 동안 고문을 당한 게 틀림없어요."

카모의 평온한 얼굴이 보였다. 카모의 손님들이 카모가 이상하다고 생각한 건 당연해 보였다. 카모 같은 사람이 어떻게 시를 사랑할 수 있었을까? 카모는 하루 종일 밖에서 놀고 난 후 곯아 떨어진 어린아이처럼 잠들어 있었다. 눈을 감은 카모는 이제 우물에 기대 어둠을 내려다보고 있었다. 카모는 축축한 돌에 매달려 본 경험이 많기 때문에 돌이 안전하다고 믿지 않았다. 카모는 로프의 도움을 받아 우물 아래로 내려간 다음 물에 몸을 맡겼다. 거기에서 카모는 북쪽, 남쪽, 동쪽, 서쪽 모든 방향으로 자유롭게 움직일 수 있었다. 우물 바깥의 자기 존재는 깨끗이 사라졌다. 카모는 우물 안의 우물, 물 안의 물이 된 것이다.

"내가 얼마나 의식이 없었지?" 카모가 웅얼거렸다. 눈을 반쯤 뜬 상태였다.

"30분." 의사가 대답했다.

"목이 타."

"천천히 일어나 앉아봐."

카모는 일어나 앉아 벽에 등을 기댄 다음 의사가 건넨 플라스틱 물병의 물을 마셨다.

"좀 어떤가?" 의사가 물었다.

"제길, 피곤한 것 같기도 하고 피로가 풀린 거 같기도 해. 간질이 있다는 걸 얘기했어야 하는데. 병이 나타난 건 엄마가 죽고 난 다음의 봄이었어. 오래 가지는 않았고, 몇 주가 지나자 나아졌어. 하지만 한 번 그런 일이 생기면 그 이후에도 계속해서 생길 수 있지. 마히제르가 떠나자 발작이 다시 시작됐어."

"데미르타이와 내가 여기서 당신을 보살펴 주지. 카모,

중요한 얘긴데 대화를 하는 건 좋지만 감방에는 규칙이 있어. 누가 고문에 굴복해 비밀을 털어놓을지, 또 누가 심문자들에게 여기서 들은 얘기를 할지는 아무도 몰라. 소소한 얘기를 하고 어려운 일을 서로 도우면서 시간을 보낼 수는 있지만, 스스로의 비밀은 스스로가 지켜야 돼. 알겠나?"

"서로에게 진실을 얘기해서는 안 된다는 건가?" 카모가 물었다. 방금 전의 거친 남자는 사라지고 없었다. 그 자리에는 이제 고분고분한 환자만 남았다.

"비밀은 혼자 간직하라는 말이지." 의사가 답했다. "당신이 왜 여기로 왔는지 우리는 몰라. 알고 싶지도 않고."

"내가 어떤 사람인지 궁금하지 않나?"

"이봐, 카모. 우리가 밖에 있었다면 난 당신을 만나지 않았거나 당신과 같은 장소에 있지도 않았을 거야. 하지만 지금 우리는 고통의 손아귀 안에 있어. 항상 죽음을 껴안고 있단 말이지. 우리는 다른 사람을 판단할 만한 위치에 있지 않아. 그저 서로의 상처를 치유하자고. 이 안에서 우리는 가장 순수한 형태의 인간, 고통을 당하는 인간이라는 것을 잊지 말아야 해."

"당신들은 나를 몰라." 카모가 말했다. "난 아직 당신들에게 아무것도 말하지 않았어."

의사와 나는 서로를 바라다보면서 아무 말도 하지 않고 기다렸다.

　이발사 카모는 말을 하기 전에 단어를 조심스럽게 선택하고 세심하게 생각하는 것이 분명했다.

　"내가 투덜거리면서 쏟아낸 내 기억은 이를테면 탐욕스러운 대부업자 같은 거야. 그 기억은 모든 말을 쌓아놓지. 이봐 학생, 학생이 아까 이야기에서 한 말은 원래 공자가 했어야 하는 말이라는 걸 알고 있나? (학생의 이야기에 나온 말은 '치마를 걷어올린 여자는 바지를 내린 남자보다 더 빨리 뛸 수 있다'로, 앞에 생략된 말을 포함한 원문은 'There is no such thing as rape; Woman run faster with skirt up than Man with pants down.' 즉 강간이라는 것은 존재하지 하지 않는다. '치마를 걷어올린 여자는 바지를 내린 남자보다 더 빨리 뛸 수 있기 때문이다'로, 영어권에 공자의 말로 알려져 있다. 하지만 현재 남아 있는 공자의 저작 《논어》에서는 '여자와 소인은 기르기가 어려우니, 가까이 하면 불손해지고, 멀리 하면 원망하기 때문이다.唯女子與小人爲難養也,近之則不孫,遠之則怨.'라는 말만 나온다. 공자가 여성을 비하했다는 서양인들의 편견의 소치로 보인다—옮긴이) 내 이발소 거울 위에는 국기와 같은 줄에 반쯤 벗은 여인의 포스터가 걸려 있었지. 그 포스터 아래쪽에 학생이 했던 말이 쓰여 있었어. 여인은 밝은 색 치마를 치켜 올리고 있었지. 자신의 긴 다리를 최대한 이용해 빠르게 달리는 여인의 모습이었어. 여인은 나와 기다리는 손님들 방향인 앞쪽으로 수줍게 머리를 내밀고 있었지. 여인의 다리 사이에 '치마를 걷어올린 여자는 바지를 내린 남자보다 더 빨리 뛸 수 있다.'는 말이 적혀 있었어. 내 손님들은 여인의 미모를 보며 실제로 그런 미모는 없다고 생각하고는 했지. 그런 여인과 혹시라도 함께 있게 된다면 너무나 행복해서 다른 것들은 신경도 쓰지 않을 것이라고 상상도 하면서. 어느 날 작가 손님이 와서 포스터를 보더니 '아, 소냐!'라고 탄식을 하는 거야. 우리 모두 그 소리를 들었어. 소냐가 이 젊은 여인의 이름이라고 생각했지. 작가 손님의 이발 차례가 되자 그는 의자에 앉아 긴 이야기를 시작했지. 결국 그 손님의 이야기는 니에게로 향했어. 손님은 내가 러시아인 같은 영혼을 지녔다고 말했어. 놀라는 내 모습을 보면서 손님은 그동안 자신이 내 이발소에 왔을 때 내가 했던 말들을 되풀이했어."

"내가 러시아에서 태어났다면 카라마조프 가의 일원이 되거나 지하생활자처럼 살았을 거야. 아니면 소냐의 아버지 마르멜라도프처럼 형편없이 살았을지도 모르지. 작가 손님이 도스토옙스키의 작중인물들에 대해 말한 모든 것이 나에게도 해당돼. 도스토옙스키는 이 인물들 모두가 같은 정신 상태를 가지고 있다고 묘사하지. 처음에는 《죄와 벌》의 마르멜라도프, 다음에는 부분적으로 《지하생활자의 수기》 일부, 마지막으로 《카라마조프 가의 형제들》의 전부가 그렇지. 이 인물들 사이에 큰 차이는 없어. 하지만 그들 간 사소한 차이점은 그들의 삶에서 놀라운 여행을 하도록 만들기에 충분하지. 소냐의 아버지 마르멜라도프는 파산한 사람이었어. 스스로도 한심하다는 것을 알았고 자신을 맘껏 비난하는 사람이었지. 자기 운명의 희생자가 된 한심한 실패자였어. 소냐는 이 한심한 아버지를 존경했어. 아, 소냐, 아름답고 가난한 매춘부! 소냐의 사랑을 얻을 수만 있다면, 누군들 소냐를 위해 잔인한 살인을 하지 않을까? 《지하생활자의 수기》에서 지하생활자는 자신의 비참함을 드러냄으로써 다른 사람들의 비참함을 노출시키고 그 비참함을 분노로 드러내지. 거울을 사람들의 얼굴 앞에 대고 자신과 같은 사람을 찾겠다는 집착은 지하생활자의 영혼을 갈기갈기 찢어놓게 돼. 반면 카라마조프 가의 여행은 완전히 달랐어. 이들은 자신들, 다른 사람들, 심지어 삶 자체와 불화를 겪었지. 마르멜라도프처럼 절박함을 느끼지도 않는 데다 지하생활자처럼 자신의 비참함을 다른 사람들을 노출시키는 도구로 삼지도 않았어. 그들의 비참함은 자신의 운명, 다시 말해 곪아가기만 하는 상처를 피할 수 없다는 데 있었지. 이들은 삶을 인정하는 대신 반박하려고 애를 썼어. 고통을 겪으며 흘리는 피를 삶의 얼굴에 바르려고 했어. 이런 삶은 지금 내게도 새로운 장을 열어주지. 제길! 그런 표정 짓지 마. 지옥 불에서 타고 있는 사람 바라보듯 날 쳐다보지 마. 사흘 동안 내 귀를 당신들한테 빌려줬잖아. 난 당신네들 얘기를 들어주고, 당신네들이 고문당한 후에 내는 신음 소리를 참아줬어. 이제 당신들이 나한테 귀를 빌려줄 차례야."

카모는 우리를 경멸하듯이 바라보고는 물병을 입술에 갖다 대더니 다시 말을 이었다.

"앞으로 어떤 일이 일어날지 난 몰라. 저들이 나를 풀어줄까? 당신네들처럼 끌려가 고문을 당할까? 고문은 몸을 고통의 노예로 만들지. 두려움은 영혼에 똑같은 일을 해. 그리고 사람들은 몸을 구하기 위해 영혼을 팔지. 나는 무섭지 않아. 그래도 나는 고문자들에게 당신들에게는 말하지 않은 비밀을 털어놓게 될 거야."

"난 저들이 알고 싶어 하는 걸 말할 거야. 내 모든 영혼을 저들의 손에 맡기고 저들의 질문에 답할 거야. 재단사들이 양복윗도리에서 안감을 뜯어내듯이 내 간을 뜯어내 저들 앞에 내놓을 거야. 난 저들이 알고 싶어 하는 것보다 더 많은 걸 얘기할 거야. 처음에는 저들이 관심을 보이겠지. 혹시 유용한 정보가 될 수도 있으니 저들은 내 얘기를 다 받아 적을 거야. 하지만 시간이 지나면 내가 한 말이 저들을 불편하게 만들겠지. 저들은 내가 자기들이 알고 싶지 않은 자기 자신에 대한 것들을 말하고 있다는 사실을 깨닫게 되겠지. 사람들이 인생에서 제일 무서워하는 건 자기 자신이야. 저들은 마침내 두려워서 내 입을 다물게 하려고 나서겠지. 내 입을 열기 위해 나를 고문했던 그들은 이제 내 팔을 늘려 매달고 전기충격을 가하고, 내가 흘린 피에 나를 담가 내 입을 막으려 들 거야. 저들은 나만큼이나 내가 말하는 진실에 몸서리를 치겠지. 난 저들에게 나 자신에 대한 모든 것을 얘기해서 저들이 보고 싶어 하지 않는 자신의 모습을 직시하도록 만들 거야. 저들은 믿기지 않는다는 눈빛을 보내겠지. 마치 자신의 모습을 처음 거울로 마주하는 나병환자처럼 말이야. 저들은 뒤로 물러서다 벽에 부딪힐 거야. 그리고 저들은 어떻게 해도 자신을 바꿀 수 없으므로 거울, 다시 말해서 내 얼굴과 뼈를 부수는 것만이 유일한 해결책이라고 생각할 거야. 하지만 내 혀를 잘라도 저들에게는 별 도움이 안 돼. 내 신음 소리로 인해 저들의 귀는 멀고, 저들의 마음은 하나의 진실에 갇히겠지. 빌어먹을! 저들은 집에서도 한밤중에 식은땀을 흘리면서 깨어나 독한 술을 병째 들이키게 되겠지. 탈출구는 없어. 진실은 경정맥에 흐르고 있기 때문이지. 저들은 그 사실을 받아들이거나 손목을 그어야 할 테니까. 저들에게는 자신을 품에 안아주고, 담배에 불을 붙여 떨리는 손가락 사이에 끼워 줄, 사랑하는 아내가 있을 거야. 하지만 저들은 자신만의 진실을 발견할지 모른다는 치명적인 두려움을 안은 채 살아가지. 저들이 지난 사흘 동안 왜 나를 데려가 심문하지 않았는지 이제야 알았어. 저들은 내가 무서운 거야."

이발사 카모는 가장 깊은 구덩이부터, 그 구덩이의 가장 어두운 구석으로부터 얘기를 하고 있었다. 그는 너무 오랫동안 숨어 있었다. 부서지고 깊은 상처를 입었다. 상처를 입어서 카모가 숨은 것인지, 카모가 숨어서 상처를 입은 것인지는 알 도리가 없었다. 카모에게 그토록 소중했던 어둠이 내게는 목을 조이는 존재였다. 눈을 가려서 나를 철문 밖으로 데리고 나갔을 때, 그들은 내가 알던 세상 밖으로 나를 데리고 나간 것이었다. 나는 방향의 가치를 그제야 제대로 인식하게 됐다. 나는 머릿속에서 혼란스럽게 떠오르는 말들에 힘겹게 매달렸다. 어둠 속에서 생각을 하는 것은 쉽지 않았다. 삶은 바로 내 옆에 있었고 나는 그 삶으로 돌아가고 싶었다.

카모는 피곤한 눈을 반쯤 뜬 채 앉아 있었다. 감방에 들어오는 아주 가느다란 빛줄기에도 카모는 불안해했다. 아마 그래서 카모는 계속 잠을 자려 했던 것 같다.

"내가 우물 위에 서 있는 걸 가지고 야단을 치지 않은 적이 딱 한 번 있었지." 카모가 말했다. "그날 엄마는 불타는 막대기 꿈을 꿨어. 그 꿈은 엄마가 자신을 괴롭히는 무엇인가를 극복한다는 신호였어. 이상하게도 내가 이 감방에서 불타는 막대기 꿈을 처음 꾼 거야. 내 과거는 그대로 얼어붙어 있는데, 도대체 내가 뭘 극복할 수 있을까?"

"이 시간도 지나갈 거야, 카모. 옛날이 지나간 것처럼 그렇게." 의사가 말했다. "당신이 꾼 꿈은 당신이 곧 여기서 나가 자유의 몸이 되리라고 말해주는 거야."

"자유라고? 마히제르가 떠난 뒤 모든 것은 변했어. 내 안에 있는 돌이 전부 흔들리고 있다고."

"당신은 스스로를 괴롭히는 거야. 누구든 살다 보면 그런 일을 겪게 돼." 의사는 잠시 말을 멈춘 뒤 계속했다. "이 안에서는 긍정적으로 생각해야 돼. 카모, 우리 모두 밖에 있다고 생각해보게나. 가령 우리가 오르타쾨이 해변에서 얘기를 하면서 건너편 해변을 바라다본다고 상상하는 거지."

의사는 우리를 여기서 끌어내 바깥세상으로 데려가기를 좋아했다. 의사가 내게도 방법을 가르쳐 주었다. 현재의 힘든 상황에 대해 생각하기보다 바깥세상을 꿈꾸는 것이 더 나았다. 시간, 우리 몸이 갇혀 있으므로 정지했던 시간이, 우리 마음이 바깥으로 나가면 다시 째깍거리며 돌아갔다. 우리의 마음은 몸보다 강했다. 의사는 의학적으로도 증명될 수 있다고 했다. 이 안에서 우리는 바깥세상을 자주 상상했다. 예를 들어, 우리는 해변을 걷는 사람들이 느끼는 행복에 대해 얘기하곤 했다. 오르타쾨이 해변 인근에서 배를 타고 시끄러운 음악을 듣는 사람들에게 손을 흔들기도 했다. 팔을 서로에게 두른 연인들을 지나 걸어가기도 했다. 해가 수평선으로 떨어질 때 의사는 노점상에게서 초록색 자두를 봉지 가득 샀다. 의사는 웃으면서 내게 먼저 자두 하나를 건넸다.

그들이 의식이 반쯤 나간 나를 여기에 처넣은 것은 지난 주였다. 입술이 말랐던 나는 알아들을 수 없는 말을 중얼거리고 있었다. 의사는 내가 목이 말라 그런다고 여기고는 일으켜 앉혀서 물을 주고, 눈을 뜨게 독려했다.

"물은 필요 없어요. 초록색 자두가 먹고 싶어요." 내가 중얼거렸다. 우리는 내가 한 그 말 때문에 이틀을 웃었다.

의사는 카모에게도 초록색 자두가 먹고 싶은지 물었다.

카모는 자두 얘기에 별 관심이 없었다. 카모의 마음은 우리 마음과는 다른 궤에 자리했던 것이다. "과거라고, 의사 선생." 카모가 말했다. "우리의 과거…."

의사는 마치 카모에게 자두를 주는 것처럼 허공에서 손 모양을 만든 다음 아래로 내렸다. "우리의 과거는 닿기에는 너무 먼 어딘가에 있어. 과거 대신 우리는 내일에 집중해야 돼." 의사가 말했다.

"의사 선생, 그거 아시오? 신이라도 과거를 바꿀 수는 없어. 전능한 신은 현재와 미래를 지배하지. 하지만 과거는 어쩔 도리가 없어. 신조차 과거를 바꿀 힘이 없을 때 과거는 우리를 어떻게 만들까?"

의사는 그때 처음 연민의 눈빛으로 카모를 보다가 미소를 지었다. "내가 아는 이발사는 모두 얘기하는 걸 좋아하지. 이발사들은 축구나 여자 얘기를 해. 그런 것들을 왜 얘기할까? 내가 당신 손님이라면 당신 이발소에 다시는 가지 않을 거야. 이발사는 대학을 다니면 안 될지도 몰라. 이발사들이 대학에 다니면, 우리 남자들이 어디 가서 축구나 여자 얘기를 하겠나?"

"대학을 다니지 않았어도 난 똑같은 질문을 했을 거야."

"이렇게 생각해보게, 카모. 엄마와 함께 보낸 당신의 어린 시절은 불행했어. 하지만 당신은 아내를 만나 과거로부터 자유로워졌지. 똑같은 일이 또 일어날 거야. 미래에서 새로운 행복을 찾는다면 지난날은 잊어버릴 거야."

"새로운 행복?"

의사는 깊은 한숨을 쉬고는 자신의 찬 손을 비볐다. 의사는 마치 진료실에서 까다로운 환자를 다루는 가장 좋은 방법을 찾아내려고 하듯이 천장을 올려다보았다. 그때 철문의 육중한 소리가 들렸다.

우리는 서로를 쳐다보았다. 심문자들이 들어오면서 가벼운 잡담을 나누는 소리가 들렸다. 우리는 그들이 복도에서 무슨 말을 하는지 듣기 위해 귀를 기울였다.

"불었나?"

"하루 이틀이면 불겠지."

"오늘은 어땠나?"

"전기충격, 매달기, 물고문을 했지."

"이름하고 주소 알아냈어?"

"그건 알고 있었어."

"거물이야, 피라미야?"

"이 영감태기, 거물이야."

"감방 번호가 어떻게 되지?"

"40번."

우리 감방이었다.

우리는 차가운 발을 서로 모아 최대한 온기를 유지하려고 했다. 언제라도 우리는 이 감방을 나가서 못 돌아올 수 있었다. 그렇지 않으면 맨정신에 나가서 정신이 나간 채 돌아올 수도 있었다. 인간에서 영혼이 없는 동물로 바뀌는 것이다.

"나를 데리러 오는 거야." 카모가 고개를 쇠창살 쪽으로 돌리면서 말했다. "완벽한 타이밍이군."

발자국 소리는 점점 더 가까워졌다. 감방 문이 열렸다. 간수 두 명이 체격이 건장한 노인을 부축해 옮기느라 애를 먹고 있었다. 노인의 머리는 가슴 쪽으로 꺾이고, 얼굴과 몸은 피투성이였다. 간수 한 명이 말했다. "새 친구 왔다." 의사와 나는 일어나 노인을 안으로 들이고 바닥에 조심스럽게 눕혔다. 간수들은 문을 닫고 가버렸다.

"꽁꽁 얼었어." 의사는 노인이 아직도 피를 흘리는지, 골절은 없는지 살폈다. 희미한 불빛 아래서 의사는 노인의 눈꺼풀을 올리고 눈동자를 확인했다. 의사가 노인의 발을 잡고 손으로 비비기 시작했다. 나는 두 손으로 노인의 다른 발을 잡았다. 얼음장 같았다.

이발사 카모가 나섰다. "내가 누워 있을 테니 노인을 내 위에 올려. 콘크리트 바닥에 눕힐 수는 없잖아."

의사와 나는 노인을 들어 카모의 등 위에 올렸다. 우리는 노인의 양 옆에 누워서 노인을 안았다. 옛날 사람들은 온기를 유지하기 위해 소나 개를 안고 자기도 했다. 이 감방은 우리를 시간의 시작 지점으로 데려다 주었다. 우리는 사람을 살리기 위해 완전히 낯선 이 노인을 안고 있었다.

"괜찮나, 카모?"

"괜찮아, 의사 선생. 이 노인, 눈 속에 알몸으로 묻힌 것 같아."

"눈?"

"그래. 내가 잡히던 날 눈이 계속 왔었어." 이발사 카모가 말했다.

"올해는 겨울이 일찍 온 것 같군. 내가 잡히던 날은 날씨가 아주 좋았거든."

나는 의사와 이발사 카모가 주고받는 얘기를 가만히 들

었다. 이들은 내가 끼어들 틈을 주지 않고 대화를 했다. 지난 사흘 동안 카모는 나를 무시하지도 비난하지도 않았다. 카모는 가끔 나를 '학생'이라고 부르기도 했지만 보통은 '꼬마'라고 불렀다. 나는 열여덟 살이었다. 카모가 의사를 존중하는 것의 최소치라도 나를 존중했다면 카모를 좋아할 수도 있었다. 체포되던 순간 당연히 앞으로 시련이 찾아올 것이라고 예견했지만, 이 문제 많은 감방 동료가 그 시련의 일부가 되리라고는 생각도 못했다. 고통은 경계가 없었다. 고통은 저항의 대상이거나 굴복의 대상, 둘 중하나였다. 하지만 카모에게는 어떻게 반응해야 할지 전혀알 수가 없었다. 내가 체포될 때 경찰 중 한 명이 나를 '꼬마'라고 계속 불렀다. 차 안에서 내 손가락을 부러뜨리면서그렇게 말했다. "꼬마, 인생을 이렇게 낭비하다니 부끄러운 줄 알아. 지금 말하는 게 좋을 거야." 내가 "저 꼬마 아닙니다."라고 대꾸하자 경찰은 두 손으로 내 목을 조르려고 했다. 그러자 다른 경찰들이 말렸다. 실제로 말린 것인지 그게 경찰들이 보통 쓰는 수법이었는지는 모른다. 경찰은 내 진짜 이름을 알았고 내가 누구를 만나러 가는 중이었는지를 물었다. 경찰이 나를 아는 것보다도 만남의 장소와 시간을 알고 있다는 사실에 나는 더 놀랐다. "저는 꼬마가 아닙니다. 대학생입니다. 수업을 들으러 가고 있었습니다. 도대체 무슨 만남을 얘기하는지 모르겠습니다." "그럼 왜 도망쳤나?" 경찰이 나를 미행하고 있다는 것을 알자마자 나는 방향을 바꿔 달리기 시작했다. "늦어서 그랬습니다. 제시간에 수업에 들어가려고요."

30분 후에 그들은 나를 만남 장소에 데리고 갔다. 이스탄불 대학교 도서관 앞 버스정류장이었다. 그들은 내게 버스정류장에서 기다리라고 했고, 도망치면 쏘겠다고 겁박했다. 경찰들은 차에서 나와 흩어졌다. 경찰은 유리한 관측 위치에 자리 잡고 버스정류장에서 기다리는 모든 사람들과 나를 지켜보기 시작했다. 시계를 보니 2시 3분 전이었다. 우리의 만남 규칙은 매우 엄격했다. 지정된 만남 시간 3분 전에 도착해야 했으며, 만남이 이뤄지지 않는다고 해도 3분 이상은 기다리지 않았다. 사람들이 버스에서 내리는 모습을 볼 때마다 만나기로 한 사람이 올까 봐 겁이 났다. 내가 늘 타고 내리던 버스정류장에 그렇게 많은 사람들이 있는 줄 새삼스럽게 알았다. 어디에나 학생, 관광객, 정장을 입은 사람들이 있었다. 시간은 흘러 2시 2분 전이 됐다. 길 반대편에서 내 쪽을 바라보는 사람들을 살펴보았다. 군중 속에서 사람들은 다 비슷해 보인다. 만나기로 한 사람은

차 사이를 서둘러 비집으면서 이쪽으로 오는 이들 중 하나
일지도 몰랐다. 함정이라는 것을 그가 알아차릴 수도 있었
다. 경찰이 나를 감시하는 것에 이상함을 느낄 수도 있었
다. 고통스러워 하는 내 얼굴 표정을 보며 내가 잡혔다는
사실을 알아채고는 사람들 사이로 숨어버릴 수도 있었다.
충동적으로 나는 다가오는 버스 앞으로 뛰어들었다. 충격
으로 나는 날아갔고 비명 소리가 들렸다. 사람들 몇 명이
내 팔을 자기 어깨에 올려서 차로 데려갔다. 그들은 뒷자
리에서 나를 때리기 시작했다. "누구였지? 누구였는지 말
해, 빌어먹을 자식." 그들은 총을 내 입에 박아넣었다. 눈
을 뜰 수가 없었다. 어지러웠다. "5초 안에 말하지 않으면
방아쇠를 당기겠다." 5초 후 그들은 총을 내 입에서 빼고
고환을 쥐어짜기 시작했다. 비명을 지르고 싶었지만 그들
은 내 입을 틀어막았다. 눈물이 얼굴을 타고 흘러내렸다.
생각으로 아무리 대비를 철저히 하더라도 고통이라는 현
실은 마음을 마비시킨다. 고통은 시간을 멈추게 하고 미래
에 대한 모든 감각을 잃게 만든다. 현실은 사라지고 우주
전체는 몸 안에 갇힌다. 모든 게 얼어버린 상태로 그 순간
에 영원히 머무를 것 같고, 다른 순간은 다시 오지 않을 것
같은 느낌이 든다. 이발사 카모가 과거에 갇혀 살던 마음

이 이랬을 것이다. 나는 카모를 이해했다. 하지만 왜 지금인가, 왜 수십억 년의 시간 중 내가 고통을 당하고 있는 이 특정한 순간에 우리가 함께 있어야 할까? 나는 이런 의미 없는 질문을 스스로에게 던지고 있었다. 마치 뜨거운 유리에 손을 덴 아이가 뭐든지 의심하는 것과 비슷했다. 고통이 이런 것이라는 생각 외에 다른 생각은 떠오르지 않았다. 시간을 제외하고는 아무것도 생각할 수 없었다. 의사가 내 질문에 대답할 수 있다고 여겼다면 의사에게 물어보았을 것이다. 의사는 고통에 대해 생각하지 않는 것이 고통에 대해 생각하는 것보다 더 고통에 잘 저항할 수 있게 만든다고 믿었다. 끝없는 시간이 다가와 내 몸에 모일 때 나는 이렇게 생각할 수밖에 없었다. 시간이 흘렀던 수십억 년 중에서 왜 우리는 지금 이 특정한 순간, 내가 고통에 압도당하는 순간에 함께 있는가?

의사는 고개를 들고 나에게도 물었다. "괜찮나?"

"괜찮아요."

"일어나야 돼. 이러다 카모가 얼어죽겠다."

우리는 윗도리를 벗어 바닥에 깔았다. 이발사 카모는 윗옷이 없었다. 우리는 깔아놓은 윗옷들 위에 노인을 눕혔다. 의사는 노인의 맥박을 재고 목을 만졌다. 손가락에 침을 묻혀 노인의 갈라진 입술에 문질렀다. 노인은 기침을 했고 가슴이 크게 들썩거렸다.

우리 셋은 벽에 등을 기대고 나란히 앉았다. 노인의 얼굴과 긴 머리를 바라다보았다. 노인의 발은 문에 거의 닿은 상태였다. 노인의 육중한 몸은 무덤 안에 누운 시체처럼 감방 전체를 차지하고 있었다. 우리도 이미 같은 무덤에 묻힌 신세였다. 도시는 오래된 도시의 폐허 위에 세워지고, 죽은 자는 죽은 지 오래된 자의 땅에 묻혔다. 이스탄불은 우리가 있는 지하 감방과 함께 호흡했고, 우리의 피부에서는 죽은 자들의 냄새가 났다. 오래된 도시와 오래된 사람들의 잔해는 우리의 마음을 찍어누르고 있었다. 너무 무거웠다. 고통이 우리 육체를 그토록 잔인하게 공격하는 것은 이 때문이다.

"이 노인, 살 수 있을까?" 이발사 카모가 물었다. "노인이 죽으면 그 전처럼 공간이 더 많아질 텐데. 세 명도 겨우 지낼 만한 공간이었어. 이제 네 명이야. 이제 어떻게 누워 잘 거야?"

의사는 대답하지 않고 손을 노인의 심장에 갖다 댔다. 신성한 책을 만지는 것 같았다. 의사는 눈을 감고 기다렸다. 의사에게는 죽은 사람을 살리고 고통을 치유하는 고요함이 있었다. "의식이 돌아올 거야. 돌아올 거야." 의사가 중얼거렸다. 그들이 반쯤 의식이 나간 나를 여기에 던져 넣었을 때도 의사는 똑같이 나를 바라보았다. 의사는 그때도 똑같이 조용히 기다리면서 내가 의식이 돌아오기를 기다렸을까? 의사는 자신의 숨소리를 듣는 것보다 내 숨소리를 더 많이 들었을까?

나는 일어나서 얼굴을 쇠창살에 갖다 댔다. 맞은편 감방의 여자도 쇠창살 가에 있었다. 여자에게 고개를 끄덕거렸다. 여자의 표정에 변화가 있는지 살펴보았다. 어느 정도 반응이 있었다. 우리는 말을 하지는 않았다. 아주 작은 속삭임도 복도 전체에 울려 퍼져 간수들이 들을 수 있기 때문이다. 나는 여자에게 몸짓으로 '괜찮아요?'라는 신호를 보냈다. 여자는 나를 자세히 보더니 고개를 끄덕었다. 여자는 마치 잠을 잔 것처럼 피로가 가신 표정이었다. 여자의 아랫입술 핏자국은 없어졌지만 한쪽 눈은 아직도 감긴 상태였다. 여자는 왼손을 쇠창살 높이로 올려 검지로 공중에 글자를 쓰기 시작했다. 여자가 뭘 말하는 건지 알 수가 없었다. 여자는 다시 글자를 썼다. '새로 온 사람은 어때요? 퀴헤일란 아저씨 말이에요.' 여자는 노인의 이름을 알았다. 노인이 누구인지 알고 있었다.

나도 똑같이 공중에 글자를 썼다. '깨어나실 거예요.' 그리고 내 소개를 했다. '내 이름은 데미르타이예요.'

여자는 가느다란 손가락으로 자기 이름을 썼고, 그때 나는 노인의 신음 소리에 뒤를 돌아보았다. 노인이 눈을 떴다. 노인은 자기가 어디 있는지 알려고 애썼다. 노인은 위에서 자신을 내려다보는 의사와 카모를 살폈다. 노인은 벽과 천장도 자세히 살폈다. 그러고는 자신이 누운 콘크리트 바닥에 손을 문질렀다.

"이스탄불?" 노인이 거친 소리를 냈다. "여기가 이스탄불인가?"

노인은 눈을 감고 잠들었다. 의식을 잃기 직전의 사람이라기보다는 행복하다고 느끼는 이의 표정. 이상한 표정이었다.

의사의 이야기

흰 개

"퀴헤일란 아저씨, 이 감방이 이스탄불이라고 생각하십니까? 우리는 지금 지하에 있는 겁니다. 거리와 건물은 모두 우리 위에 있지요. 도시는 지평선의 한쪽 끝에서 다른 쪽 끝까지 뻗어 있고, 하늘도 도시 전체를 덮기 힘들지요. 지하에서는 동쪽과 서쪽이 차이가 없어요. 하지만 지상의 바람을 보면, 바람은 보스포루스 해협의 바닷물과 만나고, 언덕에 올라가면 사파이어 색 물결을 볼 수 있어요. 아저씨의 아버지께서 그토록 많이 말씀하시던 이스탄불을 이 감방에서가 아니라 배의 갑판에서 처음 보았다면, 이 도시가 세 개의 벽과 철문으로 구성된 것이 아님을 알 수 있었겠지요. 사람들이 먼 곳에서 배를 타고 도착할 때 처음 보게 되는 것은 오른쪽의 프렌스 섬입니다. 안개구름에 둘러싸인 섬이지요. 해안선 전체를 따라 구불구불 세워진, 왼쪽에 보이는 도시의 벽들은 결국 등대와 만나게 됩니다. 안개가 걷히면서 색깔은 더 화려해지지요. 돔과 우아한 첨탑들을 보면 아저씨가 사는 마을에서 벽에 걸린 양탄자를 볼 때처럼 감탄하게 될 겁니다. 벽에 걸린 양탄자의 무늬에 빠져 있으면, 아저씨가 전혀 모르는 삶이 아저씨 없이도 다른 세계에서 펼쳐지고 있다고 상상하게 되지요? 자 이제 배가 아저씨를 그 삶의 중심으로 데려가고 있습니다. 인생은 한숨을 쉬는 동안의 호흡밖에는 안 되는 겁니다. 아저씨도 삶이 길지 않다고 생각하실 겁니다. 아저씨는 수평선까지 성벽을 확장하고 있는, 첨탑과 돔이 있는 이 커져 가는 도시가 새로운 하늘이라고 생각하는 겁니다."

"갑판에서 바람은 여인의 빨간 숄을 가로채 앞쪽 해변으로 날려 보내지요. 아저씨는 사람들 사이에 섞여들어 자갈 깔린 거리를 돌아다니게 될 겁니다. 빨간 숄처럼 말입니다. 노점상들이 소리치는 갈라타 광장에 도착하면 주머니에서 담뱃갑을 꺼내 담배 한 대를 말게 되겠지요. 목줄을 맨 양을 끌고 천천히 길을 걸어가는 늙은 여인도 보게 될 겁니다. 소년 하나가 이 여인에게 말을 걸어요. 개한테 목줄을 채우고 어딜 가는 거냐고요. 여인은 고개를 돌려 먼저 양을 보고 나서 소년을 봅니다. 얘야, 너 눈이 먼 거니? 넌 이 양이 개로 보이니? 여인이 말하지요. 아저씨는 나이든 이 여인을 따라 걸어요. 반대편에서 걸어오던 청년도 똑같은 말을 합니다. 아주머니, 개 산책시키는 거예요? 여인은 고개를 돌려 양을 다시 보고 투덜거립니다. 개가 아니고 양이야. 이봐, 젊은이들. 아침부터 술 먹은 거 아냐? 조금 더 앞에서 다른 누군가가 말을 또 걸어요. 왜 지저분한 개의 목에 목줄을 맸어요? 그러고 나면 어느새 거리에는 아무도 없고 그 많던 목소리들은 침묵 속으로 빠지지요. 등이 굽은 늙은 여인이 아저씨를 보며 물을 거예요. 내가 정신이 나갔다고, 늙은 영감? 내가 양을 개로 착각했다고? 정말 그렇게 생각해? 내 마음이 맑아지면 온 세상도 같이 맑아져요. 세상에는 아저씨, 나, 그리고 이 불쌍한 동물만 있는 거지요. 늙은 여인이 말을 할 때 아저씨는 목줄에 매인 동물을 볼 겁니다. 양인가요, 개인가요? 아저씨는 하루를 의심으로 시작했기 때문에 평생 의심을 하게 되면 어쩌지 하고 걱정이 될 겁니다."

"늙은 여인은 천천히 걸어서 사라집니다. 목줄을 당기면서 말이지요. 아저씨는 이제 여인을 보는 게 아니고 아저씨 주변의 사물들을 보는 겁니다. 인류가 만들어낸 것들 말예요. 인간은 탑, 동상, 광장, 벽을 만들었어요. 이것들은 결코 스스로 땅에서 솟아날 수 없지요. 인간 이전에 바다와 땅이 존재했지만 도시라는 세계는 인간이 만든 겁니다. 아저씨는 도시가 인간에게서 생겨났으며, 꽃이 물에 의존하듯이, 도시는 인간에게 의존한다는 걸 알고 있습니다. 자연의 아름다움처럼, 도시의 아름다움은 도시의 존재 자체에 있습니다. 울퉁불퉁한 돌이 신전의 문이 되고, 깨진 대리석이 장엄한 동상이 되지요. 도시에서 양이 개가 된다고 해서 놀랄 필요가 없는 까닭도 여기에 있습니다."

"아저씨는 해가 지붕들 뒤로 떨어질 때까지 돌아다니게 될 겁니다. 아주 오래된 거리 분수에서 시원한 물을 마시기도 하고요. 개가 짖는 소리를 들으면 고개 들어 소리가 나는 쪽을 보겠지요. 빨간 숄이 보일 겁니다. 갈라타 광장에서 바다 쪽으로 부는 산들바람에 실려 펄럭이겠지요. 삶은 이렇게 이상한 모험입니다. 바다에서 온 숄이 다시 바다로 가지요. 이 도시에 사는 사람은 어디로 돌아갈지 궁금해질 겁니다. 개 짖는 소리를 들었던 거리 쪽으로 무거운 발걸음을 옮깁니다. 마치 아저씨가 찾고 있던 표지판이 거기 있는 것처럼 말이지요. 처음에는 냄새, 다음에는 피어오르는 연기의 인도를 받아 훨씬 더 멀리 있는, 허물어져 가는 앞마당에 도착하게 될 겁니다. 벽에 다가가 벽 너머를 보겠지요. 청년 세 명이 땅바닥에 앉아 있습니다. 불을 피워놓고 고기를 구우면서 웃고 농담하고, 와인을 마시고 있지요. 이 청년 중 한 명은 조용히 콧노래를 부릅니다. 양가죽과 그 옆에 놓인 목줄을 보면 그 양이 아까 늙은 여인의 양이라는 걸 알 수 있지요. 이 청년들은 하루 종일 늙은 여인을 따라다니며 놀렸던 사람들입니다. 늙은 여인은 결국 이 청년들의 속임수에 당해 그 양이 개라고 믿으면서 놓아주었어요. 세 청년은 서둘러 양을 이 앞마당으로 끌고와 자신들의 만찬을 준비하는 걸 지체하지 않았어요."

내가 이야기를 할 때 퀴헤일란은 눈을 떼지 못하고 듣다가 웃음을 터뜨렸다. 나는 데미르타이를 흉내 내 마지막 문장을 반복했다. "양을 가로챈 세 청년은 자신들의 만찬을 준비하는 걸 지체하지 않았어요." 퀴헤일란은 더 크게 웃었다.

"의사 선생, 이야기를 참 잘 하시는구려." 퀴헤일란 아저씨가 말했다. "하지만 내 안의 목소리는 여전히 이 감방이 이스탄불이라고 말하고 있소. 아버지는 이스탄불에 대해 너무나 많은 이야기를 하셨소. 그래서 난 어떤 말이 진실인지, 어떤 말이 꾸며낸 것인지 구분할 수가 없었소. 어릴 때 나는 벽이 한쪽 끝에서 다른 쪽 끝까지 펼쳐진 지하 도시, 혹은 묘지에 살면서 밤에만 나오는 실종자들이 아버지가 실제로 본 것인지 천일야화에 나오는 것인지 알 수가 없었다오. 의사 선생, 당신이 말했듯이 산다는 건 이상한 모험이오. 2주 전 저들은 멀리 떨어진 마을의 군 경찰서에서 내 눈을 가렸소. 그 후 어두운 복도를 지나 아버지가 말씀하시던 이스탄불에서 눈을 뜨게 된 것이오."

퀴헤일란은 말을 할 때 손을 움직여 허공을 더듬다가 두 손가락을 입 앞에 갖다 댔다. 마치 담배를 피우듯이.

"아버지는 저녁이면 벽에 걸린 조명 앞에서 손으로 그림자를 만들곤 했소. 손으로 능숙하게 도시를 만들기도 했지요. 아버지는 이스탄불을 묘사할 때도 손가락을 썼소. 긴 그림자로는 페리를 만들고 더 긴 그림자로는 기차를 만들었지요. 나무 옆에서 기다리는 젊은이의 그림자를 만들기도 했소. 이 청년이 누굴 기다리는 걸까, 하고 아버지가 물었을 때, 우린 모두 합창을 하듯 말했소. 연인이었지요. 하지만 아버지는 다른 방식으로 사물을 만들고자 하셨소. 이 젊은이를 지하감옥에 가두거나 도둑들의 소굴에 집어넣는 식이었지요. 그래서 우리는 아버지가 이 젊은이를 연인과 다시 만나게 해주실 때는 오히려 실망을 했소. 아버지는 말하시곤 했다오. 이스탄불은 아주 넓은 곳이야. 벽 뒤마다 서로 다른 삶이 있고, 서로 다른 이 삶의 뒤마다 다른 벽이 있지. 우물처럼, 이스탄불은 깊고도 좁아. 어떤 사람들은 그 깊이에 취하고, 어떤 사람들은 그 좁음에 압도되지. 아버지는, 내가 내 눈으로 직접 본 진짜 이스탄불 이야기를 해주마, 라고 말씀하시곤 했소. 아버지는 이야기를 들려주면서 손가락으로 벽에 그림자를 만들어 우리가 살던 작은 집에서 우리를 미지의 도시로 데려다 주었지. 조명 속에서 태어나 그 광활함으로 우리의 밤을 감싸던 도시로 말이오. 의사 선생, 나는 아버지의 이야기를 들으면서 자랐소. 이 문, 이 벽들, 그리고 이 어두운 천장을 잘 알고 있다오. 여기는 아버지가 말씀하시던 곳이오."

"퀴헤일란 아저씨, 이제 첫날입니다. 너무 성급하게 생각하지 마세요. 며칠 두고 보시지요."

"의사 선생, 당신이 얘기하는 걸 듣다 보니 내가 여기 온 지 오래된 듯한 느낌이 듭디다. 지금이 낮이오, 밤이오?"

"잘 모르겠습니다. 다만 먹을 게 오면 아침인 줄 알고 있습니다."

심문자들은 보통 밤에 일을 시작했다. 새로운 희생양을 밤에 찾는 것이다. 심문자들이 새로운 희생자를 잡는 순간 이 지나서야 우리는 잠을 자거나 마음 놓고 숨을 쉬었다. 늘 그런 건 아니었다. 심문자들마다 방식이 다르기는 했다. 나를 여기에 데려온 후 처음 닷새 동안 그들은 죄수들을 감방에 돌려보내지 않고 밤낮 없이 고문하기도 했다.

"오늘 아침으로 뭐가 나올지 궁금하군요." 내가 말했다.

"매일 같은 음식을 주는 게 아니오?"

"물론 아닙니다. 빵과 치즈는 매일 달라요. 어떤 때는 오래되어서 퀴퀴한 냄새가 나는 빵이 나오고, 또 어떤 때는 더 퀴퀴한 냄새가 나는 빵이 나옵니다. 치즈는 어떤 날은 곰팡이가 피어 나오고, 또 어떤 날은 썩은 게 나옵니다. 요리사가 우리 먹을 것을 다양하게 고르는 편이지요."

퀴헤일란이 살짝 웃었다. 지난 두 시간 동안 퀴헤일란은 다리를 접고 벽에 기대 앉아 있었다. 얼굴의 상처는 부풀어오르고 온몸은 타박상을 입은 상태였다. 눈만 빛났다. 퀴헤일란은 몸을 앞으로 숙이더니 어깨를 덮은 윗옷을 반듯하게 폈다. "누가 오는 거 아닌가?" 퀴헤일란이 쇠창살 가에 서 있는 데미르타이에게 물었다.

데미르타이가 뒤로 물러나 쭈그리고 앉으면서 힘없이 고

개를 저었다. "누가 오면 철문 소리가 날 거예요."

"저들이 여자를 데려갈 때 여자는 아무 말이 없었나?"

"아무 말도 없었어요."

퀴헤일란이 잠든 동안 그들은 맞은편 감방의 여자를 데리러 왔다. 퀴헤일란은 여자가 걱정이 돼 데미르타이에게 계속 물었다. 퀴헤일란은 군부대에서 2주 동안 고문을 당하고 여기까지 먼 길을 온 상태였다. 여자도 퀴헤일란처럼 손에 수갑을 찬 채 무장한 간수 네 명과 같이 여기까지 왔다. 퀴헤일란과 함께였다. 퀴헤일란은 간수들이 속삭이는 소리를 엿들었다. 그 덕에 간수들이 여기까지 아주 긴 시간 동안을 왔으며, 여자는 자기보다 훨씬 더 먼 곳에서 왔다는 것을 알아냈다. 여자는 오는 내내 아무 말도 하지 않았다. 피가 굳어 딱지가 않은 입술을 한 번도 움직이지 않았다. 여자는 그들과 오다가 잠깐 멈춰 쉬는 시간에 그들이 준 빵을 한 입도 먹지 않았다. 물만 마셨을 뿐이다. 퀴헤일란은 자신과 자신이 살던 마을 얘기를 하면서, 조용히 듣고만 있는 여자에게 말했다. "네 침묵에 신뢰가 가." 여자는 고개를 끄덕이며 표정으로 수긍하듯 대답했다. 오면서 처음 만난 두 사람은 어두운 굴에서 또 다른 어두운 굴로 여행을 하고 있었다. 고통을 당할 때 사람들의 시간은 다르게 흐른다. 이들이 서로를 신뢰한 이유였다.

"여자가 자기 이름을 얘기하던가?" 퀴헤일란이 데미르타이에게 물었다.

"네. 아니 얘기했다기보다는 썼어요."

"뭐라고 쓰던가?"

"지네 세브다라고 썼어요."

"지네 세브다." 퀴헤일란이 이름을 반복했다. 얼굴이 환해졌다. "여자가 말을 못한다고 생각하나? 말할 수 있지만 안 하려고 하는 거겠지. 죄수라서 말이지. 여자는 학생이 보라고 허공에 손가락으로 글자를 썼어. 나하고 여기 끌려올 때는 왜 그렇게 안 했을까? 간수가 있어서 그랬을까?"

퀴헤일란은 마치 담배를 피우듯이 두 손가락을 입술에 갖다 대고는 깊게 공기를 빨아들였다. 그러고는 담배 연기를 뿜듯이 다시 숨을 내쉬고 머리를 벽에 기댄 채 허공을 한동안 응시했다. 그는 어두운 천장을 찬찬히, 자세히 살폈다. 다시 손가락을 입술에 대고 숨을 들이쉬었다. 퀴헤일란의 행동은 사람들이 혼자서 상상할 때 하는 행동 같았다. 그는 손과 입술을 이용해 담배 피우는 시늉을 한 것이다. 퀴헤일란이 상상의 담배 연기를 빨아들이면서 내게 고개를 돌렸고, 우리는 눈을 마주쳤다.

그는 진지한 표정으로 주머니에서 담뱃갑을 꺼내는 시늉을 하더니, 데미르타이와 내게 권하기도 했다. 순간 나는 너무 당황해 거절을 할 수도 없었다. 나는 그의 빈손에 있는 상상의 담뱃갑에서 담배 마는 종이를 꺼내 종이 위에 담뱃잎 가루를 몇 줌 얹는 척 했다. 담배는 피웠지만 마는 법은 몰랐던 나는 퀴헤일란이 하는 것을 보고 그대로 따라 했다. 그는 주머니에 다시 손을 집어넣어 성냥갑을 꺼내는 척 하더니 있지도 않은 담배에 불을 붙이는 시늉을 했다. 이발사 카모는 우리가 하는 이 시시한 게임을 철저히 무시했다. 몇 시간 동안 잠을 자던 카모는 무릎을 접고 머리를 가슴에 묻은 채 벽에 기대 앉아 있었다.

"나한테 제일 큰 문제는 담배꽁초를 비벼 끌 곳을 찾는 기리오." 퀴헤일란이 말했다. "보통은 벽에 있는 구멍에 쑤셔 넣지만, 구멍을 못 찾으면 바닥에 던지는 수밖에 없어요. 한 번은 깨어보니 칠흑같이 어두운 감방이었소. 손으로 더듬어 방향을 가늠해야 했지. 문이 어디 있는지도 보이지 않았소. 벽에 등을 기대고 담배를 말았소. 성냥을 켜는 순간 감방이 환해졌소. 사람의 이, 턱뼈, 잘려나간 손가락이 석고 반죽 안에 박혀 있는 게 보였다오. 그들은 감방의 벽에 석고 반죽을 바르고 죽은 피해자들의 신체 부위를

붙여 놓았던 거요. 놀란 나는 벽을 만져보고 감방 전체를
자세히 살펴봤소. 손에 쥔 성냥에 불이 붙어 있다는 사실
조차 잊어버릴 정도였다오. 손이 뜨거워지자 나는 고통에
비명을 질렀고 성냥을 바닥에 던져버렸소. 불에 덴 손가락
이 이틀 동안 아팠다오.”

나는 이 일이 퀴헤일란이 꾸며낸 게 아님을, 실제로 일어
났던 일임을 알 수 있었다. 그의 모든 몸짓을 볼 때 손가락
사이에 진짜 담배가 있다고 생각하는 게 분명했다. 담배를
말면서 무릎에 떨어진 담뱃잎 가루를 털어내는 모습이나,
성냥이 다 탔을 때 손가락 끝에 쥔 성냥을 불어 끄는 모습
을 보면 알 수 있었다. 나도 진짜인 것처럼 상상하는 것을
좋아했다. 하지만 나는 데미르타이와 이스탄불을 거니는
것을 상상할 때도 여전히 감방에 매여 있었고, 그게 내 한
계라는 사실을 자각했다. 내 마음은 항상 내 현실의 고삐
에 묶여 있었다. 게다가 상상 게임을 혼자 할 엄두는 내지
못했다. 하지만 퀴헤일란에게 상상이란 없었다. 모든 것은
실제였다. 아저씨는 혼자 있을 때도, 벽이나 어둠에 다른
생명을 부여하면서 상상 게임을 할 수 있었다. 퀴헤일란은
이 감방이 이스탄불이라고 말할 때도 아주 진지했었다. 그
에게 실제가 아닌 것은 없었다. 퀴헤일란은 밖에 나갈 필

요가 없었다. 장소와 시간을 초월해 그는 온 세상을 안으로 끌어들였다. 따라서 이 감방은 이스탄불이었고 담배도 얼마든지 피울 수 있었다.

담배 연기 냄새는 점점 더 강해져 감방 전체를 채웠다. 나는 손으로 부채질을 해 공기를 깨끗하게 만들려고 애썼다. 내가 하는 행동이 실제라고 믿고 싶었다. 좋은 꿈에서 깨고 싶지 않은 것과 비슷했다. 우리는 어린 시절로 퇴행하고 있었다.

내가 담배 끌 곳을 찾고 있는 동안 데미르타이가 퀴헤일란에게 손을 내밀면서 말했다. "재떨이 여기 있어요." 데미르타이는 아무것도 없는 손을 잠깐 동안 위로 올리더니 보이지 않는 재떨이를 내 다리 사이 바닥에 내려놓았다. 내가 먼저 담배를 비벼 껐고 데미르타이도 이어서 그렇게 했다.

"학생." 퀴헤일란 아저씨가 놀란 표정으로 말했다. "자네는 재떨이를 만들면서 방금 내게 상상하는 법을 한 수 가르쳐주었네. 며칠 동안 어디에다 꽁초를 버려야 할지 고민하고 있었는데 말이야. 자네가 그 문제를 해결했다네."

퀴헤일란은 생각에 잠긴 것 같았다. 그는 수염을 쓰다듬더니 내게 말을 걸었다.

"의사 선생, 도시에서는 개가 개라는 걸 어떻게 알 수 있소? 도시에서 사람들은 언덕을 허물고 그 자리에 거대한 건물을 세우지요. 달과 별의 역할은 가로등이 하고 있지. 사람들이 이렇듯 자연의 모든 부분을 변화시키는데 개가 언제까지 개일 수 있을까?"

"이 안에서 존재는 사람들에게 달려 있습니다. 사람들을 알면 개를 포함해 모든 살아 있는 것을 아는 겁니다." 내가 말했다. 내가 한 말이 스스로도 의심스러웠다. 나 자신에게도 비슷한 질문들을 던지고 가장 정확한 답이 무엇일지 궁금해하곤 했기 때문이다.

"사람들에 대해 얼마나 잘 알 수 있을까요, 의사 선생? 당신은 당신이 배를 가른 환자들, 진찰한 환자들의 심장과 간에 대해서 진짜로 알게 됐소? 나 어릴 적 아버지는 그림자놀이로 이스탄불을 묘사하면서, 그곳 사람들은 그림자가 다 비슷하다고 말했다오. 아버지는 사람들이 자신의 모습 중 하나를 뒤에 남겨놓은 다음, 다른 모습을 가지고 도시로 떠났다고 말하곤 했소. 아버지는 그게 나쁘다고 보지 않았소. 오히려 재미있다고 생각했지. 그림자의 매력은 저항이 불가능하다는 거요. 그림자에게는 굴복하지 않는 것이 불가능해요. 우리가 살던 작은 집에서 가끔 밤에 이국적인 과일들에 대해 얘기하시던 아버지는 우리한테 그 과

일들을 상상해 보라고 하셨소. 오렌지에 대해 묘사하실 때는 같은 색깔의 천 조각을 보여주시면서 설명하셨지. 그러고는 껍질을 벗기는 시늉을 하면서 오렌지 조각들을 설명하셨소. 상상의 만찬에 모두 푹 빠지곤 한 거지. 도시 사람들은 자신들이 상상한 것을 만들지만, 우리는 우리 자신의 상상 안에서 만들어졌다오. 우리는 담배가 없어도 담배를 피우고 담배 향을 맛볼 수 있었지. 우리가 가난했기 때문에 그랬을까, 아니면 우리가 존재에 대해 다르게 생각했기 때문에 그랬을까? 아버지는 말해주지 않았소."

가난한 사람들이 아플 때 몽상에 빠지는 것을 본 적이 있다. 이들은 소독약 냄새가 나는 병원 복도에서 힘없는 모습으로 기다렸다. 병세가 아주 악화되거나 곧 죽을 사람들이있다. 마지막 숨을 쉬는 그들 중 절반 정도만이 현실을 인정한다. 그들은 원망하는 표정을 짓지 않았다. 궁금한 표정을 지었다. 나는 그들에게서 봤던 삶의 욕망을 퀴헤일란에게서 읽었다.

"의사 선생, 인간은 자기 자신에게 만족하지 못하는 유일한 존재요. 새는 새일 뿐이며 번식을 하고 날아다니지. 나무는 푸르게 변해 열매를 맺을 뿐이고. 하지만 인간은 다르지. 상상하는 법을 알게 됐기 때문이오. 인간은 이미 있는 것에는 만족을 못해요. 인간은 구리로 귀고리를, 돌로 궁전을 만들어내고 싶어 하지. 인간의 눈은 항상 보이지 않는 것을 향한다고 아버지는 말씀하시곤 했소. 도시는 꿈의 땅이고, 끝없는 가능성을 가지고 있으며, 거기 사는 사람들은 자연의 일부가 아니라 자연을 만들어내는 조각가라고 말이오. 도시 사람들은 짓고 모으고 창조를 하지요. 그들은 보잘것없는 대리석 조각 하나로 시작했지만, 마침내 도시에서 자신의 존재를 장엄한 동상으로 바꿔놓았소. 도시인들이 세련되지 못한 이들을 조롱하는 이유가 바로 여기에 있소. 도시에서 남을 비웃는 것은 신성한 일이오. 도시 사람들은 자신과 같지 않은 모든 사람에게 우월감을 느끼지. 도시 사람들은 흙을 콘크리트로 만들고 달에 가지요. 모든 것을 다 바꾸는 거요. 그들이 모든 것을 다 바꾸면서 시간에는 가속이 붙고, 시간에 가속이 붙으면서 인간의 욕망은 억제가 불가능해진다오. 사람들에게 어제는 죽은 존재, 가버린 존재이고 오늘은 불확실한 존재지요. 개와 사랑과 죽음은 불확실한 거지요. 사람들은 이 모두를 같은 정도의 의심과 열정을 가지고 바라보지요. 그리고 이 모두에 익숙했던 아버지는 도시에서는 다른 사람이 됐다오. 마을로 돌아올 때, 아버지는 항상 이방인처럼 돌아왔소. 아버지는 우리를 안아주려 하지 않았소. 자신이 이전 모습으로 돌아올 때까지 기다리곤 하셨소.”

"아버지는 자신의 이런 모습을 심해 잠수부들이 겪는 수심 중독에 비유하곤 했소. 아버지는 도시 중독이라는 말을 쓰셨지요. 그럴 때 아버지는 안 드시던 와인을 드셨소. 와인을 가장 열렬하게 마시는 사람들, 더불어 가장 치유되기 힘든 몽상가는 분명 뱃사람들일 거요. 아버지는 늙은 뱃사람과 같은 감방에서 지내면서 어느 뱃사람이 악몽을 꾸는 것을 본 적이 있다고 하셨소. 이 뱃사람은 자기가 타고 있는 배가 가라앉는 꿈을 꾸다 식은땀을 흘리면서 깨어났지요. 어두운 바다를 휘저으며 폭풍을 일으키는 흰고래 한 마리가 배들을 폭풍 쪽으로 끌어당기는 꿈이었소. 모든 뱃사람들의 꿈은 흰고래를 발견하는 것, 파도를 헤치고 그 고래를 추격해 작살로 죽이는 거요. 흰고래를 발견한 사람은 먼바다를 항해한 선장 한 명밖에는 없소. 선장은 이 바다괴물에게 열렬한 증오를 품고 있던 사람이었소. 여러 해 전 이 고래가 선장의 다리 한 쪽을 물어뜯었기 때문이오. 선장과 이 고래가 다시 만났을 때 고래의 분노와 선장의 분노가 충돌했지. 결국 고래는 선장의 큰 배를 작살냈고 선장과 선원들은 모두 바다 밑으로 빠져 버렸소. 갑판원한 명만 겨우 살아남아 바다에서 벌어진 긴 추격전과 파도 한가운데에서 치러진 마지막 싸움에 대해 얘기할 수 있었소. 그날 이후 뱃사람이라면 누구나 흰고래를 발견하는 꿈을 꾸지요. 인어를 발견하는 꿈보다도 더 많이 꾸는 꿈이라고 하오. 아버지는 손가락으로 우리 방 벽에 그 고래의 그림자를 만들어 위아래로 헤엄치게 하면서, 이스탄불의 뱃사람들이 같은 방식으로 파멸했다고 말씀하시곤 했소. 북에서 남으로, 동에서 서로 돌아다녔던 사람들은 몇 달 뒤 안개 낀 항구로 돌아왔소. 실의에 빠져 빈손으로, 그리고 완전히 패배한 상태로 돌아온 거요. 수많은 뱃사람들이 흰고래 환상에 마음을 빼앗겨 단검을 자기 몸에 꽂고 악몽에 시달리지요. 아버지와 같은 감방에 있던 늙은 뱃사람도 그 중 하나였소. 의사 선생, 아버지의 이야기들이 다 그렇듯이 이 이야기도 사실이며 비밀을 숨기고 있소. 이 이야기를 들은 적 있는 사람도 거의 없을 거요."

퀴헤일란은 깊게 숨을 들이쉬고 똑바로 앉았다. 마치 중요한 성명을 발표하려는 것 같았다. 그는 내게 고개를 돌리더니 말했다. "의사 선생이 아까 들려준 한 늙은 여인 얘기는 나도 알고 있는 거요. 아버지한테 들었소. 아버지는 양을 개로 잘못 생각한 늙은 여인과 그 양을 가로채 포식

한 청년들 이야기를 우리에게 하면서 웃으셨지."

"아버님이 아직 살아 계신가요?" 내가 물었다.

"내가 그렇게 어려 보이오? 아버지는 오래 전에 돌아가셨소." 퀴헤일란이 대답했다.

퀴헤일란은 손을 올려 손가락으로 벽을 만졌다. 감방이 실제로 존재하는지 확인하려는 듯. 그는 자기 아버지도 오래 전 이 감방에 머물렀다고 생각하는 듯했다. 퀴헤일란은 아버지가 이 감방에 있었다는 증거를 찾으려는 듯 벽을 쓰다듬었다. 퀴헤일란의 아버지가 여기 있었다는 증거는 없지만, 그 전에 이 방을 거쳐간 사람들이 있었다는 증거는 아주 많았다. 나도 손가락으로 천천히 벽을 더듬었다.

내가 말했다. "퀴헤일란 아저씨, 늙은 여인의 이야기를 아신다고 했지요? 저도 흰고래 이야기를 알고 있습니다. 아저씨께 많은 이야기를 들려드릴 수 있었습니다. 고래를 작살로 죽이려 40년간 배를 탄 선장 이야기부터 혼자 살아남은 갑판원의 삶 이야기까지 말입니다."

"내가 들려준 뱃사람의 이야기를 이미 알고 있었소?"

퀴헤일란이 놀라는 것을 보면서 데미르타이가 끼어들었다. "그 얘기는 저도 알아요."

복도에서 희미한 소리가 들렸다. 데미르타이가 몸을 쭈

그리며 조용히 하라는 손짓을 하더니 문 밑 틈으로 밖을 내다보았다. 복도 맨 위쪽 방에 앉아 있는 간수들은 가끔 감방 순찰을 했다. 죄수들이 얘기하는 것을 잡아내기 위해서였다. 간수들마다 방식이 달랐다. 어떤 간수는 조용히 엿들으면서 비밀을 알아내고, 어떤 간수는 누구든 말을 하면 감방 안으로 들이닥쳐 징벌을 가했다. 데미르타이가 똑바로 앉아서 말했다. "이제 괜찮아요. 갔어요."

"학생도 고래 얘기를 알고 있었구먼." 퀴헤일란이 중얼거렸다.

"이 감방에서는 서로 다 아는 이야기를 다시 합니다, 퀴헤일란 아저씨. 처음에는 데미르타이와 나만 이야기를 했어요. 같은 이야기를 두 번 한 적도 있습니다. 아저씨를 위해서 세 번째로 하겠습니다."

문가에 앉은 데미르타이가 다시 조용히 하라는 손짓을 했다. 발자국 소리가 희미하게 들렸다. 간수의 그림자가 쇠창살에 드리워지다가 천천히 사라졌다. 발자국 소리는 얼마 안 가서 멈췄다. 간수는 감방들을 돌면서 소리를 듣고 있었다. 우리는 서로를 쳐다보았다. 데미르타이와 나는 이런 순찰에 익숙해진 상태라 한참 동안 아무 말도 하지 않은 채 앉아 있곤 했다. 간수의 순찰이 오랫동안 계속

되자 우리는 순찰이 끝나길 기다리는 대신 잠을 청하려 했다. 감방 문 열리는 소리가 들린 것은 그때였다. 곧 구타 소리가 들릴 차례였다. 어떤 죄수들은 애원을 하고 어떤 죄수들은 저항을 했다. 간수들이 자기들 방으로 돌아가자 데미르타이와 나는 이곳을 떠나 먼 곳으로 가는 상상을 했다. 우리는 파나마 국기를 단 화물선을 타고 이스탄불 보스포루스 해협을 통과해 흑해로 가고 있었다. 시원한 바람이 갑판 위에 불었고 우리는 일렁이는 파도와 갈매기들을 벗 삼아 순항을 했다. 어둠이 내리자 우리는 객실로 내려가 손에 기름때가 시꺼멓게 낀 갑판원과 함께 TV를 보았다. 우리는 어떤 영화가 나와도 서로 이야기를 했다. 영화가 두 시간 동안 계속되면 우리는 두 시간 동안 계속되는 이야기를 만들어냈다. 객실은 이 감방만큼 작아서 피곤해지자 몸을 접고 자야 했다. 그곳도 추웠다.

우리가 간수의 발자국 소리를 듣는 동안 이발사 카모가 깨어나, 아무 말도 하지 않은 채 커피집의 노인들처럼 먼 곳을 생각하며 앉아 있는 우리 모습을 보았다면 어떻게 행동했을까? 자기가 자는 동안 무슨 일이 일어났는지 알려고도 하지 않았을까? 자신을 제외한 모든 사람이 얼마나 견딜 수 없는 존재들인지 생각했을까? 왜 자기가 우리를 참

아내야 하는지 생각했을까? 아마 카모는 말을 하거나 뭘 물어볼 필요도 느끼지 않았을 것이다. 다만 카모는 피곤에 지쳐 다시 고개를 가슴에 묻고 졸았을 것이다. 잠들기 전에는 데미르타이에게 싫은 소리를 할 구실을 찾아냈을 것이다. 우리는 우물 밖에 있지만 카모는 영원히 우물 속에 갇혀 있었다. 카모는 자신을 알았다. 스스로 그렇게 말했다. 반면, 우리는 너무 거만해져서 이제는 여기 있는 우리 자신을 그대로 받아들여야 했다. 우리는 밝은 곳에서 지나치게 많은 것들에 손을 댔었다. 그러다 보니 혼돈과 어리석음 속에서 삶을 산 것이다. 우리는 가망 없는 사람들이었다. 카모는 욕을 하면서 우리를 그대로 두는 수밖에 없었다.

카모가 들어오던 날, 나는 감방에 혼자 있었다. 카모는 개와 함께 갇힌 고양이처럼 안절부절 못했다. 나는 카모에게 다친 데가 없는지 물었다. 카모는 대답하지 않았다. 내 소개를 했지만 카모는 이해가 안 간다는 듯 내게 질문을 퍼부었다. "당신 누구야? 여기 얼마나 있었어? 나를 당신하고 같은 감방에 넣은 거야?" 카모는 아주 지저분했고 냄새가 심했으며 허기를 느끼고 있었다. 카모는 내가 준 빵을 받지 않으려고 했다. 빵을 받기 위해 팔을 뻗을 때도 나를 노려보았다. 우리는 잘못된 장소에서 만난 것이다. 내가 먼저 감방에 들어왔고, 카모는 새로 들어온 사람이었다. 카모는 몇 시간을 아무 말도 하지 않고 앉아서 기다리거나 내게 달려들어 목을 조일 준비가 돼 있었다. 이곳은 항로에서 벗어난 배의 짐칸이었을까, 아니면 카모가 어떻게 탈출해야 하는지 몰랐던 위기의 바닥이었을까? 세 개의 벽, 하나의 문, 그리고 피를 뒤집어쓴 남자 하나가 있을 뿐이었다. 카모는 자기가 눈을 감으면 다른 곳에서 깨어날 거라고, 한순간 장소가 바뀔 거라고 믿는 듯했다. 카모는 자신의 존재를 처음부터 다시 이해해 보려고 애쓰면서, 호기심 어린 눈길로 사물을 응시했다. 밖에서 비명 소리가 들렸을 때 카모는 고개를 들었다. 이 울림은 누구 목소리였을까? 카모 자신의 목소리였을까? 목소리가 들린 벽은 얼마나 떨어져 있었을까? 자신을 믿는 것과 자신을 잃는 것 사이에는 아주 미세한 경계가 있을 뿐이었다. 카모는 그 미세한 경계에서 머리가 어지러워지는 것을 두려워했을까?

고통은 공유가 안 된다는 사실을 머리로 아는 것과 몸으로 체감하는 것은 완전히 다른 차원이었다. 견딜 수 없는 고통을 겪은 다음 제정신으로 돌아올 때마다 우리는 몇 달, 몇 년이 지나갔다고 생각했다. 그게 순식간에 일어난 일이었던가? 우리는 그 문제를 알아내려 애썼고, 그 순간이 지금까지의 시간 중 가장 긴 시간일 수 있다는 사실에 두려움을 느꼈다. 고통을 당할 때 시간은 길어지기보다 깊어졌다. 이발사 카모는 그 사실을 경험으로 알고 있는 것 같았다. 감방에 들어올 때 카모의 얼굴은 엉망이었고 머리는 멍했다. 카모는 삶의 벽에 너무 많이 부딪혔고 자꾸만 넘어졌다. 의심이 방어장치였다면 나는 카모의 쌀쌀맞은 태도를 이해할 수 있었다. 나는 카모에게 빵과 물을 건넸고 말을 걸었다. 카모처럼 나도 뭘 모르는 사람이 아니었다. 나는 죽음의 문턱을 밟고 서 있었다. 이발사 카모는 벽에 묻은 핏자국을 들여다보고 공기에서 흐르는 죽음의 냄새를 들이키더니 중얼거렸다. "사람에게는 자기 자신이라는 섬밖에 없어." 무관심 대화법인가? 아니면 체념한 건가? 그렇다면 나는 어떤 문제든 덜 심각하게 만들 말을 언제라도 찾아낼 수 있었다.

"희망은 우리가 가진 그 무엇보다 더 좋은 것이지요." 쇠창살에 통해 들어오는 빛을 가리키면서 나는 말했다. 카모는 무표정하게 나를 응시했다. 나 또한 그들이 나를 이 감방에 넣은 날 똑같이 벽을 응시했었다. 여기서 우리의 경계는 벽과 사람들이었다.

이발사 카모의 불안과 무관심은 며칠이 지나도 수그러들지 않았다. 여기까지 오기 전에 카모는 자신에게 손짓하는 모든 풍파, 자신이 해결하려 애썼던 모든 불화를 다 겪어냈다. 카모의 고약한 성질은 아주 오래된 상처를 숨기는 수단이었다.

"이게 이스탄불의 깊이라는 것이지." 천장을 올려다보며 카모가 말했다. "내가 상상했던 꼭 그대로야."

카모가 상상했던 것이라고? 왜 카모는 떠날 수도 있었던 이 도시에 그렇게 집착했을까? 도시 하나를 아는 데는 사흘이 걸린다. 하지만 진정으로 그 도시를 알기 위해서는 세 세대의 시간이 필요하다. 잘 아는 것과 깊게 아는 것 사이의 견고한 벽을 없애기 위해서는 시간이 필요했다. 순간에 이루어질 수 있는 일이 아니었다. 똑같은 벽이 도시와 사람들 모두에 존재했다. 도시의 깊은 부분이 어두웠다면 사람들의 깊은 부분도 그랬다. 축축하고 추운 곳이었다. 아무도 도시와 사람들 안의 어둠으로 내려가 자기 자신과 대면하려고 하지 않았다. 이발사 카모를 제외하고는 아무도 그렇게 하지 않았다. 그는 내면을 들여다보았다. 카모는 자기 영혼을 자세히 들여다보면서 도시의 깊은 부분을 알게 된 것이다. "내가 상상했던 꼭 그대로야." 유일한 스승이 고통밖에 없었던 사람들이 있다. 도시를 속속들이 아는 데 카모는 사흘, 세 세대가 필요하지 않았다. 세 번의 깊은 상처면 충분했다.

반면 퀴헤일란은 자신이 꿈꾸던 도시에 오게 된 것이다. 여기서 퀴헤일란은 완전히 새로운 자연, 새로운 사람을 만났다. 그가 자란 마을의 자연과는 뚜렷한 대조를 이루는 자연이었다. 그는 무아 상태의 시인, 무모한 탐험가, 격정에 사로잡힌 연인들의 말투로 말했다. 그는 자신이 속한 현실보다 자신이 보지 못한 현실을 더 중요하게 생각했다. 지하가 퀴헤일란에게 좋은 이유가 그것이었다. 그가 이스탄불을 지상에서 보았다면 실망했을지도 모른다. 보고, 맛보고, 즐거움을 얻는 곳으로 변해버린 이 도시의 모든 구석에는 더 이상 불행이 숨어 있지 않았지만, 옛날이야기를 간직한 마법의 세계도 같이 사라졌다. 첫 세대가 온 힘과 창의력으로 부딪혔던 이 도시는 욕망에 자리를 내주었다. 사람에 대한, 예술에 대한, 개에 대한 사랑의 원동력은 욕망이었다. 욕망은 숲속으로 뛰어 들어가 길을 잃고 만 아이들, 혹은 손이 닿는 무엇이든 먹어치우지만 여전히 배가 고픈 것과 비슷하다. 퀴헤일란에게 이런 얘기를 할 수는 없었다. 감방에서 언제 침묵을 지켜야 하는지 그가 알아야만 했다. 나는 한 곳에서의 아름다움이 바로 다른 곳에서는 없어진다고, 또는 그렇게도 많은 젊은이들이 꿈의 도시를 찾지만 실패하고 만다는 것을 말할 수 없었다.

　나 어릴 적 이스탄불은 거리에서 피가 박동했다. 하지만 이스탄불은 빠르게 길, 다음에는 광장, 그 다음에는 자동차와 높은 빌딩으로 채워졌고 우리의 삶에서 사라져 버렸다. 어쩌면 이스탄불은 그 전에 이미 사라지기 시작했지만 내가 눈치 채지 못한 것일 수도 있다. 유년기를 지난 나의 키가 해마다 커지는 사이 건축물들도 커졌다. 점점 더 높은 건물이 여기저기서 솟아올랐다. 그리고 이제 생각해 보면, 거리는 더럽거나 먼지가 많았었던가? 높은 건물들이 들어서기 전에 우리가 거리에서 살던 삶은 더러웠던가? 도시가 모든 방향으로 무질서하게 팽창하던 과거에는 집들을 수직으로 층을 올려 하늘을 가리는 건 생각할 수 없는 일이었다. 건물을 지어도 하늘이 보여야 했다. 나는 어려도 그 정도는 알았다. 어느 거리에서나 고개를 들면 하늘이 보였다. 그런데 도시의 스카이라인이 확장되면서 작은 언덕들을 모두 붙여놓은 것처럼 파도 모양을 이뤘다. 돔과 고층건물 옆에는 큰 광장이 있었다. 하지만 나 어릴 적, 거대한 그림자들에 짓밟힌 광장은 하나도 없었다.

2주 전 라그프 파샤 도서관에 가보니 그 도서관은 더 이상 어린 시절 내가 알던, 사람들의 시선을 사로잡는 멋진 건물이 아니었다. 외로운 다이아몬드처럼 랄렐리 언덕을 굽어보던 라그프 파샤 도서관은 작아지고 이제는 사람들, 광고판, 자동차 사이에서 몸을 움츠리고 있었다. 도서관 앞으로 인도가 올라앉은 걸로 보아 도서관 주출입구가 땅에서 2미터 아래로 내려앉은 상태였다. 지나가는 사람들은 도서관을 눈여겨보거나 그 문 뒤에 뭐가 있는지 궁금해하지 않았다. 도서관의 안뜰에 발을 들여놓자 거리의 부산스러움은 사라지고 없었다. 아주 오래된 도시에 있는 느낌이 들었다. 수백 년 전에 놓인 대리석, 조각, 그리고 청동판화들은 잊힌 시대의 일부가 돼버렸다. 새들은 조용히 날개를 퍼덕였고 장미 덤불은 겨울을 준비하며 잎을 떨어뜨렸다. 이상한 느낌으로 주변을 돌아보는데 사람은 스트레스를 받지 않고 살 권리가 있으며, 사람들이 어쩌다 깃들인 장소가 거기 사는 그들을 변하게 할 수 있다는 생각이 문득 들었다. 이 멋진 도서관에서 시간은 도시의 시간과는 다르게 흘렀다. 그곳에서 시간은 앞으로도 뒤로도 흐르지 않았다. 시간 자체를 둘러싸고 원을 그릴 뿐이었다. 마치 다른 차원의 중력에 영향을 받는 것 같았다. 나는 그전에는 전혀 떠오르지 않았던 질문을 했다. 이 안뜰의 세상은 바깥 세상과 어찌 그리도 다를 수 있을까? 문을 하나 지났을 뿐 인데 어떻게 불에서 물로 옮기는 것처럼 하나의 시간에서 또 다른 시간으로 옮겨올 수 있을까? 특히 이 두 개의 세 상이 서로의 안에 있는데, 창을 통해 서로의 세상을 볼 수 있고 귀를 기울이면 서로 건너편 세상의 소리를 들을 수 있는데도 말이다.

도서관에서 만나기로 한 사람을 찾아 안뜰 반대편으로 가로질렀다. 계단을 올라 열람실로 갔다. 열람실의 네 기 둥 위에 작은 돔이 있었던 게 기억났다. 벽은 파란색과 흰 색 타일로 장식돼 있었다. 책과, 나무캐비닛에 담긴 손으 로 쓴 원고들을 둘러보았다. 어릴 적 여기서 공부를 할 때 나는 책에서 눈을 떼고 열람실 안을 가만히 바라보곤 했 다. 그렇게 생각에 잠겨 얼마를 있었는지는 기억이 안 난 다. 얼굴에 닿는 공기가 차가웠다. 문득 내가 여기 왜 왔는 지 기억이 나자 나는 열람실에 있는 책상들을 둘러보았다. 책상은 하나를 제외하고는 모두 열심히 공부하는 학생들 로 채워져 있었다. 내가 만나기로 한 여자가 누구인지 몰 랐다. 책을 통해 알아볼 수 있을 터였다. 해부학 책으로 공 부하는 여자일 것이기 때문이었다. 사람들 몇 명이 내 쪽을 흘낏 보더니 가버렸다. 나는 책상들을 살펴보면서 천천히 걸었지만, 내가 찾는 여자는 없었다. 벽에 걸린 갈색 나무시계를 올려다보았다. 내 시계보다 10분이 빨랐다. 시계가 잘못된 걸까, 아니면 내가 약속 시간에 늦을 것일까? 걱정은 내가 과거를 떠올리면서 곧 사라졌다. 저 시계는 내가 어리던 때의 시계와 같은 시계였다. 항상 10분이 빨랐다.

나는 안뜰로 다시 나왔다.

도서관과 도서관 밖의 거리를 분리시키는 안뜰을 천천히 바라보면서 보스포루스 해협으로 들어오는 바닷물을 생각했다. 이스탄불은, 해수면에서는 북쪽에서 남쪽으로 흐르지만 해저에서는 반대로 흐르는 보스포루스 해협의 바닷물을 닮았다. 이스탄불은 같은 장소에서 살아가지만 서로 다른 방식으로 펼쳐지는 삶들을 보여주고 있었다. 바로 옆이지만 서로 다른 시대에서 사는 삶들을 보여주었던 것이다. 이스탄불은 장소가 시간을 지배할 수 있으며, 소용돌이처럼 시간은 다른 장소들로 옮겨질 수 있다는 것을 보여주었다. 건축가들은 시간을 처리하는 기술을 물리학자들보다 먼저 완성한 사람들이다. 건축가들은 장소를 터널의 형태로 만들어 시간이 그 터널을 지나 사람들을 하나의 시대에서 또 다른 시대로 이동시키도록 만든다. 그리하여 군중과 인접한 이 작은 도서관에서 시간은 다른 방향으로 흐른다. 보스포루스 해협 깊은 곳의 보이지 않는 소용돌이처럼, 시간은 이 도시의 밑바닥에 흐르는 물결 속에서 고요하고 평안하게 제 존재를 이어가는 것이다.

　내 주변에 있는 여자들의 머리 모양과 옷은 다 같아 보였다. 젊은 사람들은 다 비슷해 보인다고 항상 생각했지만, 그날 따라 유독 더 그런 것 같았다. 내가 나이가 들어서 그럴까? 흰머리가 점점 늘어나는 걸 보면 분명 나이들고 있었다. 나는 현관에 서서 안뜰 쪽을 바라보았다. 해부학 책을 들고 있는 사람은 보이지 않았다. 아마 여자는 다른 젊은 사람들과 섞여서 눈에 띄지 않았을 수도 있었다. 하지만 여자도 나를 볼 것이고 어쩌면 알아봤을 수도 있었다. 나는 잭 런던의 《바다늑대》를 재킷주머니에서 꺼냈다. 여자가 책 제목을 볼 수 있도록 앞표지를 바깥쪽으로 보이게 하는 것도 잊지 않았다. 몇 사람이 나를 쳐다보았다. 그들은 자기 아버지뻘 되는 내가 여기서 뭘 하는지 궁금해했을까? 다시 열람실로 갔다. 책이 눈에 띄도록 들고 열람실을 왔다갔다 하면서 여자들을 똑바로 바라다보았다. 여자들도 나를 쳐다보았다. 그 순간 사람들이 일제히 일어나 총을 꺼내 소리치기 시작했다. "꼼짝 마. 움직이면 죽는다." 몇 사람이 안뜰에서 열람실로 뛰어들어 내 머리에 총을 겨눴다. "당신 의사야? 당신 의사냐고?" 내가 대답하지 않자 그들은 내 뒤통수를 쳤고, 나는 쓰러졌다. 《바다늑대》가 손에서 떨어졌다. 그들은 책을 발로 차버렸다. 귀에서 웅웅 소리가 나고 머리가 어지러웠다.

안에서는 시간이 마치 고장난 시계처럼 갑자기 정지한 느낌이었다. 하지만 안뜰을 나와 이스탄불의 소란스러운 소리를 듣게 되자 감각이 다시 돌아왔다. 함정을 판 경찰들이 도서관 전체를 에워싸고 있었다. 사람들이 인도에 서서 나를 쳐다보았다. 내가 살인자, 도둑, 강간범이었나? 사람들은 서로 밀치면서 나를 더 잘 보려고 했다. 경찰이 내 양 팔을 묶고는 앞으로 걸어가게 할 때 나는 사람들의 얼굴을 보았다. 내가 저 사람들과 같은 시간 속에 살고 있었을까? 도시를 건설할 때 사람들은, 마치 대리석 조각상을 새기듯, 자기 자신도 동시에 조각한다는 퀴헤일란 아저씨의 말이 맞았다. 하지만 아저씨가 거리에서 나를 바라보던 사람들을 보았다면 이렇게 물었을 것이다. "도시의 시간이 이 사람들을 무엇으로 만들어 놓았는가?"

철문 소리가 들렸다. 나는 몽상에서 슬며시 빠져 나와

감방으로 돌아왔다.

"지네 세브다를 다시 데려왔을까?" 퀴헤일란이 물었다.

철문이 천천히 삐걱거리는 소리를 내자 우리는 심문자들이 어떤 감방을 고를지 궁금해졌다. 여기는 감방이 아주 많다. 전쟁터에 나가는 군인 중 누구도 자기가 죽을 거라고 생각하지 않는다. 우리도 그랬다. 우리는 모두 같은 생각을 하고 있었다. 곧 그들은 누군가를 철문 밖으로 끌어낼 것이다. 하지만 그게 누굴까? 이 문제를 피해가는 가장 좋은 방법은 더 좋은 것들을 생각하는 거였다. 아마 더 좋은 그것은 아침에 우리가 먹을 빵과 치즈를 받는 일일지도 모른다.

이발사 카모가 고개를 들고 쇠창살을 쳐다보았다. "빨리 왔으면 좋겠군." 카모가 말했다.

"아마 먹을거리를 가지고 왔을 겁니다. 배가 고픈가, 카모?" 내가 물었다.

카모는 대답하지 않았다. 내 얼굴의 미소도 신경 쓰지 않았다. 카모는 오로지 쇠창살로 들어오는 빛에만 집중하고 있었다.

"잠은 잘 잤나?" 내가 다시 물었다. "우리가 오래 이야기를 해서."

"당신네들 얘기하는 것 때문에 잠을 못 잔 건 아냐. 개 짖는 소리 때문에 계속 깼어."

"개 짖는 소리라고?"

"못 들었나?"

"당연하지. 여기 개가 어디 있다고?"

"당신네들은 얘기하느라 바빠서 몰랐던 게지. 개 짖는 소리가 먼 곳에서 났어. 벽 너머에서 말이지."

"꿈을 꾸었군."

"꿈과 현실은 나도 구분할 줄 알아, 의사 선생. 개 짖는 소리가 들릴 때마다 눈을 뜨고 내가 감방에 있는지 확인했어. 개 짖는 소리는 이 감방처럼 실제였어."

퀴헤일란이 카모의 어깨에 가만히 손을 얹고 말했다. "당신 말이 맞소. 개 짖는 소리가 먼 데서 났지만 우리는 못 들었소."

카모는 처음에는 자기 어깨 위에 얹힌 퀴헤일란의 손을, 다음에는 그의 얼굴을 보았다. "흰 개가 짖는 소리 같았어요. 흰 개가 크게 짖는 소리 말이야."

퀴헤일란이 손을 뗐다. 밖에서 말소리가 나자 우리는 모두 문 쪽으로 돌아앉았다.

"내가 담당하는 놈들이 이 자들이요." 한 사람이 말했다.

그가 이름을 말하지 않았으므로 분명 간수에게 종이를 보여주고 있었을 것이다.

"놈들 모두 같은 감방에 있습니다." 간수가 대답했다.

"감방 번호가?"

"40번입니다."

우리는 서로를 바라다보았다. 마지막 남은 온기를 유지하려고 우리는 손을 겨드랑이 넣고 있었다. 우리는 아무 말도 하지 않고 기다렸다.

덜컹덜컹 하는 발자국 소리가 콘크리트 바닥에서 났다. 돌이 움직이는 것 같았다. 그들이 몇 명인지 알기는 어려웠지만 보통 때보다는 많은 듯했다. 복도는 끝도 없이 펼쳐져 있었고 심문자들의 말은 벽에서, 우리 귀에서 울렸다. 그들이 우리 방을 지나쳐 가기를 바랐지만 발걸음은 우리 방 문앞에 멈춰 섰다. 그들이 쇠로 만든 빗장을 밀어 회색 문을 열었다. 빛이 홍수처럼 쏟아졌다.

이발사 카모가 우리 앞에서 일어났다.

간수는 카모를 밀쳐내더니 말했다. "넌 거기 있어, 멍청한 놈. 다른 사람들은 모두 밖으로 나와."

셋째 날

이발사 카모의 이야기

벽

"해가 질 무렵 이슬람 수도승 복장을 한 여행자가 긴 지팡이를 짚고 산속에 자리 잡은 한 마을에 도착했지. 마을은 구름에 둘러싸인 곳이었어. 멀리서 보면 돌로 지은 집들과 나무가 없는 마당 때문에 돌로 가득한 황무지처럼 보이는 곳이지. 처음에 여행자가 만난 것은 벽, 그 다음에는 개, 그 다음에는 벽의 그늘에 앉아 있는 노인들이었어. 노인들이 여행자의 이름을 물었을 때 여행자는 예언자라고 대답했어. 마을 사람들이 여행자를 집으로 초대했지만 정중히 거절했어. 마을 사람들은 멀리서 온 여행자의 갈라진 맨발, 여행자가 지나온 길의 핏자국을 보고는 초대를 받아들이라고 권하면서 여행자에게 먹을 것을 줬지. 물만 마시고 나서 여행자는 부드러운 말투로 말했어. 자기가 예언자라는 걸 믿는다면 그가 누구이든, 그 사람의 음식을 먹고 그 사람의 손님이 되겠다고. 아이들은 신기한 듯 여행자를 바라보았고, 연장자들은 웃었어. 여행자는 밖에서 밤을 보냈지. 아침에 여행자는 마을 사람들에게 자신이 예언자라고 다시 말하고는 기적을 행해 달라는 마을 사람들에게 열정적으로 소리쳤어. 마음을 나타내는 말이 가장 위대한 기적입니다! 다른 기적을 찾지 말고 말을 믿으십시오! 아무도 그의 말을 믿지 않았고 여행자는 그날 밤도 밖에서 잤지. 물만 마시고는 벽의 그늘에 있는 개들 옆에서 잤어. 다음날 여행자가 말을 시작했을 때 아이들이 몰려들었고 연장자들은 웃었지. 여행자는 고요하게 있었어. 내 말을 믿지 않으려 하는 여러분은 이 벽이 말을 한다면 벽의 말을 믿으시겠습니까? 여행자가 물었어. 그들은 그러겠다고 이구동성으로 대답했지. 검정색 수도승 겉옷에 여기저기 기운 바지를 입은 여행자는 맨발이었어. 가진 거라고는 지팡이와 어깨에 메고 다니는 자루 하나밖에 없었어. 여행자는 뒤로 돌아서 벽에게 말을 걸었어. 이봐, 벽! 노인들과 아이들에게 내가 예언자라고 말하게! 마을 사람들은 의심이 들었지만 아무 말도 하지 않고 기다렸지. 마침내 벽이 말하기 시작했어. 이 사람이 거짓말을 하는 겁니다. 이 사람은 예언자가 아닙니다!"

이 감방에서 얼마나 오래 혼자 지냈는지 모르겠다. 저들은 의사, 학생, 퀴헤일란 아저씨를 모두 데려가고 나만 여기 남겨두었다. 혼자 남은 나는 벽에게 말을 했다. 앉아서 맞은편 벽을 보고 이야기를 들려주었다. 혼자 웃으면서. 이제 나 말고는 아무도 없어서 시간은 훨씬 더 쾌적하게 흘렀다. 다른 사람의 고통을 지켜보지 않아도, 다른 사람들이 하는 헛소리를 참지 않아도 됐다. 나는 인간의 영혼에 대해 잘 안다. 인간의 영혼은 진실을 원하지만 진실을 이해하지는 못 했다. 그렇게 땀을 흘리고, 그렇게 모든 것들을 소유하고, 그렇게 숭배를 하고도 인간이 믿을 수 있는 게 무엇이었던가? 벽이 말을 하는 기적, 아니면 벽이 한 말? '이 사람이 거짓말을 하는 겁니다. 이 사람은 예언자가 아닙니다!' 사람들 자체가 거짓말 아니던가?

의사와 학생이 이 이야기를 들었다면 이렇게 말했을 것이다. "우리도 그 이야기 알아요. 우린 이미 알고 있는 이야기를 서로 합니다. 이미 있는 것을 공유하지요." 다른 방법이 있던가? 세상에 하지 않은 이야기나 하지 않은 말이 남아 있을까?

몇 시간 동안 갑자기 비가 쏟아져 아무도 밖에 나가지 않았던 어느 봄날, 이발소에 온 손님들에게 이 여행자 이야기를 들려준 적이 있다. 손님 중에서 건축가 아다자는 산속 마을 사람들이 당황한 부분에서 커피를 넥타이에 쏟기까지 하면서 가장 크게 웃었다. 아다자는 거울을 들여다보며 자기 자신까지 비웃었지만, 그날 밤 눈을 동그랗게 뜨고 잠을 이루지 못할 것이라는 사실은 몰랐다. 기분 좋게 이발소를 나섰던 아다자는 다음날 이른 아침 눈이 충혈이 돼 이발소로 다시 왔다.

"카모, 사실을 말해주게. 밤새도록 그 이야기가 머릿속에서 떠나지 않았네. 여행자는 예언자였나?"

나는 아다자를 진정시키고는 파란색 테두리로 싸인 기울 앞 의자에 앉게 했다. 그런 후 옆의 찻집에서 차 두 잔을 배달시켰다.

"아다자 선생님." 내가 말했다. "선생님께서는 내게 설명을 해달라고 하시지만, 설명을 한다고 제 말을 그대로 믿으실까요?"

"믿지."

차가 배달됐다. 나는 한 모금 마시고, 아다자는 잠시 말을 멈췄다.

"내가 그 예언자였다고 말하면 믿으시겠습니까?"

아다자는 답을 하지 않았다. 나는 아다자에게 담배를 권하고 불을 붙여준 다음 내 담배에도 불을 붙였다.

"내가 그 예언자였다는 말을 믿지 않는군요." 나는 이야기했다. "좋습니다. 그럼 벽이 말을 한다면 벽의 말을 믿으시겠어요?"

아다자는 벽을 바라다보았다. 벽에 걸린 사진의 처녀의 탑, 배, 그리고 갈매기를 자세히 보았다. 사진 밑에 있는 바질과 작은 라디오도 아주 꼼꼼히 관찰했다. 그의 시선은 다시 국기와 거울 위에 걸린 포스터로 향했다. 아다자는 포스터에 있는 여인의 영리한 미소에 빠져들었다. 모든 손님들이 쳐다본 여인의 다리가 아니라 얼굴에 빠져 있었다. 아다자는 포스터에 깊이 빠졌다. 마치 이 여인과 마지막으로 만나기로 약속한 곳에 자기가 나가지 않아서 연락이 끊겼지만 아직도 여인과의 추억을 잊지 못해 소중히 여기는 듯한 표정이었다. 아다자가 여인과의 밀회 약속을 지켰다면 그 둘은 여기로부터 먼 어딘가에서 행복하게 살게 되었을까? 건축가 아다자는 포스터에서 눈을 떼고 파란색 테두리 거울에 비친 자신의 얼굴을 보았다. "거짓말!" 그는 자신의 모습을 응시하면서 말했다. 잠시 후 그는 담배를 깊게 빨더니 거울을 향해 연기를 뿜었다. 담배 연기가 그의 얼굴을 안개처럼 감쌀 때 그는 다시 말했다. "거짓말!" 눈물 한 방울이 얼굴을 타고 또르르 흘러내렸다. 아다자는 더는 말하지 않고 열린 문으로 이발소를 나갔다.

아다자는 그날 이후 이발소에 오지 않았다. 나는 그가 다른 이발소를 다닌다고 생각했다. 내 아내와 아다자의 아내는 친구였다. 어느 날 아다자의 아내가 우리 집에 와서 남편이 집을 나가 어디에 있는지 아무도 모른다고 말했다. 그녀는 내게 도움을 청했다. 남편을 찾아서 집으로 데리고 오라는 것이었다. 내 아내 마히제르도 내게 그러라고 부탁을 했다. 나는 아다자를 찾아 나섰다. 건축가들이 모이는 클럽과 베욜루의 술집들을 뒤지고 다녔고, 신문 3면에 나오는 뉴스를 구석구석 살펴보기도 했다. 마침내 아다자가 도시의 성벽 그늘에서 노숙자들과 어울리고 있다는 걸 알아냈다. 사라이부르누에서 쿰카프까지 두더지 굴처럼 구불구불하게 연결된 터널들을 뒤져 비밀통로, 본드를 흡입하는 아이들, 싸구려 창녀들을 꼼꼼하게 조사한 나는 결국 어느 날 밤 장쿠르타란에서 아다자를 찾아냈다. 아다자는 이스탄불 성벽의 철로가 지나가는 곳 근처에서 불을 쬐고 있었다. 운명의 버림을 받은 무일푼 노숙자와 부랑자 열댓 명이 불 옆에 앉아 와인 한 병을 돌려 마시며 한 사람이 부르는 아랍 풍의 노래를 듣고 있었다. "내 운명은 얼마나 한심한가." 나는 거리를 유지하면서 나무 옆에 선 채 잠깐 동안 그들을 지켜보았다. "세상은 온통 깜깜하지. 따뜻한 인간의 정은 어디로 갔나." 노래가 계속되는 동안 기차가 철로 위를 지나갔다. 발아래 땅이 흔들렸다. 나무들을 뒤덮었던 노란 빛이 이내 사라졌다. 기차 소리가 잦아들 때 노래도 끝났다. 누군가가 말했다. "이보쇼, 여행자 선생. 어젯밤처럼 이야기를 들려주시오. 새로운 것들이 있으면 어서 말해보시오."

그 여행자는 다름 아닌 건축가 아다자였다. 아다자는 긴 지팡이에 의지해 일어섰다. 까만 수도승 옷을 걸치고 있었다. 내 얘기에서 나오는 여행자처럼 아다자도 맨발이었다. 존경을 보내는 청중에게 연설하는 연설자처럼 그는 듣는 사람들을 한 명 한 명 자세히 보더니 말하기 시작했다.

"우리는 거짓말에 속은 겁니다. 우리 앞에 있는 불은, 처음 불을 이용한 사람이 불이라고 이름을 붙인 게 아니지요. 나중 세대들이 그렇게 이름을 붙이고는 인류가 불을 발견했다고 말한 것입니다. 존재하는 것은 이전에도 존재했던 겁니다. 누가 그걸 발견할 수 있었겠습니까? 불을 누가 처음 만들어냈는지, 누가 처음 발견했는지 사람들은 말하지 않습니다. 스스로 불타고 꺼지는 동안 불은 아무것도 아니었습니다. 어느 날 누군가가 불에 고기를 구웠고, 불로 동굴을 따뜻하게 데웠습니다. 그건 불을 발견한 게 아니었어요. 불을 만들어낸 거지요. 사람들은 우리에게 진실을 숨겨 온 겁니다."

"대단합니다, 여행자 선생!"

"훌륭해요, 여행자 선생! 계속해 보시오. 당신이 얘기하는 내용을 우리가 이해하지 못해도 괘념치 마시고요."

"와인 드세요. 입술이 마르겠어요."

건축가 아다자는 취해 있었다. 하지만 그는 내게서 들은 말을 완벽하게 기억했다. 여기서 아다자가 만들어낸 문장들은 내가 그의 머리를 잘라주면서 심심풀이로 들려줬던 말들이었다.

"우리는 도시의 피해자들입니다." 아다자가 말을 이었다. "우리는 가난하거나 불행하고, 대부분은 둘 다이지요. 우리는 희망을 품도록 길들여져 있어요. 희망을 위해 우리는 악을 참아내지요. 하지만 우리가 오늘의 주인이 아니라면 내일이 있다는 보장이 어디 있습니까? 희망은 설교자,

정치인, 그리고 부자들이 하는 거짓말입니다. 이들은 말로 우리를 기만하고 진실을 은폐하지요."

취한 사람들이 똑같은 열정으로 화답했다.

"희망 따윈 버려! 와인 만세!"

"잘했어!"

"희망은 민중의 아편이야!"

아다자는 소리치고 휘파람을 부는 사람들의 소란을 질문을 던져 제지했다. "형제들이여, 이 도시는 죽어 있는가, 살아 있는가?"

아다자는 대학생활을 회상하는 듯했다. 그는 마치 젊은 반란자들에게 연설을 하는 것처럼 보였다. 아다자는 자기가 가진 마술사의 모자 속에서 오랫동안 아껴왔던 말들을 꺼내고 있었다. 그는 자신이 살던 혁명의 시대에 참여하지 못했고, 경찰이 두려워 머뭇거린 것에 대해 후회를 했다. 취했을 때 아다자가 내게 마음을 연 적이 있다. "당신은 과거를 버릴 수 있겠지. 하지만 과거는 당신을 결코 버리지 못할 거야." 아다자는 그렇게 말했다.

부랑자들은 자기들끼리 언쟁을 벌이고 있었다.

"도시는 죽어 있기도 하고 살아 있기도 해."

"도시가 살아 있다고 말하는 놈을 보면 머리를 병으로

작살 낼 거야."

"도시는 죽어 있다고!"

아다자는 흥분에 사로잡혔다. 말을 하면서 그는 발끝으로 섰다가 다시 몸을 낮췄다.

"형제들이여! 당신들, 불쌍한 패배자들이여! 마음이 무너진 사람들이여!" 아다자가 소리쳤다. 말을 할수록 아다자의 목소리에는 자신감이 묻어났다. "우리는 이 도시를 만들지 않았습니다. 우리는 어쩌다 보니 이 도시에 살고 있었던 겁니다. 그리고 우리는 도시를 죽이지도 않았습니다. 탈출할 방법은 없습니다. 우리 전에 살았던 사람들이 배를 전부 불태웠기 때문입니다. 불을 처음 만들어낸 사람들처럼, 누가 새로운 도시를 처음 만들어낼 사람이 될까요. 누가 그 도시에 생명을 불어넣을 사람이 될까요?"

"계속해 보시오, 여행자 선생. 끝까지 몰아붙여 보시오."

"달 얘기도 해보시오."

"별 얘기도 해주시오."

그들은 모두 같은 모습으로 고개를 들어올렸다. 나도 나무에서 몇 걸음 떨어져서 고개를 들고 아다자를 지켜보았다. 별이 너무나 많았다. 다만 그 별들을 올려다볼 시간이 있는 것은 노숙자나 술 취한 사람들밖에는 없을 듯했다.

여기는 도시의 조명이라고는 없었다. 하늘은 별빛으로 반짝반짝 빛났다. 이 거대한 도시에 사는 치과의사, 빵 만드는 사람, 주부들이 절대 올려다보지 않는 별들이 도시 성벽의 그늘에 모여, 마치 언제라도 하늘에서 빠져 나올 것처럼 우주에서 요동치고 있었다.

"밤이 참 길어!"

"와인이 더 있어야겠어."

"여행자 선생, 별처럼 빛나는 시를 읊어주시오."

시를 읊는다고? 이번에는 우두커니 서서 아다자의 형편 없는 시를 듣고 있을 수 없었다. 쿵쿵 발소리를 내며 나는 불 가에 모인 취한 사람들에게 다가갔다.

건축가 아다자는 나를 보자 머뭇머뭇 하더니 손에 들고 있던 술을 병째 들이켰다. 그동안 찾고 있던 비밀을 마침내 찾아낸 듯이, 그렇게 여러 해 동안 노력했지만 찾지 못했던 행복을 결국 찾은 듯이 술을 마셨다. 그는 웃었다.

아다자가 말했다. "여기 이 사람이 내가 이야기했던 사람, 이발사 카몹니다."

사람들이 일제히 고개를 돌려 나를 보았다. 가까이서 볼수록 그들의 얼굴은 더 추했고, 얼굴의 상처도 더 많았다. 쓰레기 더미에서 사는 쥐처럼 이 지역을 접수한 이들은 건축가 아다자를 자신들 집단 안으로 받아들였다. 아다자는 술에 취해 입이 축 늘어지면서도 행복해했다. 아다자가 지금처럼 행복해 보였던 어느 저녁, 이스탄불에 어둠이 일찍 찾아온 어느 저녁, 우리는 함께 술집에 갔었다. 라키 술을 더블로 두 잔 마신 후 아다자는 자기가 제일 최근에 지은 시를 읊어보겠다고 했다. 그는 의자 위에 올라서서 자신이 큰 소리로 암송한 시 구절을 술집에 있는 모든 사람이 따라하도록 만들었다. 견디기 힘들었다. 그렇게 엉망인 시를 듣는 것은 정말 고역이었다.

한 손에 와인 병을 들고 도시의 성벽 아래 불 옆에서 이야기하는 건축가 아다자는 다른 한 손에 쥔 긴 지팡이의 도움으로 간신히 똑바로 설 수 있었다.

"카모." 아나자가 말했나. "당신 이야기에 나오는 여행자는 거짓말을 한 게 아니었네. 그 여행자는 거짓말이 무엇인지 설명해주고 있었던 거야. 그랬지 않았을까? 진실에 이르는 유일한 길은 말이야, 여행자가 설명하려고 했던 게 그거지."

"건축가 선생님." 내가 불렀다. "아다자 씨, 이제 집에 가셔야 합니다."

불 옆에 둘러앉은 취한 사람들이 몸을 움직여 자세를 곧

추세웠다. 그들은 서로를 보고, 아다자를 보았다.

아다자가 말을 이었다. "카모, 우리는 최초의 사람이 불에게 불이라는 이름을 붙이지 않았던 시대의 진실을 알려 하고 있네. 우리에게 시 말고 뭐가 있겠나? 시인들은 현실만 뛰어넘는 것이 아닐세. 환상도 뛰어넘지. 시인들은 불 앞에 있는 시간과 근접한다네. 대학에서는 이런 걸 가르치지 않아. 우리가 읽을 시도 대학에서는 얻을 수 없지. 매일 그들은 우리에게 거짓말을 했어."

가족들이 따뜻하게 안아줄 집에 돌아가는 대신 건축가 아다자는 몇 분 후면 잊어버릴 말들을 거기서 중얼거리고 있었다. 아다자에게는 사랑하는 아내와 두 딸이 있었다. 바보들은 운이 좋았다. 바보들은 자기가 가진 것의 가치를 알지 못했다. 이미 다른 모든 사람들이 평생 찾아헤매던 행복을 가지고 있었는데, 더 이상 무엇을 추구하고 무엇을 원할 수 있겠는가?

술 취한 사람들이 내가 뭘 하려는 건지 궁금하다는 시선으로 나를 빤히 쳐다보았다. 다들 머리가 헝클어지고 지저분하고 삐쩍 곯아 있었다. 제대로 옷을 입거나 빗질을 한 사람은 하나도 없었다. 건축가 아다자도 이제 그들과 똑같아 보였다. 내 앞에 서 있는 사람은 면도를 하러 내 이발소로 오던 사람도, 아내가 다림질해 준 바지가 구겨질까 봐 다리를 꼬지 않으려고 주의하던 사람도 아니었다.

아다자가 말했다. "카모, 진심으로 어떤 믿음에 집착하면 사람이 악마가 된다고 당신이 말한 걸 기억하나? 보게, 나도 믿음에 집착하고 있네."

그렇다. 믿음에 집착한 사람은 악마가 되었다. 자신의 믿음이 다른 사람의 믿음보다 우월하다고 생각하는 사람은 다른 사람을 낮춰 보았다. 그런 사람은 인생의 모든 가치를 자신이 손에 쥐고, 선함의 원천이 자기 자신에게 있다고 생각했다. 그런 사람에 따르면, 악은 다른 사람들의 일부이며 자신과는 거리가 먼 것이었다. 가끔 나는 손님들한테 이런 말들을 시험해 보곤 했다. 손님들은 진심으로 내 말에 동의하거나 자기들끼리 논쟁을 벌였지만 나는 아무도 모르게 반대 입장을 취해 내가 말한 모든 것에 배치되는 의견을 내놓곤 했다. 자신의 믿음을 누가 가장 집요하게 방어하는지도 저울질해 보곤 했다.

"내가 그런 말을 했다고요? 기억이 안 나는데." 아다자에게 내가 대답했다.

"카모가 이발사라고 무시하면 안 됩니다. 카모는 대학을 다닌 사람이에요. 카모는 교수들보다 아는 게 많고, 내 시를 가장 잘 이해하는 사람입니다."

이 사람은 왜 취했을 때 달리는 차에 치이지 않았을까?
그랬다면 이 사람의 아내는 어느 정도 울고 난 후 새로운
삶을 살았을 것이고, 아이들에게도 더 좋은 아빠를 구해
줄 수 있었을 텐데. 아다자 같은 부류의 사람들은 절대 무
엇인가를 깨달을 유형이 아니었다. 그들은 집에서 한 바보
같은 행동을 집을 떠나서도 했다. 난 어릴 때부터 그 사실
을 알고 있었다. 당신이 무슨 말을 하든 상관없이, 그들은
나쁜 길로 빠져 교묘한 속임수를 쓴다. 당신에게 칭찬의
말을 하고 후한 친절을 베풀면서도 그들은 자기들이 지은
엉망인 시를 가지고 당신에게 부담을 주면서 그 시의 위대
함을 과장했다. 이런 부류의 사람들은 대학을 졸업해 도
시를 짓고, 주요 조직의 수장이 되어 이 나라의 정의를 말
했다. 그리고 당신이 자신들의 한심한 믿음에 따라 살기를
원했다.

나는 건축가 아다자가 건넨 술병을 받아들었다. 내가 불
가에 앉자 양 옆으로 부랑자 두 명이 다가왔다. 나는 부랑자
들의 얼굴 하나하나를 관찰하면서 상황을 살폈다. 그들은
행복해 보이기도, 또 그만큼 지쳐 보이기도 했다. 마치 침몰
하는 배에서 살아남아 여기에 온 것처럼. 이들에겐 과거가

없었다. 이들은 와인에 기대 이 순간을 살 뿐이었다. 이들은 불, 도시의 성벽 그리고 별들의 존재를 믿고 있었다.

아다자는 내 옆에 앉아 지팡이를 땅에 놓았다. 불을 바라보는 그의 눈에서 눈물이 흘렀다. 앞으로 두 번 고꾸라지기도 했다. 아다자는 춤을 추는 불꽃을 넋 놓고 바라보았다. 불꽃은 노란색에서 파란색으로 바뀌더니 갑자기 사라져 버렸다. 난파선에서 살아남은 것을 후회하는 조난자처럼, 아다자는 어둠 속으로 돌아가 바다에 묻힐 준비가 된 듯했다. 이 세상엔 아다자가 붙잡을 가치가 없었고, 아다자는 보물을 찾으려고 한 사람도 아니었다. 그럴 만한 힘이 있었다면 그는 마지막 단계를 밟았을 것이다. 나아가 누군가가 혹시라도 뒤에서 그를 살짝 밀어주었다면 바다에 빠져 지금은 파도 아래 누웠을 것이나.

아다자가 조용해졌다는 걸 알아챈 사람들은 큰 소리로 말했다. "시는 어디 갔습니까? 어디 있는 겁니까?"

아다자가 대답하지 않는다는 걸 안 누군가가 손에 쥔 병을 들고 말했다. "내가 당신에게 시를 암송해 주겠소." 한쪽 눈은 멀고, 다른 쪽 눈은 화상을 입은 사람이었다.

"해보시오." 사람들이 말했다.

"시에 여자가 나오면 좋겠소."

"별도."

"복불복이오."

애꾸는 와인을 벌컥벌컥 들이켜더니 말했다. "당신의 붉은 입술 앞에서 / 나는 불행이 무엇인지 잊었다오."

애꾸가 잠시 멈춘 뒤 친구들을 둘러보았다. 듣고 있는지 확인하려는 것이었다. 멀리서 개 짖는 소리가 났다. 그가 계속해서 시를 읊었다.

"당신의 머리칼이 바람에 날릴 때 / 노래는 하늘로 흐른다오 / 차가운 개울에 담근 당신의 다리는 / 은빛 물고기처럼 아른아른 빛났다오 / 새벽이 밝고 해가 졌다오 / 당신은 머리를 모아 올리고 / 철새들과 떠났지 / 당신 떠난 뒤 밤의 문은 열리고 / 당신은 개울 가에서 나를 버렸지 / 당신의 붉은 입술 앞에서/ 나는 불행이 무엇인지 잊었다오."

"그게 다요?"

"여자에 관한 거였나?"

"아님 별에 관한 거였나?"

"시도 제대로 모르면서!"

개 짖는 소리가 점점 더 커지고, 사람들은 그 소리를 찾아 주위를 두리번거렸다. 개 몇 마리가 도시 성벽의 부서진 돌 틈에서 나와 다가왔다. 흰 개 한 마리만 따로 떨어져 걸었다. 달빛으로 생긴 개의 그림자들이 하나로 합쳐져 보였다. 그렇게 다가온 개들은 취한 사람들에게 달려들어 팔에 코를 비볐다. 개들은 땅 위를 구르고 여기저기를 돌아다녔다. 취한 사람들이 개들을 위해 남겨 둔 뼈다귀 냄새를 맡았다. 흰 개는 멀찍이 떨어져 기다리고 있었다.

애꾸는 개들을 신경 쓰지 않았다. 그는 손에 쥔 술병을 들이마시더니 벌떡 일어났다. "오줌을 누고 와서 다른 시를 들려주지." 그가 말했다. 아무도 그 말에 관심을 갖지 않았다.

와인 한 모금을 마신 나는 벌떡 일어났다. 화장실로 향하는 애꾸의 뒤를 따라 나섰다. 달빛 아래 도시 성벽은 무한히 펼쳐져 있었다. 도시의 이 부분에는 성벽, 별, 그리고 불밖에는 없었다. 하늘이 점점 커지면서 취한 사람 중 하나가 듣기 싫은 큰 목소리로 노래를 부르기 시작했다. "저녁의 태양이 수평선에 질 때 당신은 가버렸지. 사랑하는 당신은 나를 떠났지."

애꾸는 도시 성벽의 움푹 패인 곳으로 가서 멈췄다. 불안정하게 선 그는 바지지퍼를 내리는 데도 애를 먹었다. 내가 몇 걸음 더 걸어가니 애꾸가 서 있는 딱 그 자리였다. 나는 애꾸를 벽 쪽으로 더 깊숙이 밀어넣고는 손으로 그의 입을 막았다. 준비한 철제 칼을 여러 번 공중에 휘두른 다음 애꾸의 목에 갖다 댔다. 애꾸는 상황 파악이 안 된 듯했다. 크게 뜬 두 눈이 보름 밤 달빛 아래 번득였다. 애꾸의 표정에는 두려움보다 당혹스러워 하는 기색이 역력했다. 이게 실제인가, 아님 꿈인가? 애꾸는 머리를 쥐어짜 우선 내가 누구인지, 다음에는 자기가 어디에 있는지, 그 다음에는 자기 자신에 대해 생각하는 듯했다. 멀리서 들릴 듯말 듯 노랫소리가 나지 않았다면 애꾸는 자기가 오래 전에 죽었다가 무덤에서 깨어났다고 여겼을 것이다. 애꾸는 키가 작은 데다 많이 쭈그러든 상태였다. 나는 체중을 실어애꾸를 벽에 밀어붙였다. 허공에서 칼을 다시 휘둘렀다. "비명 지르지 마. 뭐 좀 물어볼 테니까." 내가 말했다. 나는 얼굴을 애꾸에게서 떼고 몸의 무게중심을 애꾸의 몸으로 이동시켰다. 애꾸의 입에서 손은 뗐지만 다른 손으로는 칼로 애꾸의 눈을 겨냥했다. "부탁이오. 죽이지 마시오. 내가 훔친 거 다 드리겠소." 애꾸가 애원했다. 애꾸에게서는 와인과 곰팡이 냄새가 지독하게 났다. 애꾸의 심장 뛰는 소리가 들렸다. "내가 묻는 말에 사실대로 말해." 애꾸가 고개를 끄덕였다. "맹세하겠소." 대체 왜 살고 싶은지, 왜 이 쓰레기 더미에 무덤을 파고 하나 남은 눈과 악취 나는 몸을 그 안에 누이지 않는지 묻는 대신 나는 말했다. "방금 전에 암송했던 시 어디서 들었어?" 애꾸의 눈이 빛나더니 다시 점점 흐릿해졌다. "내가 뭐 잘못한 게 있소?" 애꾸가 더듬으며 물었다. "태어난 게 잘못한 거야." 내가 다그쳤다. "대답해. 그 시 어디서 들었어?"

애꾸는 이 간단한 질문에 간단한 대답을 할 수도 있었다. 하지만 애꾸의 눈에 겨눈 예리한 칼날이 이성적인 판단을 방해했다.

"초등학교 때 선생님이 쓴 시였소." 애꾸가 대답했다.

그의 삶의 미스터리는 거기까지였다. 애꾸는 내가 알아야 할 것을 다 말했다.

"학교는 어디서 다녔나? 검은 샘 마을?"

애꾸의 일굴이 밝아졌다. "그렇소. 검은 샘 마을 출신이오. 이스탄불에서 온 우리 선생님은…."

나는 애꾸의 말을 자르고, 목덜미를 잡아 벽으로 다시 밀어붙였다. "그 선생님에 대해선 단 한 마디도 하지 마. 당신 선생님, 당신이 살던 마을에 대해 말하지 말라고."

애꾸는 뼈만 앙상한 손으로 내 손목을 잡고는 애원의 빛을 보냈다. 도대체 왜 이렇게 됐지? 애꾸가 뭘 잘못한 거지? 애꾸의 혈관이 팽창하고 눈썹은 땀으로 덮였다. 입가에서 침이 흘러내렸다. 애꾸가 질식 직전 상태에 이르렀을 때 나는 목덜미를 잡았던 손을 풀었다. 애꾸를 대신해 내가 말했다. "당신 마을로 가는 길은 산길이야. 경사가 가파른 길이지. 마을은 항상 구름으로 덮여 있어. 당신네 마을 사람들은 들에서 나무를 키우지 않아. 당신네들은 가축을 기르지. 마을 이름은 검은 샘이지만 샘은 없지. 물은 우물에서 퍼올려야만 하지."

나는 애꾸의 턱을 잡아 위로 치켜세운 다음, 애꾸의 눈을 들여다보면서 계속했다.

"당신네 마을의 벽들은 당신들보다 더 의존적이지. 그 벽들은 해가 나건 어둡건 상관없이 그대로야. 게다가 적어도 100년은 된 벽들이지. 당신네들은 낮에는 미소를 짓지만 밤에는 닭다리를 잘라내 문 밖에 걸지. 당신들은 스스로 잘못을 인정한 적이 없어. 그리고 사과하는 방법도 모르지. 당신네들은 친척을 강간하고 나서 명예의 이름으로 살인을 저지르지. 당신들은 하느님의 이름을 입에 달고 살아. 소리치는 데 선수이기도 하지. 당신네들은 지난날의 탄식과 꿈 이야기를 듣지. 세상이 멸망한다고 해도 당신들은 상관하지 않아. 사는 집의 벽에서 돌만 없어지지 않는다면 말이지. 당신네들은 악이 다른 어떤 곳에서 온다고 생각하지. 악의 근원은 늘 당신들의 이웃이거나 당신 마을에 오는 낯선 사람들이야. 정작 당신네들 스스로 가슴에 뱀을 품고 있다는 걸 모르지."

"맞소." 애꾸가 힘없는 목소리로 말했다. "그들이 나한테 한 짓을 보시오. 내가 살던 마을 사람들, 친척들이 내 눈을 찌르고 마을에서 내쫓았소."

"조용히 해. 당신 얘기는 듣고 싶지 않아. 당신 얘기는 중요하지 않아. 집단의 이야기가 중요할 뿐이지. 이건 하나의 이야기에 불과하고 당신네들 각자는 그 이야기의 일부일 뿐이야."

애꾸는 몸을 뒤져 찢어진 옷의 주머니에 숨겨 뒀던 돈을 꺼냈다. 애꾸는 지폐 한 움큼을 내게 건넸다. "이거 받으쇼. 매일 돈을 드리리다." 애꾸가 말했다. 나는 칼을 휘둘렀고 애꾸의 손바닥에서 피가 솟구쳤다. 돈이 온 바닥에 떨어졌다. "아!" 애꾸가 손을 끌어당기며 한숨을 쉬었다.

"당신네들은 겁쟁이인 데다 교활해. 그렇지 않을 경우에는 잔인하지. 그런 식으로 선생님도 죽여버린 거지. 당신들이 잘 때 선생님은 일어나 학교에 하나밖에 없는 교실 난로에 불을 붙였어. 선생님은 칠판에 그림을 그렸지. 선생님은 당신네 마을의 산과는 전혀 다르게 생긴 산에 대해 이야기하고, 당신들이 한 번도 들어보지 못한 동물들에 대해 설명했어. 당신들은 지구가 둥글거나 바다가 육지보다 더 넓다는 것에는 관심조차 없었어. 그래도 선생님은 저녁에 당신네들을 학교 앞마당으로 인도해 은하수와 북극성을 보여주곤 했지. 당신네들이 집으로 돌아가고 학교에서 개들이 어슬렁거릴 때 선생님은 좁은 서재로 들어가 어두운 조명 아래 당신들에게 읽어줄 시를 썼지. 선생님은 창밖에 어두운 그림자들이 숨어 있는 것을 알지 못했어. 한참이 지나서야 선생님은 당신들이 어떤 사람인지, 문을 꽁꽁 잠근 집에서 당신들이 어떻게 살고 있는지 알았어. 집 하나하나, 사람 하나하나가 죄다 어두운 동굴이었지. 선생님으로선 믿기지가 않았지. 그래서 선생님의 마지막 시에 환멸감이 가득 차 있었던 거지. 당신네 마을은 검은 샘 마을이야. 하지만 샘은 없지. 당신네들도 거짓말이야. 당신네 마을처럼 말이야. 선생님이 견딜 수 없었던 건 바로 그 거짓말이었어."

애꾸는 하나 남은 눈이 튀어나올 것처럼 나를 노려보았다. 입술을 깨물고, 내 팔에서 흐느끼기 시작했다. 마치 덫에 걸린 쥐 같았다. 애꾸는 언제 마지막으로 그렇게 울었을까? 애꾸가 생각한 것은 자신이 한 나쁜 짓이 아니라,

내 칼이었다. 나는 애꾸를 벽으로 밀치고 옷깃을 잡았다. "그치지 않으면 목을 그어버리겠다." 내가 속삭였다. "지금은 너무 늦었어. 당신들은 뭐든 항상 늦지. 당신들은 여러 해 전에 울면서 선생님에게 용서를 구했어야 해. 선생님이 당신들한테 도대체 어떻게 하셨나? 벽 옆에 앉아 있는 노인들에게 진실을 말하기밖에 더하셨나? 선생님이 말을 하자 당신네들은 잠을 못 이루고 한밤중에 식은땀을 흘리며 깨곤 했지. 당신들은 어둠 속에서 문을 열고 나가 먼 곳을 봤지. 아주 먼 곳까지 말이야. 밤새도록 담배를 피워대기도 했어. 당신네들은 진실을 알고 싶지 않았어. 거짓말을 하면서 사는 데 만족했으니까. 자신의 사악함을 부정하면서 말이지. 가슴에 뱀을 품고 얼마나 행복했나? 당신들이 배신한 것은 선생님만이 아니야. 당신네들이 살고 있는 바로 그 산을 배신한 거야."

"당신 누구요? 우리 마을 출신이오?" 애꾸가 머뭇거리며 물었다.

"당신네들이야말로 누구요? 당신들 전부 누구요?" 그때 나는 정말로 짜증이 나 있었다. "어째서 단 한 번이라도 당신들 자신을 돌아보지 않았나? 선생님이 당신네 마을에 간 것은 이스탄불이라면 이제 질린 데다 이스탄불이 주는 중

압감에서 벗어나고 싶었기 때문이야. 그렇게 하지 않았다면 선생님은 돌아버렸을 거야. 이스탄불은 시체처럼 부풀어올랐고 사람들은 그 시체를 뜯어먹고 사는 기생충으로 변했지. 선생님은 악몽에서 탈출해 그 마을로 피해야만 했어. 선생님은 저녁마다 프랑스 시를 번역하고 자신의 시 스타일을 새로 찾는 데 시간을 보내야 했어. 하지만 그 마을 사람들이라고 달랐을까? 어딜 가나 같지 않았을까? 선생님은 자신이 하나의 악몽에서 또 다른 악몽으로 이동해왔다는 것을 너무 늦게 깨달았어. 이스탄불은 거짓말이었고, 이제 그 마을도 거짓말이었어. 선생님은 두 개의 거짓말 사이에 갇힌 거지. 어디나 썩어가긴 마찬가지였어. 탈출해서 갈 곳이 세상에는 남아 있지 않았던 거야."

나는 애꾸의 얼굴 쪽으로 바짝 다가가 기름때가 낀 머리 냄새를 맡으면서 더러운 이마를 쿡 찔렀다.

"이게 선생님이 매달렸던 희망이야." 내 손가락에 묻은 흙을 애꾸에게 보여주며 나는 계속했다. "그 선생님은 내 아버지였어. 선생님의 마지막 시는 인간을 저주했지. 선생님은 그 시를 쓰던 밤 밖에 나가서 하늘을 올려다봤어. 은하수가 하늘 끝에서 다른 쪽 끝으로 흐르고 있었어. 북극성은 멀리 있었지. 선생님은 북쪽으로, 다른 말로 하면, 북극성으로 올라갈 수는 없었기 때문에 남쪽으로, 지구의 깊은 부분으로 내려가는 것을 택했어. 그렇게 하면 선생님의 마지막 여행이 완성될 수 있을 거라고 생각한 거지. 모든 죽음은 하강이 아니었던가? 선생님은 마을 광장 우물로 가서 몸을 기울여 우물 안을 들여다보았어. 고개를 우물 안으로 집어넣고 말이야. 이끼가 덮인 우물에서는 좋은 냄새가 났어. 그 냄새를 깊이 들이켰지. 선생님은 돌 하나를 물에 떨어뜨렸어. 돌은 오랫동안 떨어지더니 마침내 물에 닿으면서 울리는 소리를 냈어. 우물 아래는 어둡고 축축하고 신비로웠지. 세상의 중심, 남쪽이 그 아래였어."

불 쪽에서 시끄러운 소리가 들려왔다. 우리가 너무 오래 자리를 비우자 걱정이 됐던 것이다. 사람들은 우리 이름을 다 불렀다. "애꾸, 어디 있어요? 이발사 카모, 어디예요?" 나는 고개를 빼 돌아다보았다. 취한 사람들이 불 가에서 계속 마시는 동안 한두 명이 우리 쪽으로 오면서 이름을 불렀다. 곧 여기에 당도할 것이었다. 철제 칼의 노래가 시작될 것이었다.

돌아보니 흰 개가 보였고 나는 휘청거리다 돌에 걸려 넘어졌다. 칼이 손에서 떨어졌다. 언제 흰 개가 이렇게 가깝게 왔지? 얼굴이 잘생기고 목이 두꺼운 개였다. 비단처럼 몸을 덮은 긴 털은 꼬리까지 이어졌다. 도시 성벽 근처에 숨어 사는 주인 없는 개처럼 보이지 않았다. 먹을 것을 찾는 개가 아니었다. 개의 이빨이 달빛으로 빛났다. 뾰족한 귀는 늑대의 귀와 비슷했다. 개의 큰 발에도 흙이 덕지덕지 묻지 않았다. 나는 몸을 구부려 칼을 집어들었다. 두 걸음 뒤로 물러서면서 벽에 몸을 기댔다. 칼, 나 자신, 그리고 흰 개가 나를 찾아 이곳에 오도록 한 소망이 기억났다.

기차가 덜커덩거리며 지나가는 소리가 들렸다. 땅이 흔들리기 시작했다. 철로에서 나는 소리는 점점 더 커졌다. 마치 금속을 두드리는 망치 소리 같았다. 덜컹덜컹 덜커덩. 철제 칼의 노래가 시작될 참이었다. 오늘밤 사람들은 모두 자신의 운명에 굴복해야 하리라. 나는 몸을 벽에 단단히 밀착시켰다. 주먹도 꽉 쥐었다. 내가 불 가에서 걸어나온 이후 건축가 아다자는 사람들한테 무슨 말을 했을까? "카모가 이발사라고 얕잡아보면 안 됩니다. 카모에겐 아름다운 아내가 있습니다." 어둠은 욕망으로 가득 차 있었다. 기차는 철로를 좋아했다. 취한 사람들은 와인 한 병을 돌려 마시고 있었다. 와인 병은 입술이 불타고 배에 땀이 흘러내리는 여인의 몸이었다. 기차는 철로를 좋아했고 아이들은 우물을 좋아했다. 덜컹덜컹 덜커덩. 아버지도 우물을 좋아했다. 아버지는 검은 샘 마을에서 별을 보고, 바람의 속도를 가늠하고, 비가 언제 얼마나 왔는지 기록했다. 아버지도 우물을 좋아했다. 덜컹덜컹 덜커덩. 검은 샘 마을의 우물이 소용돌이처럼 돌아 어리석은 아이들, 사람을 속이는 노인들, 냉정한 여인들을 집어삼키기만 했어도, 우물이 문을 닫은 집들과 다리 잘린 닭들을 집어삼키기만 했어도, 덜컹덜컹 덜커덩, 우물은 그래도 아버지를 집어삼키려 들었을까?

밤의 욕망은 어느 순간 수그러들었다. 욕망은 비밀통로를 행진하는 개미군단 같은 것이었다. 일단 전역에 퍼지고 나면 멈추었다. 귀에서 소리가 울렸다. 기차 소리가 어둠 속에서 점점 멀어지고, 나는 누워 있는 곳에서 머리를 들어 올렸다.

내가 누워 있었던가? 내가 언제 콘크리트 바닥에 누웠지? 거짓말과 취한 사람들은 나를 지치게 했다. 머리가 아팠다. 나는 어찌어찌 해서 똑바로 일어나 앉았다. 벽에 기대 두 다리를 쭉 뻗었다. 목, 허리, 가슴에 땀이 흥건했다. 플라스틱 물병으로 물을 마셨다. 몇 시였지? 고개를 돌려 쇠창살을 보았다. 복도에서 들어온 빛이 눈을 찔렀다. 물을 좀 더 마셨다. 오늘이 며칠이었더라? 날짜 가는 걸 잊어

버렸다. 저들은 의사나 다른 사람들을 다시 데려오지 않았
다. 간질 발작이 났을 때 나 혼자여서 다행이었다. 다른 사
람의 도움을 받지 않아도 됐으므로.

맞은편 벽을 보았다. 벽은 긁은 자국, 글자, 핏자국으로
도배돼 있었다. 벽에 바른 회반죽은 갈라져 여기저기 벗겨
졌다. 감방 여기저기에 '언제인 줄 누가 알겠나?'라는 낙서
가 쓰여 있었다. 어느 곳에는 '인간의 명예!', 다른 곳에는
'언젠가 반드시!', 또 다른 곳에는 '왜 고통을 받아야 하지?'
라는 말이 쓰여 있었다. '왜 고통을 받아야 하지?' 여기 오
는 모든 사람이 가장 많이 생각한 게 이거였다. 고통이 마
음을 찢어놓는 것과 똑같은 방식으로 세상을 찢어놓을 때
사람들은 감방 위의 이스탄불은 고통이 없는 곳이라고, 고
통은 여기에만 있다고 생각했다. 따라서 이곳은 망상의 시
대에 속했다! 하나의 거짓말을 숨기는 가장 좋은 방법은
다른 거짓말을 하는 것이었다. 그리고 지상에서 고통을 숨
기는 방법은 지하에서 고통을 만들어내는 것이었다. 여기
추운 감방에 갇힌 사람들은 바깥세상의 군중과 거리를 그
리워했다. 다만 바깥세상에 있는 사람들은 감방과는 멀리
떨어진 따뜻한 침대에서 잘 수 있어 행복했지만, 이스탄불
은 아침마다 달팽이처럼 힘없이 일터로 가는, 희망 없이 질

식하는 사람들로 가득 차 있었다. 지상의 집들 벽에서는 뿌리들이 자라고, 지하의 벽에서는 뿌리들이 쪼그라들었지만, 이 집들에 사는 사람들은 거짓 희망에 매달렸다. 이스탄불이 스스로의 힘으로 설 수 있는 유일한 방법은 그것뿐이기 때문이었다.

"공연 시작!" 간수의 외침이 복도 전체에 울려 퍼졌다. 무슨 일이 일어나고 있을까? 철문이 열렸나? "전부 나와! 전부 감방 문 앞으로!"

그들이 뭘 하려는지 알 수가 없었다.

그들은 쇠창살을 쾅쾅 두들겼다. 감방 문을 하나씩 열었다. 그들이 복도를 걸어 내가 있는 곳까지 왔다. 그들이 빗장을 밀어 문을 열자 빛이 홍수처럼 감방 안으로 쏟아졌다. 눈은 따가워지고 머리의 통증은 더 심해졌다.

"너, 일어나! 문으로 나와!" 간수는 나를 놔두고 옆 감방으로 갔다. 문 여는 소리가 계속됐다.

나는 일어나 밖으로 나갔다. 사람들이 전부 복도에 일렬로 서 있었다. 머리카락과 수염이 엉킨 남자들과 얼굴에 찰과상을 입은 여자들이 서로를 쳐다보았다. 간수는 복도 끝으로 걸어갔다가 되돌아와 맞은편 감방의 문을 열었다. 문이 열리자 안에 있는 여자가 일어섰다. 지네 세브다는 언제 감방으로 돌아왔을까? 내가 기절해 있을 동안 저들이 여자를 다시 감방에 넣었나? 여자는 밖으로 나와 내 앞에 섰다. 한참 동안 잠을 못 잔 게 분명했다. 여자는 얼굴과 목뿐만 아니라 손가락도 부어 있었다. 여자의 아랫입술에서 피 한 방울이 떨어졌다. 여자는 피를 손으로 닦아냈다.

"빨리, 지금!" 심문자들이 복도 맨 위쪽에서 소리치고 있었다. 심문자들은 수가 많았고 진압봉과 체인을 들고 있었다. 그들은 스웨터 소매를 걷어올린 채 우리를 노려보며 히죽히죽 웃었다. "죄수들의 지도자, 수호천사 여기 납신다!" 그들이 누군가의 발을 잡고 철문 쪽에서 질질 끌고 오더니 복도 입구에 내팽개쳤다. 까만색 팬티 외에는 아무것도 입지 않은 상태였다. 퀴헤일란 아저씨의 육중한 몸이었다. 아저씨는 바닷가에서 파도에 씻긴 시체처럼 누워 있었다. 온몸이 피투성이였다. 아저씨의 흰머리는 빨간색으로 염색이 된 것 같았다. 저들이 아저씨를 죽여 여기를 무덤으로 만들려 하는 건가? 웅성거리는 소리가 복도에 퍼졌다. 두려움에 찬 목소리들이 들렸다. 누군가 속삭이듯 말했다. "빌어먹을 놈들." 또 다른 누군가가 이 속삭임을 되풀이했다. 간수가 이 소리를 듣고 격분해 우리 사이로 뛰어들었다. "누구야?" 간수는 복도 위아래로 뛰어다니며 무작

위로 몇 사람을 진압봉으로 내리쳤다. 복도에는 부러진 이빨과 솟구친 피가 떨어졌다.

심문자 두 명이 퀴헤일란의 팔을 자기들 어깨 위로 올려 일으키려 했다. "걸어. 이 악랄한 인간아, 걸으라고!" 퀴헤일란은 살아 있었다. 퀴헤일란의 신음 소리가 복도에 울려 퍼졌다. 우리는 조용히 대기하고 있었다. 때문에 제일 멀리 떨어진 죄수들도 그 소리를 들을 수 있었다. "빨리 움직여, 이 영감탱이!" 퀴헤일란은 마치 빈 공간을 더듬는 깃처럼 한 손을 뻗었다. 퀴헤일란의 푹 꺾인 머리, 굵은 목, 넓은 어깨에는 짐승 같은 구석이 있었다. 그가 소름 끼치는 고함을 내질렀다. 상처 입은 동물만이 낼 수 있는 소리였다. 입에서는 침이 질질 흘렀다. 퀴헤일란이 웅얼거린 말은 알아들을 수 없는 소음으로 변했다. 퀴헤일란은 그때 누구였을까? 이 신음 소리를 내는 생물은 무엇이었을까? 그는 한 발을 땅에 짚고 다른 발은 질질 끌었다. 심문자들은 퀴헤일란의 팔을 놓아 한 발로 서게 했다. 그는 잠깐 머뭇거리더니 깊게 숨을 들이쉬었다. 뒤에 끌리는 발을 앞으로 당겨 다른 발과 나란히 했다.

아저씨가 고개를 들었다. 얼굴이 사람 얼굴처럼 보이지 않았다. 입술은 퉁퉁 붓고, 혀는 아래로 축 늘어져 있었다.

눈썹은 갈라지고 충혈된 두 눈은 감겨 있었다. 가슴의 상처에서는 고름이 스며나왔다.

"똑바로 봐!" 심문자 중 한 명이 말했다. "어떻게 됐는지 가까이서 보라고! 처벌을 피해갈 수는 없어!"

퀴헤일란은 흰고래를 찾아 바다로 떠나 폭풍우와 싸웠지만 패배하고 항구로 돌아오는 선장 같았다. 자기 아버지가 해준 이야기에서처럼, 퀴헤일란의 배는 부서지고 돛은 조각조각 찢겼다. 하지만 선장들처럼 그는 계속 패배하면서도 그때마다 새로운 항해를 꿈꾸었다. 피가 흐르는 발로 걸어가는 동안 퀴헤일란은 귀에서 회오리바람 소리가 울리는 것을 들었다. 그는 코 안쪽을 따라 흐르는 피를 짠 바닷물이라고 생각했다. 이 상황은 끝이 안 나는 꿈이 아니었다. 사람들은 망망대해에서 자신만의 흰고래를 찾아다녔지만, 퀴헤일란은 이스탄불 바다에서 자신만의 흰고래를 찾아다녔다. 그렇게 하면서 그는 기쁨에 취했다. 그 유혹에 저항할 수 없었다. 그는 피난처가 될 섬을 찾고 있는 것이 아니었다. 자신의 지도에서 이미 모든 섬을 지워버렸기 때문이다. 바다를 정복하든지 파도 밑에 묻히든지, 그는 둘 중 하나를 원했다. 그의 등에는 수없이 많은 칼자국이 있었다. 무거운 발을 콘크리트 바닥에 끌면서 걷던 그는 마치 먼 데서 비명 소리가 들리는 듯 고개를 들었다. 그는 바람의 방향을 가늠하려고 했다.

퀴헤일란이 삶에서 가장 긴 여행을 하는 동안 지네 세브다는 내 앞에서 주먹을 쥔 채 꼿꼿하게 서 있었다. 여자는 아이처럼 눈을 깜빡인 다음 천천히 줄 밖으로 움직였다. 여자는 복도 가운데로 두 발짝을 걸어갔다. 그리고 퀴헤일란 앞에 섰다. 나무처럼 똑바로 선 자세였다. 여자와 퀴헤일란은 5~6미터쯤 떨어져 있었다. 사람들이 일제히 지네 세브다를 향해 고개를 돌리자 심문자들은 서로를 쳐다보았다. 복도에 침묵이 내려앉았다. 퀴헤일란의 피가 콘크리트 바닥에 떨어지는 소리만 들렸다.

"저년 뭐하는 거야?"

"부장님, 산에시 대려온 여자가 저 여잡니다."

지네 세브다는 이마와 뺨을 손으로 훔치고 머리를 매만졌다. 쳐다보는 사람들의 호기심 가득한 시선 속에서 여자는 몸을 굽혔다. 퀴헤일란 앞에 마치 대리석 조각상처럼 무릎을 꿇고 두 팔을 뻗었다. 여자는 자신에게 다가오는 상처 입은 몸을 껴안으려고 기다렸다. 여자의 발바닥은 온통 빨갛게 곪은 채찍 자국으로 덮여 있었다. 목에는 담뱃불로 지진 자국이 가득했다. 여자는 파도 속에서 나와 해질녘 바위에 앉아 노래를 하는 인어가 아니라, 상처 입은 인간이었다. 퀴헤일란이 여자를 알아볼 수 있었을까? 피로 물든 아저씨의 눈은 자기 앞에 무릎 꿇고 두 팔을 뻗은 여자를 알아볼 수 있었을까?

"일어나, 미친년!"

지네 세브다는 심문자들을 무시했다. 여자가 이번에는 입술에서 스며나오는 시꺼먼 피를 닦아냈다. 여자는 두 팔을 훨씬 더 넓게 벌렸다.

"저 미친년 일으켜 세워!"

복도 가장자리에 서 있던 심문자 중 한 명이 진압봉을 휘두르며 오더니 여자 앞에 섰다. 심문자는 입에 물었던 담배를 바닥에 뱉고는 발끝으로 짓이겼다. 콘크리트 바닥 위에서 천천히 구두를 회전시키면서 지네 세브다를 내려다보았다. 심문자는 누런 이를 드러내며 능글맞게 웃고는 뒤로 물러서서 여자의 배를 걷어찼다. 지네 세브다는 통나무처럼 나가떨어져 감방 문에 꽝 하고 부딪혔다. 여자는 잠시 머뭇거렸다. 배를 손으로 잡고 여자는 천천히 몸을 일으켜 세웠다. 여자는 다시 무릎을 꿇고 퀴헤일란을 보았다. 여자와 아저씨 사이에는 그 둘을 가르는, 넘을 수 없는 공간이 있었다.

심문자는 바닥에 떨어진 담배꽁초를 발로 쓸어버리더니 몸을 숙여 얼굴을 지네 세브다 앞에 갖다 댔다. 여자가 반응이 없자 심문자는 뒤로 물러났다. 여전히 능글맞게 웃고 있던 심문자는 손에 쥔 진압봉을 마치 장난감인 양 빙글빙글 돌리다가 위로 치켜들었다. 심문자는 내 바로 앞에 있었다. 나는 심문자가 치켜든 손을 한 번에 잡아챘다. 진압봉은 공중에 떴다. 심문자와 나의 눈이 마주쳤다. 망할 자식! 심문자는 내가 누군지 알았던 것일까? 철제 칼의 노래를 알고 있었을까? 그의 관자놀이가 요동치기 시작했다. 사람들은 모두 콘크리트 바닥 위에서 떨고 있었고 내 얼굴은 불처럼 뜨거워졌다. 드릴이 내 머릿속에서 돌아갔다. 심문자는 철제 칼의 노래를 알고 있었을까? 망할 자식! 심문자는 나를 밀쳐시 손을 **빼**려고 했다. 힘이 부친다는 것을 깨닫자 심문자는 비명을 지르기 시작했다.

퀴헤일란 아저씨의 이야기

배고픈 늑대

"가파른 언덕을 사냥꾼들이 힘겹게 올라가고 있을 때였소. 눈보라가 이들을 덮쳤어요. 눈보라는 이내 모든 사물을 눈 속에 묻어버렸소. 쏟아지는 눈 속에서 뭔가를 본다는 것 은 불가능했지요. 그리고 밤이 됐지. 길 잃은 사냥꾼들은 어둠 속에서 불빛을 보았소. 미끄러지고 비틀거리면서 사 냥꾼들은 불빛을 향해 갔소. 그러다 결국 정원이 있는 산 장에 도착하게 됐어요. 사냥꾼들은 문을 두드렸소. 얼어 죽을 것 같아요. 들여보내 주세요. 사냥꾼들이 소리를 쳤 소. 문 안쪽에서 여자 목소리가 들렸소. 누구세요? 우리는 이스탄불에서 온 사냥꾼입니다. 세 명이에요. 길을 잃었어요. 쉴 곳이 필요합니다. 사냥꾼들이 말했소. 남편이 집에 없어요. 여자가 대답했소. 들어오시면 안 돼요. 사냥꾼들은 애원을 했지. 문을 열어주지 않으면 우린 여기서 죽을지도 몰라요. 원하신다면 무기가 될 만한 것들을 다 드리겠습니다. 사냥꾼들은 여인을 설득했소. 바람은 큰 소리를 내며 세차게 불었고 먼 곳에서 눈사태가 몰려오는 소리가 났지요. 여자는 문을 열어 사냥꾼들이 난로 옆에서 몸을 녹일 수 있도록 했지. 사냥꾼들에게 먹을 것도 내어 주었소. 사냥꾼들은 가지고 다니던 자루에서 거울, 빗, 주머니칼을 꺼내 여자에게 주며 말했소. 아주머님 덕분에 살았습니다. 이 고마움은 영원히 잊지 못할 겁니다. 여자는 사냥꾼들의 선물에 감사함을 표하고는 방으로 들어갔소. 사냥꾼들은 벽난로 옆에 누워 잠이 들었지. 얼마 안 있어 사냥꾼들은 새가 지저귀는 듯한 소리에 잠을 깼다오. 이상한 소리가 벽난로에서 나고 있었지. 벽난로의 불꽃 색깔이 한 색깔에서 다른 색깔로 변했소. 굴뚝에서 빛이 내려오더니 사냥꾼들 앞에서 멈췄소. 초록빛 날개 달린 요정이 그 빛 속에 있었다오. 두려워 마세요. 요정이 말했소. 나는 운명을 쓰러 왔어요. 우리 운명을요? 사냥꾼들이 물었다오. 아니요. 요정이 말했소. 당신들의 운명은 당신들이 태어나기 전에 이미 썼어요. 다른 방에서 자고 있는 임신한 여자 때문에 온 거예요. 여자가 곧 낳을 아이의 운명을 쓰러 온 거지요. 아이의 운명이 어떨지 알려주십시오. 사냥꾼들이 재촉했소. 알려줄 수는 있지만 그 운명을 당신들이 바꿀 수는 없어요. 요정이 말했지. 사냥꾼들은 그래도 들려 달라고 졸랐소. 요정은 미소를 짓더니 사냥꾼들이 원한 것을 말해줬소. 여자는 남자아이를 낳을 거예요. 요정이 계속했소. 그 아이는 강하고 건강하게 자라 스무 살이 되면 사랑하는 여자와 결혼을 할 거예요. 하지만 결혼식 날 밤 남자는 늑대한테 잡아먹히게 돼요. 안 돼요. 사냥꾼들이 탄식했소. 우리가 그렇게 놔두진 않을 겁니다. 운명과 싸우려 들면 안 돼요. 요정이 말했소. 그러더니 요정은 가루 같은 것을 사냥꾼들한테 뿌렸소. 사냥꾼들은 잠이 들었고 다음 날 아침 깨어나 서로 꿈꾼 것을 얘기했지. 모두 같은 꿈을 꾸었으니 꿈이 아니라 현실이 틀림없었소. 사냥꾼들은 총에 손을 대고 맹세를 했소. 이 비밀을 지키고 아이의 생명을 구하겠다는 맹세였지요. 여자는 아무것도 모르고 있었소. 사냥꾼들은 여자에게 아주머님은 이제 우리의 누이라고, 부탁할 것이 있다고 말했소. 원하는 게 무엇인지 여자는 물었지. 사냥꾼들은 아이의 결혼식에 오고 싶으니 결혼식 날짜를 꼭 알려 달라고 말했소. 사냥꾼들에게 그 후 20년은 힘들게 흘러갔지. 하루도 거르지 않고 사냥꾼들은 아이의 결혼식 날 밤을 위해 준비를 했다오. 시간이 흘러 결혼식 소식이 이스탄불에 전해지자 사냥꾼들은 총을 어깨에 둘러멧지. 사냥꾼들은 번개처럼 서둘러 그들이 오래 전에 환대를 받았던 산장으로 갔고 그간 충실하게 지켜왔던 비밀을 털어놓았소. 사냥꾼들은 가지고 온 커다란 나무상자를 방 한가운데 놓고 신랑과 신부를 그 안에 집어넣은 뒤 뚜껑을 닫았소. 쇠사슬로 일곱 번 상자를 묶고는 자물쇠를 일곱 개 채웠소. 사냥꾼들은 절대 잠을 자지 않을 거라고 다짐한 뒤, 실수로 잠이 들지 않도록 새끼손가락에 칼로 상처를 냈소. 사냥꾼들은 시끄럽고 세차게 부는 바람 소리를 새벽까시 들었시. 이들은 소그만 움식임에도 총을 쐈소. 새벽의 첫 빛이 비치자 사냥꾼들은 기쁨의 환호성을 질렀고 우리가 해냈다고 말했지. 사냥꾼들은 자물쇠 일곱 개를 푼 다음 사슬 일곱 개를 마저 풀었소. 하지만 상자 안에는 피투성이가 된 신부만 혼자 있었지. 사냥꾼들은 믿을 수가 없었소. 도대체 어떻게 된 거지? 어떻게 된 거야? 사냥꾼들이 말했소. 신부는 더듬더듬 설명했지. 저도 이해가 안 돼요. 사냥꾼 아저씨들이 상자 뚜껑을 닫자마자 제가 늦대로 변해 사랑하는 사람을 잡아먹었어요. 왜 그렇게 됐는지는 모르지만, 내가 그이를 먹었어요."

의사는 흥미를 보이면서 내 이야기를 들었다. 재미있기도 하고 무섭기도 한 표정이었다. 의사의 눈빛이 여러 번 바뀌는 게 보였다.

"이야기 끝부분 때문에 놀랐소, 의사 선생?" 내가 물었다. "늑대가 신랑을 먹었는데도 놀라지 않고 웃는 사람들이 있습디다."

"여기에도 그런 사람들이 있을 겁니다." 의사가 자고 있는 이발사 카모를 보며 말했다. 의사는 카모 쪽으로 살짝 몸을 기울여 귀를 더 가깝게 댔다. 카모가 숨쉬는 소리를 들으려고 하는 것 같았다. 의사는 다시 똑바로 앉았다. "퀴헤일란 아저씨, 이 얘기는 처음 들었습니다. 재미있어요. 이 이야기도 아버님께서 들려주신 건가요?"

"그렇소. 우리집 라디오가 처음 고장 났던 밤에 아버지는 이 얘기를 들려주시면서 지루함을 달래주셨지요."

"아저씨는 쉽게 지루함을 느꼈나요?"

"우리 마을에서는 사람들이 서로서로의 놀잇감 역할을 했소. 지루한 게 뭔지 몰랐지. 라디오가 그런 우리를 변화시켰지. 라디오가 고장 나면 우리는 아무것도 하기 싫었어요. 우리가 항상 하던 놀이를 해도 재미가 없었지. 도시 사람들은 라디오가 고장 나면 어떻게 하는지 궁금했소."

"정말 이상한 일이군요." 의사가 대꾸했다.

"아버지는 언젠가 여행에서 돌아오시면서 트랜지스터 라디오를 가지고 오셨소. 아버지가 이스탄불에 가셨다가 일찍 돌아오시면, 그때는 친구들을 만나신 거지요. 하지만 늦게 돌아오시면 이스탄불의 감방에 갇혔다 오신 거였소. 이번에는 오랫동안 계셨지요. 아버지는 당신의 수척하고 핼쑥한 얼굴을 보고 우리가 걱정하지 않도록, 가방에서 작은 선물을 꺼내 우리의 주의를 돌리곤 하셨소. 우리가 그때 처음 본 라디오는 아버지의 다른 어떤 선물보다 더 우리를 흥분시켰다오. 그날 저녁 우리는 라디오로 소설을 들었소. 남자는 여자를 사랑했지만 여자는 남자를 받아들이지 않는 내용이었소. 여자는 이스탄불을 떠나 파리로 가서 여러 해가 지난 뒤에 돌아왔다오. 이들의 길은 다시 교차했소. 두 사람은 주변 나무들이 황금빛 잎을 떨어뜨릴 때 정원이 있는 찻집에 함께 앉았소. 남자는 여자의 담뱃불을 붙여줬지. 그림엽서에 나오는 연인들처럼, 소설에 그렇게 나옵니다. 이들은 지나가는 배를, 톱카프 궁전을 바라보았소. 이윽고 여자는 고개를 돌려 남자의 눈을 들여다봤어요. 열정이 사랑에 미친 이 남자를 사막으로 몰았어요. 당신에게는 사막이 있나요? 여자가 물었소. 있어. 남자가 말했소. 당신이 없을 때 이 도시는 사막이 됐지. 여자가 다시 물었소. 어느 날 아침, 잠에서 깨보니 내가 늙은 쥐가 돼 있다면 당신은 어떻게 할 건가요? 나는 당신을 연민으로 보겠지. 남자가 대답했소. 그리고 당신이 죽는다면 애도하겠지. 여자는 다시 담배 한 대에 불을 붙이고 말했소. 이야기를 하나 해드릴게요. 여자는 남자를 시험하는 것 같았소. 하지만 라디오 진행자는 여기까지가 그날의 얘기라고, 다음 편은 다음 주 같은 시간에 방송된다고 말했소. 여자가 어떤 이야기를 할지는 일주일을 기다려야 알 수가 있었지.”

두통이 있는지 의사가 눈을 반쯤 감았다. 의사는 불빛을 피해 쇠창살 쪽을 보지 않으려고 했지만 내 얘기는 흥미를 가지고 들었다.

“라디오가 고장 난 것은 다음 주였소. 아버지가 아무리 해도 라디오는 작동하지 않았지. 아마도 아버지는 처음으로 우리의 얼굴에서 지루한 표정을 보고 불안하셨을 겁니다. 당신이 그 소설을 다 알고 있으니 걱정하지 말라고 우리에게 말하셨어요. 아버지가 정말 그 소설을 알고 있었을까요? 어쨌든 아버지는 그 소설을 알아야 했고, 우리는 아버지의 말을 믿어야 했소. 바로 우리 눈앞에서 아버지는 라디오 소설에 나오는 여자가 남자에게 한 얘기를 풀어놓았소. 아버지는 마술사처럼 손가락을 튕기더니 임신한 여자와 요정의 그림자를 벽에 만들었다오. 아버지는 조금씩 사냥꾼 이야기에 생명을 불어넣었소. 우리에게 산장과 집 안에 들여놓은 상자도 보여줬어요. 그날 밤 처음으로 나는 다른 종류의 행복을 간절히 원하게 됐소. 아버지가 나를 황금빛으로 빛나는 이스탄불로 데려가 주기를 꿈꾸게 된 거요. 나중에 아버지한테 이 이야기에 질문이 들어 있었는지 물었소. 네가 말해 보거라. 아버지가 말했다오. 이 이야기에서 어떤 것이 질문이고 어떤 것이 대답이었지? 소설에 나오는 여자는 왜 남자에게 이 이야기를 해줬을까?"

"퀴헤일란 아저씨." 의사가 불렀다. "저는 수수께끼를 좋아합니다. 하지만 여기서 우리는 뭐가 수수께끼인지도 모르고 있어요. 답은 고사하고 말이에요."

"아버지는 질문도 답도 우리가 알아내야 한다고 말씀하셨소. 기한은 다음날 저녁까지라고 하셨지요."

"그래서 그렇게 했습니까?"

"어머니는 알아냈소. 어머니는, 우리 집의 수수께끼 전

문가였지요."

"시간을 주세요. 저도 내일까지 답을 알아내 볼게요."

"그렇게 해요, 의사 선생. 여기만큼 시간이 많은 곳이 또 있겠소?"

무릎에 머리를 얹고 자던 데미르타이가 일어나 앉아 눈을 비볐다. 추운 게 분명했다. 두 팔로 가슴을 감싸고 있었다. 자고 있는 이발사 카모를 흘깃 보더니 데미르타이가 말했다. "카모 아저씨는 이렇게 추운데도 잠을 잘 자네요. 부러워요. 여기서 추위는 제가 제일 많이 타는 것 같아요."

"잠이 안 오던가?" 내가 물었다.

"네, 아저씨. 아저씨 얘기를 듣고 있었어요. 꼭 영화 보는 거 같았어요. 눈앞에 장면들이 생생하게 그려졌어요. 눈보라 치는 밤, 바람 속에서 소용돌이 치는 눈, 창가에 등이 걸린 산장이 보였어요. 저는 이야기의 끝부분에서 질문이 분명하게 드러난다고 생각해요. 제 말은, 사냥꾼들이 아무리 노력을 한대도 아이의 운명을 바꿀 방법이 있었을까요?"

"질문이 그렇게 간단하다면 답도 간단하겠지. 너는 그 질문의 답을 아니?" 의사가 물었다.

"네 알아요. 저는 사냥꾼들이 아이의 운명을 바꿀 수 없었다고 생각해요."

"왜지? 사냥꾼들이 상자에 신랑만 넣었다면 살 수 있지 않았을까?"

"그랬다면 사냥꾼 중 한 명이 늑대로 변했을 거예요. 그 사냥꾼은 다른 사냥꾼 두 명을 찢어죽이고 상자 안에 들어 갔겠지요."

의사는 동의하지 않았다. "그렇다면 다른 사냥꾼 두 명 도 늑대를 죽일 수 있었어. 사냥꾼들은 단지 아이를 구하 는 데 그치지 않고 늑대와 정면으로 붙으려 했어. 손가락 을 칼로 긋고 피까지 흘렸지. 피 냄새로 늑대를 유혹하려 한 거야. 사냥꾼들은 늑대가 덤벼들기를 원했던 거지."

데미르타이는 시험 문제를 풀 때처럼 깊이 생각을 했다. "너 좋은 답을 생각해낼 시간을 주세요."

의사는 내게 시선을 돌렸다. "퀴헤일란 아저씨, 어머니 의 답은 뭐였나요? 어머니도 운명을 바꿀 수는 없다고 하 셨나요?"

"아니오. 어머니는 다른 답을 내셨습니다."

"답이 생각났어요. 말해볼까요?"

"서두를 필요 없소, 의사 선생. 내일까지 시간을 달라고 선생이 말하지 않았소?"

"아저씨가 데미르타이에게 말씀하실 때 생각을 했습니다. 사냥꾼 이야기에는 질문이 없었어요. 질문은 이야기 안에서가 아니라 밖에서 나오도록 돼 있었던 겁니다. 소설에 나오는 여자는 자신에 대한 질문을 하려 했던 거예요. 그러려고 여자는 이야기를 한 겁니다. 그렇지 않습니까?"

"잘하고 있소. 계속해봐요."

"여자는 남자가 어느 정도까지 자신을 희생할 준비가 됐는지 알고 싶었던 겁니다. 남자가 이야기에 나오는 신랑이라면 자기랑 같이 상자 안으로 들어갈지 물어보려고 한 거지요. 여자는 문제를 풀고 싶었던 것이 아니라, 남자가 상황을 직시할 정도로 강한지 알고 싶었던 겁니다."

"의사 선생은 우리 어머니처럼 말하는군요. 그 소설을 알고 있소?"

"모릅니다."

"소설은 해피엔딩으로 끝나요." 내가 말했다. "아버지는 어떤 사랑은 꽃이 피는 데 시간이 필요하다고 말씀하셨소. 그게 이 소설의 운명이기도 했지."

"소설의 운명이라." 의사가 혼잣말을 하듯 중얼거렸다. 의사는 손톱으로 벽에 수직선을 그었다. "운명은 이런 선 같은 것인가요? 운명은 바뀌나요, 그렇지 않나요? 카모가 일어나면 물어봐야겠어요. 퀴헤일란 아저씨, 아저씨도 좀 주무시고 좀 더 쉬셔야 합니다."

"잠이 안 오는군. 카모는 푹 잠들어 있군요. 얼굴에는 긁힌 자국이나 흉터가 전혀 없어 보이고. 어제 그렇게 머리를 맞고 바닥에 팽개쳐져 발길질을 당했는데도 말이오."

어제 심문자들이 이발사 카모를 몽둥이로 패고 때리면서 질질 끌어 감방에 들여보냈을 때 우리는 반쯤 죽은 상태였다. 잠이 들기에는 너무 고통스러웠다. 카모보다 더 걱정이 되는 것은 맞은편 감방의 지네 세브다였다. 왜 이 여자가 앞으로 걸어 나와 심문자들의 매질을 자청했는지 이해가 안 됐다. 여자는 복도 가운데에서 무릎을 꿇고 내게 두 팔을 뻗었다. 여자는 맞으면서도 그 자리에서 버텼다. 절내 물러서지 않았다. 이발사 카모가 심문자의 팔을 잡아채 여자를 보호해주려고 나섰을 때 여자는 다른 누구보다도 더 놀랐다.

"아니요." 카모는 말했다. "난 그 자의 손을 잡아챈 게 아니에요. 그저 실수로 그 자를 건드린 것뿐이오. 그래서 날 공격한 거요."

나는 분명히 기억한다. 내 온몸에서 피가 나고 있었다. 다리는 납처럼 무거워 거의 움직일 수 없었지만 복도 양쪽에 늘어선 죄수들을 알아볼 수는 있었다. 들을 수도 있었다. 지네 세브다는 내 앞에서 두 팔을 뻗은 채 무릎을 꿇고 있었다. 이발사 카모는 고문자의 팔목을 잡아채 그 자를 벽에 내팽개쳤다. 비명과 욕설로 분위기는 살벌해졌다. 저들은 지네 세브다를 때리고 카모를 공격했다. 나는 혀를 움직일 수 없었다. 목에서는 쌕쌕거리는 소리가 났다.

"퀴헤일란 아저씨, 아저씨가 잘못 알고 있는 거라고요. 나는 여자를 도운 게 아니에요. 그런다고 뭐가 달라질까? 사람은 누구나 자신만의 고통을 견뎌야 하는 거지요. 나에게도 내 문제가 있어요. 다른 사람의 고통에 참견할 여력이 없단 말이지요. 이 세상 누구도 다른 사람의 고통을 덜어줄 수는 없어요. 난 그걸 잘 알고 있지. 나는 고문자를 공격하지도, 여자를 보호하지도 않았어요. 맘대로 생각하세요. 난 상관없으니까."

카모는 동정심을 느낀 것을 후회하고 있을까? 다른 사람에게 마음을 쓰는 것이 카모를 불편하게 만들었을까? 두려워하면서 외로움으로부터 도피하는 사람이 있는 반면 두려워하면서도 외로움을 향해 움직이는 사람이 있었다. 그리고 이발사 카모는 이 좁은 감방에서 자기가 쉴 수 있는 외로움을 찾고 있었다. 카모는 거의 말을 하지 않았고 고개는 항상 숙인 채 자기 발끝을 주의 깊게 보곤 했다. 카모의 시선은 바닥의 개미처럼 여기저기로 움직였다. 카모의 시선은 벽을 타고 올라가 기어들 구멍, 숨을 틈을 찾았다. 그러다가 이내 다시 자기 발끝에 내려앉았다. "시간은 개 같은 거야." 카모가 혼잣말로 웅얼거렸다. 카모는 잠을 자려고 고개를 숙이면서 같은 말을 되풀이했다. 무슨 주문이라도 외는 것 같았다. "시간은 개 같은 거야."

지하 깊은 곳에 감춰진 이 감방에서 우리 움직임은 느려졌고, 우리 몸은 점점 더 무거워졌다. 지상의 속도에 익숙한 우리 마음은 여기 환경에 적응하느라 휘청거렸다. 우리자신의 목소리는 우리 목소리처럼 들리지 않았다. 아주 작은 소리만 나도 귀가 울렸다. 너덜너덜해진 우리 손가락은 마치 우리 몸에 붙지 않은 것처럼, 어둠 속에서 경련을 일으켰다. 우리에게 가장 힘든 일은 서로를 알아보는 것이 아니라 자기 자신을 알아보는 것이었다. 우리가 살아낸 이 악몽의 정체는 무엇일까? 고통에 굴복했던 이 몸은 누구의 몸이고, 그 몸은 얼마나 더 고통을 견딜 수 있을까? 여기 있는 우리에게 최악의 적은 시간, 역겨운 악취를 풍기면서 계속되는 시간이었다. 시간은 밭을 가는 쟁기처럼 우리 몸에 박혀 점점 더 많은 피를 뽑아내고 있었다.

카모는 여기 시간이 아니라 밖의 시간을 말했을까? 보이지 않는 사다리로 올라갈 수 있는 저 위의 세상에서 시간은 개 같은 것이었을까? 그곳에는 기차역도, 사람들로 붐비는 페리도, 걸어가면서 사람들과 마주치는 거리도 없었다. 가로등도, 다리도, 고층빌딩도 없었다. 그 모든 것은 한두 개의 거대한 상징적 의미에 뭉뚱그려졌다. 그 의미 중 하나는 서두름이었고 나머지는 불안이었다. 모든 작은 것들은 더 큰 의미를 반영할 뿐이었다. 일터에서 하루 일과가 끝나는 것을 보여주는 내려진 커튼 그리고 연인들이 만나기로 약속하는 광장은 모두 더 큰 의미를 반영했다. 비가 내려 며칠 동안 도시의 먼지를 깨끗이 씻어낸다면 그 역시 첫 햇살과 함께 드러나는 더 큰 의미를 반영하는 것이었다. 산부인과에서, 뒷골목에서, 늦은 밤 술집에서 째깍거리며 가는 시간은 도시의 속도를 가지고 장난을 쳤다. 사람들은 해, 달 그리고 별을 잊고 오직 시간에만 맞춰 살았다. 출근할 시간, 학교 갈 시간, 약속한 시간, 먹을 시간, 외출할 시간. 그러다 잘 시간이 되면 사람들에게는 세상에 대해 생각할 힘이나 욕망이 더 이상 남아 있지 않았다. 사람들이 자신을 편하게 놔두는 것은 오직 어둠 속에서였다. 사람들은 단 하나의 의미에 질질 끌려 다닌다. 의미는 모든 사물들 하나하나에 숨겨져 있었다. 그 의미는 무엇이며, 우리를 어디로 이끌어 갔을까? 사람들은 이 질문에 함몰되지 않기 위해 소소한 즐거움을 주는 일들을 만들어냈고 그 즐거운 일들을 끊임없이 추구했다. 사람들은 삶의 역경에서 도망쳐 평안하게 잠을 잤다. 그렇게 하면서 마음의 부담과 심장의 부담을 덜었다. 그렇다고 믿었다. 사람들 안의 벽이 무너져 내리고 마음이 으스러질 때까지 그렇게 했다. 사람들은 저 돌덩이들 밑에서 요동치는 것이 자신의 심장이 아니라 시간이라는 사실을 알게 되자 두려워졌다. 인간에게는 선택의 여지가 없었다. 사람들이 부정을 하든 말든 그 개 같은 시간은 찾아와 그들의 피부에, 도시의 정맥에 스며들었다.

이발사 카모가 생각한 시간은 그런 시간이었을까? 그래서 카모는 머리를 앞으로 숙였던 것일까? 카모는 한숨을 쉬고 욕을 했다. 지하에서도 카모는 지상에서처럼 불안의 희생자였다. 카모는 자기만 머물 수 있는 격리된 곳을 찾고 있었다. 젊었지만, 카모는 자신이 삶의 끝에 이르렀다고 믿었다. 미래가 아닌 과거를 보았다. 고문자들도 그걸 알고 있었다. "노인!" 고문자들은 내게 묻곤 했다. "당신도 당신 감방 동료만큼 비밀이 많은가? 당신의 기억도 이발사 카모의 기억만큼 깊은가?"

고통을 견디면서 나도 내 기억의 한계가 궁금해졌다. 내가 아는 것이 아니라 모르는 것에 대해 생각했다. 더 많이 잊어버리려 할수록 내 기억력은 더 열심히 기억하려고 했다. 소리를 지를 때고 있었고 아무 말도 하지 않은 때도 있었다. 매번 나는 이번이 제일 심한 고통이라고 되뇌었다. 그러면 고통은 더 격렬해졌고 나는 새로운 한계에 도달했다. 발견이라는 것은 얼마나 이상한 감정인지. 사람들은 고통도 발견했다. 살이 찢기고 뼈가 으스러지는 동안 나는 끊임없이 새로운 고통과 사귀려고 했다. 심문자들은 나를 조롱했다. "당신이 누군 거 같아? 십자가에 달린 예수?" 그때 나는 두 팔 벌려 육중한 기둥에 묶인 상태였다. 공중에 매달린 거였다. 발밑에는 허공, 두 팔 위에는 무한이 있었다. 나는 하늘에 고정된 점이었고, 세상과 별들은 나를 중심으로 돌고 있었다. 고통의 한가운데에서 나 자신을 알기 위해 애썼다. 심문자들은 비웃었다. "당신 같은 사람들의 피를 수도 없이 내서 개한테 먹였지. 우리는 예수를 십자가에 매달고 만수르 알 할라주(9세기의 수피즘 스승. 이단으로 몰려 처형당했다—옮긴이)를 고문해 죽였어. 우리 역사는 당신의 역사보다 영광스럽지. 무정부주의자 에드워드 요리스를 아나? 압뒬하미트 술탄을 죽이려고 이스탄불에 왔지. 압뒬하미트는 금요기도를 하러 항상 이을드즈 사원에 갔지. 압뒬하미트가 사원에서 나와 차까지 걸어가는 시간은 언제나 1분 42초였어. 무정부주의자 요리스는 그 시간을 계산해서 폭탄을 준비했지. 그런데 이번 금요일에는 압뒬하미트가 사원에서 나오는 길에 멈춰서서 이슬람 율법학자와 대화를 나누느라 폭탄을 맞지 않았어. 26명이 죽었지. 무정부주의자는 체포됐어. 우리가 어떻게 했는지 아나? 우리는 그 무정부자의 뼈에 망치로 못을 박고 손톱을 하나하나 뜯어냈지. 그 자를 우리 노예로 만든 거야. 그리스도도 고통에 굴복했는데 무정부주의자들은 자신이 누구라고 생각했을까? 그리스도도 숨을 거두며 신을 원망하지 않았던가? 아버지를 부르면서, '어찌하여 나를 버리셨나이까?' 하고 말이야. 고통을 당할 때 사람들은 모두 혼자야. 당신도 불게 될 거야."

십자가 위에서 눈이 가려진 채 나는 정신이 나갔다. 귀가 울리고 내가 어디 있는지 기억이 안 났다. 먼 데서 늑대 울음소리가 들렸다. 며칠, 아니 몇 주나 됐을까? 무릎 깊이의 눈을 헤치면서 비틀거리던 어느 날 밤 늑대를 본 적이 있다. 하이마나 산 위에 걸렸던 구름이 걷히고 별이 하나둘씩 모습을 드러냈다. 보름달이 떠 있었다. 늑대는 숲 쪽 높은 곳에 서서 나를 보고 있었다. 한 마리였다. 늑대의 눈에서 나는 숲에 사는 모든 늑대가 느끼는 배고픔을 읽었다. 어둠 속에서 늑대가 찾을 수 있는 유일한 먹잇감이 나였을까? 사슴이나 토끼의 냄새를 맡을 수도 있지 않았을까? 나는 외투주머니에서 권총을 꺼내 차가운 손잡이를 움켜잡았다. 총알을 장전했다. 나는 그곳이 늑대의 집, 늑대의 산이라는 걸 알고 있었다. 나는 그냥 지나가는 여행자였다. 날이 밝기 전에 산 너머 마을에 도착해야 했다.

아는 남자아이 하나가 다쳐서 마을에 있는 양치는 사람 집에서 회복하고 있다는 걸 알고 있었다. 지체하면 안 됐다. 새벽이 오기 전에 아이를 마을에서 데리고 나와야 했다. 눈이 더 단단하게 쌓인 곳이 여기저기 있어서 걷기가 힘들었다. 속도는 느려지고 나는 계속 넘어졌다. 등에 돌을 지고 가는 것 같았다. 내 몸마저 무겁게 느껴졌다. 땀이 목을 타고 흘러내렸다.

평지에 이르렀을 때 나는 걸음을 멈췄다. 헐거워진 신발 끈을 조이고 단단히 묶었다. 외투에서 눈을 털어냈다. 나를 따라오던 늑대도 멈춰 섰다. 꼬리에 온통 눈이 묻어 있었다. 눈빛은 날카로웠다. 늑대는 미동도 않고 비탈에 서 있었다. 늑대도 눈에서 움직이기가 힘들었을까? 늑대의 야윈 몸을 보니 겨울이 힘들었다는 게 느껴졌다. 늑대는 더 가까이 오지도 더 멀어지지도 않았다. 총을 쏠 수 있는 거리에 늑대가 있었다. 하지만 나는 늑대를 해칠 생각이 없었다. 신발 끈을 맬 동안 눈 위에 놓았던 총을 집어 주머니에 넣었다. 나는 빈 두 손을 위로 올렸다. 늑대에게 보여주기 위해서였다.

늑대는 하늘을 향해 머리를 치켜들고 울부짖기 시작했다. 어떤 적이라도 물리치거나 혼자서 죽을 준비가 돼 있었다. 늑대가 유일하게 두려워한 것은 배고픔이었다. 울부짖음은 메아리가 되어 숲과 하늘에 울려 퍼졌다. 언덕 위에 선 늑대는 여러 해 동안 거센 바람에 저항하며 그 자리에 있는 바위처럼 보였다. 이 늑대보나 강한 늑대는 없었다. 이 늑대의 호흡보다 배고픈 호흡도 없었다. 사람들은 이 사실을 알아야 한다. 그리고 그 사실에 머리를 숙여야 한다. 늑대의 울부짖음은 계속돼 눈에서, 숲에서 그리고 밤의 적막 속에서 울려 퍼져 별들에까지 닿았다.

늑대가 울부짖음을 그쳤을 때 내가 울부짖기 시작했다. 늑대가 했던 것과 똑같이 머리를 들어올리고 나는 비명을 질렀다. 목소리는 울려 퍼져 물결처럼 번졌다. 별들을 향해 손을 뻗쳤다. 나도 여기 같은 하늘 아래 있었다. 나는 어떤 적이라도 물리치거나 혼자서 죽을 준비가 돼 있었다. 지칠 때까지 소리를 질렀다. 그러고는 멈추어 숨을 돌렸다. 눈 한 줌을 손에 쥐고 비비는데 내가 늑대와 얼굴을 마주하게 된 사람인지, 사람을 따라가는 늑대인지 의문이 생겼다. 우리 둘 중 누가 방금 울부짖어 밤을 완성했는가? 내 호흡에서는 배고픈 냄새가 났다. 목은 차가웠다. 이 숲은 내 집이었을까, 아니면 나는 그냥 지나가는 여행자였을까?

하늘을 올려다보았다. 하늘에는 또 다른 삶이 있다고 아버지는 말하곤 했다. 우리의 세상은 거울처럼 그곳에 반영되고 있었다. 우리 각자는 이 세상과 하늘에 두 개의 삶을 살고 있었다. 하늘에서 사람들은 낮에는 자고 밤에 일어났다. 이 사람들은 더위에 춥다고 느끼고 추위에 몸이 뜨거워졌다. 이 사람들은 밝은 데서는 보지 못하지만 어두운 곳에서는 아주 멀리 있는 사물도 알아볼 수 있었다. 이들은 삶을 심각하게 여기지 않았지만 꿈은 매우 중요하게 여겼다. 이들은 낯선 사람들을 안아주는 것을 좋아했다. 가난을 부끄러워 하지 않고 돈이 많은 것을 부끄러워 했다. 이들에게 웃음은 울음이었던 반면, 울음은 웃음이었다. 누가 죽으면 이들은 노래를 부르고 춤을 추었다. 어릴 적 나는 자주 하늘을 보면서 또 다른 내 모습을 훔쳐보려고 애쓰곤 했다. 그 다른 삶에서 나는 어떤 모습일지 궁금했다. 그때 나는 깜깜한 숲을 보면서 숲속에도 또 다른 세상이 있는 건 아닐까 생각했다. 우리의 삶이 숲에도 반사돼 있을지 누가 알겠는가. 우리 목소리가 메아리로 울리는 건 다 그 때문이었다. 그 메아리는 우리의 다른 삶으로부터 온 응답이었다. 모든 사람에게는 나무들 사이에서 사는 동물도 하나씩 할당돼 있었다. 어떤 사람은 영양, 어떤 사람은 뱀이었다. 난 아마 늑대였던 것 같다. 사납고 외롭고 아주 야윈 늑대. 배고픔에 지쳐 있던 나는 눈 오는 밤에 늙은 남자를 따라가고 있었다.

마른 서리가 내려 하늘이 유리처럼 맑아졌다. 숲은 감청색 빛에 휩싸였다. 언덕 위의 늑대를 보있다. 나처럼 늑대도 멈춰서 쉬고 있었다. 늑대의 호흡이 이제 더 규칙적으로 변했다. 시간을 낭비하면 안 됐다. 계속해서 가야만 했다. 우리는 다시 걷기 시작했다. 눈 위에 발자국을 깊게 남기면서 우리는 지평선을 응시했다. 비탈을 하나 지나면 또 다른 비탈이 나오고, 그 비탈들에서는 또 다른 바람이 분다는 것을 알고 있었다. 우리는 고독에 익숙해져 있었다. 하늘의 유성처럼 우리는 오늘 여기 있지만 내일이면 간다.

낯선 사람과 같이 나란히 걸어가는 것을 우리가 좋아하는 이유다. 우리가 서로를 믿기 위해 필요했던 것이라고는 달빛 아래 우리의 그림자뿐이었다. 우리는 돌아올 때도 같이 걷고 있을까? 같은 하늘 아래 다시 같이 걷게 될까? 양치는 사람 집에 도착하면 나는 고기를 챙겨 돌아오는 길에 늑대 앞에 놓으려고 했다. 내가 서둘렀던 또 다른 이유다.

나는 한 번도 쉬지 않고 하이마나 산을 넘었다. 등에 땀이 쏟아졌지만 날이 밝기 전에 마을에 도착할 수 있었다. 마을 어귀에서 양치는 사람 집이 보였을 때 나는 멈추어 주변을 살폈다. 마을은 곤히 잠들어 있었다. 여기저기 굴뚝에서 연기가 가늘게 피어올랐다. 지붕들은 하얗게 덮여 있었다. 하지만 땅에는 발자국이 너무 많았다. 눈 위에는 황소, 개 그리고 마을사람들의 발자국이 한데 섞여 있었다. 양치는 사람 집 창에서 희미한 불빛이 새어나왔다. 집 주인이 가스등을 켜놓은 모양이었다. 그게 우리의 신호였다. 불이 켜져 있지 않으면 뭔가 잘못됐다는 의미였다. 고개를 돌려 뒤를 보았다. 늑대는 약간 떨어진 곳에 서서 나를 보고 있었다. 늑대는 개 냄새를 맡자 더 이상 가까이 오지 않았다. 자신만의 세계 경계선에서 기다렸던 것이다. 하지만 개는 어디서도 보이지 않았다. 마당가 대문에도 개는 없었다. 추워서 헛간으로 들어갔거나 마을 안쪽으로 들어갔을 것이다. 눈 위의 발자국들을 자세히 살피면서 나는 양치는 사람 집으로 다가갔다. 집 주변을 충분히 돌아보았다. 고무밑창 발자국 가운데 군인들의 군화 발자국처럼 보이는 게 혹시 있는지 살펴보기 위해서였다. 의심스러운 것은 보이지 않았다. 나는 잠시 서서 공기 냄새를 맡았다. 반대편 비탈도 자세히 살폈다. 군인들이 나를 기다리며 숨어 있었다는 사실을 내가 어찌 알까? 군인들이 전날 밤부터 매복했다가 나를 습격할 줄 내가 어떻게 예상할 수 있었을까? 유일한 단서는 개들이 없다는 사실이었다. 그것 때문에 의심이 들지는 않았다. 나는 창가의 등을 믿었다. 그 등에서 헤어나지 못했던 것이다. 나는 부상당한 남자아이를 최대한 빨리 구해서 날이 밝기 전에 그곳을 벗어나려는 생각만 했다. 하지만 마당에 들어서자마자 내 여행은 끝났다. 벽 뒤에 숨었던 군인들이 나를 덮쳤다. 주머니에 있는 총을 꺼내지도 못했다. 군인들은 나를 바닥에 패대기치고 소총 개머리판으로 머리를 때렸다. 그들은 내 손을 묶고 나를 집 안으로 질질 끌고 들어갔다.

나는 입에 고인 침을 뱉어내고 비명을 질렀다. 분노의 눈물이 내 눈을 찔렀다. 내가 이리도 쉽게 토끼처럼 덫에 걸려 잡혔다는 게 믿어지지 않았다. 바닥에 있는 주전자를 발로 차 엎으려고 몸부림쳤다. 그러고는 주변을 돌아보며 누가 나를 밀고했는지 알아내려고 했다. 양치는 사람도, 부상당한 남자아이의 흔적도 없었다. 군인들이 키 큰 청년 하나를 옆방에서 데리고 왔다. 나를 가리키며 군인들이 물었다. "이 자가 그 잔가?" "그렇습니다." 청년이 대답했다. 순간 기억을 해냈다. 작년에 나는 이 집에서 청년을 만나 그가 산에서 만나기로 한 사람들에게 데려다 준 적이 있었다. 청년은 질문에 고개를 끄덕이며 대답했다. "이스탄불에서 물건을 가져온 사람이 이 자인가?" "이 사람은 이스탄불을 손바닥 보듯 훤히 꿰뚫고 있습니다." 청년이 나를 가리키며 대답했다.

이스탄불이라고? 어디서 그 말을 들은 거지? 지난해 만났을 때 청년과 나는 산 속 만남 장소로 가는 길에 대화를 나눴다. 늘 그렇듯이 나는 이스탄불 이야기를 꺼냈다. 이스탄불을 다른 누군가의 시선으로 보면서 새로운 것을 배우고 싶었다. 청년이 금각만에 대해 이야기할 때 나는 금각만 위의 다리를 보탰고, 청년이 넓은 거리에 있는 상점들의 창에 대해 얘기할 때 나는 그 거리 끝에 있는 광장에 대해 말했다. 그래서 청년은 내가 이스탄불의 친구들과 접촉한 사람이라고 생각한 것이다. 그게 아니라면, 군인들이 청년에게 누군가의 이름을 대라고 강요했을 때 내 이름이 제일 먼저 떠올랐기 때문일 수도 있다. "거짓말입니다!" 내가 소리쳤다. 하지만 군인들은 내 말을 믿지 않았다. 그들은 피가 나도록 나를 때렸다. 2주 동안 그들은 나와 연결된 사람들의 이름과 사는 곳을 말하라고 요구했다. 이스탄불 지도를 내 앞에 펼쳐놓고 해당 지역과 거리 이름을 설명하도록 강요하기도 했다. 석양을 보기 가장 좋은 곳들, 사람들은 많지만 하루 일이 끝날 때 앉아 쉴 수 있는, 빠르게 사라지고 있는 공원들을 나는 그들에게 알려주었다. 밤에 멀리서 반딧불처럼 깜빡이는 불빛들에 대해서도 말했다. "이스탄불 사람들은 이스탄불에 대한 믿음을 잃고 있습니다." 내가 계속했다. "하지만 난 이스탄불을 믿습니다."

　모든 도시는 정복을 욕망했으며 모든 시대는 그 시대만의 정복자를 만들어냈다. 나는 상상의 정복자였다. 나는 이스탄불을 믿었으며 이스탄불에 대해 상상함으로써 살았다. 절망이 전염병처럼 퍼지면서 그들에게 내가 필요했다는 것을 나는 알게 됐다. 그들은 나를 기다리고 있었다. 나는 이스탄불에 생명을 주기 위해 내 몸을 희생할 준비가 돼 있었다. 그리스도는 죽은 자에게 생명을 주어 시체를 일으킨 것이 아니었다. 자신이 죽지 않는 존재라는 걸 망각한 자에게 그 사실을 일깨워 준 것이다. 나도 이스탄불에게 자신이 불사의 존재라는 점을 일깨워 주어야 했다. 그래야만 한다면 나는 그리스도처럼 십자가에 못 박혀 세상의 모든 고통을 내 몸에 모았을 것이다. 이스탄불, 그 아름다움이 매일 조금씩 유린되고 있었던 이스탄불에게는 내가 필요했다.

밤에 눈 위를 걸을 때 나와 동행했던 늑대는 자신의 시간과 나의 시간을 하나로 만들었다. 밤에 내게 이야기를 해주던 아버지는 자신의 시간과 나의 시간을 하나로 합쳤다. 아버지의 이야기들도, 늑대도 잊을 수가 없었다. 그것들을 생각하면서 나는 이스탄불에 가고 싶은 강한 욕망을 품었다. 그렇게 해서 나는 내 삶의 마지막 단계를 밟게 되었다. 나는 군인들에게 말했다. "이스탄불에 데려다 주면 당신들이 알고 싶어 하는 장소와 듣고 싶어 하는 비밀을 말해주겠소." 고통을 당해야 한다면 이스탄불에서 당하고 싶었고, 죽어야 한다면 이스탄불에서 죽고 싶었다.

그렇게 해서 내가 도착한 이 이스탄불 감방은 전혀 낯설지 않았다. 여기가 집처럼 느껴졌다. 감방은 끝이 없게 느껴졌다. 벽들 너머에는 바다와 거리, 그리고 새로운 벽들이 있었다. 벽들은 서로 구분이 되지 않았다. 벽 하나하나는 거리로 이어지고, 거리 하나하나는 바다로 이어졌다. 벽 뒤에 다른 벽이 이어지면서 벽들은 끝도 없이 펼쳐졌다. 한쪽의 고통은 다른 쪽의 행복이 되고, 한쪽의 눈물은 다른 쪽의 웃음이 되었다. 슬픔, 불안 그리고 기쁨은 잠자는 새끼고양이처럼 서로 몸을 휘감고 있어서 그들을 구분하기는 쉽지 않았다. 죽음이 가까이 있다는 생각이 들던 바로 그때, 삶은 돌연 능동적으로 변했다. 무한은 찰나만큼 덧없었다. 그때 나는 경계선에 있었다. 내가 기댄 벽 뒤의 바다를 느낄 수 있었다. 내 앞에 구불구불 이어진 거리가 있다는 것도 알았다. 나는 내 안의 목소리에 귀를 기울였다. 다른 사람들처럼 나도 이미 본 것보다 보지 못한 것에 더 애착을 가지고 있있다.

이발사 카모가 기침을 하기 시작했을 때 나는 벽 너머로부터 눈을 떼 벽 안쪽으로 시선을 옮겼다. 한기가 돌았다. 의사와 학생을 보았다. 얼굴이 어둠에 가려져 있었다. 숨 쉴 때 썩은 내가 났다. 그 둘은 어깨를 구부리고 손은 겨드랑이에 감추고 있었다.

기침을 멈춘 이발사 카모가 무릎에서 머리를 들었다. 카모는 엉뚱한 방에서 잠이 깬 아이처럼 우리를 자세히 살폈다.

"괜찮나?" 의사가 물었다.

카모는 대답하지 않았다. 몸을 기울여 문 옆 플라스틱 물병을 집더니 물을 마시고는 손등으로 입을 닦았다.

나는 의사가 한 질문을 반복했다. "괜찮나?"

카모는 고통을 느껴도 결코 고통을 느낀다고 인정하지 않았다. 카모는 찌푸렸던 얼굴을 펴면서 이목구비의 긴장을 풀었다. "퀴헤일란 아저씨," 카모가 입을 열었다. "늑대를 좋아하세요?"

카모는 늑대 꿈을 꿨던 것일까? 아니면 눈 오는 날 나를 따라오던 늑대에 대해 묻는 것일까? 그도 아니면 사냥꾼 이야기에서 젊은이를 잡아먹은 늑대에 대해 묻고 있을까?

"좋아하지." 내가 대답했다.

카모는 불빛 쪽으로 고개를 돌렸다. 눈을 깜빡이지 않고 한 지점을 노려보다가 잠깐 즐거운 표정을 짓더니 카모가 말했다. "내가 늑대라면 당신들을 다 잡아먹었을 거야."

웃어야 할까, 몸서리를 쳐야 할까?

"당신, 허기가 지는군. 남은 빵 조각이 있는데, 줄까?"

"그래도 난 당신들을 잡아먹겠어."

"왜인가?" 내가 물었다.

"모든 것에 이유가 있어야 하는 건가요, 퀴헤일란 아저씨? 그렇게 생각해야 편하다면 이유를 말하리다. 아저씨는 추위가 배경인 이야기를 했어요. 눈이 내리게 만들고 사냥꾼들이 눈보라에 갇히도록. 아저씨는 이 찬바람 드는 감방에 찬바람이 더 들도록 하고 있어요. 우리가 앉아 있는 콘크리트를 얼음장으로 만들고 있다고. 내가 진짜 추울 때 아저씨는 내가 늑대가 될 수밖에 없도록 만드는 거예요. 난 당신들을 갈기갈기 찢어서 먹을 것이야."

카모는 머리카락에, 얼굴에, 목에 말라붙은 피를, 우리 몸 구석구석에 눌러붙은 피냄새를 맡았던 것일까? 송곳니가 가려울 때 카모는 매 맞은 우리 몸의 피를 갈구했을까? 나는 속으로 웃었다. 불빛 쪽을 보면서 나는 카모처럼 한 곳을 노려보았다. 모든 사람이 자기 안에 어두운 심연을 가지고 있다면 카모는 자기 심연의 가장자리에서 기다리고 있었다. 카모는 빛이 있는 곳에서도 어둠만을 찾아 무한한 진공을 응시했다. 카모가 그토록 고통을 깔보는 이유였다. 세상도 삶도 그에게는 시시했다. 카모는 빵과 물을 조금씩 먹었다. 그는 자신의 기억 속에 말을 모으려는 듯, 대부분의 시간에는 말을 하지 않으려 애썼다. 카모는 어둠과 잠을 좋아했다. 눈을 감고 자신 안으로 침잠하곤 했다.

마치 자기 머릿속의 웅성거림에 몸을 맡긴 것 같았다. 우리 얼굴을 볼 때, 카모는 피부에 달라붙는 빛을 바로 알아보고는 우리를 불쌍해했다. 카모를 슬프게 한 것은 하나밖에 없었다. 아마 카모도 자신에게 항상 같은 질문을 던졌을 것이다. 운명은 벽에 새긴 선 같은 것이었을까? 절대 없앨 수 없는 것이었을까? 운명은 결코 변하지 않는 것이었을까?

"퀴헤일란 아저씨, 괜찮으세요?" 의사가 내 팔을 만지면서 물었다. "잠이 드셨어요."

내가 그랬던가? 내 머릿속에서 무슨 일이 벌어지는지 나도 알 수 없었다.

"아, 이스탄불을 생각하고 있었소. 저 위의 이스탄불 말이오."

"이스탄불이라고요?"

내가 무슨 생각을 하는지 잊어버리거나 화제를 바꾸고 싶을 때마다 이스탄불은 제일 먼저 머리에 떠오른 말이었다. "여기서 나가면 말이오," 내가 말했다. "제일 먼저 갈라타 다리로 산책을 갈 것이오. 거기 낚시하는 사람들 옆에 서서 보스포루스 해협을 볼 작정이오. 그리고 나서 거기서 다른 삶을 살고 있는 다른 나를 찾아볼 것이오."

"다른 나라니요?" 의사가 물었다.

"다른 삶이라니, 무슨 뜻이세요?" 데미르타이 학생이 거들었다.

"내가 이 도시에서 태어났다면 어떤 삶을 살아왔겠소? 거기 사는 다른 내가 그 질문의 대답이오. 이건 여러분이 모르는 이야기요."

사람들이 재밌다는 듯이 나를 쳐다보았다.

"우리가 모르는 이야기요? 어떤 거죠?" 그들이 물었다.

"당신들은 이스탄불만큼, 고통만큼 나를 잘 알고 있소. 하지만 이스탄불, 고통, 나 사이에는 차이가 있어요."

"말해보세요. 전부 알고 싶습니다."

"말하리다." 내가 계속했다. "우리가 살던 작은 마을에서 아버지는 우리에게 밤하늘을 보여주시곤 했소. 아버지는 우리가 그곳에서 삶을 산다고 말하셨소. 저 위에는 우리의 삶이 거울처럼 비추어져 있다고. 우리들 모두의 다른 자신이 거기에 살고 있다고. 나는 한밤중 잠자리에서 나와 창문으로 하늘을 보곤 했지. 나의 다른 모습인 아이는 뭘 하고 있는지 궁금했소. 아버지가 우리를 떠나 도시로 가실 때면 하늘을 더 자주 올려다보았소. 나는 아버지가 돌아왔을 때 우리에게 들려준 이스탄불 이야기가 우리의 다른 삶이야기라고 생각했지. 아마 이스탄불은 거울처럼 비추어진 우리의 다른 모습이 사는 하늘이었을지도 모르겠소. 아버지는 우리의 다른 자신들을 보기 위해 이스탄불에 갔을 거요. 아버지는 나처럼 생긴 아이를 좋아했을 것이고 우리 마을 이야기를 그 여자아이에게 들려주었겠지. 이스탄불에 사는 여자아이는 마치 자기가 나인 것처럼 살았을 것이오. 그리고 그 여자아이는 내가 꿈꾸던 일들을 했기 때문에 지금 이런 일은 언젠가 내게 일어날 일이었소. 내게 이스탄불에 비친 모습이 있었다면, 우리 마을에 사는 나는 그 여자아이가 비친 모습이었을 거요. 그 여자아이도 나에 대해 알고 싶어 했겠지. 그 사실을 알게 되자 나는 그 아이를 위해서도 살기 시작했소. 난 그 아이가 도시에서는 할 수 없는 일을 하려고 했다오. 강에서 고기를 잡고 산에서 자두를 땄지. 상처 입은 동물한테 붕대를 매어주고 할머니들의 무거운 짐을 들어줬어요. 모든 사람이 다른 누군가를 위해서도 산다고 생각하자 책임감이 두 배가 됐소. 내가 많이 웃으면 그 아이가 울고, 내가 울면 그 아이가 웃는다는 걸 기억했소. 우리는 서로를 완전하게 한 거요. 나는 소년이고 그 아이는 소녀였소. 이제 그 소녀의 이야기를 들려주겠소. 듣고 싶소?"

"네, 해주세요."

"먼저 차 한 잔 마시고 합시다. 입술도 목도 타는군요."

나는 몸을 기울였다. 찻주전자를 잡듯이 손을 올려 보이지 않는 찻잔을 채웠다. 찻잔이 아주 뜨거울 때 그렇게 하듯 손가락 끝으로 잔을 잡고 나는 한 잔씩 사람들에게 건넸다. 그 다음에는 설탕을 건넸다. 차는 진하고 향이 좋았다. 나는 차를 천천히 저었다. 사람들도 똑같이 했다. 데미르타이 학생이 차를 좀 빨리 젓자 나는 좀 천천히 하라는 신호를 보냈다. 차 스푼이 짤랑대는 소리가 복도를 타고가 간수들에게 들릴지도 몰랐다. 데미르타이는 미소를 지었다. 삶은 이 미소, 이 차, 그리고 이 이야기들을 이 안에서 발견해냈다.

학생 데미르타이의 이야기

밤의 불빛

"전쟁 중이었어요. 전쟁 이야기는 보통 길지만 짧게 할게요. 부대는 며칠 동안 계속 전투를 치러 기진맥진한 상태였어요. 보급품은 떨어져 가고 본대와는 연락이 끊겼어요. 군인들은 퇴각할 곳을 찾아나섰어요. 몇 시간을 어두운 데서 걷다 마침내 고원에 도착했어요. 군인들은 웅덩이에서 물을 마시고 수풀에서 검은딸기를 땄어요. 총을 쏘아서 사슴을 잡을 수는 없었어요. 총소리가 나면 은신한 곳이 들통 날 수 있기 때문이었죠. 잠깐 낮잠을 잔 뒤 군인들은 가파른 산을 올랐어요. 그들은 밤에 행군을 하고 낮이면 바위 사이에서 잠을 잤어요. 군인들은 불을 피우지 않고, 뱀이나 도마뱀을 닥치는 대로 힘들게 잡아 날로 먹었어요. 적군이 자기를 죽이지 않을 거라고 확신했다면 하루 한 끼를 먹으려고 투항할 사람도 한두 명 이상은 됐을 거예요. 아군 전체가 다 다른 곳으로 가버린 것일까? 누구와, 어떻게 연락을 하지? 군인들은 신호를 찾을 수 없었어요. 아무 마을에나 들어가 물어볼 수도 없었어요. 사방이 적의 치하였어요. 사실은 긴 얘기지만 짧게 할게요. 날이 갈수록 수가 줄어든 군인들은 사흘 후 어느 산 정상에 올랐고, 피곤에 지쳐 햇볕을 쬐며 잠이 들었어요. 저녁이 되자 군인들은 물을 찾아 씻었지요. 군인들은 예전의 자기 모습으로 돌아가고 있다고 느꼈어요. 그리고 자신들이 어디 있는지 알아내려고 했지요. 금니를 한 군인 하나가 아랫쪽 계곡을 가리키며 자기가 태어난 마을이라고 말했어요. 군인들은 길 잃은 아이처럼 어둠 속에 서서 이 군인이 가리키는 곳을 보며 침을 삼켰어요. 마을의 불빛이 반딧불처럼 깜빡였어요. 금니를 한 군인은 자기가 마을로 내려가 음식을 구해올 수 있을 것 같다고 말했어요. 사령관은 반대했어요. 적에게 잡혀 죽을 수도 있기 때문이지요. 금니를 한 군인은 말했어요. 어째든 우리는 죽기 직전 상황이지 않습니까? 내가 성공하면 단지 먹을 것만 가지고 돌아오지는 않을 것입니다. 아군과 적군에 대한 소식도 같이 가져올 겁니다. 군인들은 모두 이 군인을 지지했어요. 이 군인은 전우들을 떠나 마을로 내려가 어둠 속으로 사라졌어요. 하늘은 색깔을 세 번 바꿨어요. 어두운 파랑에서 시작해 타는 듯한 빨강으로 바뀌었죠. 동이 틀 무렵 금니를 한 군인이 바위 틈 사이에서 나타났어요. 큰 가방 두 개를 등에 메고 말이지요. 쏟아지는 전우들의 질문에 대한 대답으로 그는 우선 앉으라고 말했어요. 할 얘기가 있습니다. 그는 큰 가방을 등에서 내려놓았어요. 마을은 적으로 가득합니다. 그렇게 얘기를 시작했어요. 그들은 나만큼 마을을 잘 모릅니다. 나는 아무에게도 들키지 않고 우리 집까지 가는 데 성공했습니다. 문을 두드렸어요. 아내가 문을 열었습니다. 아내는 나를 보더니 놀라서 비명을 지르려고 했어요. 나는 아내의 입을 막고 진정시켰습니다. 그 다음에는 어떤 일이 일어났을까요? 이 질문을 던진 금니를 한 군인은 메고 온 가방을 뒤져 치즈 한 조각을 꺼냈어요. 군인이 말했어요. 누구든지 다음에 어떤 일이 일어났는지 맞히는 사람한테 치즈를 주겠다고 말이에요. 며칠을 굶어 입에서 썩은 내가 진동하는 군인들은 열심히 답을 내놨어요. 적군의 숫자를 물어본 거 아니오? 한 군인이 말했어요. 아군이 어디 있는지 물어본 거 아니오? 다른 군인이 말했어요. 이런 답들이 끝도 없이 계속될 것처럼 보이자 뒤쪽에 앉아 있던 이스탄불 출신 군인이 손을 들었어요. 그 자리에서 당신은 마누라를 눕혔겠지. 금니를 한 병사는 웃으면서 그 군인한테 치즈를 던져 주었어요. 다른 군인들은 놀라서 탄성을 지르고 큰 소리로 웃었어요. 금니를 한 군인은 가방에서 파이 한 조각을 꺼냈어요. 그 다음에 일어난 일을 맞추는 사람에게는 이걸 주겠소. 군인이 말했어요. 이번에는 진짜 아군에 대해 물었을 거요. 한 군인이 말했어요. 아이들은 어떠냐고 물어봤을 거요. 다른 군인이 말했어요. 뒤쪽의 이스탄불 출신 군인이 또 손을 들었어요. 군대건 학교건 이런 사람들은 항상 뒤쪽에 앉아 있지요. 당신은 마누라를 다시 눕혔소. 그가 말했어요. 금니를 한 군인은 웃으면서 파이를 던져 주었어요. 이번에는 튀긴 닭을 가방에서 꺼내들고 공중에서 흔들었어요. 그 다음에 내가 한 일을 맞히면 이 닭을 주겠소. 군인이 말했어요. 마누라를 다시 또 눕혔겠지! 군인들이 한 목소리로 소리쳐 답했어요. 마치 이른 아침 훈련을 받을 때 같았어요. 금니를 한 군인은 웃음을 참을 수가 없었어요. 아니오. 그가 말했어요. 그 다음에는 군화를 벗었소.”

나는 마지막 문장을 반복했다. "아니오. 그 다음에는 군화를 벗었소."

나는 입을 막고 발작하듯이 웃기 시작했다. 의사와 퀴헤일란도 어깨를 들썩이며 웃기 시작했다. 소리를 내지 않고 웃었지만 우리가 몸을 들썩이며 웃는 바람에 벽이 흔들렸다. 우리는 어른들이 모르는 비밀 아지트에 숨어서 낄낄거리는 못된 아이들 같았다. 우리 입은 크게 벌어졌고 서로를 행복하게 쳐다보았다. 누군가를 웃게 만드는 게 무언지 알게 되면 그 사람을 알 수 있었다. 반대로 우리는 이발사 카모를 웃게 만들지 못하는 것이 무언지 앎으로써 이발사 카모를 알게 됐다. 카모의 얼굴은 시무룩했다. 카모는 멍하게 우리를 바라보고 있었다. 우리가 그렇게 재미있다고 생각하는 것에는 관심도 두지 않았다.

분위기가 조금 가라앉자 내가 말했다. "너무 많이 웃어서 끔찍한 일이 닥치면 어떡하죠?"

"끔찍한 일?" 의사가 반문했다. "끔찍한 일이 일어난다고? 여기서?"

우리는 다시 웃기 시작했다. 미래에 대해 잊고 삶에 대해 어깨를 으쓱 하는 순간은 오직 취하거나 웃을 때밖에는 없다. 죄수가 고통을 당하면 시간이 정지하는 것처럼 웃을 때도 시간은 정지한다. 과거와 현재는 씻겨 없어지고 그 순간만이 영원히 지속된다.

웃다 지친 우리는 속도를 늦췄다. 눈에서 눈물을 닦았다. "그 군인들 이야기는 나도 아는 거요." 퀴헤일란이 말했다. "하지만 내가 알고 있는 이야기에 이스탄불 출신 군인은 없소. 배경이 러시아였지."

의사가 나 대신 대답을 했다. "이 안에서 모든 이야기는 이스탄불에 속해 있습니다. 이미 알고 있는 이야기에서 그치지 않고 그 이야기들을 바꿔 원하는 대로 만들어내기도 하지요."

"아버님께서도 그러지 않으셨나요, 퀴헤일란 아저씨? 아버님은 이스탄불 뱃사람들이 흰고래를 찾도록 바다에 던져놓지 않으셨나요? 늑대 이야기에 나오는 사냥꾼들을 이스탄불까지 데려가지 않으셨던가요?"

의사와 퀴헤일란은 군인, 사냥꾼, 그리고 뱃사람 얘기에 몰두하고 있었다. 의사와 퀴헤일란은 쿰카프의 오래된 어촌 끝자락의 바닷가 길, 점점 수가 줄고 있는 보스포루스 해협 해안가의 유다나무, 건축가 시난의 400년 된 작품인 을리아스자데 모스크가 헐리고 그 자리에 주유소가 들어선 일, 어떻게 천년 전의 지진이 해안에서 가장 가까운 섬을 아틀란티스처럼 바다에 가라앉게 만들었는지에 대해 이야기했다. 그리고 물었다. "이스탄불도 섬인가?"

의사에 따르면, 이스탄불은 죄가 점점 쌓여 언젠가 몰락할 섬이었다. 그 죄는 늘 동일하지 않았다. 항상 변했다. 이 도시가 사람들이 알고 있는 곳이 아니라, 매일매일 사람들이 알아가는 곳이었던 이유가 여기에 있다. 이스탄불의 신비로움이 변화를 향한 이스탄불의 갈망을 부추기고, 미래에 속하고자 하는 이스탄불의 열망을 부채질했다. 오늘이 희미해지면 진실도 희미해진다. 진실이 상징에 자기 자리를 내주는 것이다. 건물은 산을 밀어내고, 꽃이 있는 발코니는 해변을 밀어냈다. 이제 사랑도 만족을 모르는 털 많고 축축한 동물, 끊임없이 새로운 경험을 찾아헤매는 동물로 변해버릴 것이다.

퀴헤일란은 상징이 진실보다 더 현실적이라며 의사와 논쟁을 벌였다. 이 세계의 사람들은 자신의 자유의지로 생겨나지 않았으므로 자신의 존재를 발견할 책임이 없었다. 다만 자신의 존재를 생겨나게 할 책임만이 있을 뿐. 우리가 존재하기 전에도 산은 산이었다. 우리가 존재하기 전에도 나무는 나무였던 것과 같다. 하지만 도시도 그랬을까? 강철, 전기, 전화도 그랬을까? 소음에서 음악을, 숫자에서 수학을 만들어낸 사람들은 도시와 새로운 우주를 만들어 냈다. 사람들은 외부의 자연에서 멀어질수록 자신이 만들 어낸 자연에는 더 가까워졌다. 사람들은 산꼭대기 대신 나 란히 솟아오르는 지붕, 강 대신 사람들로 붐비는 거리, 별 대신 어디에나 비치는 불빛을 믿게 됐다.

나는 어떤 것을 믿었던가, 별인가 도시의 불빛인가? 지 난달 나는 숨어 있던 히사뤼스튀의 집 창문 밖으로 하늘 을 보면서 별들이 어디서 끝나고 도시의 불빛은 어디서 시 작되는지 알아내려고 했었다. 책을 읽다 쉴 때면 은하수에 서, 내 상상 안에서 길을 잃고는 내가 보고 있는 희미하게 빛나는 형태가 진짜 은하수인지 궁금해하곤 했다.

히사뤼스튀의 집에서 처음 며칠은 혼자가 아니었다. 야 세민 아블라와 같이 있었다. 나는 그 여자의 진짜 이름을 몰랐고 그 여자도 나를 유수프라는 이름으로 알고 있었다. 우리는 탁심 게지 공원에서 만났다. 그때가 처음 만나는 거라 지침대로 나는 목에 두른 녹색 스카프로 그 여자를, 그 여자는 내 손에 들린 스포츠 잡지로 나를 알아보았다. 그 여자는 나보다 대여섯 살쯤 위로 보였다.

"유수프!" 집에 도착하자 여자가 내게 말했다. "며칠 여 기서 머물 거예요. 이웃들이 나를 알아요. 혹시 누가 당신에 관해 물으면 남매라고 할 거예요. 그래도 눈에 띄지 않게 조심하세요."

집은 무허가 게제콘두(무허가 빈민주택—옮긴이)였다. 입구 옆에 작은 화장실이 있었다. 부엌이라고는 방의 요리용 난로가 전부였다.

잘 시간이 되면 우리는 교대로 화장실에서 옷을 갈아입었다. 떨어져 있는 소파 두 개에서 각각 잠을 잤다. 잠들고 난 뒤 오래지 않아 성냥 타는 냄새에 잠이 깬 나는 반쯤 눈을 떴다. 창가에 앉은 야세민 아블라가 손에 담배를 쥐고 바깥풍경을 내다보고 있었다.

"잠이 안 오나요?" 내가 물었다.

"친구 중 한 명하고 연락이 안 돼요. 어제 약속 두 개를 했는데 다 못 지켰어요. 그 친구 생각을 하고 있었어요."

"그 친구가 이 집을 알고 있나요?" 나도 모르게 이 말이 입 밖으로 튀어나왔다.

"그 친구가 잡혔을 때 댈 수 있는 주소는 하나밖에 없어요. 우리가 어젯밤에 빠져 나온 곳이죠. 그 친구는 이 집을 몰라요."

"그냥 물어본 거예요."

"괜찮아요. 걱정 돼서 그런 거 이해해요."

나는 소파에서 일어나 테이블 맞은편 의자에 앉았다. 나도 담배에 불을 붙였다.

불안감을 드러내지 않으려 애쓰면서 내가 물었다. "체포된 적 있어요?"

"아뇨. 그쪽은요?"

"저도 없어요."

집은 비탈에 있었다. 금방이라도 무너질 것 같은 게제콘두들이 비탈 아래까지 늘어서 있었다. 바닷가까지 이어져 내려가는 가로등 불빛들이 보스포루스 해협에 떠다니는 배와 보트의 불빛들과 섞였다. 이스탄불에서 제일 아름다운 해안선 중 하나였다. 호화로운 대저택과 마천루 대신 이스탄불은 이 조그만 게제콘두들에게 호의를 베풀었다.

우리는 차를 끓이고 새벽까지 앉아 있었다. 정치에 대해 말하지는 않았지만 책과 서로의 꿈에 대해서는 대화를 나눴다. 야세민 아블라가 시를 많이 아는 것이, 내가 어떤 단어를 말해도 그 단어가 들어간 시를 암송할 수 있는 능력이 부러웠다. 내가 "바다"라고 말하자 여자는 "오, 자유로운 사람이여! 당신은 항상 바다를 소중히 여기리라."라는 시구를 암송했다. 내가 "시계"라고 하면 "시계! 위협적이고 무시무시한 바위 얼굴의 신!"이라고 화답했다. 여자는 우등생처럼 웃었다. 우리는 불을 껐고 여자의 얼굴은 가로등 불빛에 환하게 빛났다. 밤이 끝나고 안개가 붉은 새벽 빛 위로 덮일 때 우리는 잠자리에 들었다. 우리는 갈매기와 참새 울음소리에도 아랑곳하지 않고 잠을 잤다.

정오쯤 야세민 아블라가 밖으로 나갔다. 어두워져서야 여자는 먹을 것이 가득 든 가방을 들고 돌아왔다.

"실종된 친구한테서 아직도 연락이 없어요. 내일 나는 이스탄불을 떠나요. 늦어도 사흘 안에는 돌아올 거예요."

"내가 어떻게 하면 되죠?"

"여기 먹을 것이 있어요. 사흘째 되는 밤까지 내가 돌아오지 않으면 이 집에서 떠나세요. 당신 정체를 알려줄 만한 단서는 절대 남기면 안 돼요."

야세민 아블라는 난로에 물을 데우고 화장실로 가서 씻었다. 화장실에서 나왔을 때 여자는 잠옷을 입고 있었다.

여자는 테이블에서 찢어진 외투를 꿰매려 애쓰는 나를 보더니 물었다. "바느질 할 줄 알아요?"

"아뇨."

"그럼 나한테 줘요. 꿰매 줄게요. 내 귀고리에서 고리가 떨어져 나갔는데 당신이 다시 붙여주면 되겠네요."

나는 호박귀고리 두 쪽을 받아서 비교해보고 고리가 떨

어져 나간 귀고리 한 쪽을 어떻게 고쳐야 할지 생각했다. 호박이 상하지 않도록 주머니칼을 살살 움직였다.

야세민 아블라가 내 외투의 찢어진 곳을 꿰매면서 고개를 들었다. "수공예품 좋아해요?" 여자가 물었다.

"별론데. 당신은요?"

"예전에 재봉사였어요. 천을 만지고 자르는 게 좋았어요. 잠옷도 만들고 드레스도 내가 만들었어요."

벽에 걸린 여자의 드레스를 보았다. 가슴이 깊게 파이고 무릎까지 내려오는, 벨트가 있는 드레스였다. 드레스의 꽃무늬가 여자의 귀고리와 잘 어울렸다.

"일어나서 외투 입어보세요." 여자가 말했다.

나는 외투를 입고 두 팔을 앞으로, 양 옆으로 움직여 보였다. "좋은데요."

여자가 가까이 와서 구겨진 외투 깃을 펴주었다. "시간이 많을 테니 내가 돌아오기 전에 외투를 다리세요."

"시키는 대로 합죠." 내가 웃으면서 대꾸했다.

"시키는 게 아니고 그랬으면 하는 거예요."

여자의 머리는 젖어 있었다. 장미 향이 났다. 방금 목욕한 여자의 상쾌한 냄새였다. 여자는 천천히 뒤로 물러섰다. 찻주전자를 난로에서 집어들고 찻잔에 차를 채웠다.

여자는 말하는 걸 좋아했다. 자기가 자란 가난한 집, 그 집의 작은 창문에서 본 세상에 대해 얘기했다. 여자는 내가 말한 단어들을 가지고 시를 읊었다. 창턱의 제라늄 화분에 물을 주었다. 화분 두 개 중 하나에 있는 제라늄은 꽃이 피었고, 다른 하나에 있는 꽃은 시들고 있었다. 여자는 자기가 돌아오면 마당에 있는 꽃에도 물을 줄 거라고 말했다. 마당에는 분꽃, 협죽도, 그리고 장미가 있었다. 우리가 얘기할 때 내뱉는 단어들과 꽃들 사이에서 둥지를 튼 밤은 깨진 병에서 나온 물처럼 스며들었다가 이내 흘러가 버렸다. 우리는 하늘이 밝아지고 별들이 사라지는 줄도 몰랐다.

얼마 지나지 않아 빗소리에 깨어났을 때 여자는 자리에 없었다. 조용히 나간 것이다.

나는 창가에 앉아 담배에 불을 붙였다.

밖에는 폭풍우가 몰려오고 있었다. 걷잡을 수 없는 바람이 포효했다. 이스탄불 바다는 신비스러웠다. 갑자기 험악해져 낮을 밤으로 바꿔놓았다. 구름은 마치 유화에서처럼 검게 변하곤 했다. 보스포루스 해협에서 파도는 배를 이리저리 흔들어 해안 쪽으로 내동댕이쳤다. 이 방향 저 방향으로 흔들리는 배는 구조 사이렌을 울렸다. 당장이라도 가라앉아 파도 속으로 묻힐 것 같았다. 날카로운 사이렌 소

리가 빗소리, 바람 소리, 파도 소리와 한데 섞였다. 배에
탄 선원들은 하늘을 보며 신에게 빌었다. 술 취한 사람들,
거지들, 해변에서 자살하기 직전인 사람들은 배가 침몰할
거라면 암초에 있는 자신들을 먼저 태운 뒤에 침몰하길 빌
었다. 배와 함께 침몰하는 것은 가장 좋은 죽음의 방법이
기 때문이었다. 분노의 게거품을 문 바다는 쉬지 않고 채
찍을 휘둘렀다. 파도는 길들여지지 않는 야생마처럼 위로
솟구쳤다. 야세민 아블라는 나가고 들어오기에 완벽한 날
씨를 선택한 것이다. 아니면 야세민 아블라가 나가고 배가
보스포루스 해협에 도착하기를 기다렸을 수도 있다. 마당
의 분꽃, 협죽도, 그리고 장미의 마지막 남은 꽃잎들을 바
람이 흩뿌릴 때 거리에는 사람이 없었다. 무너져가는 건물
들에는 개와 노숙자가 숨어늘었다. 폭풍우의 신에게 빌다
가 저주를 퍼붓던 배의 선원들이 바다에서 죽게 될 수밖에
없다고 체념하는 동안 극빈과 사치 사이에서 현기증을 느
끼던 이스탄불은 두 팔을 벌리고 기다렸다. 길이 모두 막
혔을 때 자신의 운명을 받아들이는 것이 나을까, 아니면
운명을 저주하는 것이 나을까? 폭풍우는 이런 질문을 불러
일으켰다. 같은 공기 안에서 같은 물을 먹은 창턱의 제라
늄은, 하나는 시들고 다른 하나는 꽃을 피웠다.

호박귀고리 한 짝이 눈에 들어온 것은 바로 그때였다. 귀고리는 두 화분 사이에 놓인 채 바깥에서 들어오는 비바람을 피하고 있었다. 전날 밤 내가 고친 귀고리였다. 다른 한 짝은 어디에 있었을까? 소파 위, 현관문 옆, 온 데를 다 뒤졌다. 화장실 거울 앞도 훑어보았다. 야세민 아블라는 짐을 꾸리면서 다른 한 짝을 챙기는 것을 잊었을까? 그럴 정도로 서둘러 떠났을까?

나는 소파에 앉았다. 손가락 끝으로 귀고리 한 짝을 집어들었다. 은 고리가 달린 투명한 황금빛 포도 모양이었다. 빛과 물결무늬가 고대의 심연 안에서 소용돌이치고 있었다. 오렌지색과 갈색의 물결들이 그 안에서 조용히 일렁였다. 나는 이런 귀고리를 처음 보는 것처럼, 여러 해 동안 여자들의 귀에 걸려 있거나 가게 쇼윈도에 전시됐던 이 호박귀고리를 눈을 크게 뜨고 살펴보았다. 우리 마음의 선택 과정은 어떻게 작동했을까? 사람들은 언제 물건의 존재를 알게 되었을까?

이전에 귀고리의 존재에 신경 쓰지 않았듯 아마 나는 야세민 아블라와 같은 거리를 걸으면서도 그녀를 알아보지 못했을 것이다. 아마 그날도 비가 오고 있었을 것이다. 서둘러 우산을 편 사람들은 화려한 고층건물 옆으로 종종걸음을 치면서 통로 입구에서 거리공연을 하는 젊은 여자들을 스쳐 지나갔다. 누군가는 자신을 버린 연인을 회상했고, 다른 누군가는 말 안 듣는 자식들 때문에 절망했다. 사람들은 모두 같은 언어를 썼지만 아무도 다른 사람의 말을 알아듣지 못했다. 사람들의 마음속마다 각각 다른 마음들이 살고 있었다. 비가 오면 이스탄불은 헐벗은 나무들로 촘촘한 숲이 됐다. 사람들은 모두 허둥거리고 집, 거리, 얼굴 표정은 모두 똑같아 보였다. 나는 약속 시간을 지키려고 비를 맞으며 서둘러 가던 야세민 아블라를 지나쳐 걷고 있었다. 나는 더플코트의 후드를 이마까지 당겨 뒤집어쓰고 서둘렀다. 여자가 귀고리 한 짝을 흘린 것도 모른 채 계속 걸어갔다면, 발밑의 물웅덩이에서 내가 호박귀고리 한 짝을 주웠다면, 내가 삼깐 멈춰서 비에 젖은 내 손과 야세민 아블라를 집어삼킨 회색 군중을 살펴보았다면, 내게 이스탄불은 다른 모습이 되었을까? 그 귀고리 한 짝은 전에는 느끼지 못한 기쁨으로 내 마음을 채웠을까?

이스탄불의 이상한 점은 답보다 문제를 선호한다는 데 있었다. 이스탄불은 행복을 악몽으로, 또는 그 반대로 모든 희망이 사라지는 밤이 지나면 기쁨에 찬 새벽을 만들 수 있었다. 이스탄불은 불확실함에서 힘을 얻었다. 사람들은 그게 이스탄불의 숙명이라고 말했다. 천국의 거리와 지옥의 거리가 순식간에 자리바꿈을 할 수 있었다. 왕과 거지의 이야기에서처럼 말이다. 약간의 기분 전환을 원하던 왕은 길거리에서 자고 있는 거지를 궁전으로 데려오라고 명령했다. 거지가 눈을 떴을 때 사람들은 모두 그를 왕으로 숭배하고 시중을 들었다. 놀라움이 가시자 거지는 자기가 진짜 왕이라고 믿기 시작했다. 지독하게 가난했던 자신의 다른 삶은 꿈이었다고. 하루가 저물어 밤이 내릴 때 그는 행복한 꿈에 빠져들었다. 그들은 거지를 다시 궁전 밖으로 데려다 놓았다. 눈을 떠보니 거지는 거리의 쓰레기 더미 사이에 있었다. 거지는 어떤 것이 현실이고 어떤 것이 꿈이었는지 알 수가 없었다. 며칠 밤 동안 그들은 같은 놀이를 반복했다. 거지가 처음 잠에서 깼을 때는 궁전에 있었다. 그리고 다음번에 깼을 때는 거리에 있었다. 그때마다 거지는 자신의 다른 삶이 꿈이라고 생각했다. 누가 감히 이런 이야기를 따분하다는 이유로 이스탄불에서 해서는 안 된다고 말할 수 있을까? 왕과 거지는 둘 다 이스탄불 사람이 아니었던가? 한 사람은 다른 사람의 운명을 가지고 놀면서 즐거움을 느꼈고, 다른 한 사람은 진실의 저울 한쪽 끝에서 다른 쪽 끝 사이를 왔다 갔다 하면서 살기 위해 발버둥쳤다. 빗속에서 서둘러 움직인 사람들은 다음날 아침에 깨어날 때 자신들이 어떤 상태에 있을지 알았을까?

이스탄불이 단순한 이스탄불이 아니었던 것처럼 호박귀고리도 단순한 호박귀고리가 아니었다. 호박귀고리에는 역사가 있었다. 야세민 아블라가 귀고리를 산 것은 귀고리가 마음에 들고 자신에게 잘 어울린다고 생각했기 때문이다. 그 후 여자는 고쳐 달라며 나에게 건넸고 귀고리의 역사에 내가 더해졌다. 노르스름한 색을 띤 이 호박귀고리 안에는 이야기가, 아름다운 사람의 꿈이 들어 있었다.

나는 창가로 돌아와 다시 밖을 내다보았다. 바다는 잠잠해지고 파도는 잔잔해진 상태였다. 방금 전까지 구조 사이렌을 울리며 폭풍우와 싸우던 배는 어디로 갔을까? 가던 길을 계속 갔을까, 아니면 바다 밑에 가라앉았을까? 비는 그친 상태였다. 개들은 길거리로 돌아갔다. 집들이 줄줄이 늘어선 곳에서는 한 남자가 멍한 표정으로 산책을 하고 있었다. 외투를 입지도 우산을 들고 있지도 않았다. 물웅덩이에 발이 잠겨도 신경 쓰지 않았다. 남자는 잠깐 멈추더니 내가 있는 집 쪽으로 고개를 돌렸다. 어두워서 얼굴이 잘 보이지 않았지만 지치고 배가 고플 거라고 상상하기는 어렵지 않았다. 남자는 앞으로 가는 대신 뒤로 돌았다. 걸음이 빨라졌다. 뭔가 잊은 게 있어서 서둘러 가지러 가는 모습처럼 보였다.

나는 차를 끓였다. 늦었지만 아침도 먹었다. 벽에 하나 걸린 선반에 일렬로 놓인 책들을 올려다보았다. 책 두 권을 골랐다. 하나는 《세계의 명시 선집》, 하나는 야샤르 케말이 쓴 《의적 메흐멧》이었다. 소파에 누웠다. 시 몇 편을 읽고 나서 소설을 읽기 시작했다.

아이들 소리, 길거리 상인들 소리가 비 갠 뒤 햇빛 속에서 울려 퍼졌다. 태양은 어찌나 활기차고 쾌활하던지. 태양은 폭풍우가 칠 때 자기 안으로 침잠했던 방식 그대로 비가 갠 뒤 모든 사물에 스며들었다. 창문을 열고 싶었다. 하지만 이 집에 사람이 사는 걸 누가 봐선 안 됐다. 나는 커튼 뒤에서 거리를 응시했다. 창문은 아주 조금만, 밖에서는 열린 줄 모르게 열었다. 시원하고 신선한 공기를 들이마셨다.

소파에 누워 책을 읽으면서 시간을 보냈다. 잠도 많이 잤다. 밤에는 집 근처 불빛들과 보스포루스 해협에 떠다니는 배들을 가만히 보곤 했다. 하늘은 매일 밤 바뀌었다. 하늘의 한 쪽 끝에서 다른 쪽 끝까지 다양한 빛깔이 차례로 흘렀다. 바람은 먼 곳의 불빛들을 온갖 다른 방향으로 흩

뿌렸다. 나는 사흘째 저녁이 될 때까지 호박귀고리를 손가락으로 휘감으면서 야세민 아블라를 조용한 마음으로 기다렸다. 소설을 다 읽고 난 다음에는 어떤 시들을 반복, 또 반복하면서 읽었다.

야세민 아블라는 '사흘째 되는 밤'이라고 말했다. 나는 최악의 시나리오를 생각하기 시작했다. 여자가 잡혔다고 상상했다. 해가 지자 나는 준비를 했다. 주변 정리를 하고 칫솔과 면도기를 챙겼다. 담배꽁초가 들어 있는 쓰레기통 비닐주머니를 묶을 때 밖에서 발자국 소리가 들렸다.

문에서 노크 소리가 났다. 하지만 미리 정해둔 노크 소리가 아니었다.

기다렸다.

이이의 목소리가 들렸다. "아무도 없어요?"

이웃에 사는 아이였을 것이다. 나는 가만히 있었다.

같은 목소리가 이번에는 속삭였다. "아저씨, 문 좀 열어줄래요?"

아저씨? 이 여자아이는 내가 아저씨라는 걸 어떻게 알았을까? 내가 야세민 아블라와 여기 오는 것을 보았다고 쳐도, 이 여자아이는 야세민이 아니라 왜 나를 불렀을까? 이해가 안 갔다. 나는 불을 켜지 않고 문으로 다가가 천천히,

아주 조금만 열었다. 어린 여자아이가 눈이 둥그레져서 나를 빤히 쳐다보았다.

"아저씨, 내일까지 숙제를 해야 되는데, 도와줄래요? 할머니가 아저씨한테 가보라고 했어요."

"할머니? 할머니가 누구신데?"

"우리는 아저씨 집 뒤에 살아요. 야세민 아블라 아줌마도 제 숙제를 도와줬어요."

"아줌마는 나갔어. 돌아오면 네가 왔었다고 전할게. 아줌마가 오면 너한테 갈 거야."

"할머니가 아저씨한테 부탁하라고 했어요. 유수프 아저씨한테 가라고요."

순간 백 가지 의문이 스쳐 지나갔다. 아이의 할머니는 야세민 아블라가 돌아오지 않았다는 걸 어떻게 알았을까? 내 이름은 어떻게 알았을까? 호기심 때문에 나는 집을 나서기로 했다. 게다가 이웃의 집에서 기다리는 게 이 집에 있는 것보다 더 나은 선택일 수 있었다.

"외투 가지고 올게." 내가 말했다.

나가는 길에 배낭을 집어들었다. 여기 다시 돌아올 생각이 없었다. 쓰레기통 비닐봉지를 마당의 낮은 담 뒤에 있는 쓰레기 더미에 던졌다.

"이름이 뭐니?"

"세르필이예요."

세르필은 집 옆으로 난 좁은 골목길을 따라 걸어갔다. 아이는 어둠 속에서도 길을 잘 찾았다. 나는 아무 말도 없이 아이를 따라갔다. 우리는 부서진 울타리를 타고 안으로 넘어가기도 했다. 나라면 혼자서는 절대 찾아낼 수 없는, 또 다른 골목길을 통과해 우리는 허물어져 가는 돌계단을 올랐다. 마침내 집 앞쪽에 도착했을 때 나는 멈추어 주위를 둘러보았다. 내가 있던 게제콘두 위쪽이었다.

여자아이가 먼저 열린 문으로 걸어 들어갔다.

"들어와요, 아저씨." 아이가 말했다.

여자와 내가 있던 집처럼 방 하나로 이루어진 집이었다. 소파에 앉은 할머니가 보였다. 뜨개질을 하고 있었다.

"왔어요, 유수프 씨?" 할머니가 인사했다.

"안녕하세요?"

"와서 내 옆에 앉아요."

할머니가 앞을 못 본다는 사실을 안 것은 바로 그때였다. 내가 할머니의 맞은편에 앉아 얼굴을 보는데도 할머니의 손은 바쁘게 뜨개질만 했던 것이다. 할머니는 "겉뜨기 두 번, 안뜨기 두 번."이라고 세면서 뜨개질을 했고 뜨개질감은 점점 길이가 늘어나고 있었다. 할머니는 내가 자기 손을 보고 있다는 걸 알기라도 하는 듯 뜨개질을 멈췄다.

"더 가까이 와요." 뜨개질바늘을 내려놓으며 할머니가 말했다.

할머니는 손을 내밀어 내 얼굴을 만졌다. 내 뺨, 턱, 그리고 이마를 만졌다. 한 손은 내 목에 대고 다른 손으로 내 코와 눈썹을 만졌다.

"이목구비가 균형 잡히고 얼굴이 잘생겼네요." 할머니는 뜨개질감에 대해 말하듯 중얼거렸다. "야세민이 당신에 대해 얘기했어요. 우리 아이 숙제를 도와주세요. 학교에서 낸 문제들은 내가 이해 못할 때가 많지요."

그렇게 가난에 찌든 집은 본 적이 없었던 것 같다. 창문에는 커튼도 없었다. 창유리는 깨지고, 창 위쪽 귀퉁이 유리가 없는 부분은 비닐로 막아놓은 상태였다. 맞은편 벽 앞에는 캠핑용 버너가 있고, 그 버너 옆에 접시와 잔 몇 개가 담긴 마분지 상자가 놓여 있었다. 이들은 캠핑용 버너의 약한 불에 찻물을 끓였다. 색바랜 바닥 위의 양탄자는 누더기였다. 벽에 바른 회반죽은 벗겨지는 중이었다. 탁자도 의자도 없었다. 소파 위에는 누비이불 두 장이 개어져 있었다. 밤에 할머니는 소파의 한 쪽 끝, 세르필은 다른 쪽 끝에서 자는 것이 분명했다.

세르필은 책가방을 바닥에서 집어들고 와서 내 옆에 앉았다. 아이는 빛깔이 바래고 솔기 부분들이 찢어진 가방을 열어 교과서와 연습장을 꺼냈다.

"선생님이 내신 문제는 세 개예요."

"자, 시작해볼까." 내가 말했다. "문제를 하나씩 읽어보렴."

아이는 먼저 할머니를 쳐다보고, 그 다음엔 나를 쳐다본 뒤 읽기 시작했다. "단원 문제, 1번. 계절은 왜 바뀌는가? 왜 항상 여름이거나 항상 겨울이 아닌가?"

"내가 그걸 어떻게 알겠어요?" 할머니가 말했다.

아이와 나는 서로를 바라보며 미소를 지었다.

"세르필, 써보렴." 내가 말했다. "두 가지 이유가 있어. 첫째는 지구가 태양을 중심으로 돈다는 거야. 두 번째는 지구의 자전축이 기울어져 있다는 거지. 태양 광선이 지구에 닿는 각도는 일 년 동안 계속 바뀌기 때문에 기온도 변하는 거야. 그래서 계절이 생기는 거지."

"난 이미 알고 있었어." 할머니가 말했다.

"알면서 왜 저한테는 설명 안 해줬어요?" 세르필이 불평을 했다.

"애야, 할머니가 문제를 알고 있었다는 게 아니라, 야세민의 친구들은 모두 똑똑하다는 걸 알았다는 말이란다."

나는 헛기침을 하고는 할머니의 말을 바로잡았다. "저는 야세민의 친구가 아니고 동생이에요."

"동생이나 친구나, 뭐가 다르지요? 다 같은 거죠."

세르필이 숙제를 마치자 우리 셋은 이야기를 나눴다. 우리는 산마루의 눈은 왜 계절이 바뀌어도 녹지 않는지, 우리에게는 사계절이 있는데 남극과 북극에는 왜 계절이 하나밖에 없는지에 대해 토론했다.

"우리는 남극, 북극하고 비슷해요." 할머니가 말했다. "우리는 항상 가난하지요. 부자들과 가난한 사람들이 서로 자리를 바꾸면 좋겠어요, 사계절처럼. 그렇게 하면 공평해지겠지요?"

창문 틈새로 불어 들어오는 가을의 외풍이 느껴지는 걸 보니 이들에게는 그런 공평함이 빨리 이뤄져야 할 것 같았다. 뼈를 파고드는 추위와 눈과 축축함이 이스탄불에 찾아왔을 때 이들은 무엇을 하고 있었을까? 난로에 불을 붙였을까? 양말에 난 구멍 사이로 세르필의 발가락들이 비어져 나와 있었다. 아마 할머니는 손녀에게 줄 양말을 뜨면서 다음에는 두꺼운 스웨터를 떠주어야겠다고 생각했을지도 모른다. 할머니와 아이는 둘 다 홀쭉했다. 손가락은 앙상하고 얼굴은 핼쑥했다. 소파를 빼면 가구가 없었고 덮을 거라곤 이불 두 장이 전부였다. 이로 미루어 집에는 둘만 살고 있었다.

"가야겠어요." 내가 말했다.

할머니가 내 손을 잡았다. "차 한 잔도 안 마시고, 아무 것도 안 먹었잖아요. 그렇게 가면 안 돼요. 얘야, 숙제 다 했으면 우리 차 좀 따라주겠니? 먹을 것도 아저씨한테 갖다 드리고."

"할머니, 할 게 하나 남았어요. 시를 하나 외워야 해요."

"어떤 시니?"

"천상의 조국에 관한 시예요."

"천상의?" 할머니가 웃었다. "굉장하구나!"

나는 똑바로 앉았다. "세르필은 공부하게 그냥 두세요. 제가 차를 따를게요." 내가 말했다.

"귀찮게 하기는 싫지만, 거기 어디 빵하고 올리브가 있을 거예요. 차를 마시면서 같이 드세요."

"고맙지만 전 배가 불러요. 오기 전에 뭘 먹었거든요."

세르필이 누비이불 옆에 앉아, 시를 외울 준비를 하며 교과서를 펼쳤다.

나는 차를 따랐다. 잔에 설탕을 넣고 저었다.

할머니는 뜨개질감을 무릎에 놓은 뒤 두 손바닥으로 뜨거운 잔을 감쌌다.

"내가 세르필 나이였을 때 뜨개질을 시작했어요." 할머니가 말했다. "그때는 눈이 보였지요. 여름에는 들에서 일하고 겨울에는 뜨개질을 했어요. 난 평생을 그 들에서 일하게 될 거라고 생각했어요. 지금은 내가 뜨개질해서 만든 스웨터를 팔아 생활하고 있어요. 이웃사람들이 중개 역할을 하면서 자기 친구들에게 내 얘기를 하지요. 어떤 때는 해변으로 나가 스웨터를 거리에서 팔기도 해요. 하지만 스웨터를 팔아봤자 얼마나 벌 수 있겠어요? 그 돈으로는 이 아이 키우기도 벅차요."

"아이 키우는 일뿐이겠어요? 할머니 생활하시기에도 버겁겠지요."

할머니는 들고 있던 찻잔을 창턱에 올려놓았다. 내 쪽으로 몸을 기울이며 할머니가 말했다. "내가 질문을 하면 대답할 수 있겠어요?"

"어떤 질문인데요?"

"세르필에 관한 거예요."

나는 물끄러미 할머니를 바라다보았다.

"간단한 질문이에요." 할머니가 말했다. "세르필은 내 딸의 딸이자 내 남편의 여동생이에요. 어떻게 그럴 수가 있을까요?"

질문 자체보다도 나는 이 질문이 얼마나 말이 안 되는지를 생각했다. "수수께끼 같군요." 내가 대꾸했다.

"야세민에게도 비슷한 질문을 하고, 다음에 다시 올 때까지 답을 하라고 시간을 주었지요. 야세민이 돌아와야 하는 또 다른 이유가 이것이면 좋겠어요. 질문의 답을 찾아낼 수 있겠어요?"

"못 찾을 것 같아요. 너무 복잡한 질문이군요."

"그런 말을 들으니 아주 기분이 좋아지네요. 당신에게도 시간을 줄게요. 당신이 어딜 가든 스스로를 잘 살피고 무사히 돌아와요. 수수께끼를 풀었으면 좋겠어요."

"걱정 마세요. 답을 가지고 돌아올게요." 즐거운 목소리를 내려고 애쓰면서 내가 말했다.

할머니는 소파에 등을 기대고 앉아 손가락 끝으로 눈을 훔쳤다. "그거 알아요?" 할머니가 말했다. "시력을 잃기 전에 꾸었던 꿈들이 그리워요. 어릴 적 마을에서 열린 결혼식에서 젊은 여자들을 보면서 나는 그들이 산의 님프라고 생각했어요. 그녀들은 목이 길었고 가슴골을 내놓고 다녔어요. 여자들이 숨을 쉴 때 새들은 날갯짓을 했어요. 자라면서 나는 그 여자들처럼 되기를, 내가 거울에 빛을 비추기를 꿈꾸었어요. 하지만 사춘기가 되기도 전에 내 삶은 바뀌었어요. 여름 내내 곰팡이 냄새가 나는 바람이 마을에 불었고 농작물은 썩어버렸어요. 양치기들은 물에 빠져 죽은 사슴, 낭떠러지에서 떨어져 죽은 늑대의 시체를 발견했어요. 마치 천국의 술탄인 양 날아다니던, 날개가 위풍당당한 독수리들은 한 마리씩 하늘에서 추락했어요. 동물들의 눈을 멀게 했던 병은 이내 아이들에게 퍼졌어요. 눈이 아프다고 호소하다 하룻밤 사이에 죽음을 맞은 친구들이 많았어요. 조문을 온 여자들은 비가를 불렀어요. 나는 운이 좋았어요. 시력은 잃었지만 살아 남았으니까요. 나는 있는 힘껏 울었어요. 조문 온 여자들은 더 힘껏 비가를 불렀어요. 새끼 사슴을 잡으려고 덫을 놓고 새끼 늑대를 쏜 것 때문에 마을이 저주를 받았다고 사람들은 말했어요. 그 이야기 알아요? 눈 먼 사람들이 사는 도시가 있었어요. 거기서는 모두 눈이 먼 채로 태어났어요. 어느 날 한 아이가 시력을 회복해 주변 사물들을 보기 시작했어요. 마을 사람들은 그걸 병이라고 생각해 겁을 먹었고, 아이의 병이 다른 아이에게까지 퍼지지 않도록 그 아이를 죽였어요. 사람들은 아이의 시체를 불태웠어요. 이스탄불이 생각나요. 그런 끔찍한 죄를 저지른 이 도시는 마땅히 어떤 일을 당해야 할까요? 어떤 저주를 받아야 할까요? 아니면 이 도시는 이미 벌을 받고 있고 우리는 그 결과로 고통 당하는 걸까요? 여기서 사람들은 시력을 되찾은 이들을 죽이지요. 당신은 꿈을 꾸지요. 그러면 사람들은 당신도 죽일 거예요."

마치 잠이 오는 것처럼, 할머니의 말이 느려지고 목소리는 점점 더 희미해졌다. 할머니는 혼잣말로 중얼거렸다. "사람들은 야세민도 죽일 거예요. 목이 길고, 가슴골을 드러내고, 숨을 쉴 때 새들이 날갯짓을 하는 야세민도 말이에요."

나는 밖을 내다보았다. 우리 게제콘두 마당의 대문이 창문 밖으로 보였다. 여기서 보면 그 입구로 들고나는 사람을 볼 수 있었다. 하지만 누가 그렇게 했을까? 눈먼 할머니가?

밖이 완전히 어두워졌다. 야세민 아블라는 끝내 돌아오지 않았다. 이 시간이 지나면 돌아오지 않을 것이었다.

배들의 경적 소리와 갈매기들의 울음소리가 먼 데서 들려왔다. 별들은 동쪽에서 오는 먼지구름처럼 도시로 흘러들어왔다. 하늘은 젖어 보였다. 흡사 물을 바른 것 같았다.

지평선 너머에는 더 많은 별들이 있었을 것이다. 이 별들은 하늘에 더 이상 자리가 없었으므로 대기하는 것이었다. 하늘은 종 모양 유리그릇에 들어갈 수 있을 정도로 무한하면서 촘촘했다. 어디서 별들이 끝나고 어디서 도시의 불빛이 시작되는지 알기 어려웠다.

할머니가 앞으로 몸을 숙여 내 손을 잡았다. 종잇조각 접은 것을 내 손바닥에 놓았다. 나는 호기심에 가득 차서 종잇조각을 펴고는 짧은 메모를 읽었다.

집이 감시당하고 있어요.…… 회색 점…… 내일…… 15……
추신: 귀고리는 잊어버려요…….

귀고리?

할머니는 가슴골 안으로 손을 넣어 브래지어에서 귀고리 하나를 꺼냈다. 귀고리의 다른 한 짝이었다.

"야세민이 여기 왔었나요?" 나는 흥분해서 물었다.

"나는 문이 안 보여요. 말을 할 수 없었어요." 할머니는 수수께끼 같은 말을 중얼거렸다. "뒷문으로 나가면 골목길이 나와요. 세르필이 안내해 줄 거예요. 그리로 나가면 아무도 못 볼 거예요."

나는 손에 쥔 메모를 다시 읽었다. 우리만의 예방조치가 있었다. 회색 점은 이스탄불 대학교 도서관 앞의 버스정류장이었다. 실제로 만나는 시간은 표시된 시간보다 항상 한 시간 먼저였다. 우리는 14시에 만나게 될 것이었다. 귀고리 다른 한 짝을 남긴 것은 그 메모가 자신이 보낸 것임을 확인시키려는 야세민 아블라의 전략이었다. '귀고리는 잊어버려요!'라는 그녀의 경고는 벽에 박힌 못처럼 분명했다. 단 하나의 흔적도 남겨서는 안 됐다. 다른 누군가와 어떤 형태로든 연결되는 무엇도 지녀서는 안 됐다.

나는 할머니의 손에 입을 맞추었다.

"우리 집에 제라늄이 좀 있어요. 제가 집 열쇠를 맡기면 물을 주시겠어요?" 내가 물었다.

"걱정 말고 열쇠 맡셔요." 할머니가 대답했다. 할머니는 뜨개질감을 집어 털실을 손가락에 감고 다시 뜨개질을 시작했다. 뜨개바늘을 올렸다 내리는 모양이 새의 날갯짓 같았다. 내가 그 집에서 나올 때 등 뒤에서 할머니가 크게 말했다. "내가 한 질문 잊지 말아요. 답을 줘야 해요."

밖으로 나오니 살을 에는 듯한 바람이 내 얼굴을 핥았다. 나는 목도리를 단단히 둘렀다. 세르필을 따라가면서 나는 어둠 속으로 빠져들었다. 여기저기에서 갈라지는 골목길은 구부러지고 휘면서 무한 속으로 나를 이끌었다. 어디에나 덤불이 있었다. 자신이 어디로 가는지 모르는 사람은 어디로 가고 있는지 알기도 전에 길을 잃었을 것이다. 깊숙한 미로 같았다. 불빛은 점점 어두워졌고 아래쪽에서 들리는 개 짖는 소리는 갈수록 희미해졌다. 언덕과 덤불을 지나서 채소밭 쪽으로 나왔다. 이제부터 내가 혼자 가야 하는 지점에 우리는 멈추어 섰다.

나는 주머니에서 돈을 꺼내 반을 세르필에게 주었다. 세르필에게 공부 열심히 하고 할머니를 잘 보살펴 드리라고 당부했다. 나는 몸을 기울여 아이의 정수리에 입을 맞췄다. 그 순간 발그레하게 빛나는 그 아이의 얼굴에 호박귀고리가 완벽하게 어울린다는 생각이 문득 들었다. 아이의 얼굴은 솔직하고, 우아하고, 매력적이었다. 아이는 산의 님프 같았다. 부족한 게 있다면 그건 노란색 호박이었다. 나는 양쪽으로 땋아 늘인 아이의 두 갈래 머리를 손으로 걷어낸 뒤 턱을 들어올렸다. 호박귀고리 한 짝을 아이의 오른쪽 귀에, 다른 한 짝을 왼쪽 귀에 걸었다. "이 귀고리는 네가 가지렴." 내가 말했다. 아이는 믿지 못하겠다는 듯이 눈을 깜빡거리더니 손을 얼굴로 올렸다. 아이가 두 개의 물방울처럼 달린 귀고리를 만져보았다. 아이의 얼굴은 세상에서 가장 아름다운 표정을 짓고 있었다. 내가 그래도 된다고 말했다면, 아이는 날개를 달고 별이 가득한 하늘 속으로 날아가 버렸을 것이다.

채소밭으로 들어서면서 나는 천천히 걷기 시작했다. 야세민 아블라한테 들은 시 구절이 떠올랐다. '오, 자유로운 사람이여! 당신은 항상 바다를 소중히 여기리라.'

그 순간 누군가가 내 진짜 이름을 불렀다. 나는 어둠 속에 멈춰 서서 주위를 둘러보았다. 어디서 목소리가 나온 건지 알 수가 없었다. 가슴에서 심장이 쿵쾅거렸다. 등에 식은땀이 흘렀다. 같은 목소리가 다시 들렸을 때 나는 반쯤 눈을 떴다.

"데미르타이!" 의사였다. "잠꼬대를 하던데."

"깜빡 잠이 들었나 봐요." 감방의 검은 벽을 보면서 내가 대답했다. 자면서 생각에 빠지면 치유효과를 볼 수 있었다. 나는 여기서 나가 그들이 나를 체포하기 전의 과거로 퇴행했다. 그러고 나면 항상 끔찍해졌다. 다시 감방에서 눈을 떴을 때 절망과 후회가 나를 할퀴었다. 눈앞에 고름 색깔 벽이 보였다. 내가 왜 잡혔을까, 왜 더 빨리 뛰지 않았을까. 나 자신을 질책했다. 나는 다른 기회를 원했다. 내 삶을 근본적으로 바꿀 수 있는 기회. 그러고는 내 몸을 뒤덮은 상처에서 비롯되는 고통 속에서 몸부림쳤다.

"퀴헤일란 아저씨." 내가 말했다. "수수께끼 하나 풀어보실래요?"

"세상에! 어제 낸 수수께끼 때문에 지금 나한테 복수하면서 시험하려고 하는 건가?"

"제 수수께끼는 더 어려운 거예요. 들어보세요. 어떤 여자에게 어린 여자아이가 있어요. 저는 그 여자아이가 손녀냐고 물었죠. 여자는 이렇게 말했어요. 이 아이는 내 딸의 딸이자 내 남편의 여동생이라고 말이죠. 어떻게 그럴 수가 있을까요?"

"꿈에서 나온 건가?"

"아니요." 나는 할머니와 세르필 얘기를 하지 않았다.

"내 딸의 딸, 내 남편의 여동생이라." 퀴헤일란이 혼잣말로 반복했다. "좋은 질문이네. 내가 풀 수 있는지 생각해보세."

퀴헤일란과 의사는 저들이 왜 지난 이틀 동안 아무도 끌고 나가 고문하지 않았는지, 왜 감방을 평화롭게 놔두는지 궁금해하면서 이 질문에 대해 깊게 생각했다. 저들은 어제와 오늘 아무도 데려가지 않았다. 철문은 간수가 교대하거나 먹을 것을 가져올 때만 열렸다.

"심문자들도 사람이오. 하루에 열 시간, 스무 시간씩 사람들을 고문하느라 지쳤을 거요. 전부 하루 일을 하지 않고 쉬는 거겠지. 어디 따뜻한 바닷가나 바다 위 섬에 누워서 태양이 영혼을 치유해 주기를 기다리고 있을지도 몰라요." 퀴헤일란이 웃으면서 말했다.

"아닐 겁니다." 의사가 나섰다. "고문은 땀이 나게 만드는 일입니다. 저들은 땀이 마르기 전에 나갔어요. 저들은 춥고 바람이 들어오는 데서 오한이 들었고 그 오한이 빠르게 퍼진 겁니다. 지금 저들은 모두 집에서 쉬면서 라임 꽃 달인 물에 레몬하고 민트를 넣어 마시고 있어요."

의사와 퀴헤일란이 웃고 있는 동안 작은 버튼이 감방의 콘크리트 바닥을 가로질러 미끄러져 오더니 우리 발 옆에서 멈췄다. 어디서 왔는지 알 수는 없었다. 버튼은 구멍 두 개가 뚫린 노란색 별 모양이었다. 퀴헤일란이 버튼을 줍더니 불빛 쪽으로 들었다. "이 버튼은 여자 옷에서 나온 거요." 퀴헤일란이 말했다. 우리는 모두 쇠창살 쪽으로 가서 밖을 내다보았다. 지네 세브다는 맞은편 감방에서 회색 액자에 갇힌 초상화처럼 서 있었다. 여자가 자기 옷의 버튼 중 하나를 떼서 문 밑 틈으로 우리에게 던진 것이다. 여자는 우리를, 아니 퀴헤일란을 보고 미소를 지었다. 보라색 링이 들어 있는 여자의 눈이 밝게 빛났다. 여자는 허공에 '안녕하세요?'를 한 자 한 자 꼼꼼히 썼다. 퀴헤일란은 막 수업에 들어간 남학생처럼 글자들을 공들여 써서 대답했다.

그 둘이 이야기하도록 둔 채 나는 앉아서 등을 기댔다. 나는 의사의 발 위에 내 발을 올려놓았다. 무심하게 머리를 무릎에 묻고 잠든 카모를 바라보았다. 카모는 오늘 한마디도 안 했다. 마치 우리가 거기 없는 것처럼 행동했다. 카모는 자신의 껍질 안으로 침잠해서 계속 잠을 잤다.

문가에 서 있던 퀴헤일란이 몸을 숙이고 말했다. "카모, 쇠창살 쪽으로 와보게. 지네 세브다가 당신한테 고맙다고 말하고 싶어 하네." 카모가 고개를 들었다. 평소보다 훨씬 더 지겹다는 표정이었다. 카모는 자기가 어디 있는지 기억해내려는 것처럼 주변을 살펴보았다. 그러더니 무시하듯이 손을 흔들면서 자기를 가만 놔두라는 신호를 보냈다. 카모는 무릎을 싸안고 얼굴을 팔에 묻고는 자신만의 세계로 들어가 버렸다. 카모가 탈출해 숨을 수 있는 가장 깊숙한 곳은 잠이었다. 잠은 카모가 우리로부터 가장 멀리 떨어질 수 있는 곳이었다.

의사의 이야기

시간의 새

"여자 한 명이 아무도 몰래 이스탄불 항구에 있는 큰 배에
올라탄 뒤 계단을 걸어올라 커다란 구명보트 안에 숨었습
니다. 여자는 놋으로 몸을 완전히 감싼 채 밖에서 나는 소
리를 놓치지 않기 위해 귀기울였어요. 배가 돛을 올리자 여
자는 안도의 한숨을 내쉬었습니다. 자다 깨다를 반복하는
사이 배 위의 시간이 흘러갔습니다. 여자는 선원들이 노래
하는 것을 들었어요. 배가 항구에 닻을 내리자 여자는 주
변이 조용해지고 어둠이 깔릴 때까지 기다렸어요. 여자는
아무에게도 들키지 않고 계단을 내려와 달리기 시작했습니
다. 여자는 새로운 세상을 향해 가고 있었어요. 새벽까지

달리던 여자는 보름달이 따라오는 걸 알게 됐습니다. 달은 여자가 방향을 바꾸면 같이 방향을 바꾸면서 따라왔습니다. 여자는 사막에 이르렀어요. 모래 위에 몸을 뉘었어요. 한동안 쉬었지요. 먼 곳에 오두막집이 있는 게 보였습니다. 오두막집 앞에서 늙은 은둔자가 해를 향해 기도를 하고 있었어요. 은둔자가 천천히 일어나 실크 옷을 입은 미인이 자신에게 다가오는 모습을 꿈결처럼 바라봤습니다. 은둔자는 오두막집 안으로 서둘러 들어가 신성한 책 앞에 무릎을 꿇고 혼잣말을 했어요. 신이 나를 시험하고 있다고 말이죠. 육체의 욕망에 굴복해서는 안 돼. 게다가 난 노인이야. 밖에 나가 여자에게 물을 좀 줘야겠다. 여자는 궁전의 하렘에서 살고 싶지 않다고, 이스탄불에서 도망쳤다고, 은둔자와 같이 지내고 싶다고 말했어요. 그렇게 하면 신을 섬기는 올바른 방법을 알 수 있을 거라고도 했지요. 은둔자는 여자에게 계속 걸으라고, 모래 언덕 뒤에 신을 섬기는 올바른 방법을 훨씬 잘 알려줄 다른 은둔자가 있다고 조언했습니다. 여자는 타는 듯이 내리쬐는 태양 아래 힘겹게 걸어갔습니다. 정오쯤 여자는 두 번째 은둔자의 오두막에 도착했어요. 신기루를 보았다고 생각한 두 번째 은둔자는 눈을 비비고 크게 떴지요. 자기에게 다가오는 존재는 머리가 길고 허리가 잘록한 님프였어요. 이것은 그동안 은 둔자가 겪어온 시험 중 가장 힘든 시험이었습니다. 신이 이 토록 힘든 도전을 내리시는 걸 보니 자신은 신성한 성인이 되는 길을 잘 밟고 있는 게 틀림없다고 생각했어요. 이 깨 달음을 얻자 그는 무릎을 꿇고 두 팔을 천국 쪽으로 들었 습니다. 신이시여, 그가 기도했어요. 저는 늙었을지 모르 지만 아직도 욕구가 있습니다. 내 육체는 불타고, 내 피는 끓고 있습니다. 하지만 나는 저항할 것입니다. 악마의 길 로 가지 않겠습니다. 그러고 나서 은둔자는 물그릇을 들 고 여자를 향해 갔어요. 갈증에 시달리던 여자는 물을 들 이켰습니다. 물방울들이 여자의 입술에서 턱을 따라 목까 지 흘러내렸습니다. 여자는 속눈썹 사이로 은둔자를 보고 는, 나를 받아주세요, 같이 있게 해주세요, 신을 섬기는 방 법을 알려주세요. 하고 애원했어요. 은둔자는 한숨을 쉬었 습니다. 내 딸아, 은둔자가 말했어요. 내가 신을 섬기는 방 법을 얼마나 알려주고 싶은지 아느냐. 나보다 훨씬 더 그 일을 잘 할 수 있는 사람이 있다. 모래 언덕들을 넘어 해가 지는 곳에 사는 은둔자에게 가거라. 거기서는 신을 섬기는 방법을 찾을 수 있으리라. 사막이 뭐였지요? 모래와 태양 밖에는 없지 않았나요? 모래 알갱이는 모두 비슷하고 모래 언덕, 은둔자도 모두 비슷했습니다. 이들은 모두 서로 비슷했습니다. 서로가 서로의 말을 반복했지요. 태양이 꺼지지 않고 불타는 동안 사막은 무엇이었을까요? 여자는 걷고 또 걸었습니다. 점점 더 지쳤고 걸음은 점점 더 느려졌습니다. 해가 저물기 직전 여자는 마지막 모래 언덕을 넘었고 그 밑의 오두막집을 보았습니다. 여기가 사막에서 가장 아름다운 곳이야. 여자가 말했어요. 오두막집 앞에는 다른 은둔자들보다 훨씬 더 젊은 은둔자가 있었습니다. 은둔자는 지는 해를 바라보며 무릎을 꿇고 기도에 열중하고 있었어요. 여자의 목소리가 들리자 젊은 은둔자는 고개를 돌려 바라봤습니다. 은둔자 앞에는 꽃봉오리 같은 가슴을 가진 님프가 허벅지를 드러낸 채 있었지요. 신의 선물이었어요. 은둔자는 지쳐서 졸도한 여자를 팔에 안고 오두막집으로 들어갔습니다. 은둔자는 물에 적신 천을 여자의 이마, 목, 갈라진 입술에 댔어요. 동이 틀 때까지 여자의 곁을 지켰지요. 신은 수많은 방식으로 사람들에게 아름다움을 보여줬습니다. 덤불 속 장미, 사막의 물, 하늘의 달은 아름다웠어요. 이 모든 것에 더해 님프 여자는 천국의 모습을 그대로 보여주고 있었어요. 신에게 가는 길은 이 아름다움을 찾아 떠나는 길이었습니다. 은둔자가 그렇게 젊은 나이에 사막 깊숙한 곳에 묻힌 이유였지요. 창밖 하늘이 빛을 내기 시작할 때 여자는 눈을 떴습니다. 여자가 은둔자를 가만히 바라봤습니다. 궁전으로 돌아가기 싫어요. 여자가 말했지요. 같이 있게 해주세요. 신을 섬기는 방법을 가르쳐주세요. 이들은 오두막집 밖으로 나와 막 떠오른 태양 앞에 무릎을 꿇고 눈을 감았습니다. 신이 이들과 함께 했습니다. 이들은 낮 동안 잎을 모아 여자가 잘 자리를 만들었습니다. 밤에는 나란히 누워 잠을 잤습니다. 은둔자는 오랫동안 열심히 생각했고, 걱정에 찬 꿈을 꾸었어요. 그러던 어느 날 밤 마음의 결정을 했어요. 당신의 전부를 바쳐 신을 섬길 준비가 돼 있습니까? 은둔자가 여자에게 물었어요. 여자는 준비가 돼 있었지요. 들어보세요. 은둔자가 말했습니다. 악마는 신의 가장 큰 적입니다. 신은 악마를 지옥불로 추방하지만 악마는 다시 탈출하지요. 인간이 신을 섬기는 것은 의무입니다. 이제 당신도 내가 하는 대로 하십시오. 은둔자는 옷을 훌떡 벗었어요. 여자도 입고 있던 실크 드레스를 벗었어요. 이제 그 둘은 나체가 된 거지요. 하늘은 더 어두워지고, 더 넓어지고, 별들로 가득 찼습니다. 이들은 모래 위에 무릎을 꿇고 꽉 찬 달을 바라보았습니다. 기도할 때처럼 이들이 침묵 속에서 기다리는 동안 몸의 변화가 나타나기 시작했습니다. 은둔자의 남근이 부활하더니 딱딱해졌습니다. 그게 뭐예요? 여자가 물었습니다. 악마라오. 은둔자가 대답했어요. 이 악마가 나에게 고통을 주고 있습니다. 여자는 놀라서 몸을 숙여 더 자세하게 살펴봤어요. 여자는 인상을 찌푸렸습니다. 여자는 은둔자에게 동정심을 느꼈어요. 경건한 목소리로 은둔자는 말했습니다. 나는 신이 왜 당신을 여기에 보냈는지 알고 있습니다. 신은 우리가 이 악마를 당신의 지옥으로 집어넣을 수 있을지 알고 싶어 하십니다. 신은 우리 둘 다를 시험하고 계신 거지요. 우리는 서로 도와야 합니다. 여자는 충성스럽게 은둔자를 바라보았어요. 여자는 신의 축복을 받기 위해서라면 뭐든지 기꺼이 하겠다고 말했습니다. 은둔자는 일어서서 여자를 오두막집 안으로 인도했어요. 다음날 아침 깨어났을 때 이들의 얼굴은 서로 다른 표정을 하고 있었습니다. 이들은 침대에서 서로에게 미소를 지었어요. 악마는 확실히 신의 가장 큰 적인가 봐요. 여자가 말했어요. 악마는 내 안으로 밀려 들어오자 거칠어지더니 지옥불에서 걷잡을 수 없게 난리를 쳤어요. 세어 봤더니 지난밤에 우리는 악마를 모두 여섯 번 지옥에 돌려보냈어요. 은둔자는 이렇게 훌륭한 일은 계속해야 한다고 말했어요. 신에게 가는 길을 걷기 위해서 이들에게는 아주 많은 믿음이 필요했어요. 은둔자는 여자 위에 올라탔어요. 다시 한 번 악마를 지옥으로 돌려보냈지요. 신을 섬기는 일만큼 달콤한 건 없네요. 여자가 말했어요. 신을 섬기는 일 말고 다른 어떤 것을 생각하는 사람은 다 바보예요. 하지만 밤새도록 생각을 해봤어요. 왜 신은 처음부터 악마를 없애지 않았을까? 신이 악마를 없애려 했지만 그만큼 강하지 않았다면, 그건 신이 약하다는 뜻이잖아요. 아니면 신이 악마를 없앨 수 있었지만 그렇게 하고 싶지 않았다면 신은 악에 동의한다는 뜻이지요. 신이 악마를 없앨 수 있을 만큼 강하고 그러길 원한다면, 악마는 왜 아직도 존재할까요? 이런 악은 어디서 오는 걸까요? 은둔자와 여자는 사막에서 얘기를 하면서, 잠을 자면서, 신을 숭배하면서 시간을 보냈습니다. 해는 같은 곳에서 뜨고 졌지만 달은 밤마다 얼굴이 달랐지요. 어느 날 은둔자가 오두막집 옆에 앉아 먼 곳을 보고 있었습니다. 여자가 항의를 했어요. 이렇게 놀면서 앉아 있으려고 여기에 온 게 아니에요. 나는 신을 섬기려고 여기에 온 거예요. 어제부터 우리 뭘 하는 거죠? 왜 악마를 지옥에 다시 넣지 않는 거죠? 은둔자가 미소를 지었습니다. 은둔자는 자기가 악마를 잘 가르쳤기 때문에 악마가 자만해 고개를 다시 들지 않는 한 처벌하지 않을 것이라고 말했어요. 여자는 크게 실망한 것 같았어요. 여자는 손을 배 위에 얹었어요. 당신은 악마의 분노를 잠재웠는지 모르지요. 여자가 말했어요. 하지만 내 안의 지옥은 아직도 불타고 있어요. 지옥은 악마를 원해요. 멀리서 먼지구름이 보였습니다. 사막의 모래는 하늘 쪽으로 솟아올랐습니다. 말을 탄 남자들 무리가 모래 언덕을 넘어와 여자와 은둔자 옆에 멈췄어요. 공주님을 찾아서 왔소. 남자들이 말했습니다. 남자들은 여자를 말에 태웠고, 왔던 방향으로 돌아서 똑같은 먼지구름 속으로 사라졌어요. 이스탄불 궁전으로 돌아간 그들은 기다리고 있던 의사와 시녀들에게 여자를 인계했습니다. 시녀들은 장미수로 여자를 목욕시키고 거울 앞에 앉혔습니다. 시녀들은 여자의 머리칼에 구슬장식을 하고 몸에 향유를 바르고, 콜먹으로 아이라인을 그렸어요. 이들은 여자를 다 준비시킨 뒤 궁정의 귀부인들에게 데려갔어요. 귀부인들은 여자에게 무슨 일이 있었는지, 사막에서 뭘 했는지 물었습니다. 신을 숭배했어요. 여자가 말했지요. 선행만 하면서 살았어요. 나는 다리를 벌렸고 은둔자는 악마를 지옥에 넣었어요. 나는 신을 숭배하면 얼마나 행복해지는지 알게 됐어요. 그렇게 계속 신을 섬길 수 있었다면 얼마나 좋았을까요. 귀부인들은 잠시 아무 말도 하지 않더니 웃음을 터뜨렸습니다. 걱정 마세요. 귀부인들이 말했어요. 여기서도 얼마든지 악마를 지옥에 집어넣어 신을 섬길 수 있으니까요."

나는 감방이 아니라 마치 이스탄불 궁전에서 귀부인들과 함께 있는 것처럼 웃었다. 앞으로 몸을 숙이면서 마지막 문장을 반복하려 했지만, 웃느라 그렇게 하지 못했다.

퀴헤일란과 데미르타이는 나보다 훨씬 더 크게 웃었다. 그들에게는 고통을 당하지 않는 시간 동안 잠을 자거나 웃는 것이 좋았다. 웃고 나자 그들의 얼굴에 생기가 돌아오고 고문으로 엉망이 된 목소리가 되살아났다. 궁정의 귀부인들처럼 그들은 서로를 바라다보면서 더 많이 웃었다. 자신들이 어디에 있는지 완전히 잊은 듯했다. 아니면 한순간도 감방에 있다는 사실을 잊지 않았으므로 그렇게 크게 웃었는지 모른다.

처음 며칠은 여기가 어떤 곳인지 아무도 몰랐다. 아무리 애를 써도 감방과 자신과의 연결고리를 알아낼 수 없었다. 그 다음에는 시간에 대해 생각하게 된다. 우리가 우리 위의 도시에서 살았던 게 몇 주 전이었던가, 몇백 년 전이었던가? 지금 우리의 삶과 이스탄불 궁전에서의 삶 사이에 시간 차가 있었던가? 말을 하면 할수록 우리는 공중에서 여기로 착지한 것이 아니라 외부의 어떤 시간으로부터 왔다는 것을 더 절실하게 깨닫게 된다. 하지만 그 시간은 어떤 시간이었을까? 우리는 지금 이 순간의 자취를 따라 서로가 서로에게 이야기를 들려주면서 그 시간이 어떤 시간인지 알아내려고 했다.

한바탕 시끄럽게 웃고 난 뒤 데미르타이가 돌연 조용해졌다. "이야기의 마지막에 이를 때까지 모든 장면이 영화처럼 눈앞에서 생생하게 그려졌어요. 파도를 가르고 항해하는 배, 사막을 걷는 여자, 오두막집 위에서 빛나는 별들, 먼 곳의 먼지구름…. 그러다 필름이 딱 끊겼어요. 웃기 시작하면서 저는 이야기의 시간에서 빠져 나와 감방 안의 시간으로 되돌아온 거예요. 머릿속에 있던 이미지들이 마지막 문장과 함께 사라져 버렸어요."

"퀴헤일란 아저씨가 늑대 이야기를 하던 날과 똑같은 말을 하네. 자네는 듣는 모든 것에 생명을 주는군. 영화처럼 말이야. 영화 제작자가 될 생각이 있나?"

"그러고 싶어요. 제가 들은 이야기들을 영화로 만들고 싶어요. 누가 벌써 영화로 만들지만 않았으면요."

집중해서 듣고 있던 퀴헤일란이 끼어들었다. "지금 들려준 이야기, 사람들이 많이 아는 건가?" 그가 물었다.

"이 얘기 들어본 적 없으세요?" 내가 물었다.

"못 들어봤소."

"퀴헤일란 아저씨, 아저씨가 들어보지 못한 이야기를 우리 중 누군가가 한 건 처음이에요. 축하해 주세요."

"의사 선생," 퀴헤일란이 불렀다. "내가 이스탄불을 얼마나 아는지 모르지만, 이스탄불에 관한 얘기 중 내가 모르는 것은 많을 거요. 아버지는 이스탄불에 가실 때마다 새로운 이름들과 사건들을 듣는다고 말씀하셨소. 우리에게 새로운 이야기를 하실 때면 늘 흥분하셨지. 아버지는 이스탄불의 거리와 건물들이 무한의 느낌을 자아내면서 커져간다고 말씀하셨소. 사막처럼 말이오. 그 사이에서 해가 뜨는 지점과 해가 지는 지점들 하나하나가 모두 다른 세상이었소. 이스탄불에서는, 손바닥 안에 우주 전체를 쥐고 있다고 느끼는 사람들이 있는 반면, 자신이 그곳에서 사라진다고, 자신에 대한 인식이 이스탄불에 대한 인식과 함께 매일매일 바뀐다고 생각하는 사람들이 있었소. 어느 날 저녁 아버지는 금각만 해변에서 노인 한 명을 만났지. 노인은 둥근 주머니 거울을 쥐고 있었소. 거울을 계속 들여다보던 노인이 고개 들어 맞은편 해변을 봤지요. 아버지는 노인 옆에 앉았다오. 노인은 아버지에게 인사말을 건네더니 한동안 가만히 있었소. 거울로 내 추한 모습을 보고 있소. 노인이 말했지요. 젊을 땐 이렇지 않았다오. 잘생겼었지. 여자와 사랑에 빠져 결혼을 했소. 아이들도 낳았지. 우리는 40년을 행복하게 살았소. 지난주 아내가 죽었을 때 우리는 아내를 피에르 로티 근처 묘지에 묻었소. 우리 맞은편에 있는 저 언덕 말이오. 아내가 나를 바라봐 주지 못하자 잘생긴 나의 외모는 한순간에 사라져 버렸소. 세월은 너무나 빨리 지나갑디다. 이제 거울을 볼 때마다 내가 얼마나 늙고 추해졌는지 확인하게 된다오."

퀴헤일란은 무릎을 구부리고 벽에 등을 기대 꼿꼿하게 앉고는 이야기를 계속했다.

"아버지는 이 얘기를 마친 뒤 예전에는 자신이 잘생겼지만 지금은 추해 보인다고 생각하는 사람들, 이스탄불에 대해서도 그렇게 생각하는 사람들이 늘어나고 있다고 말했소. 아버지는 손을 빛 쪽으로 들더니 계속했어요. 그런 사람들의 시간을 너희에게 보여주마. 아버지는 날개가 넓은 새처럼 보이는 그림자를 벽에 만들었지요. 보거라, 아버지가 말했소. 이게 바로 시간의 새란다. 과거에 이 새는 날고, 날고, 또 날았지. 이 새는 현재에 이르면 날갯짓을 멈춘단다. 바람 안에서 멈춰 있는 거야. 이스탄불의 시간도 똑같아. 이스탄불의 시간은 과거에서만 날개를 펄럭이지. 그러다 현재에 이르면 이스탄불의 시간도 날갯짓을 멈추고 허공에서 서서히 활공하지."

퀴헤일란은 자신의 큰 손을 내려다보았다. 마치 커다란 깃털인 양 손가락을 활짝 폈다.

"어릴 때는 시간의 새를 믿었지만," 퀴헤일란은 계속했다. "그때는 아버지가 말한 이스탄불의 개념을 이해하기가 힘들었소. 이제 감방에 갇혀서야 그 개념을 이해하게 됐소. 이제 눈을 뜰 때마다 검은 날개가 달린 새가 보입니다. 시간의 새는 날개를 파닥거리지도 않으면서 우리 위를 맴돌고 있소."

우리는 고개 들어 천장을 올려다보았다. 천상은 어두웠다. 그리고 깊었다. 그렇게 강렬한 어둠을 처음 보는 듯, 천장이 소용돌이 속으로 우리를 집어삼키는 듯, 우리는 천장 안으로 빠져들었다. 우리 전에 누가 이 어둠을 건넜을까? 누가 살아남았고, 누가 여기서 마지막 숨을 내쉬었을까? 우리는 천장 위가 아니라 지하에서 태어난 것 같았다. 하루하루 지날 때마다 우리는 바깥세상에 대해 조금씩 더 많이 잊어버렸다. 추운 것의 반대가 더운 것이라면 덥다는 말을 안다고 할 수 있겠지만, 덥다는 게 어떤 것인지 기억이 안 났다. 땅 속 벌레들처럼 우리는 어둠과 축축함에 점점 익숙해졌다. 그들이 우리를 고문하지 않았다면 우리는 영원히 살 수 있었다. 우리에게 필요한 것은 빵, 물, 그리고 어느 정도의 잠이 다였다. 우리가 일어나서 손을 뻗는다면 천장의 어둠에 닿을 수 있었을까?

"퀴헤일란 아저씨," 내가 말했다. "언젠가 우리는 밖으로 나갈 겁니다. 함께 이스탄불을 돌아다닐 거예요. 내 아파트 발코니에 앉아 바다를 볼 겁니다. 아저씨는 이야기를 하고 저는 듣겠지요."

"당신이 아니고 왜 내가 이야기를 합니까?"

"《데카메론》에 나오는 이야기들보다 더 많은 얘기를 아시잖아요. 라키 술 좋아하십니까? 이야기에 그 술이 곁들여질 겁니다."

"완벽하군요. 오늘 저녁에는 라키 술 만찬을 준비해볼까요, 의사 선생?"

"좋은 생각입니다. 제가 음식을 만들겠습니다. 생선요리를 할게요. 근데 저녁이 됐는지 어떻게 알지요?"

"시간을 모르므로 우리는 시간의 신의 주인이 되지요. 여기서는 우리가 원할 때 저녁이 되고, 우리가 원할 때 해가 뜬다오."

데미르타이가 장난꾸러기처럼 일어나 앉았다. "저도 초대해 주시는 거죠? 어리다고 술 만찬에서 빼지는 않으실 거죠? 그렇죠?" 데미르타이가 졸라댔다.

퀴헤일란과 나는 서로를 쳐다보았다. 우리는 의심이 가득한 표정을 지었다.

"퀴헤일란 아저씨," 데미르타이가 계속했다. "괜찮으시면 제가 생선가게가 있는 해변에 갔다 올게요. 어느 가게 생선이 제일 좋은지 알아요. 오는 길에는 청과물 가게에 들러 샐러드도 사올게요. 골목에 있는 가게에서는 라키 술을 사올게요."

"아직 이른데."

"무슨 말씀을 하시는 거예요? 저녁시간이 거의 다 돼서 해가 지붕 위로 내려앉았으면 어떻게 하시려고요? 학교에서 떠들면서 나오는 애들 때문에 거리가 꽉 차 있으면 어떡해요?"

"서두를 필요 없네. 생각을 좀 해보세."

"퀴헤일란 아저씨, 만찬에 저를 초대해 주시면 어제 내신 수수께끼의 답을 말해드릴게요."

"수수께끼?"

"그리고 원하신다면, 제가 수수께끼 하나를 더 낼게요."

퀴헤일란은 잠시 숨을 고르더니 천천히 대꾸했다. "해변으로 가세. 가서 제일 좋은 생선을 골라오세. 오는 길에 샐러드와 라키 술도 사오고. 그러면 되지?"

"피곤하게 아저씨까지 가실 필요 없어요. 아저씨는 바다가 보이는 발코니에 앉아 이런저런 대화를 나누다 아저씨의 이야기를 들려주시면 돼요. 쇼핑은 제가 해요. 저녁에 사람들이 몰리기 전에 돌아올게요. 오며가며 사람들이 거리에서, 어시장에서, 버스에서 무슨 얘기를 하는지 엿들을게요. 요즘 경마에서 누가 속임수를 썼는지, 최근 언제 불이 났는지, 가수 중에 누가 이혼을 했는지 알아올게요. 신문도 가져 오고요."

"레몬도 꼭 사오게." 퀴헤일란이 맞장구쳤다. "하지만 내가 취해서 노래를 부르려고 하면 말려주게. 목소리가 아름다워 유명해진 사람들도 있지만, 난 내가 얼마나 노래를 못 하는지 알지. 내 노랫소리를 들은 사람들은 생각을 바꿔 반대 방향으로 가곤 했지."

퀴헤일란이 참을 수 없다는 듯이 웃었다.

"저도 목소리가 끔찍합니다." 내가 나섰다. "라키 술을 마실 때는 아내 노랫소리만 듣습니다. 아내만큼 목소리가 좋은 사람은 많지 않아요."

"아내 분도 라키 술을 좋아하시나?"

"그랬지요. 아내는 오래 전에 세상을 떠났어요. 병이 퍼지기 시작하자 아내는 몰래 카세트테이프에 자기 목소리를 녹음했습니다. 아내는 그렇게 하는 것이 나의 남은 삶 동안 같은 테이블에 앉을 수 있는 최선의 방법임을 알았지요. 저녁이면 나는 카세트를 틀고 테이블에 앉아 잔을 채웠습니다. 이스탄불을 바라보는 것에 몰두했어요. 바다 양쪽 불빛들이 동화에 나오는 마법의 성처럼 보였습니다. 톱카프 궁전의 성벽과 종탑들은 동화의 나라 왕의 궁전처럼 높이 솟아 있었습니다. 희미한 불빛은 성벽을 부드럽게 감싸는 고운 장막이지요. 왼편으로는 처녀의 탑, 셀리미예 사원, 그리고 운이 좋으면 멀리 있는 프렌스 섬(마르마라 해쪽에 있는 작은 섬—옮긴이)의 불빛이 반짝이는 걸 볼 수 있었어요. 언제 두 번째 잔을 비웠는지도 모른 채 세 번째 잔을 마셨지요. 터키 전통가요를 노래하는 아내의 목소리가 카세트에서 지직거리면서 흘러나왔습니다. 아내는 이별이라는 도시에 관한 노래를 부르고 있었습니다. 이별은 희망과는 멀리 떨어진 도시지요. 그 도시로부터는 새 한 마리, 소식 한 자락, 인사말 한 마디도 도착하지 않지요. 절망의 외침, 덧없는 기다림, 그리고 편안한 저녁이 아닌 슬픔에 찬 저녁만이 있을 뿐이지요. 하늘에 별이 늘어나는 동안 병 안에서는 라키 술이 줄어듭니다. 바로 그때 아내가 새로운 노래를 시작합니다. 어디에나 꽃이 피고 있습니다, 저녁은 크리스털 샹들리에처럼 흔들립니다. 멀리서 페리의 경적 소리가 들리고 갈매기들이 날개를 펴고 줄지어 날아가고 있습니다….”

나는 고개 들어 위를 보았다. 시간의 새는 우리 위를 돌고 있었을까? 어둠 속에서 우리에게 길을 보여주고 있었을까? 우리는 여기를 나가 발코니에 설 수 있을까? 진짜로 이스탄불을 보는 일에만 몰두하면서 바다를 내다보며 이야기를 할 수 있게 될까?

“퀴헤일란 아저씨, 요즘 저는 아저씨 아버님이 금각만에서 만난 사람과 비슷한 것 같습니다.” 내가 말을 이었다. “아내 생각을 하다 보면 저는 과거의 행복은 과거에만 속한다는 생각에 휩싸이게 됩니다.”

데미르타이가 의아한 표정으로 나를 쳐다보았다. “의사 아저씨가 슬퍼하는 건 처음 봐요.” 그가 말했다.

“슬퍼한다고? 글쎄. 여기서 난 좋은 생각을 하려고 해. 슬픔은 라키 술 만찬에 묻어버리는 게 낫지.”

"저도 그 만찬에 초대된 거 맞지요? 아저씨 말씀하시는 걸 들어보면 그런 거 같아요."

나는 대답 대신 퀴헤일란이 말하길 기다렸다.

퀴헤일란은 데미르타이를 자못 열심히 관찰한 뒤 데미르타이가 듣고 싶은 말을 했다. "자네는 똑똑한 꼬마로군. 오늘밤 우리와 함께 하세. 모두 같이 라키 술을 마시세."

하지만 데미르타이는 그 말에 만족하지 않고 오히려 짜증난 표정을 지으며 몸을 앞으로 기울였다. "퀴헤일란 아저씨, 꼬마라고 안 부르실 수 없어요? 라키 술 만찬에 제가 갈 수 있다면 더 이상 꼬마가 아닌 게 확실하잖아요?"

"그냥 버릇이네, 데미르타이. 자네는 훌륭한 청년일세."

데미르타이는 그제야 만족해서 뒤로 물러나 벽에 등을 기댔다. "지네 세브다도 초내하실 건가요?" 데미르타이가 물었다.

"좋지. 내가 오라고 말하지."

감방 문 밑으로 바다의 미풍이 불어 들어왔다. 우리 셋은 감방 문에 시선을 고정했다. 콘크리트 바닥을 쓸면서 안으로 흘러 들어온 바람은 바다 냄새까지 몰고 와 우리의 맨발 위에 살짝 얹었다. 바람은 해초가 가득한 짠내 나는 세상의 소식을 전해주는 전령이었다. 우리는 추위가 발목에서 올라오는 걸 느꼈다. 순간적인 느낌이었다. 어떤 때는 바다 냄새, 어떤 때는 소나무 냄새, 어떤 때는 오렌지껍질 냄새가 났다. 그리고 우리는 한순간 미끄러지듯 사라져 버리는 그 느낌을 조금이라도 더 붙들어 두려고 안간힘을 썼다. 바람이 우리를 감방 안에 버려두고 원래 있었던 보스포루스 해협으로 돌아가기 전에 우리는 열심히 그 바람을 들이켜 바람 냄새를 폐에 집어넣었다. 만족한 적은 한 번도 없었다. 늘 그 이상을 갈망했다. 아마 우리는 폭풍의 울부짖음도 들을 수 있었을 것이다. 우리의 상상을 조금만 더 믿으면서 우리의 소망에 조금 더 자신을 맡겼다면 북풍으로 부풀어 오르는 파도 소리와 낚싯배의 엔진 소리도 들을 수 있었을 것이다.

"의사 선생." 파도 속에서 소리를 치지만 폭풍에 그 소리가 파묻히는 늙은 어부처럼 퀴헤일란이 말했다. "좀 전에 얘기한 책, 이야기가 많이 들어 있다는 그 책이 뭐였소?"

"《데카메론》 말입니까?"

"그렇소. 그 책 말이오. 제목이 하도 이상해서 기억이 안 났소."

"그 책 자체도 이상합니다." 내가 설명했다. "남자와 여자 한 무리가 전염병을 피해 도시를 빠져 나가 시골에 있는 별장으로 피신을 합니다. 전염병이 지나가길 기다리는 거죠. 죽음을 피하는 길이 도시를 빠져 나가는 것이었다면 시간을 보내는 길은 대화를 하는 것이었어요. 열흘 동안 이들은 매일 저녁 불 옆에 앉아 이야기를 했습니다. 《데카메론》은 고대 이스탄불 사람들의 언어로 '열흘'이라는 뜻입니다. 책 제목이 여기서 나온 겁니다. 이들은 에로틱한 얘기, 낭만적인 얘기, 스캔들을 이야기했어요. 많이 웃기도 했지요. 이들은 인생을 너무 진지하게 보지 않는 이야기를 하면서 전염병의 공포를 희석시켰습니다. 사막으로 도망친 공주 얘기도 그 중 하나였습니다."

"천 하룻밤 동안의 이야기는 들어봤지만 열흘 동안의 이야기는 처음이오. 아버지가 왜 그 이야기를 안 하셨는지 모르겠소. 아마 해야 할 나른 이야기들이 너무 많아서 그랬을지도 모르지요."

"어쩌면 하셨을 수도 있습니다. 단지 출처를 밝히지 않으셨을 수도 있지요."

"그건 아무도 모르는 일일 거요." 퀴헤일란은 기억에 저장된 이야기를 모두 끄집어내려는 듯 잠시 멈추더니 물었다. "《데카메론》에서 전염병이 발생한 도시가 이스탄불이었소?"

"퀴헤일란 아저씨, 우리에게 모든 도시는 이스탄불이라는 걸 알고 계시잖아요? 아이가 어두워진 후까지 밖에 있다가 좁은 골목에서 길을 잃는다면, 그곳이 바로 이스탄불입니다. 평생 사랑한 연인을 찾아 위험을 무릅쓰고 길을 떠나는 젊은이의 도시, 검은여우의 털을 찾아 떠나는 사냥꾼의 도시, 폭풍우 속에서 힘겹게 나아가는 배의 도시, 전 세계를 다이아몬드 쥐듯이 자신의 손에 쥐려 하는 왕의 도시, 절대 굴복하지 않겠다고 맹세한 마지막 반역자의 도시, 가출을 해서 가수가 되겠다는 꿈을 따라가는 소녀의 도시, 백만장자, 도둑, 시인이 가는 도시가 이스탄불입니다. 모든 이야기는 이스탄불에 관한 겁니다."

"우리 아버지처럼 말하는군, 의사 선생. 아버지는 이스탄불에서는 지하와 지상이 같다고 하셨소. 두 곳 모두에서 시간의 새는 날개를 퍼덕이지 않고 어두운 그림자처럼 활강한다고 하셨소. 아버지는 이곳의 비밀을 알고 있었지만 대놓고 그 비밀을 밝히는 대신 이야기로 보여주셨지. 이스탄불은 무언가의 일부분이 아니었어요. 이스탄불은 모든 부분이 합쳐지는 전체였소. 아버지는 그걸 말하려 하신 거요. 아마 아버지는 여기 같은 곳, 지하 어딘가에서 그 비밀을 찾아냈을 거요."

"이제 우리도 아버님이 찾으신 걸 찾아내고 있습니다."

"하지만 《데카메론》에 나오는 사람들은 우리보다 낫지요. 도시에서 도망쳐 나와 죽음을 피했으니 말이오. 이 안이 아니라 《데카메론》에서 이야기하는 사람들과 같다면 뭔들 못하겠소, 그렇지 않나요? 그 사람들은 자신의 자유의지로 거길 갔지만 우리는 우리 의지에 반해서 여기로 끌려온 거요. 훨씬 더 안 좋은 건, 그 사람들은 죽음에서 더 멀어졌지만 우리는 더 가까워지고 있다는 거요. 우리의 이스탄불이 《데카메론》에 나오는 도시와 같다면 난 거기서 소개되는 모든 이야기의 운명은 다른 방향으로 흐른다고 생각하오. 의사 선생은 어떻게 생각하시오?"

"옳으신 말씀입니다, 퀴헤일란 아저씨." 내가 대답했다. 말을 계속하려는데 철문 삐걱거리는 소리가 들렸다. 무의식적으로 우리는 긴장했다. 서로를 쳐다보다가 쇠창살 쪽으로 시선을 돌렸다. 그들이 밖에서 하는 말을 듣기 위해 귀를 기울였다. 그들의 목소리가 복도까지 닿기를 기다렸다. 지난 이틀 동안 그들이 철문을 열 때, 그들이 우리를 데려가려 하는지 아니면 먹을 것을 가져왔는지 생각하면서 든 감정은 호기심이 아니라 불안이었다. 그들은 몇 시간 전에 그날치 배급을 가져왔다. 이제 그들은 간수 교대를 하거나 서류를 가지고 돌아갈 것이었다. 나는 머리를 짜내 우리에게 영향을 미치지 않거나 감방에서 마음의 평화를 깨뜨리지 않을 가능성을 생각해내려고 했다. 우리는 사물이 여기 존재하는 방식에 만족했다. 고문 당하러 끌려가지 않는 한 우리가 서로를 껴안고, 대화하고, 토끼처럼 가벼운 잠 속으로 휩쓸려 들어가는 것이 행복했다. 지상의 세상 잣대로 우리의 행복을 재지 않았다. 위의 세상은 먼 곳에 있는 오래된 기억이었다. 감방 안에서 행복의 유일한 측정 기준은 고통이었다. 우리에게는 고통의 부재가 곧 행복을 의미했다. 그거면 됐다. 그들이 우리를 그냥 놔두기만 한다면 우리는 그렇게 행복하게 살았을 것이다.

퀴헤일란이 중얼거렸다. "이 또한 지나가리라." 그는 내가 아니라 데미르타이에게 말하고 있었다.

안색이 눈에 띄게 창백해진 데미르타이는 밖으로 관심을 집중해 복도에서 들리는 목소리를 알아들으려고 애썼다. 우리에게 들린 것은 간수들의 일상적인 대화가 아니었다. 한 무리의 사람들이 한꺼번에 말을 하고 있었다. 속삭이거나 웃음을 터뜨리는 소리도 들렸다. 이틀 동안의 휴가는 확실히 끝나고 있었다. 그들은 어디부터 시작하려 했을까? 맞은편 감방들부터? 복도 뒤쪽부터?

"그냥 지나가겠지요?" 데미르타이가 희미한 목소리로 말했다.

"지나가고 말고." 퀴헤일란이 동조했다. "항상 그래왔지 않은가? 이번이라고 다르겠나?"

"저들이 고문하려고 데려갈 때마다 전 준비가 돼 있다고 느꼈어요. 하지만 이번에 이틀을 쉬면서 몸의 긴장이 풀렸어요. 평안한 상태로 남겨지는 데 익숙해진 거예요. 이제 훨씬 더 고통이 심할 거예요."

"데미르타이, 고통은 변하지 않네. 처음과 똑같을 걸세. 저들은 계속해서 우리를 데려갔어. 우리는 또다시 가겠지. 그리고 우리는 자신에 능력에 대해 확신하면서 돌아오게 될 거야."

공포는 늘 우리 흉곽 안으로 기어 늘어와 작은 쥐 같은 이빨로 심장을 갉아먹었다. 항상 우리는 자신을 의심했다. 현기증을 일으키는 고통의 불꽃, 광기의 문턱까지 접근한 공포를 참아낼 수 있을까? 전기 충격이 온몸에 퍼지면 우리는 생각할 능력을 잃지만, 그래도 설명할 수 없는 어떤 느낌이 우리 손을 잡아 살고자 하는 의지를 끌어올렸다. 이곳 바깥에도 세상이 있었던가? 우리에게 미래가 있었던가? 몸이 무거워질수록 존재 전체가 불안에 자리를 내주었다. 엄청나게 빠르고 난폭하게 달이 지구 주위를 돌고, 지구는 태양 주위를 돌면서 점점 더 속도를 냈다. 걷잡을 수 없는 고통은 시간과 우리의 생각 모두를 왜곡했다.

"아마," 내가 말했다. "저들은 아무도 데려가지 않을 겁니다. 아마 뒤돌아서 올 때처럼 돌아갈 겁니다."

나 또한 데미르타이가 굴복한 긴장 이완 방식에 점차 익숙해졌다. 여기서 다시 고문 받으러 끌려가지 않을 것이라고 믿을 정도였다. 어쩌면 그들은 우리를 잊었거나 도시의 내장 깊숙이 내려오는 게 너무 힘들 수도 있었다. 우리는 가끔 먹이를 던져주고 방치하는 동물이었다. 우리는 축축한 벽을 손가락으로 만지고 공기를 들이마시고 서로 바짝 달라붙었다. 그들이 오라고 하면 오고 가라고 하면 갔다. 우리는 복도에 울려 퍼지며 점점 가까워지는 발자국 소리를 마치 처음 듣는 듯 귀기울였다.

"방에 다시 돌아오면 학생이 우리에게 낸 수수께끼의 답을 주겠네." 퀴헤일란이 말했다.

"어떤 수수께끼 말이세요?" 데미르타이가 호기심 가득하게 물었다.

"자네가 냈던 수수께끼를 벌써 잊어버렸나? 늙은 여자가 했다는 말, 아이가 자기 딸의 딸이자 자기 남편의 여동생이라고 말하지 않았나? 오랫동안 열심히 생각해 답을 찾아냈네. 우리가 돌아와 라키 술 만찬을 벌일 때 그 답에 대해 얘기하겠네."

데미르타이의 얼굴이 거짓말에 속아 넘어가고 싶어 안달이 난 아이처럼 밝아졌다. "좋아요. 그 문제를 푸셨군요. 그렇다면 하나 더 내드릴게요. 동틀 때까지 라키 술상을 접지 않을 거죠? 그럴 거지요?"

"물론이지, 데미르타이. 자네와 같이 술을 마시다니 영광이네."

문이 열렸다. 해안을 강타하는 남쪽 파도처럼 빛이 흘러들어왔다. 우리는 부신 눈을 깜빡이며 두 손을 올려 얼굴을 보호했다.

"멍청한 놈들, 전부 일어서."

우리는 천천히 콘크리트 바닥 위에 섰다.

그들은 손을 한 번 휘둘러 먼저 데미르타이, 다음에는 퀴헤일란의 팔을 잡았다.

"넌 여기 있어." 그들이 내게 짖듯이 쏘아붙였다.

나는 그대로 있으라고? 나는 마냥 행복한 느낌과 끌려간 동료들에 대한 슬픔 사이에서 괴로웠다. 데미르타이의 얇은 어깨와 퀴헤일란의 당당한 발걸음이 보였다. 이들은 나라면 견디지 못할 고통을 향해 가고 있었다. 내 몸은 부서지지 않고, 내 얼굴은 피투성이가 되지 않을 것이라는 안도감과 슬픔이 나란히 내 안에 자리했다. 고통은 피할 수 없는 것이었다. 하지만 이번에는 그 고통이 나를 비껴 지나 다른 사람들을 잡았다. 자기 자신을 먼저 생각하고 자신의 상처를 먼저 살피는 게 본능임을 잘 알았다. 대학 1학년 때 배웠다. 하지만 사람에게는 다른 면도 있다. 이 안에서 우리는 사랑하는 사람을 위해 고통을 견뎠고 고문에 맞섰다.

"너도 일어나, 꼴통!"

그들은 이발사 카모에게 말하고 있었다. 카모는 지난 이틀 동안 조용히 벽에 등을 기댄 채 고개를 숙였다가, 늙은 거북이처럼 계속 잤다가, 고개를 들고 툴툴거렸다. 문에 서 있는 심문자들을 카모가 쳐다보았다. 일어나려고 하지 않은 채, 카모는 심문자들을 빤히 쳐다만 보았다.

"너 말이야, 이 새끼야!"

심문자들의 목소리는 위협적이었다.

이발사 카모는 마치 분리되지 않는 벽의 일부분처럼 자리를 지켰다. 등은 타일에 접착제로 붙인 듯, 발은 바닥에 못으로 박힌 듯했다. 그렇게 얼마나 앉아 있었을까. 그는 화가 난 듯 한숨을 쉬었다. 경련을 일으키며 한 손으로 벽에 매달렸다. 이제 자기를 데려갈 것임을 알아챈 카모는 불안하거나 긴장한 기색도 없이 일어섰다. 모든 것에 무관심하다는 태도였다. 카모는 그들이 자신을 데려가 고문하는 꿈을 수없이 꿨다. 하지만 눈을 뜨면 감방 안이었다. 다른 사람들은 다 고통을 당했는데 왜 카모는 대기만 하고 있었을까? 다른 사람들은 다 철문을 통과했는데 왜 카모는 감방에서 잠만 잤을까? 카모는 스스로 물었다. 자신의 몸은 고통으로 찢기지 않았다는 사실에 분노가 치밀었다. 차라리 육체적인 고통이 마음의 고통을 덜어주길 바랐다. 며칠 동안 카모는 그 희망을 가지고 기다렸다.

문으로 나선 카모는 심문자들 사이를 지나 복도로 성큼성큼 걸어갔다. 끌고 갈 필요도 없었다. 며칠 동안 그토록 간절하게 기다리던 초대장이 도착한 것이다. 카모는 자기가 향하는 복도의 끝에, 자기가 지나가는 철문 뒤에, 자기에게 곧 닥칠 운명의 핵심부에 무엇이 기다리든 상관하지 않았다.

심문자들은 바로 가지 않았다. 복도에서 기다리는 누군가를 가리키며 그들이 말했다. "저 새끼도 끌고 와서 의사랑 같이 처넣어." 그들은 피로 뒤덮인 남자의 머리채를 잡아당긴 다음 등을 발로 차서 안으로 비틀비틀 들어오게 만들었다. 이 남자가 내 위로 쓰러졌고 우리는 둘 다 같이 넘어졌다. 나는 머리를 벽에 세게 부딪혔다. 아래 깔린 팔이 부러진 것 같았다. 문이 닫히자 다시 어두워졌다. 나는 정신을 차리고 일어나 똑바로 앉았다. 내 옆에서 구부러져 있는 남자를 보았다. 남자는 신음 소리를 내고 있었다.

"괜찮습니까?" 내가 물었다.

나는 그 남자가 일어나 앉는 것을 도왔다. 남자는 어렵게 앉아 벽에 몸을 기댔다.

"상처 난 데가 아픕니다." 남자가 말했다.

"어딜 다쳤습니까?"

남자의 머리카락, 얼굴, 목이 온통 피로 덮여 딱딱했지만 그는 왼쪽 종아리를 움켜잡았다.

"다립니다. 총상이에요."

"총상이라고요?"

"그렇습니다. 이틀 전에 싸우다 잡혔어요. 병원에서 총알을 빼내자마자 여기로 날 데려왔습니다. 데려온 날 아침부터 고문을 당했어요."

내가 손을 뻗어 남자의 다리를 만지자 남자의 얼굴이 굳어지고 몸이 뻣뻣해졌다. 환자들은 상처를 만지는 걸 좋아하지 않는다. 의사가 된 후 처음 몇 년 동안 이상하다고 생각했던 이 반응을 이해하려 애쓰는 사이, 나는 환자들만 만지면 움찔하는 것이 아니라 보통의 이스탄불 사람들도 그렇다는 것을 깨달았다. 과거 전염병이나 콜레라 같은 접촉성 질병이 발생하던 때는 사람들이 여전히 좁은 집에서 서로 몸을 부대끼며 살던 시절이었다. 이제는 시대가 변해 암, 당뇨병, 심장 질환처럼 혼자 견뎌야 하는 병이 접촉성 질병의 자리를 차지했다. 사람들은 자신만의 껍질 속으로 기어 들어가 접촉이 없는 삶을 살고 있었다. '나는 사람이다.'라는 말은 나는 다른 사람들과 거리를 두면서 그들로부터 멀어지고 있다고 해석되는 메시지였다. 낯선 사람뿐만 아니라 친구들도 서로의 몸을 피하는 시대에, 진료실에 찾아온 사람들이 우리에 갇힌 고양이처럼 느꼈다는 걸 나는 잘 안다. 그런 불안감의 원인은 질병에 대한 공포만이 아니었다. 나는 사람들이 이스탄불을 떠나는 유일한 이유가 전염병 창궐이라고 생각하지 않았다. 누군가 자신을 만질 것 같기만 해도 공포에 사로잡혀 도망갈 곳을 찾는 불안감의 폭발 또한 이유가 됐다고 생각했다.

"상처 좀 봅시다. 난 의사요."

남자의 바지는 찢어지고 솔기는 틀어져 있었다. 남자의

종아리에 난 상처가 보였다. 누군가가 상처에 붕대를 감아 놓은 상태였다. 조심스럽게 상처를 감싼 붕대를 풀었다. 나는 남자의 다리를 쇠창살 사이로 스며드는 빛 쪽으로 돌렸다. 상처를 더 잘 보기 위해서였다.

"피는 안 나는군요. 실밥은 아직 제거하지 않았네요."

붕대를 풀었을 때쯤 남자는 조금 편해진 것 같았다. 조용한 표정으로 내 움직임을 주시하고 있었다.

"추워요." 남자가 말했다.

남자의 이마를 만졌다. "열이 있습니다. 다친 지 얼마 안 됐을 때 흔히 나타나는 증상이에요. 걱정 마세요. 곧 괜찮아질 겁니다."

"그랬으면 좋겠어요." 나는 물병 옆의 빵 한 조각과 치즈를 집어 남자에게 건넸다.

남자는 한 번도 본 적 없는 물건을 살피듯이 잠시 멈칫했다. 내가 자기 손바닥에 놓은 빵을 오랫동안 내려다보던 그가 빵을 베어물고 두 입에 먹어치웠다. 남자의 가슴이 들썩거렸다. 남자는 물병을 집어 게걸스럽게 물을 마셨다.

"알리라고 합니다." 남자가 말했다. "사람들은 모두 나를 라이터 알리로 알고 있습니다."

그 이름을 나도 알고 있었다. 사실 그 이름은 박힌 못쳐럼 내 기억 속에 고정돼 있었다. 남자를 더 자세히 보기 위해 얼굴 쪽으로 가까이 갔다. 남자의 찌푸린 눈썹과 주름진 이마가 눈에 들어왔다. 서른 살 언저리 같았지만, 남자는 내 아들보다도 훨씬 더 나이들어 보였다.

"의사라고 불러주시오. 사람들은 다 그렇게 부릅니다." 내가 말했다.

"제라흐파샤의 의사, 그 분은 아니겠지요?"

"제가 바로 그 의삽니다."

우리는 서로 이름은 알았으나 만난 적은 없었다. 몇 주 전 이스탄불의 그림 같은 해변가 찻집에서 만나기로 한 약속이 이 감방 안에서 지켜진 셈이다. 삶에 대한 우리의 권리는 아직 소진되지 않았다. 그때 우리는 아직 길의 끝에 도착하지 않았있다. 남자도 관심을 가지고 나를 바라다보았다.

"전 의사 선생님이 제라흐파샤 의대에 다니는 젊은 학생인 줄 알았어요." 남자가 말했다.

남자에게 진실을 말해야 했을까?

췌장암에 걸렸을 때 아내는 고통을 연장하기보다 바로 죽고 싶어 했다. "주사를 놔서 나를 자유롭게 해줘요. 내가 숨을 거두는 걸 당신이 지켜봐 줘요." 아내는 말했다. 우리가 처음 연애를 하던 때, 우리 둘 다 이스탄불을 탐험하는 미숙한 연인이었을 때, 우리는 그 시절 유행에 맞춰 부두마다 돌아다니며 소원을 빌고 공원마다 돌아다니며 꽃잎을 뜯어냈다. 꽃잎이 얼마 안 남았을 때 우리는 우리 아이들이 홀수일까 짝수일까를 궁금해했다. 그 나이의 사람들은 미래에 대한 궁금증이 아주 많다. 10년 후 우리는 어디서 살게 될까, 20년 후에는 무엇을 하고 있을까? 50년 후의 미래는 생각도 할 수 없었다. 그 나이가 되면 그저 천수를 누렸기를 기대했다. 아내는 죽음이라는 나라의 국경에 다다랐다. 그리고 아내는 고통 없이 그 국경을 건너길 바랐다. "여보, 우리가 같이 죽는 데 당신이 동의하면 난 같은 주삿바늘로 우리 둘 모두를 찌르겠소." 내가 말했다. 아내는 애써 미소 지으며 대답했다. "당신은 살아야 해요. 우리 아들을 키우고 그 아이의 아이들이 자라는 것을 봐야 해요. 그런 다음 내 곁에 와요. 그 전에는 안 돼요."

아들이 자라서 청년이 됐을 때 나는 아들이 가능한 빨리 결혼하기를 원했다. 아내의 꿈을 이루고 싶은 이유도 있었다.

하지만 아들은 의대 마지막 학년을 포기하고 집을 떠나 이스탄불에 넘쳐나던 혁명 집단에 들어갔다. 자신을 위해 다른 길을 개척한 것이다. 충돌과 사망 사건에 관한 뉴스가 계속해서 흘러나왔다. 나는 신문에서 이런 뉴스를 꼼꼼히 챙겨 읽었다. 아들의 이름과 비슷한 이름이나 비슷한 얼굴 사진이 보이면 심장이 펄떡거렸다. 페리에 타고 있거나 어두운 다리 밑을 걸을 때, 잠이 안 와 밤에 해변을 거닐 때, 아들은 내 옆에 불쑥 나타나 나를 꼭 안아주곤 했다. 아들에게서는 아내의 냄새가 났다. 나는 아들의 손가락을 만지고 야위어 가는 얼굴을 보면서 아들의 퀭한 눈에서 빛을 잡아내려고 했다. "제 걱정은 마세요. 저는 잘 살고 있어요. 이런 시간은 곧 지나갈 거예요." 하지만 그렇지 않았다. 시간은 앞으로 끝없이 뻗어 나갔고 나의 불안과 바람은 같은 속도로 늘어났다.

비 오는 가을 아침, 나는 일찍 집을 나와 진료실로 가고 있었다. 진료실까지는 15분 거리였다. 아들이 내 우산 속으로 들어와 팔짱을 꼈다. "멈추지 말고 계속 걸으세요." 아들이 말했다. 아들은 집 없는 개처럼 흠뻑 젖어 있었다. 떨면서 기침을 하던 아들은 손수건으로 입을 가렸다. 얼마 안 가 아들의 무릎이 접혔다. 아들은 쓰러지면서 나를 잡으려고 했다. 난 택시를 잡아 아들을 병원으로 데려갔다. 접촉성 질병이 줄어들고 서로를 만지는 것을 피하던 도시에서 내 아들은 폐결핵의 희생자가 됐다. 아들은 믿음을 지킨 대가를 몸으로 치르고 있었다. 나와 토론하면서 "아버지, 선은 악만큼 전염성이 강해요."라고 말하던 아들은 이제 당연히 그래야 하는 것처럼 접촉성 질병의 희생자가 되었다. 오래된 도시는 죽었고 새로운 도시는 어떻게든 태어나기를 거부하고 있었다. 땅 밑에서 울부짖는 소리가 났다. 비로도 씻겨 내려갈 것 같지 않은 악취가 났다. 어린 아이들은 천 개의 꿈을 만들어냈다. 어린 아이들은 안개 낀 바다의 경계를 향해 떠났다가 결국에는 돛이 누더기가 된 채 파도에 쓸리는 해안가의 배처럼 앞으로 질주했다. 언제 이 도시가 자신의 아이들을 사랑한 적 있었던가? 이 도시가 누구에게든 동정심을 보인 적이 있었던가? 이런 얘기를 하던 어느 날 아들이 말했다. "아버지, 우리의 사명은 사랑을 구걸하는 것이 아니라 사랑을 만드는 거예요. 우리가 싸우는 목적이 그거예요."

아버지에게 삶의 교훈을 주던 아들은 이제 정신을 놓고 헛소리를 하며 병상에서 떨고 있었다. 이마에서 쏟아지는 땀으로 베개가 흠뻑 젖었다. 나는 하루 종일 아들의 호흡 소리를 듣고 체온을 재면서 옆을 지켰다. 그날 밤 병원 복도가 텅 비고 간호사들의 발자국 소리만 먼 데서 들릴 무렵 아들은 눈을 뜨고 속삭였다. "일어나야 해요. 내일 약속이 있어요." 나는 그러라고 했지만 알고 있었다. 아들은 불가능한 일을 말하고 있었다. "아버지, 진짜 중요한 일이에요. 친구들의 목숨이 달려 있어요. 내일 누군가를 만나야 해요." 폐결핵 외에 아들은 신장과 위에도 문제가 있었다. 건강을 무시할 수 있는 수준을 이미 넘어선 것이다. 침대에서 벗어나 오랜 시간을 보내는 것은 불가능했다. "아들아, 걱정 말아. 그 약속이 그렇게 중요하면 내가 대신 가마." 아들은 대답을 못하고 눈을 감더니 깊은 잠에 빠졌다. 아들은 아기 때의 천진한 표정을 그대로 지니고 있었다. 아무리 많이 자랐어도, 밤에 아이 방 등불 아래서 보던 아기 같은 얼굴은 잠들면 어김없이 되돌아왔다. 나는 아들이 그 표정으로 깨어나길 원했다. 하지만 아들은 동틀녘 잠에서 깨어 슬픈 눈빛으로 나를 올려다보았다. 아들이 뼈가 앙상한 손가락을 위로 올렸다 "아버지." 아들이 거친 소리를 냈다. "그래, 아들." 나는 아내가 원하지 않았던 내 생명을 아들을 위해 포기할 준비가 돼 있었다. 폐결핵으로 상한 아들의 머리카락을 쓰다듬었다. 폐결핵으로 상한 아들의 손을 잡았다. 아들의 가슴에서 쌕쌕 소리가 났다. "아버지." 아들이 불렀다. "중요한 일이 아니라면 아버지를 가시게 하지 않았을 거예요. 랄렐리의 라그프 파샤 도서관으로 가셔야 해요. 거기서 여자 한 명을 만나세요. 여자는 다리 역할이에요. 그 다음에는 그 여자가 일러주는 진짜 만남 장소에 가서 라이터 알리라는 사람을 만나세요. 시간을 엄수해야 해요. 라이터 알리와 만나는 시간은 여자가 말한 시간보다 한 시간 전이에요. 저도 그 두 사람은 본 적이 없어요. 그 사람들은 아버지를 저라고 생각할 거예요. 저는 의대생이라서 의사로 불려요. 그러니까 아버지가 가시면 상황이 낯설지는 않을 거예요. 일이 조금이라도 잘못돼서 경찰에 걸리면 아버지가 진짜 누군지 밝히시면 돼요."

사람은 언제 완전해지는 걸까? 아내는 아이를 낳은 후 사물이 상상도 못 했던 방식으로 다르게 느껴지기 시작했다고 말했다. "완전해진 느낌이 들어요. 내 안의 모든 느슨한 조각들이 하나로 모아지는 것 같아요." 아내는 말했다. 아내의 얼굴에는 이전에는 보지 못한 고요가 있었다. 부러운 눈길로 아내를 보며 나는 그녀가 세상에 만족하는지 알고 싶어졌다. 그건 어떤 종류의 완전함이었을까? 어떻게 하면 나도 그 느낌을 얻을 수 있었을까? 다른 사람에게 친절한 행동을 하는 것, 아들인 척 하는 것으로 충분했을까? 아들의 고통을 내가 떠맡으면 내 안의 모든 조각이 합쳐지고 충분히 만족하게 될까? 이스탄불 바다를 홀로 앉아 보면서, 밤에 베개를 베고 자면서, 아침에 힘들게 일하러 나가면서, 스스로에게 자주 던지던 질문을 했다. 사람은 언제 완전해지는 걸까?

어느 날 아들도 스스로에게 같은 질문을 할 것이다.

"아들아." 내가 말했다. "다른 사람 이름으로 널 여기 입원시켰다. 아무도 네 정체를 몰라. 넌 안전해."

학생 데미르타이의 이야기

회중시계

"베야즈트 도서관 관장 셰라파트 씨는 그날 아침 출근했을 때 문앞에서 아무도 기다리지 않는다는 것을 알았어요. 아침마다 그곳에서 애서가 두 명이 기다렸었는데 그날 아침에는 아무도 없었어요. 모스크의 마구간을 개조해 도서관으로 만든 건물의 측면 벽 쪽으로 걸어가면서 관장은 가지고 온 간이 든 꾸러미를 열었어요. 쭈그리고 앉아 잘게 썰린 간 조각들을 자갈 위에 놓았어요. 관장은 고양이들이 모여드는 것을 지켜보더니 플라타너스 나무 아래 비둘기들에게로 시선을 옮겼어요. 관장은 서류가방에서 밀이 가득 든 종이봉지를 꺼내 밀 한 줌을 나무 주위에 뿌렸어요. 이

곳에선 고양이와 비둘기가 서로를 괴롭히지 않고 잘 지냈어요. 관장이 일어나 문 쪽으로 갈 때 일찍 일어난 애서가 두 명이 다가오는 것이 보였어요. 관장은 그들에게 아침 인사를 하며 오늘은 10분 늦었다고 알려줬어요. 두 애서가는 손목시계를 보고는 자기들은 정각에 왔다고 말했어요. 관장은 조끼주머니에서 회중시계를 꺼내 애서가들의 시계와 비교해봤어요. 애서가들의 시계는 늦었어요. 관장은 이들에게 사람 좋은 미소를 지었어요. 하지만 그날 하루를 지내면서 애서가들의 시계뿐 아니라 도서관 안팎에서 만난 사람들의 시계가 전부 10분 늦는다는 걸 관장이 알았을 때 뭔가 잘못되었다는 걸 깨달았죠. 시간의 우아한 손이 이스탄불을 바꾸고 있었어요. 학교 종, 영화 시작, 배 탑승 시간이 모두 10분씩 늦었어요. 다만 아무도 그 차이를 모르고 있었어요. 아침에 아이들이 고래고래 소리 지르면서 파는 신문에도 그런 얘기는 없었어요. 관장은 매일 자기 시계에 맞춰 도서관 문을 열었어요. 관장은 속으로 같은 질문을 했어요. 왜 시계들이 갑자기 10분씩 늦게 가는 거지? 실은 긴 얘기지만 짧게 할게요. 세계의 어떤 곳에서는 전쟁이 끝나가고 있었고, 다른 곳에서는 새로운 전쟁이 싹트고 있었어요. 봄 향기가 났지만 이스탄불의 공기는 억압적

이었어요. 뱃사람들은 조용한 표정을 지으면서 바다로 나
갔고 여자들은 줄에 널어둔 빨래를 며칠 동안 잊어버렸어
요. 세라파트 관장은 모든 사람의 시계가 늦게 가고 늘 오
던 사람들이 늦게 도착한다는 사실을 견딜 수가 없었어요.
고양이와 비둘기에게 아침에 먹을 것을 주고 정오까지 도
서관에서 일을 한 후 관장은 업무를 직원들에게 맡겼어요.
오후에는 이스탄불의 다른 도서관들을 방문하면서 시간을
보냈어요. 열람실 주변에서 속삭이는 소리가 퍼졌어요. 라
디오 진행자들은 뉴스를 읽고 모스크의 무에진(이슬람교에
서 기도시간을 알리는 모스크 직원—옮긴이)은 신자들에게 10분
늦게 기도시간을 알렸어요. 이스탄불의 시간이 완전히 변
화하는 와중에 시간이 다른 시계는 관장의 시계밖엔 없었
어요. 관장은 자신이 위험하고, 검은장미 리본을 단 남자
들에 의해 감시당하고 있다는 사실을 몰랐어요. 관장은 늦
은 라디오 방송, 늦은 기도시간 알림이 어떤 결과를 부를
지 짐작도 못 했어요. 최소한 도서관들이라도 구해야겠다
고 생각했어요. 관장은 사서들에게 정확한 시간과 자신만
이 감지하는 것으로 보이는 진실에 대해 말했어요. 관장은
여러 해 동안 도서관에서 사이좋게 살고 있는 고양이와 비
둘기들이 변했다고, 고양이들은 신경질적으로 변하고 비둘

기들은 초초하게 날개를 퍼덕인다고 말했어요. 우리는 시간을 제대로 돌려놓고 미래 세대에게 진실을 알려야 합니다. 관장은 말했어요. 관장의 회중시계가 멈추지 않고 가는 한, 누군가 매일 그 시계의 태엽을 감아 계속 가게 하는 한, 시간은 그들의 편이었어요. 관장은 진짜로 그렇게 믿었어요. 어느 날 아침, 아주 우연히도 관장은 자신에게 곧바로 달려드는 차를 피하고, 점심시간에는 길거리 상인이 자기한테 건넨 독이 든 아이스크림을 먹기 직전에 아이스크림을 담은 유리잔이 더럽다며 돌려주었어요. 하지만 관장이 저녁에 집에 와 마당에 들어섰을 때, 어둠 속에서 그의 등을 겨냥한 칼을 피할 수는 없었어요. 관장의 아내가 비명을 지르자 이웃들이 달려와 의사를 불렀어요. 생의 막바지에 도착했다는 걸 안 관장은 주머니에서 회중시계를 꺼내 잘 보관해 달라며 아내에게 건넸어요. 관장의 아내는 빨간 루비가 덮인 회중시계를 보며 비통하게 말했어요. 다른 사람들의 시계가 전부 틀릴 때 당신의 시계가 맞는다는 게 무슨 의미가 있어요? 관장은 부드럽게 아내를 바라보면서 가까이 오라고 손짓을 했죠. 사람들이 궁금하게 생각하며 지켜보는 가운데 아내가 몸을 기울이자 관장은 아내의 귀에 무언가를 속삭인 뒤 눈을 감고는 다시는 뜨지 않았어요. 다음날 사람들은 관장의 마른 몸을 씻기고 장례기도를 하고 10분 늦게 의식을 시작해 묘지로 데려갔어요. 사람들은 축축한 흙으로 관장의 몸을 덮었어요. 이웃들은 눈물을 흘리고 슬프게 통곡했어요. 통곡하는 중간에 사람들은 관장의 아내에게 쭈뼛쭈뼛 다가와 관장이 죽기 전에 무슨 얘기를 귀에 속삭였냐고 물었어요. 눈물을 흘리던 아내는 고개를 가로저으면서 대답했어요. 아무 말도 못 들었어요. 그녀가 계속했어요. 귀가 잘 안 들리는 거 아시잖아요."

퀴헤일란은 마지막 문장을 내게 반복해서 말했다. "귀가 잘 안 들리는 거 아시잖아요."

모두 웃음을 터뜨렸다.

감방에서 우리는 고통에 시달리지 않았지만 고통의 경계선상에 선 채 일종의 유예 상태에 있었다. 지상에서도 같지 않았던가? 거기시는 고층빌딩 사이에서, 교외에서, 자동차 경적이 울리는 곳에서, 전염병처럼 퍼지는 실업 사태 한가운데서 어떤 불행이 우리에게 닥칠지 알 수 없었다. 언제 어떤 고통을 당할지 몰랐다. 이 광활한 도시는 인조가죽으로 우리 몸을 감싸 따뜻하게 해주지만, 언제고 우리를 원치 않는 태아처럼 밀어내 하수구 속으로 떠내려 가게 할 수 있었다. 이런 위험은 우리의 식욕을 불러일으켜 매일 더 많은 것을 욕망하게 만들었다. 우리는 천국에 거의 다다랐으며 지옥은 저 아래 있다고 믿었다. 두려움이 계속되는 도시에 쾌락이 널려 있는 이유다. 감방에서 우리는 너무 열심히 웃어 정신이 나갈 정도였다. 모든 감정은 실제보다 크게 표현됐다. 우리는 순수하게 우리만의 목적을 위해 살았다. 나머지 다른 삶은 우리 피부에 질릴 정도의 악취를 남기며 소진됐다. 이런 걸 많이 볼수록 우리는 더 열렬하게 이스탄불을 변화시키길 갈망했다.

며칠을 저항하고 나자 내 시계도 이야기에 나오는 이스탄불 사람들의 시계처럼 늦게 가기 시작했다. 심문을 당하는 동안 나는 심문자들이 내게 한 질문보다 더 많은 질문을 스스로에게 던졌다. 나는 사람이었다. 기계가 아니었다. 그리고 내 살과 뼈는 인내의 한계에 이르고 있었다. 내가 고통을 피할 방법을 필사적으로 찾으면서 말을 했다면, 누군가가 다쳤을까? 내가 고문을 멈추도록 몇 가지 사실을 털어놓았다면 어떤 일이 일어났을까? 그들에게 이름이나 주소를 분다고 해서 해가 될 게 뭐 있을까? 내가 이름을 댄 사람은 그 순간부터 오랜 도피생활을 할 것이고, 내가 댄 주소지는 그날부터 비워질 것이다. 나는 이 모든 걸 생각하면서 나 자신을 설득하려고 했다. 그런 사소한 정보쯤 그들에게 줄 수 있었다. 그 정도는 말해도 아무도 위험해지지 않을 것이다. 심문자들을 속여 고통을 훨씬 덜 당할 수도 있었다. 그게 불가능한 일이었을까? 이런 생각들이 계속 드는 한편으로 나는 어떻게 내가 이런 생각들을 하게 됐는지 의심스러웠다. 내 몸을 관통하는 전기 충격은 처음에는 고통, 그 다음에는 자포자기, 그리고 결국에는 내 머리 주변을 맴도는 순진한 말들로 변했다. 나는 경계선에 접근하고 있었다. 그 건너편에 무엇이 도사리는지 알 수는 없었다.

무엇을 해야 하나, 무엇에 매달려야 하나? 의사에게 물어보고 싶었지만, 의사는 내게 할 수 있는 것이 많지 않았다. 의사는 내 약점을 치료할 수 없었다. 의사는 내 마음속의 의문을 풀어줄 수 없었다. 피 묻은 벽이 내 코 바로 밑에서 솟아오르고 있었다. 그것밖에는 안 보였다. 나는 세라파트 관장처럼 외로웠다. 다른 모든 시계들이 어떤 시간을 말하든 자신의 시계가 이스탄불에서 유일하게 맞는 시계라고 생각했던 세라파트 관장처럼. '꿈을 크게 꾸면 실망도 크다.'는 말이 떠올랐다. 난생 처음 패배를 받아들이고 있다는 게 슬펐다. 도시가 내게 가한 고문을 견뎌낼 수 없어서 슬펐다.

"그 얘기는 전에도 해주었네. 하지만 마지막이 다르군." 의사가 말했다.

"사람은 같은 강물에 두 번 발을 담글 수 없다는 말처럼," 내가 계속했다. "이스탄불에서는 같은 이야기를 두 번 할 수 없지요."

인생은 짧고 이야기는 길었다. 우리도 이야기가 되어 삶이라는 강에 섞여들어 그 강과 함께 흐르고 싶었다. 이야기를 하는 것은 그런 욕망을 드러내는 방법이었다.

퀴헤일란이 끼어들어 말했다. "그 회중시계는 이스탄불이 나를 매혹시키는 이유 중 하나요. 아버지는 회중시계 덮개의 루비가 어둠 속에서도 빛났다고 말씀하셨소. 누구든 그 시계를 한 번 보면 며칠 밤 동안 하늘을 올려다보게 되고, 루비처럼 보이는 별을 찾아내면 그 회중시계가 맞았다고 믿게 되지요."

"어릴 적에 다니던 도서관이 있었습니다. 그 도서관의 시계는 10분 빨랐습니다." 의사가 말했다. "그 시절에는 루비로 덮인 시계에 대한 이야기가 많았습니다. 하지만 그 이야기들은 끝이 다 달랐어요. 데미르타이가 이야기들을 다 바꾼 것처럼 시계 이야기도 다 달랐습니다. 어릴 때는 별 신경을 쓰지 않았지만 지금은 그 회중시계가 궁금해지기 시작하는군요."

"이 감방에서 걱정할 거라곤 그것밖에 없는 듯하군요."
나는 혼자 중얼거렸다.

내 옆에 앉아 있던 퀴헤일란이 고개를 돌려 나를 보았
다. "다른 걱정거리가 있나, 데미르타이?" 그가 물었다. 그
는 마치 피 묻은 콘크리트 대신 자기 동네 커피집 난로 앞
에 편안하게 앉아 있는 것 같은 목소리였다.

나는 퀴헤일란의 자신감을 비웃고 싶었다. 하지만 그렇
게 하는 대신 어제 심문실에서 본 여자 시체에 대해 얘기했
다. 어느 시점엔가 심문자들이 내 손과 발을 풀어 묶여 있
던 탁자에서 떨어지게 한 후 눈가리개마저 풀어주었다. 여
자 하나가 벽에 기대어 있었다. 알몸이었다. 여자의 몸에
칼자국이 난무했다. 죽은 게 분명했다. 입술과 가슴을 보
고 숨을 쉬지 않는다는 걸 알았다. 심문자 중 한 명이 여자
에게 다가가 배를 걷어찼다. 또 걷어찼다. 그리고 또 찼다.
그러더니 그가 여자의 손을 밟고 짓이기기 시작했다. 여자
의 손가락을 짓이기던 그가 나를 쳐다보았다. 내가 무슨
말을 하는지, 그리고 내가 몸서리치는 걸 보고 싶었던 것
이다. 심문자가 고개를 오른쪽 왼쪽으로 흔들면서 즐거운
표정을 지을 때 여자의 손가락들이 부서지는 소리가 났다.

여자의 손 옆에 시계가 있었다. 시계는 앞면이 깨져 있었다. 내가 시계를 보고 있다는 걸 알아챈 심문자가 그 시계로 눈길을 돌렸다. 심문자는 그 시계가 무엇에 쓰는 물건인지 모른다는 듯 한참을 내려다보았다. 그러더니 피가 묻은 진흙투성이 장화로 시계를 밟았다. 천천히 발뒤꿈치를 움직였다. 분침과 시침, 스프링과 톱니를 으스러뜨렸다. 심문자의 머리가 원을 그리며 움직이는 동안 몸은 앞뒤로 흔들렸다. 얼굴에는 취기가 있었다. 그건 보통 시계가 아니었다. 그는 과거와 현재, 어제와 내일을 발로 밟은 것이다. 누가 그를 말릴 수 있었을까? 그 즐거움은 차를 빨리 모는 즐거움, 야한 나이트클럽에서 술을 마시는 즐거움, 여인의 향기가 나는 호텔 방에서 잠을 자는 즐거움을 초월하는 쾌락이었다. 그는 손에 죽음을 쥐고 시간을 파괴하고 있었다. 그를 말리는 것은 불가능했다. 시침과 분침이 그의 발밑에서 으스러질 때 땀방울이 이마에서 솟구치고 관자놀이의 핏줄이 불거졌다. 강력한 힘을 가진 파라오처럼 심문자는 자신이 사람이 아니라 신이라고 생각했다. 그에게는 죄도 벌도 없었다. 그는 다른 사람들의 고통 위에, 그들의 마지막 숨결 위에 군림했다.

"나한테도 그 여잘 보여줬네." 퀴헤일란이 말했다. "자네를 심문한 다음이었던 것 같아. 바닥의 시계는 산산조각 나고 여기저기에 금속 조각이 흩어져 있었지."

"여기 오고 나서 두 번째로 시신을 본 거였어요." 내가 말했다.

여자가 죽었는데 시계가 맞은들 무슨 의미가 있을까? 난 그걸 물어보고 싶었다. 혹은 지상의 사람들은 우리의 존재를 모른 채 자신들의 삶을 살아가는데, 우리가 여기서 고통을 당하는 게 무슨 의미가 있을까? 최초의 인간들이 바벨탑을 세울 때 신은 그들의 언어를 교란시키고 서로 말이 안 통하도록 만들어 탑을 더 이상 짓지 못하게 했다. 그렇게 해서 뭐가 좋아졌을까? 분노한 인간들은 땅뿐만 아니라 하늘도 정복했다. 인간은 탑을 천 개 세우는 데 그치지 않고 계속해서 하늘을 뚫었다. 건물들이 높아지면서 신이 괴멸됐다는 사실을 깨달은 인간은 더 이상 신을 찾지 않았다. 개미집보다 더 정교한 도시를 세움으로써 인간은 모든 언어와 모든 민족을 한 장소에 모았다. 인간은 절대 죽지 않을 것처럼 살았다. 새로운 신이 필요하다면, 인간은 그 새로운 신에 오를 수 있는 유일한 후보가 됐다. 인간이 더 강해질수록 그들의 그림자는 길어졌고, 인간은 그 그림자를 보면서 친절함이 무엇인지 망각하기 시작했다. 그들은 자신이 무엇을 했는지 알지 못했다. 친절함을 권리로 대체하고, 권리를 득실 계산으로 대체했다. 그들은 최초의 불, 최초의 말, 최초의 입맞춤을 기억에서 지웠다. 인간에게 친절함이 무엇인지 알려주는 것들 중 남은 건 고통뿐이었다. 그러자 그들은 고통을 약으로 없앴다. 우리는 이곳에서 친절함에 대해 더 많이 생각했다. 고통을 견뎠기 때문이다. 고통은 우리의 가치를 측정하는 기준이었다. 하지만 나는 위의 도시에 있는 모든 사람이 우리에게 관심이 없는데 지하에 있는 우리가 고통을 당하는 게 무슨 의미가 있는지 알고 싶었다.

"데미르타이." 의사가 말했다. "죽음에 대해선 얘기하지 말자. 위에 있는 사람들이 어떻게 삶을 꽉 채워 사는지 얘기하자고. 우리가 없어도 이스탄불은 여전히 멋지고 활기에 차 있고 북적대지. 그걸 안다는 게 좋지 않나?"

나는 대답하지 않았다.

퀴헤일란은 우리 두 사람을 그윽한 눈길로 바라보았다. 그러다 우리가 자기 말을 기다린다는 걸 알아차린 그가 조용한 목소리로 입을 열었다.

"우리 집에는 사슴 그림이 있는 벽 양탄자가 있었소. 어느 날 아버지가 양탄자를 가리키며 물으셨소. 너희들은 양탄자에 그려진 사슴만큼 진짜 사슴을 좋아할 수 있겠니? 난 아버지가 진짜라는 단어와 사슴이라는 단어를 같이 발음하는 게 이상하다고 생각했소. 그때 난 창가에 앉아 있었소. 밤이었지. 밖에는 별들이 떠 있고, 별들 밑에는 산이 있고, 산 밑에는 사슴이 있었소. 아버지는 마치 내 얼굴에서 별들, 산, 사슴이 보이는 것처럼 나를 응시하시고는 이스탄불의 슬픈 청년 이야기를 해주셨지. 이 슬픈 청년은 한 여자를 그린 그림을 보고 사랑에 빠져 밤이고 낮이고 그 여자만 생각했소. 어느 날 청년은 그림 속 여자와 우연히 마주치게 되어요. 그런데 청년은 한 번 흘낏 여자를 보더니 고개를 돌리고는 자존심이 상한다는 듯 다시 여자를 보려고 하지 않았소. 나는 그림 속 여자를 사랑합니다. 청년이 말했소. 진짜 여자한테는 아무것도 느끼지 못합니다. 청년의 마음에 불을 지핀 것은 여자의 존재가 아니라 여자에 대한 자신의 상상이었던 거요. 이상한 것은 사랑이었을까, 사람이었을까? 아버지는 이스탄불 사람들도 이런 사고방식을 가지고 산다고 말하셨소. 이스탄불 사람들은 벽에 걸린 이스탄불 그림을 자신이 매일 걸어다니는 거리, 비 내리는 지붕, 바닷가의 찻집보다 더 사랑했소. 그들은 라키 술을 마시며 전설을 이야기하고, 시를 읊은 다음 벽에 걸린 그림을 쳐다보며 한숨을 쉬지. 자기들이 다른 도시에 살고 있다고 생각한 거요. 밖에는 보스포루스 해협의 파도가 해안에 흘러들어 부서지고, 배들은 파도를 타고 항해를 떠나고, 갈매기들은 날개를 펴고 아시아에서 유럽 쪽으로 날아가고 있었지. 다리 밑에서는 아이들이 불을 피워놓은 채 엔진 소리로 차의 종류를 맞히는 내기를 했고, 야근하는 사람들은 아랍 풍의 날카로운 노래를 듣고 있었다오. 가정집과 커피집과 일터, 이스탄불의 보이지 않는 얼굴은 뒤편에 숨어 있었소. 허나 사람들은 홀린 듯 벽에 걸린 그림을 보고는 슬픔에 찬 얼굴로 자러 갔소. 사람들은 시간을 둘로 나눴지. 잠을 자는 상태와 깨어 있는 상태를 나누듯이 말이오."

퀴헤일란은 머릿속에 너무나 많은 말들을 가지고 있었다. 이 도시의 거리보다 더 많은 이야기를 알고 있었다.

"이것이 이스탄불 사람들이 시간을 나누는 방식이오." 퀴헤일란이 두 손을 양 옆으로 올리며 말했다. "이스탄불 사람들은 이곳이 과거의 도시라고 생각했소. 이 지친 도시는 과거에는 에너지가 넘쳤소. 영광스러운 술탄의 통치를 받았지. 하지만 이제는 떠밀려 잠을 자고 있어요. 그리고 아마도 이스탄불은 그 깊은 잠에서 다시는 깨어나지 못할 거요. 웅장한 대저택처럼 웅장한 이야기도 돌무더기 속에 묻혔소. 그렇게 믿는 이스탄불 사람들은 과거를 숭배하고 오래된 시절을 얘기하는 소설을 읽었소. 지금 말고 다른 시간이 존재한 적 있던가? 모든 시대의 시간이 모였던 곳이 이스탄불 아니었던가? 그들은 머리에 떠오르는 질문들을 떨쳐내려 했소. 가까운 곳을 보는 대신 먼 곳을 봤지요. 그들은 잊기 위해 슬픔을 참아냈지만 자기들이 현재도 잊어버리고 있다는 걸 깨닫지 못했소. 그들에게 과거는 무한했지만 삶과 죽음은 같은 것이었소. 그들은 지나간 시대와 절망적으로 사랑에 빠졌지만 매일 아침 자신들이 눈 뜨는 도시는 경멸했소. 그들은 콘크리트 위에 콘크리트를 쌓고 비슷비슷한 돔을 세웠지. 그들은 허물고 부수고 나서 지쳐 집에 돌아와서는 머리 위에 걸린 이스탄불의 아름다운 그림과 함께 잠이 들었소."

퀴헤일란은 나를 바라보면서 이야기를 이어갔다. "데미르타이, 듣고 있나?" 그가 계속했다. "나는 벽 양탄자의 사슴만큼 산에 있는 사슴도 사랑하네. 나는 이스탄불의 옛날 이야기에 애착을 느끼지만 현재의 이스탄불에게도 애착을 느끼지. 사람들은 현재 상태의 이스탄불을 사랑했을지 모르지만, 이스탄불 자체에 대해서는 애정을 느끼지 않았다는 걸 알게 됐소. 사랑하는 이를 억압하는 연인들처럼 그들은 스스로에게 뭐가 부족한지 알지 못했소. 행복했던 시대가 지나갔다고 생각한 그들은 이스탄불을 믿지 않았던 거요."

"그래서 이스탄불에 오고 싶으셨던 건가요?" 내가 물었다. "이스탄불이 진짜로 어떤지 보려고요?"

"죽기 전에 내 꿈을 이룰 수 있는지 알고 싶었네. 나는 내 인생의 마지막 전환점에 여기에 도착한 거지. 여기에 온 대가가 내가 견딘 고통이어야 했나? 그 전에 왜 이스탄불에 올 용기를 내지 못했을까? 왜 죽음이 내게 얼굴을 들이밀 때가 되어서야 이 도시에 오려고 한 것일까? 이런 질문들로 나 자신을 괴롭히진 않네. 잡혔을 때 나는 심문자들에게 말했지. 이스탄불에만 데려다 주면 내가 알고 있는 비밀을 전부 다 말하겠다고 말이야. 이제 기계처럼 그들은 매일 내게 같은 질문을 하지. 나는 그들에게 이스탄불을 설명해주지만, 알아듣지 못해. 나는 그들에게 이스탄불을 보여주지만 그들은 이스탄불을 보지 못하지. 그들은 내가 고통에 굴복해 내 사랑을 포기하길 바라는 거야. 그들은 내가 나 자신과 이스탄불을 믿지 않고 자신들과 같아지길 원하지. 그들은 상상할 수 있는 모든 방법으로 나에게 고통을 준다네. 내 몸을 찢어 내 영혼이 자신들의 영혼과 같아지도록 만들려 하지. 그들은 이 도시에 대한 내 믿음이 점점 더 굳건해진다는 걸 모르고 있어."

"퀴헤일란 아저씨, 우리 믿음이 더 강해진다고 한들 뭐가 달라지나요?" 내가 물었다. 목소리에 짜증이 배어 있다. "아무도 우리가 여기서 고통 당하는 걸 몰라요. 사람들은 우리가 여기 있다는 사실조차 모른다고요."

"글쎄. 우리를 고문하는 사람들은 우리가 여기서 당하는 고통을 잘 알지."

나는 우리가 여기서 당하는 고통이 이 도시와 시간이 가하는 고통임을 알았다. 시간과 이 도시는 같은 것이었다. 신이 정한 규칙이 여기서 전복되는 것은 그 이유 때문이었다. 여기서는 아무도 우리를 내려다보지 않았다. 신이 선을 만들고, 악은 사람들로부터 비롯된다고 말하는 사람들은 틀렸다. 원했다면 신은 선을 무한정 만들 수 있었다. 누가 신을 제지했는가? 나는 악을 만든 것이 신이라고, 그리고 선을 만들어내는 것은 사람들의 몫이라고 생각한다. 지상의 사람들은 그걸 알았을까? 과연 우리를 생각한 사람이 있었을까? 우리가 겪고 있는 이 모든 일에 대해 신경을 쓰는 사람이 있었을까?

"고통을 가장 잘 목격하는 사람은 그 고통을 가하는 자라네. 그들이 우리 삶의 일부이듯 우리도 그들 삶의 큰 부분이야." 퀴헤일란이 우겼다.

의사는 어제 그들이 라이터 알리를 감방에 집어넣었을 때 알리와 대화를 나눴다. 의사는 알리의 상처를 살피고, 알리가 얼마나 추워 하는지 알고 나자 자기 윗옷을 벗어 알리의 어깨에 덮어주었다. 알리는 시간을 알고 싶은데 여긴 시계가 없다고 불평했다. 신참들이 다 그렇듯 알리도 시간의 방향에 대해 알고 싶어 했다. 밖에서 시간은 아침 햇살 안에, 밤에는 하늘의 어둠 안에 있었다. 일터에서는 시간이 근무시간 안에 있었다. 학교에서는 쉬는 시간을 알리는 종에 시간이 있었고, 차에서는 속도계에 시간이 있었나. 지상의 거리에서는 모든 소리, 모든 사물이 시간이 어디 있는지를 말해주었다. 하지만 여기 어디에 시간이 있었던가? 회색 벽에, 어두운 천장에, 아니면 철문 안에 있었던가? 먼 데서 들리는 늑대의 울부짖음처럼 울려 퍼지는 비명 소리 안에, 벽에 스며드는 피에, 감방 밖으로 끌려 나가 다시는 돌아오지 못한 사람들의 마지막 표정에 있었던가? 알리도 그 생각을 했던 것 같다. 그들이 알리를 데리러 온 뒤 다친 다리를 절며 감방 밖으로 나가던 알리가 제일 먼저 한 일은 간수들에게 시간이 어떻게 되느냐고 물은 것이었다. "너는 시간의 끝에 있어." 그들이 알리에게 말했다. "너한텐 이제 시간이 없어."

알리는 잡히던 날 친구들과 벨그라드 숲에 있었다. 알리와 친구들이 벨그라드 숲에서 만나기로 한 것은 춥고 비가 내려서 그곳에 아무도 오지 않으리라고 판단했기 때문이었다. 모두 스무 명이었다. 그렇게 많은 수가 모인 것은 처음이었다. 이들은 심문센터가 있다고 알려진, 지하 3층으로 된 비밀 고문소를 덮칠 예정이었다. 입구, 간수의 위치, 그리고 이들이 택할 수 있는 모든 경로를 표시했다. 누가 어떤 일을 하고 누가 우선적으로 나설지도 정했다. 이들은 줄담배를 피우면서 감금됐다가 실종된 친구들에 대해, 최근에 합류한 젊은 친구들에 대해 이야기했다. 암울한 소식들이 들려왔지만 그들은 여전히 서로에게 농담을 하고 장난을 쳤다. 그들은 오늘에 대한 믿음은 없었지만 내일은 진심으로 믿었다.

파카를 입고 목도리를 두른 채 서로 어깨를 맞대고 바짝 붙어 앉았던 그들은 당직 간수들의 호루라기 소리에 귀가 쫑긋 섰다. 그들 중 한 명이 일어나 간수들 쪽으로 걸어갔다가 금방 돌아왔다. 포위됐어, 싸울 준비를 해야 돼. 그가 말했다. 그들은 포위망이 좁혀지기 전에 네 그룹으로 나뉘어 숲의 여러 방향으로 흩어졌다. 추적 당하고 싶지 않았다. 숲에서 진짜 수용소의 위치를 찾아내려고 노력했다. 예리한 눈으로 일대를 꼼꼼히 살폈다. 총소리가 처음 들린 것은 얼마 지나지 않아서였다. 흩어졌던 네 그룹 중 한 그룹이 간수들과 부딪친 것이다. 총소리는 떠나갈 듯이 울려 퍼졌다. 라이터 알리가 이끄는 그룹은 다른 지역으로 빠져나가려 했다. 서쪽에서 길을 찾는다면 주거지역에 닿는 게 쉬울 터였다. 그들 위로 뜬 헬리콥터 굉음 아래서 나뭇가지들이 떨렸다. 참새, 찌르레기, 까마귀들이 급하게 날아올랐다. 넓은 나뭇가지를 피난처로 삼아 이들은 헬리콥터에 들키지 않고 숲을 통과하는 데 성공했다. 서로 바짝 붙었다. 바로 뒤에서 총소리가 더 크게 울렸을 때 다른 그룹들도 충돌을 시작했다는 걸 알았다. 어두워지기 전에 그곳을 빠져 나가기는 힘들 것 같았다.

라이터 알리의 그룹이 산비탈을 지날 때였다. 근처에서 총소리가 났다. 모두가 땅에 엎드렸다. 눈앞에 아무도 보이지 않았을 때, 그들은 총격이 자신들을 겨냥한 게 아니라는 사실을 알았다. 다른 그룹 중 하나가 싸우고 있었다. 비탈 건너편에 있는 그룹이었다. 알리의 그룹은 건너가서 돕기로 했다. 자신들이 공격자들을 기습하면 친구들이 달아날 길을 만들 수 있었다. 조용히 움직였지만 상황은 계획대로 되지 않았다. 포위망 하나를 벗어나면 다른 포위망이 조여왔다. 총알이 옆을 스치고 폭탄이 터지는 가운데 그들은 길을 잃었다. 누가 총을 쏘고, 누가 공격을 하고, 누가 후퇴하고 있었던가? 알 수가 없었다. 나뭇가지들이 부러지면서 눈이 사방으로 날렸다. 그들은 서로의 목소리를 놓쳤다. 위의 헬리콥터가 다른 데로 날아갈 때까지 그저 총을 쐈다. 총격이 멈추고, 알리는 친구들을 잃었다는 걸 알았다. 혼자였다. 주변을 둘러봤지만 아무도 보이지 않았다. 알리는 눈 위 발자국을 따라가면서 덤불 속을 뒤졌다. 친구들은 총에 맞거나 방향을 바꾼 상태였다.

알리는 여기저기로 움직였다. 혼자서 탈출로를 찾는 대신 총소리가 나는 방향으로 가서 다른 그룹을 돕기로 했다. 매번 작은 포위망들을 피했다. 나무들이 빽빽한 곳에서 마지막 탄창을 장전할 때쯤 알리는 호흡이 가빠지고 녹초가 됐다. 무릎을 꿇었다가 땅에 누워 눈에 몸을 맡겼다. 땀이 말랐으면 좋겠다고 생각했다. 어느 방향으로 갈지 생각하면서 알리는 머리 위 나뭇가지들을 올려다보았다. 밤이 온다고 느낀 건 그때였다. 구름이 지워지고, 하늘이 개고 있었다. 어둠은 잉크가 물에 번지듯 빠르게 퍼졌다. 나무들이 점점 더 커지고 있었다. 달이 없는 밤이었다. 누군가가 옆에서 부르는 걸 들었을 때 알리는 무의식적으로 총을 잡았다.

"알리."

알리는 붉은 나무 아래 그림자 쪽으로 걸어갔다. 자기 그룹의 미네 바데라는 걸 알아봤을 때 알리는 다리가 풀려 주저앉았다. 미네 바데는 나무 몸통에 기대 땅바닥에 앉아 있었다. 힘들게 숨을 쉬었다.

"피를 많이 흘렸어." 그녀가 말했다.

"어디에 총을 맞은 거야?"

"가슴에."

"여기서 데리고 나갈게."

"그러지 마. 난 이미 끝났어."

"아냐, 우린 나갈 거야."

"다른 사람들은 탈출했길 바라."

"총격은 멈춘 것 같아."

"이제 갔겠지."

"널 데리고 나갈 수 있어. 어두울 때 숲에서 빠져 나가기는 쉬울 거야."

"라이터 알리, 뭐든지 마무리를 짓는 성격인 거 알아. 하지만 나는 그냥 놔둬. 오늘 얘기한 계획대로 실행해."

"습격 말이야?"

"그래. 가서 심문센터를 공격해. 거기서 고문당하는 사람들을 구해."

"같이 하자."

"나도 그러고 싶어. 내가 사랑하는 사람도 그 안에 있어. 그 사람을 구하고, 그 사람 팔에 안기기 위해서라면 뭐든지 할 수 있어…."

말을 마치기도 전에 미네 바데의 눈이 감겼다. 알리는 놀라서 그녀의 얼굴을 만졌다.

먼 데서 올빼미 울음소리가 들렸다.

미네 바데가 다시 눈을 떴다.

"목이 타." 그녀가 말했다.

라이터 알리는 눈을 한 움큼 집어 미네 바데에게 건넸다. "입에 넣고 녹여."

"내가 사랑하는 사람이 누군지 알아?"

"알아."

"그 사람한테는 말 안 했어. 용기가 없어서."

"걱정하지 마. 그 사람도 널 사랑해."

"정말이야? 진짜야?"

"우리 다 너희 두 사람 얘길 했어. 너희 둘이 사랑하는 거, 모두 다 알아. 모르는 건 너희 둘밖에 없어."

미네 바데가 깊게 숨을 들이쉬었다. 그녀는 머리를 나무 몸통에 기댔다. 하늘의 별을 바라보았다. 별똥별 두 개가 연달아 떨어지자 그녀는 어린아이처럼 좋아했다.

"별똥별 봤어?"

"봤어."

"소원을 빌었어."

"걱정 마. 별에 소원을 빌면 꼭 이뤄진대."

"얼굴이 불에 타는 느낌이야."

"총에 언제 맞았지?"

"한 시간쯤 전에. 무작정 걷다가 이 나무에 기대어 주저앉았어."

"핏자국을 추적해서 너를 찾아낼지도 몰라."

"아침까지는 못할 거야. 게다가 난 아침까지 살아 있지도 못해."

"어둠 속에서도 올지 몰라. 여길 벗어나자. 이 숲만 빠져나가면 근처에 숨을 집이 있어."

"알리, 이젠 두렵지 않아. 내가 사랑하는 사람도 날 사랑한다는 걸 알아서 그럴까?"

"이젠 두렵지 않다니 좋아."

"그럼 그 사람한테 내가 사랑한다고 말할 필요가 없었네. 그냥 그 사람을 내 팔에 안으면 되는 거였네."

"아마 그 사람은 사랑한다고 말하기가 너보다 더 두려웠을 수도 있어."

"그래서 그 사람이 나를 그렇게 봤구나."

"어떻게?"

"그 사람은 이렇게 날 봤어…, 지금처럼…. 고문실에서…, 그 사람, 많이 고통을 당하고 있을까?"

"우린 그 사람들을 구하러 갈 거야."

"나한테 시간낭비 하지 마, 알리. 가서 우리 친구들을 찾아. 가서 고통 받는 사람들을 구해."

먼 데서 늙은 올빼미 울음소리가 다시 들렸다. 나뭇가지들이 거칠게 부딪쳤다. 근처에서 총소리가 울렸다.

라이터 알리는 미네 바데를 땅에 눕히고 자기도 옆에 누웠다. 나무와 덤불을 주시하면서 주변을 살폈다. 아무도 안 보였다. 어두웠다. 달이 없는 밤에 별빛은 먼 곳을 볼 수 있을 만큼 밝지 않았다. 숨을 멈췄다. 숲의 소리를 들었다. 새들이 바로 앞에서 나는 소리가 들렸을 때 그는 말했다. "여기서 기다려, 움직이지 말고. 저쪽 살펴보고 올게."

알리는 천천히 그리고 조용히 걸었다. 나무 뒤를 뒤졌다. 알리는 고개를 들어 나뭇가지들을 쳐다보았다. 아무도 안 보이자 알리는 길을 잘못 들었다고 판단했다. 돌아서 가려는데 총소리가 옆에서 들렸다. 알리는 휘청거리면서 엎드렸다. 다리가 찢기는 것처럼 아파 몸부림을 쳤다. 다친 발을 한 손으로 움켜쥐고 다른 손으로는 눈을 더듬어 총을 찾았다. 그들은 알리에게 기회를 주지 않았다. 알리는 포위됐다. 그들은 알리의 등과 머리를 짓밟았다. 알리에게 수갑이 채워졌다.

"놔줘!" 알리가 계속해서 소리쳤다. "놓으라구!"

라이터 알리의 행동에 그들은 의구심을 가졌다. 그들은 눈 위 발자국을 따라 미네 바데가 누운 곳으로 향했다. 그들은 횃불을 들고 주변 지역을 비추며 붉은 나무에 도착했다. 하지만 핏자국만 있을 뿐 사람은 보이지 않았다.

"누군가가 여기 있었던 거지? 소리를 쳐서 경고를 보낸 사람이 누구야?" 그들이 다그쳤다.

"누구한테 경고한 게 아냐." 라이터 알리가 말했다.

"니들 발자국도 여기 있잖아. 누구야? 누구 피지?"

"무슨 피? 눈밖에 안 보이는데."

주먹세례를 받고 쓰러지면서 알리는 미네 바데를 생각했다. 그녀가 부상을 입고도 도망을 가서 다행이었다. 알리는 길의 끝에 다다랐다. 그들은 거기서 알리를 죽이거나 며칠 더 살려두거나 할 것이었다. 알리는 마음의 준비를 했다. 욕을 하려고 했지만 입에 피가 가득 차 있어 소리는 신음으로만 나왔다. 의식이 희미해지는 알리에게 위에 떠 있는 헬리콥터의 빛과 숲 구석구석에 울리는 총소리가 들렸다.

미네 바데의 소원이 이뤄진 걸까? 미네 바데는 숲을 빠져 나갔을까, 가슴의 상처는 좀 나았을까?

"그녀의 소원은 그게 아니에요." 내가 의사의 말을 반박했다. 의사는 마치 자기가 직접 본 것처럼 그날 밤 이야기를 하고 있었다. "미네 바데는 심문센터를 습격해 여기서 고통 받는 사람들을 구하기를 소망했을 거예요. 그녀의 소원은 이루어질 거예요. 그 사람들이 와서 우리를 구해줄 수도 있어요."

"자네 말이 맞을지도 모르지, 데미르타이. 그녀의 소원은 우리와 상관 있을지도 몰라."

"그리고 별똥별도 하나가 아니었어요. 두 개였다고요. 하나가 아니더라도 나머지 하나는 소원을 이뤄줄 거예요."

"그러길 바라네."

"미네 바데가 사랑한 사람은 누굴까요? 라이터 알리가 말해주었어요?"

"말 안 했네."

"그 사람이 분명 여기 이 도살장 안에 있을 텐데요."

"지하는 감방으로 가득 차 있어." 의사가 골똘히 생각에 잠긴 채 말을 이었다. "그 사람이 어떤 감방에 있을지 누가 알겠나?"

"이 이야기 중 제일 마음에 드는 부분은 사랑하는 남자도 자기를 사랑한다는 걸 미네 바데가 알고 행복해하는 장면이에요. 저라도 같은 소원을 빌었을 거예요. 저라도 사랑받고 있다는 걸 그 자리에서 알길 원했을 거예요."

"하지만 이건 이야기기가 아니야, 데미르타이. 실제 일어난 일이네."

"과거에 일어난 모든 일과 우리가 말로 하는 모든 것이 이야기가 아닌가요, 의사 아저씨?"

"여기서 과거 따위는 없다네. 지난 며칠 동안 겪어봐서 알잖은가?"

우리는 평범한 이스탄불 사람들 같았다. 어제를 이상적으로 말하거나 내일에 대해 상상을 했다. 우리는 오늘이 존재하지 않는 것처럼 행동하려고 했다. 한편으로는 과거의 이야기를 하고 다른 한편으로는 미래의 이야기를 했다. 다만 우리는 현재를 과거와 미래 사이의 다리라고 생각했다. 그 다리가 무너져 밑의 허공으로 곤두박질 칠까 봐 두려웠다. 우리는 마음속에서 지워지지 않는 이 문제에 대해 끊임없이 생각했다. 누가 오늘을 가졌을까, 오늘은 누구에게 속해 있을까?

시끄러운 소리가 철문 뒤편에서 들렸다. 우리는 귀를 기울였다. 같은 소리가 반복해서 들렸을 때 그게 총소리라는 걸 알았다. 심문자들은 총기 시험을 하거나 누군가를 죽여서 분노를 표출하는 것이다.

"베레타 권총 소리요." 퀴헤일란이 말했다. 사람들을 아는 것만큼 총도 잘 안다는 것을 과시하는 말투였다. 멀리서 나는 소리가 다시 한 번 들리기를 기다렸다. 철문 뒤에 있는 통로들은 수많은 벽이 있는 미로처럼 길었다. 얼마나 멀리서 총소리가 났는지 가늠할 수가 없었다. 같은 총소리가 또 들렸을 때 퀴헤일란이 말했다. "저건 브라우닝 권총이오."

총소리는 더 이상 나지 않았다. 벽은 익숙한 침묵으로 돌아갔다.

"시간은 흘러가고, 주변에는 아무도 없네." 퀴헤일란이 중얼거렸다. "해는 지고 곧 저녁이 올 거요. 어제 우리 라키 술 만찬을 벌이기로 해놓고 아직도 안 했군. 대신 오늘 만찬을 벌일까?"

우리는 의사의 집 발코니에서 마실 작정이었다. 그건 우리의 상상이었다. 보스포루스 해협 건너편 동네들에 불이 하나둘 들어올 때 우리는 각자 맘에 드는 매력적인 불빛을 골랐다. 우리는 위스퀴다르, 쿠즈군주크, 알투니자데, 살라자크, 하렘, 카드쾨이, 크날르아다, 술타나흐메트, 베야즈트를 손에 꼽은 뒤 첨탑의 길이로 어떤 모스크인지 알아내고, 자동차 경적 소리로 어느 길이 막히는지 구별해냈다. 수백 년 동안 사람들은 이 도시를 파괴하기 위해 할 수 있는 모든 것을 해왔다. 사람늘은 부수고 허물고 속이 꽉 찬 건물 위에 또 건물을 올렸다. 우리는 이스탄불이 그런 파괴 행위를 어떻게 견뎌냈는지 의아해하고 이스탄불이 얼마나 견고하게 아름다움을 유지했는지 경탄하면서 이스탄불의 무자비한 유혹에 휩쓸렸다.

우리는 눈앞에 경치를 펼쳐냈다. 의사는 흰 천을 식탁에 깔았다. 그는 치즈, 멜론, 신선한 볼로티콩 샐러드, 후무스, 하이다리 요구르트를 가져왔다. 여기에 토스트 빵, 샐러드, 자즈크 요구르트를 더했다. 그 다음에 포도잎 쌈, 매콤한 에즈메 샐러드를 담은 접시를 놓을 자리를 만들었다. 마지막으로 그는 식탁 가운데에 노란 장미가 든 화병을 올려놓았다. 식탁에는 더 이상 다른 것을 놓을 자리가 없었다. 라키 술을 잔에 따르면서 의사는 각자 다 양이 같은지 확인했다. 라키 술에는 물을 탔다. 의사는 안으로 들어가서 카세트를 켰다. 낭만적인 노래가 흘러나왔다.

"저녁 준비 다 됐습니다."

우리는 건배를 하는 것처럼 빈손을 들었다.

"건배."

"건배."

"모든 날이 오늘보다 더 좋기를."

잠시 우리의 손이 허공에서 멈췄다.

퀴헤일란이 자신의 말을 반복했다. "모든 날이 오늘보다 더 좋기를."

우리는 웃음을 터뜨렸다.

술집 대신 의사 집 발코니로 간 것은 잘한 일이었다. 그렇지 않았다면 우리가 시끄럽게 떠드는 소리 때문에 다른 테이블에 앉은 사람들이 불편했을지도 모르기 때문이다.

우리 아래에선 자동차 경적 소리가 갈매기 울음소리와

섞였다. 우리와는 상관없이 이스탄불 해안에는 늘 그러했 듯 물이 빠졌다가 다시 찼다. 젊은 친구들 한 무리가 우리 맞은편 길거리 테라스에서 맥주를 마시고 있었다. 이들 중 한 명은 기타를 치고 다른 사람들은 기타 반주에 맞춰 노 래를 불렀다. 너무 멀어서 목소리가 들리지는 않았다. 그 옆 건물 맨 위층에 사는 여자는 창밖을 보면서 전화를 했 다. 한 손으로는 머리를 매만지고 있었다. 집들은 대부분 커튼을 치지 않았다. 아이들은 노인 주위에서 놀고, 노인 은 안락의자에 앉아 TV를 보았다. 해가 지면서 바다는 점 점 어두워졌다. 에미뇌뉘−위스퀴다르 간 페리에 불이 들 어왔고 천 가지 행복과 희망을 싣고 배가 출항을 했다.

"지네 세브다가 곧 올 거요." 퀴헤일란이 말했다. "늦는 다고 했어요. 볼 일이 좀 있나 봅니다."

우리는 그녀의 건강을 위해 잔을 들었다.

"산골 처녀 지네 세브다를 위하여."

"산골 처녀 지네 세브다를 위하여."

처녀의 탑에도 불이 들어왔다. 탑은 반짝거리면서 흔들 렸다. 이스탄불의 목에 걸린 진주목걸이 같았다. 탑은 우 리가 손을 내밀면 닿을 듯 가까이 있었다. 처녀의 탑을 바 라보면서 우리는 모두 추억에 잠겨 카세트에서 부드럽게 흘러나오는 노래의 멜로디에 굴복했다.

"이제 분명해졌습니다." 의사가 말했다. "왜 이틀 동안 저들이 우리를 고문하지도 누군가를 감방 밖으로 끌어내지도 않았는지 말입니다. 벨그라드 숲에서 충돌이 있어났던 때와 겹쳐요. 넓은 지역에 걸쳐 일어난 큰 사건이었고, 오래 지속됐지요. 우리 심문자들도 거기 나갔던 게 분명해요. 그래서 우리를 가만 놔둔 거지요."

퀴헤일란이 살짝 웃었다. "여기서 우리 고통이 줄어드는 동안," 그가 말했다. "여기가 아닌 어떤 곳에서는 사람들이 죽어가고 있소. 정말 이상한 세상이군. 이제 곧 우리의 고통이 다시 시작될 테니 다른 어떤 곳의 사람들은 좋아지길 빕시다."

우리는 잔을 들었다.

"다른 사람들이 좋아지길."

"다른 사람들이 좋아지길."

우리는 꽤 빨리 마셨다. 라키 술의 맛도 모르고 마셨다.

그 순간 나는 건너편 테라스에 있는 젊은 친구들처럼 즐겁고, 창가의 여자처럼 행복하고, 안락의자에 앉아 TV를 보는 노인처럼 고요해지고 싶었다. 이 발코니에서 나와 아래층으로 내려갈 수만 있다면, 다리 밑으로 가서 나만의 일을 보고 싶었다. 발르크-에크메크 샌드위치를 실컷 먹고 싶었다. 금각만에 떠 있는 보트들도 봤을 것이다. 그 다음에는 윅세크 칼드름 언덕을 올라 베욜루까지 여유 있게 산책을 하다 극장에 들어갔을 것이다. 나는 영화가 아니라 극장을 고르곤 했다. 건물, 조각 그리고 그것들이 불러일으키는 기억에 따라 극장을 선택했다. 그게 무슨 영화든, 내 마음을 건드리는 극장에서 상영된다면 즐겁게 보았다.

"퀴헤일란 아저씨," 내가 말했다. "제 수수께끼에 대답하실 시간이 된 거 같아요. 어떻게 생각하세요?"

"자네 말이 맞네."

나는 좁은 게제콘두에서 할머니가 내게 던진 질문을 반복했다. "늙은 여인이 어린 여자아이와 살고 있어요. 늙은 여인이 말하길, 이 아이는 내 딸의 딸이자 내 남편의 여동생이에요. 어떻게 그럴 수 있지요?"

퀴헤일란은 토스트 빵 한 조각을 앞에 있는 후무스에 찍어서 먹었다. 천천히 씹었다. 손등으로 수염을 쓸었다.

내가 애타게 기다리는 걸 보자 퀴헤일란이 웃었다. "조바심 내지 말게, 데미르타이. 곧 대답하겠네. 우리 마을에는 피부가 검고 마흔 정도 된 여자가 살았지. 금발머리 딸과 둘이 살았어. 이 모녀의 이웃에는 건장한 20대 청년이 살고 있었네. 피부가 검은 여자는 이 건장한 이웃 청년과 은밀한 관계를 맺었고 건초 다락에서 수없이 밀회를 즐겼어. 그러다 이 둘은 결혼을 하게 되지. 그때쯤 청년의 아버지가 마을에 돌아왔어. 여러 해 전에 일하러 이스탄불에 갔다가 흔적도 없이 사라졌던 아버지가 돌아온 거지. 사람들은 그가 죽었거나 마을을 잊었다고 생각했어. 아버지도 한 마흔쯤 된 사람이었어. 그리고 외로웠지. 청년의 아버지는 이웃의 금발머리 딸을 만나 새로운 삶을 시작했어. 오래지 않아 이들은 딸을 낳았지. 이제 할머니가 된 피부가 검은 여자는 기뻐했고 손녀딸에게 자신의 모든 시간을 썼지. 집 앞에 앉아 손녀딸과 놀면서 이 여자는 지나가는 사람들 모두에게 이 노래를 불렀지. 내 딸의 딸, 내 남편의 여동생, 이런 경우는 없을 거야. 여자가 무엇을 말하는지 사람들은 몰랐지만 여자는 사실을 말하고 있었던 거야. 그렇지 않나?"

"말도 안 돼요." 퀴헤일란이 그렇게 빨리 답을 맞힌 데 놀라서 내가 펄쩍 뛰었다.

"왜 그러나? 정답 아닌가?"

"아저씨가 맞혔다고 말하기 싫어요. 말도 안 돼요. 한 번에 답을 맞히다니."

퀴헤일란과 의사는 평생을 같이 지낸 노인들처럼 웃었다. 그들은 잔을 부딪치고 라키 술을 한 모금씩 마셨다.

"나도 처음에는 몰랐네. 이틀 동안 생각한 거야. 마흔 가지 가능성을 떠올린 끝에 답이 생각난 거지."

"방금 들려주신 이야기는 실화예요? 아니면 아저씨가 만들어낸 거예요?"

"무슨 질문이 그런가, 데미르타이? 과거에 일어난 모든 일과 우리가 말로 하는 모든 것이 이야기라고 자네가 좀 전에 말하지 않았나? 그 반대도 맞을 걸세. 여기서 우리가 하는 모든 이야기는 과거에 있었던 일이고 모두 실화지."

퀴헤일란의 말이 맞았다. 내가 낸 수수께끼에는 현실에 뿌리를 둔 진실이 있었다. 히사뤼스튀의 집에서 할머니는 수수께끼의 답을 가지고 내가 돌아오길 기다릴 터였다. 할머니에게 약속했었다. 무사히 돌아가겠다고. 이렇게 이스탄불의 파도에 휩쓸리려던 것은 결코 아니었다. 나는 가난한 사람을 도우며 살겠다고 다짐하면서 군중 속을 혼자 걸었다. 광고판 밝은 빛의 어지러운 유혹에 정신을 팔지 않도록 조심했다. 운이 좋았다면, 비밀모임 장소에서 야세민 아블라를 다시 만났을 수도 있다. 운이 좋았다면, 밤에 옆에 앉아 그녀가 시를 암송하는 걸 들었을 수도 있다. 나는 영원한 시에 나오는 그 말들을 믿었다. 밖에는 달이 뜨고, 하늘은 붉어지고, 별들은 노란색, 분홍색, 빨간색 빛을 내고 있었다.

"데미르타이, 다른 질문은 뭐였지?"

"어떤 질문요?"

"우리가 이 수수께끼를 풀면 다른 수수께끼를 내겠다고 어제 말하지 않았나?"

할머니의 게제콘두를 나올 때 나는 희망에 부풀어 있었다. 할머니의 수수께끼를 푼 다음 돌아가서 할머니에게 내 수수께끼를 낼 작정이었다. 할머니의 질문에 다른 질문으로 대답하면서 자주 할머니를 찾아가 연락을 유지하고 싶었다. 하지만 나는 빨리 도망가지 못해 운명의 희생자가 됐고, 그들은 나를 이 감방에 처넣었다. 이스탄불이 내려다보이는 언덕 위 게제콘두가 아니라 여기 감방에서, 할머니에게 내려고 아껴뒀던 수수께끼를 내려 하고 있었다.

"남자와 함께 지내는 소녀가 있어요." 내가 계속했다. "사람들이 소녀가 누구냐고 물으면 남자가 대답했어요. 이 소녀는 내 아내이자 딸이자 여동생이라고요. 그게 어떻게 가능할까요?"

"이건 좀 어려울 것 같은데."

"그럼 제가 쉬운 문제를 낼 거라고 생각하셨어요?"

"아내이자 딸이자 여동생이라고 했나?"

"네."

"내가 땀이 나는 걸 보고 싶은 게로군."

"기억을 깊게 더듬어 보세요. 그 사람들이 아저씨 마을에 있을지 혹시 알아요?"

"생각해보세." 퀴헤일란이 웃으면서 답했다. "내가 이 문제를 못 풀면 의사 선생에게 도움을 청할 걸세. 어떻게 생각하오, 의사 선생? 도와주겠소?"

"물론입니다."

"아저씨 마음대로 하세요." 내가 말했다. "도움은 아저씨가 원하는 그 누구에게나 청할 수 있어요. 의사 아저씨든, 이발사 카모든 선 상관없어요⋯."

우리 셋은 잠시 말을 멈추고 동시에 술잔을 들었다.

"이발사 카모를 위해."

"이발사 카모를 위해."

"카모의 무사귀환을 위해."

처음 며칠 동안 우리는 여기서 나가 사람들을 집어삼키는 지상의 이스탄불 파도에 섞여들길 원했다. 시간이 지나면서 우리의 기대는 안으로 쪼그라들어 결국에는 이 감방의 크기에 맞춰졌다. 이제 우리가 바라는 최선은 고문 당하러 끌려 나간 사람들이 정신이나 영혼을 잃지 않고 온전하게 돌아오는 것이었다. 그게 어제 끌려간 이발사 카모를 우리가 기다리는 방식이었다. 우리는 이야기를 하고 라키 술을 마시고 노래를 들었다. 고개를 돌려 바다에서 출렁이는 빛을 바라보았다. 상처는 잊으려고 애썼다. 간수들 방 밑에 있는 우리 층의 출입문이 열리는 듯한 소리가 들리자 우리는 말을 멈추고 서로를 쳐다보았다. 저주받은 철문 소리였다. 철문 삐걱거리는 소리는 우리가 의사 집 발코니가 아닌 지하감방에 있다는 걸 환기시켰다.

의사의 이야기

칼처럼 날카로운 마천루들

"정전 때문에 비행기가 이스탄불 공항에 착륙하지 못하고 승무원 네 명과 승객 서른일곱 명을 태운 채 어두운 바다 위에서 추락했음에도 이스탄불 사람들은 피곤해하며 다음 날 아침에 잠을 깼습니다. 7시 30분 페리가 카드쾨이에서 유럽 쪽 이스탄불로 건너가는 동안에도 그들은 신문을 읽고 차를 홀짝거리고, 혹시 다른 얘기가 실렸을까 궁금해하며 다른 사람들의 신문을 흘끔거리곤 했습니다. 창 쪽에 앉은 승객들은 파도 속에서 도와달라고 소리치는 사람을 발견할지도 모른다는 듯 유리창의 물방울을 닦아내고는 코를 창에 붙이고 앉아 있었고요. 하이다르파샤 역, 셀리미예 사원, 처녀의 탑이 한쪽으로 지나가고 술타나흐메트 모스크, 하기아 소피아 대성당, 톱카프 궁전이 다른 한쪽으로 지나가는 시간의 터널을 가로질러 승객들은 콘크리트 건물과 칼처럼 날카로운 마천루들이 들어선 해안에 도착했지요. 매일 그들은 열정과 희망으로 가득 차 한 쪽에서 다른 쪽으로 오갔습니다. 페리, 기차, 버스에서 각각 기분이 다를 수도 있었겠지만 이스탄불 사람들은 그날에 맞는 표정을 확실히 지었지요. 세 번째 날 아침. 늘 그렇듯 그들이 근엄하게 차를 홀짝거리며 신문을 읽고 있을 때, 머리가 긴 젊은이 하나가 비행기 추락사고 희생자를 추모하는 새로운 스타일의 로큰롤 노래를 기타를 연주하며 불렀습니다. 희생자들이 들었다면 좋아했겠지요. 바로 그때 갑판 위에서 외치는 소리가 들렸습니다. 사람들은 객실 밖으로 뛰어나가 동시에 건너편을 쳐다봤어요. 여자 한 명이 의식을 잃은 채 사라이부르누 바위섬에 누워 있는 게 보였습니다. 차가운 파도가 여자를 거기로 던져놓은 겁니다. 여자는 바다에 추락한 비행기에서 살아남은 유일한 사람이었어요. 다음날 나온 한 신문에 따르면 여자는 다리가 부러진 상태였습니다. 다른 모든 신문들에 따르면 여자는 고막이 터지거나 혀가 잘렸거나 한쪽 눈이 먼 상태였어요. 여자의 사진 한 장이 모든 신문의 1면에 대문짝만하게 실렸습니다. 여자가 온몸에 줄과 링거 병을 달고 병원에 누워 있는 사진이었어요. 여자 옆에는 양복을 입고 중절모를 쓴 남자가 앉아 있었지요. 여자의 사진 아래 기사 제목은 이렇게 쓰어 있었습니다. '아내가 구조돼서 너무 행복합니다.' 다른 신문에서는 같은 남자가 딸과 다시 만나 기뻐했습니다. 또 다른 신문에는 여동생을 신께서 구해주셨다는 기사가 났어요. 페리 승객들은 자기들이 읽은 기사를 공유하면서 어떤 기사가 진짜일지 토론을 벌였습니다. 승객들은 각자 자기가 읽은 기사가 맞다고 우겼지요. 토론은 다음날까지 이어졌어요. 모든 신문이 공통적으로 다른 사실은 여자와 남자의 이름뿐이었어요. 여자는 필리즈 부인, 남자는 장 씨였지요. 연애소설처럼 나머지 이야기가 매일 신문에 실렸고 자세한 내용들은 단순히 전국적인 뉴스의 수준을 넘어 재빠른 소설가들의 소재가 됐습니다. 매일 점점 길어지고 난해해지는 이 대하소설에 새로운 사진이 더해졌습니다. 필리즈 부인과 장 씨의 삶은 사람들 모두에게 낱낱이 공개됐어요. 어떤 사람들은 프랑스라 하고 어떤 사람들은 스위스라 하는 유럽의 어느 나라에서 태어나 자란 장 씨는 젊을 때 휴가차 이스탄불에 왔어요. 그때 그는 베욜루의 나이트클럽에서 공연하던, 어떤 사람들은 프랑스 인이라 하고 어떤 사람은 스위스인이라 하는 한 가수와 잠깐 연애를 하면서 관광지를 돌아다니다 여자가 아이를 가진 사실을 모른 채 자기 나라로 돌아갔어요. 남자는 대학을 졸업하고 강사 일을 시작했어요. 사회학인지 생물학인지 물리학인지를 가르쳤고, 같은 과 강사와 결혼을 했습니다. 남자는 행복했고 열심히 일했으며 많은 존경을 받았어요. 5년, 어떤 사람에 따르면 10년이 지난 후 남자는 밝혀지지 않은 이유로 이혼을 했고 다시는 결혼하지 않겠다고 맹세했습니다. 여러 해 동안 남자는 혼자 살면서 자신의 맹세를 지켰지요. 그러던 어느 날 학생 중 한 명과 사랑에 빠집니다. 그 학생이 바로 이스탄불에서 온 필리즈 부인이었습니다. 결혼을 결심한 그들은 필리즈 부인의 엄마를 결혼식에 초대했습니다. 이스탄불 발 비행기가 연착하는 바람에 늦게 도착한 필리즈 부인의 엄마는 하객들이 모두 모인 식장으로 걸어 들어왔어요. 충격을 받은 장 씨는 거의 죽을 뻔했어요. 자기 앞에 서 있는 여자는 20여 년 전 이스탄불에 갔을 때 짧게 연애를 했던 그 나이트클럽 가수였어요. 그들은 서로를 알아봤지만 모르는 척 행동했어요. 필리즈 부인이 장 씨의 아내이면서 딸이라는 기사를 읽은 페리 승객들은 못 믿겠다는 듯 서로를 쳐다봤어요. 그런 악연은 들어본 적이 없으니까요. 다음날 이 대하소설의 가장 최근 내용을 읽은 승객들은 이야기가 거기서 끝나지 않았다는 걸 알게 됐습니다. 장 씨가 아기였을 때 엄마가 집을 버리고 나가는 바람에, 장 씨는 아버지와 둘이 살아야 했어요. 식장의 제일 앞자리에 앉아 있다가 며느리의 엄마를 본 장 씨의 아버지는 자신의 눈을 믿을 수가 없었습니다. 아주 오래 전 가족을 버리고 집을 나간 자신의 아내였던 것입니다. 그들도 서로를 알아봤지만 모르는 척 행동했습니다. 그리하여 필리즈 부인은 장 씨의 아내이자 딸인 데다 여동생이기도 했습니다. 페리 승객들은 한 자 한 자 읽어 내려가다가 문장의 맨 끝에서는 침을 꿀꺽 삼키고 탄성을 내실렀습니다. 세상에 이런 일이! 선악이 확실히 구분되는 드라마만 보고 자란 승객들은 자기들이 읽은 모든 것을 그대로 믿었습니다. 신문 기사들이 다소 일관성이 없긴 했지만 승객들은 일관성이 아닌 비일관성에서 진실을 찾았습니다. 승객 중 한 명은 신문을 위로 쳐들고 말했어요. 여기서 이렇게 끝나진 않을 겁니다. 좋아요. 필리즈 부인은 장 씨의 아내이자 딸이자 여동생입니다. 하지만 내가 읽은 신문에는 또 다른 정보가 있습니다. 필리즈 부인은 장 씨의 고모이기도 합니다. 페리 승객들이 반박했어요. 그건 너무 하다고 말이지요. 하지만 자기들이 틀리길 바라면서, 훨씬 더 놀라운 사실을 듣기를 원하면서, 승객들은 이야기의 마지막 토막을 들려달라고 했어요. 가십을 좋아하는 사람이 누구나 그렇듯 승객들은 관심이 있으면서도 관심이 없는 척 했습니다. 차를 젓고 무관심한 듯 창밖을 내다봤지요. 페리는 해변 안쪽, 칼처럼 날카로운 마천루들의 시대를 향해 천천히 전진하면서 시간이라는 안개 낀 바다를 헤치고 나아갔습니다."

나는 이야기를 멈추었다. 먼 곳을 내다보는 여행자처럼 눈을 가늘게 떴다. 그리고 주변을 둘러보았다. "페리는 시간이라는 안개 낀 바다를 헤치고 나아갔습니다."

내가 이야기의 마지막을 어떻게 매듭짓는지 들으려고 목이 빠지게 기다리던 데미르타이가 살짝 웃었다.

"의사 아저씨." 데미르타이가 말했다. "퀴헤일란 아저씨를 도와주셨잖아요. 퀴헤일란 아저씨를 위해 수수께끼를 푸셨지요?"

힘들게 웃은 게 분명했다. 데미르타이는 고통이 점점 더 심해지고 있었다. 오늘 심문을 받고 돌아왔을 때 데미르타이의 의식은 반쯤 나가 있었다. 횡성수설 중얼거리면서 신음 소리를 냈다. 팔도 움직일 수 없었다. 머리는 밑으로 축 늘어져 있었다. 침대에 눕는 것처럼 콘크리트 바닥에서 몸을 편 데미르타이는 깊게 숨을 쉬더니 바로 잠에 빠졌다. 나는 윗옷을 벗어 머리 밑에 받쳐 더 편히 잠들게 하는 대신 위에 덮어 조금이라도 더 따뜻하게 해주었다. 데미르타이의 머리를 매만져 주었다. 이마와 목의 피를 닦았다.

얼마 안 있어 그들은 퀴헤일란도 데려왔다. 나는 마치 사고 현장이나 응급실에서 일하는 당직의가 된 것 같은 기분이었다. 다친 환자들이 계속해서 들이닥쳤다. 퀴헤일란의 눈썹이 갈라져 있었다. 퀴헤일란의 셔츠와 바지는 또다시 피범벅이 됐다. 발바닥도 피투성이었다. 데미르타이 옆에 퀴헤일란을 뉘였다. "아침에 일어나면 좋아지길 바랍니다." 퀴헤일란을 재우면서 내가 속삭였다. 나는 윗옷을 펼쳐 두 사람 가슴에 덮었다. 두 사람의 힘겨운 호흡 소리에 귀를 기울였다. 그 둘의 얼굴에 생긴 줄도 자세히 살폈다. 우리 감방이 화장실에 갈 차례가 될 때까지 이 둘을 지켰다. 나는 이들이 복도 위쪽에 있는 화장실에 가는 걸 도왔다. 천천히 갔지만 데미르타이는 그래도 걷는 게 가능했다. 하지만 퀴헤일란은 한 발로도 서지 못했다. 퀴헤일란은 나에게 기대야만 걸을 수 있었다.

"문제될 거 없지, 데미르타이?" 퀴헤일란이 물었다. "어제 자네는 우리 둘 다한테 물었네. 의사 선생이 대신 대답했지."

"아저씨한테 너무 어려운 문제였나요?"

"오래 열심히 생각했지만 답을 못 찾았네. 그래서 의사 선생한테 도움을 청했지."

"그럼 이 수수께끼의 답은 이스탄불에 있는 거지요? 아저씨의 마을이 아니라요."

"그렇지, 여기에 있지. 게다가 거짓말을 진실로 바꾸는 수수께끼라면 이스탄불을 당해낼 마을은 없어."

"이스탄불은 옛날에도 이랬을까요, 퀴헤일란 아저씨? 이 도시는 항상 가식적이고 기만적이었나요?"

자연은 거짓을 말하지 않았다. 낮과 밤, 탄생과 죽음, 지진과 폭풍우는 모두 진짜다. 이스탄불은 자연에서 진실을 배웠지만 거짓말은 이스탄불 스스로 만들어냈다. 눈속임, 표리부동, 기억을 가지고 사기를 치는 것은 모두 이스탄불이 발명해냈다. 이스탄불은 모든 사람이 자신을 숭배하도록 만들었고, 아침에 눈을 뜨면 옛 연인을 품에 안을 수 있을 거라고 믿는 술꾼들을 만들어냈다. 이스탄불은 부자들이 정직한 방법으로 돈을 벌었다고 믿는 거지들을 만들어냈다. 이스탄불은 희망을 멀리 그리고 넓게 퍼뜨렸다. 용기를 잃은 사람들은 당연히 영광의 순간을 맞을 것이고, 일자리를 잃은 사람들도 언젠가 빵과 고기를 들고 집에 가져 갈 날을 맞을 것이었다. 외로움을 숨기기 위해 이스탄불은 밝게 빛나는 쇼윈도를 만들어냈다. 이스탄불은 신의 부재에 만족하지 않고 스스로 신이 되길 원하는 사람들을 창조해냈다. 사람들 몸에서 나는 향기를 증폭시킨 이스탄불은 끊임없이 약속을 하지만 단 한 번도 약속을 지키지 않는 연인과 같았다. 최고의 거짓말은 이스탄불의 거짓말이었다. 이스탄불은 필사적으로 이스탄불을 믿는 여자들과 남자들을 만들어냈다.

"데미르타이, 자네는 점점 내 아버지를 닮아가는군. 아버지가 그러셨던 것처럼, 똑같이 어려운 질문들을 하니 말이야." 퀴헤일란이 말했다.

"너무 늦었어요, 퀴헤일란 아저씨."

"왜인가?"

"너무 늦었어요." 어깨를 으쓱하며 데미르타이가 다시 말했다.

데미르타이는 바깥세상에서도 똑같았을까? 광고판, 커피집, 거지들 사이를 누비면서 비관적인 생각에 시달렸을까? 거리의 모든 것들이 계속 변하고 형태가 모두 혼란스러워지면서 데미르타이의 내면세계도 혼란을 겪었을 것이다. 데미르타이는 쾌활한 동시에 비관적이었다. 그는 웃으면서도 우울해했고, 활기찬 대화를 하다가도 중간에 멈춰 침묵 속으로 빠져들었다. "너무 늦었어요." 무엇을 하기에 너무 늦었는지 그는 알고 있었을까?

"데미르타이," 내가 끼어들었다. "자네가 내 답을 퇴짜 놓지 않았으니 내가 그 수수께끼를 푼 걸로 생각하겠네."

"사실대로 말씀드리면 의사 아저씨, 저는 수수께끼보다는 비행기 추락 사고에 더 관심이 가요."

"비행기 추락 사고에 대해 알고 있나?"

"네. 엄마 친구 한 분이 그 비행기에 타고 있었어요. 엄마와 그 친구는 다음날 만나기로 돼 있었어요. 엄마는 친구한테 얼마 전까지 읽던 소설 책을 줄 생각이었어요. 사고 얘기를 듣고도 엄마는 믿지를 못했어요. 좋은 소식이 나오길 바라면서 며칠을 기다렸어요."

"엄마는 그 책을 어떻게 하셨지?"

데미르타이는 고개를 숙이고 한동안 발을 내려다보았다. 날이 갈수록 더 추위를 느끼는 것이 분명했다. 데미르타이는 몸을 어디로 움직여도 고통을 느꼈다. 움직임이 굼

떠지고 있었다. 그 큰 눈에서 나오던 빛은 점점 더 희미해졌다. 말을 하는 것, 혹은 아무 말도 하지 않는 것. 어느 쪽도 도움이 안 됐다.

"모르겠어요." 머리를 숙인 채 데미르타이가 말했다. "책장에 뒀을 거예요. 안 물어봤어요. 의사 아저씨, 제가 지금 생각하는 건 그 책이 아니에요. 승객들이에요. 저는 비행기에 탄 사람들이 다 죽었다고 생각했어요. 생존자가 있었다는 건 몰랐어요."

데미르타이는 비행기 사고에서 살아남은 여자에 대해 궁금해했지만 그 여자 이야기가 사실인지 차마 물어보지는 못했다. 이 안에서 사람들은 개념은 이해했지만 개념이 구체적으로 가리키는 게 무엇인지는 확신하지 못했다. 이 안의 사람늘은 빛, 물, 벽을 처음으로 보았다고 생각했다. 모든 소리는 서로 다른 어떤 것을 뜻했다. 머릿속에 의문이 넘쳐나는 사람들은 자신의 손조차 의심을 가지고 보았다. 그런 사람은 한 쪽에서는 결말이 열린 이야기가 왜 다른 쪽에서는 결말이 정해지는지 이해할 수 없었다. 과거에 이스탄불도 지상과 지하 모두에서 그렇지 않았을까? 그걸 알아내려고 고통을 견뎌야 했던 데미르타이는 "무엇이 진실이지요?"라고 물어볼 수 없었다.

"엄마가 그 사실을 알았으면 좋았을 텐데." 데미르타이가 말했다. "다른 사람들이 모두 사망했다고 추정되는 사고에서 한 사람이 살아남았다면 엄마는 한 조각 희망이라도 붙들었을 거예요. 생존자가 있었다면, 그 사실은 밤에 사고 생각이 날 때마다 엄마가 피우던 그 모든 담배보다 슬픔을 견디는 데 도움이 됐겠지요. 혼자 힘으로 저를 키우는 것만으로도 엄마한테는 너무 벅찬 삶이었어요. 엄마는 회사에서 차를 타는 일을 했어요. 엄마는 내가 공부를 해서 엄마의 삶과는 다른 삶을 살기를 원했어요. 엄마는 제가 잠이 든 다음에 잠을 자고 아침에는 저하고 같은 시간에 나갔어요. 주마다 바뀌는 버스정류장 광고판을 보았던 엄마는 어떤 광고판에서는 당신이 꿈꾸던 휴양지를 보고, 다른 광고판에서는 언젠가 우리 집이 될 멋진 집을 보기도 했어요. 엄마는 우리가 미래에 살게 될 삶에 대해 흥분하면서 말을 쏟아내기도 했어요. 주말에는 멀리 떨어진 집들을 다니며 청소를 해서 돈을 모으셨지요. 사람들에게는 모두 이웃이 있었지요. 처음에는 부자든 가난한 사람이든, 동방 지지자든 서방 지지자든, 억양이 강한 사람이든 약한 사람이든, 다 서로서로 이웃에 모여 살았어요. 이웃이 배가 고픈데 자기만 배가 부르면 편히 잘 수 없는 사람들은 해결 방법을 찾아냈어요. 다른 이웃을 찾아 이사를 가는 거지요. 이스탄불 안에는 더 작은 이스탄불들이 생겼고, 배고픈 사람들과 잘 먹는 사람들은 서로 멀리 떨어져 살게 됐어요. 도시의 한 쪽에서 지친 하루가 끝날 때 다른 한 쪽에서는 즐길 준비를 하고 있었어요. 사람들은 모두 자신만의 이스탄불에서 살았어요. 자기들하고 같은 사람들과만 어울려 살았던 거죠. 사람들마다 바다를 보는 시각도 달랐어요. 직업을 전전하면서, 우리 집과 이웃에서 벗어나 주기적으로 TV와 냉장고를 바꾸는 꿈을 꾸면서 엄마는 제 미래가 엄마의 미래와는 다를 것이라고 믿었어요. 엄마는, 내가 그렇게 될 거라고 믿지 않는다는 사실을 몰랐어요. 의사 아저씨, 그 이야기 제가 했나요? 사람들은 신데렐라가 왜 왕자와 사랑에 빠졌는지 알고 싶어 하지요. 엄마는 그 이야기에서 운명이 바뀔 방법은 그뿐이기 때문이라고 했어요. 우리 이웃들과 계속 살아봤자 운명이 바뀔리 없었어요. 모든 가족들은 똑같은 꿈을 꾸었지요. 하지만 그들은 모두 막다른 길에 다다라 꼼짝할 수 없게 되었어요. 아무도 그 이유를 묻지 않았어요. 나도 묻지 않았죠. 공터에서 축구를 같이 하던 큰 형들한테 받은 책들을 읽기 전까지는 그랬어요."

데미르타이는 몸을 숙여 플라스틱 물병을 집어들었다. 두 모금을 마시더니 이야기를 이어갔다.

"이스탄불에서 빵과 자유는, 둘 중 어느 하나가 다른 하나의 노예가 되도록 강요하는 두 개의 욕망이었어요. 빵을 위해 자유를 희생하거나 자유를 위해 빵을 포기했어요. 둘을 동시에 가질 수는 없었어요. 이웃의 젊은이들은 그런 운명을 바꾸고 싶어 했어요. 밝게 빛나는 광고판의 그림자 안에 서서 이 젊은이들은 새로운 미래를 꿈꿨어요. 형들이 준 책들을 읽으면서 생각했어요. 이스탄불 전체가 상처로 가득 차 있는데 어떻게 새로운 미래가 가능할까? 거리는 자동차로 가득 차고 땅은 건물들로 가득 차 있었어요. 우수에 찬 나무들이 있던 자리는 크레인과 철근이 차지했어요. 힘겹게 먹이를 찾는 새들이 늘어나는 거지들처럼 늘어났어요. 나는 끊임없이 읽었어요. 엄마, 선생님들, 친구들이 너무나 사랑하는 이 도시를 이해하려고 했어요."

잠에서 깼을 때 거칠었던 데미르타이의 목소리가 부드러워지고 있었다. "엄마는 도시의 변화를 따라가지 못했어요. 그러기엔 너무 많은 일을 해서 지쳐 있었거든요. 엄마가 어렸을 때는 삶이 그렇게 빠르게 바뀌지 않았다고 말했어요. 그 시절에는 변화가 서서히 일어났다고 엄마는 말하곤 했어요. 그 시절 사람들은 변화를 자기 삶에 서서히 적용했어요. 변화는 사람들을 흥분시켰지만 혼란을 주진 않았어요. 사람들은 다음날 어떤 일이 일어날지 알고 있었어요. 지금은 어떤가요? 변화는 빠르게 왔다가 또 그만큼 빠르게 사라지지요. 변화는 전혀 늙지 않고 우리 삶에서 제거되지요. 변화는 흔적이나 기억을 남기지 않아요. 우리가 하나의 변화에 적응하기도 전에 또 다른 변화가 이미 일어나고 있지요. 하지만 우리에게는 한계가 있어요. 거북이보다는 빨리 걷지만 토끼보다는 천천히 뛰지요. 우리의 생각과 느낌도 한계가 있어요. 우린 전통에는 앞서 가지만 변화에는 뒤처지지요. 균형을 방해하는 이 간극이야말로 우리 안의 저울을 부수는 파괴자예요. 쓰레기로 변하지 않는 것은 없어요. 영속성은 망각되지요. 관계를 맺자마자 신뢰성을 잃기 시작하죠. 쓰레기장처럼 마음도 쓰레기로 가득 차게 되지요. 이 속도가 엄마를 지치게 했어요. 엄마는 슬픔을 안은 채 잠이 들고 낮에는 꿈을 꾸면서 보냈어요. 달리 뭘 할 수 있겠어요? 엄마는 이스탄불의 그 모든 혼란한가운데서 혼자 힘으로 어떻게 삶을 살아내야 할지 몰랐어요. 꿈에 의지하는 길 외에 엄마가 할 수 있는 일이 뭐가있었을까요?"

데미르타이는 혼자 있는 걸 좋아하지 않았다. 감방 안에 혼자 있는 걸 두려워했고 사람이 많아질수록 행복해했다. 그는 기차역, 낡아빠진 페리, 사람들이 걸어가면서 서로 부딪치는 부산스러운 거리를 좋아했다. 도시의 아름다움은 사람들에게 있었다. 어디에나 사람들, 소음, 빛이 가득했다. 어느 한 거리에서 조용했던 존재가 다른 거리에서는 포효하면서 삶에 뛰어들었다. 금속은 콘크리트에 섞여들어가고 강철은 유리로 덮였다. 이스탄불에서는, 사람들도 이스탄불을 닮았다. 이스탄불은 흙, 불, 물 그리고 숨으로부터 태어났다. 이스탄불은 강철처럼 단단하고 유리처럼 깨지기 쉬웠다. 이스탄불에서 사람들은 과거의 수많은 모험가들이 목숨을 바친 연금술에 생명을 불어넣었다. 이미 존재하는 것에 만족하지 못한 그들은 획기적인 변화를 찾아 나섰다. 그들은 불과 물을, 사랑과 증오를 한데 합쳤다. 자연을 역겹다고 생각한 그들은 선을 변화시키기 위해 악을 선에 더했다. 돈을 주고 거짓말을 하도록 시키고, 플라스틱 조화로 집을 장식하고, 피부에 실리콘을 주입했다. 그들은 매일 아침 더 매력적인 얼굴을 거울에서 보길 바라면서 일어났다. 이스탄불에서 연금술은 스스로 시작됐다.

데미르타이의 엄마는 강하면서 약했고, 빠르면서 느렸

고, 낙관적이면서도 비관적이었다. 어떻게 그 모든 짐을 한꺼번에 져야 하는지 몰랐다. 저녁 노을, 광고, 자동차 경적 소리를 계속 보고 들으려고 했다. 그녀는 기억을 두려워했다. 기억은 과거에는 좋은 시절이 있었다는 걸 일깨워주기 때문이었다. 이스탄불은 폐허였다. 삶은 메마르고 사람들은 타락했다. 매일매일이 전날보다 더 나빠졌다. 고독에 빠진 사람들이 다 그렇듯이 그녀도 해피엔딩으로 끝나는 소설을 좋아했다. 소설에는 집, 직장 그리고 거리에 존재하지 않는 진실성이 있었다. 그녀 영혼의 한 부분은 강철, 다른 부분은 유리였다. 한 부분은 눈물, 다른 부분은 분노였다.

"엄마는 책이 좋은 것이라고 생각했어요." 그는 우리도 책이 좋은 것이라고 생각하는지 알아내려는 듯 우리를 쳐다보았다. "밤에 엄마가 소설에 빠져 나한테 신경도 쓰지 않거나 평소보다 더 많은 담배를 피우면, 엄마가 또 마음에 상처를 입어서 그런 건 아닌지 의심했어요. 나는 묻지 않았고 엄마도 말해주지 않았어요. 엄마는 물 밖으로 올라와 숨을 쉬기 위해 물 밑에서 몸부림치는 아이 같았어요. 엄마는 물에 빠져 죽지는 않았어요. 하지만 숨을 쉬기 위해 물 밖으로 올라오지도 못했어요. 엄마는 꿈이 아닌, 계산 위에 지어진 이 도시를 비난했어요. 이스탄불이 고급스러운 책 표지 같다고 생각했어요. 표지의 장식과 무늬는 사람들을 속여 책 안에 들어 있는 진실로부터 격리시켰어요. 가끔 나는 엄마한테 유치하게 물었어요. 엄마, 엄마는 왜 그렇게 일을 많이 해요? 얘야, 엄마는 말했어요. 나중에 네가 편하게 살 집을 사려고 그러지. 지금 당장은 네가 근사하게 살게 해줄 수 없지만 나중에는 행복해질 수 있도록 노력을 하는 거야. 미래가 멀리 있다고 생각하지 마. 사실 미래는 바로 앞에 있어. 책에서 사람들의 삶에 대해 읽어 보면 더 잘 이해할 수 있을 거야. 엄마가 이렇게 말할 때마다 나는 충실하게 듣곤 했어요. 엄마 덕에 책이 좋다는 걸 알았지요."

"자네가 잡힌 걸 어머니도 아시나?" 내가 물었다.

"아뇨. 몇 달 동안 엄마를 못 봤어요. 저들이 나를 찾고 있어서 집 근처엔 안 갔어요."

"데미르타이," 나는 다시 물었다. "엄마의 일이 끝날 때를 기다려볼 수도 있지 않았나. 거리에서 제일 분주한 곳이라 들키지 않았을 텐데."

"그 생각도 해봤어요, 의사 아저씨. 몇 번 시도할까 했지만 막판에 마음을 바꿨어요. 저들이 엄마를 미행하고 있을

지도 모르잖아요."

내 아들은 몰래 나를 찾아왔다가 가곤 했다. 어떤 때는 사람이 빽빽하게 찬 곳에서, 어떤 때는 어두운 골목에서 살금살금 다가와 내 팔을 잡았다. 아들은 내 발걸음에 맞춰 걸었다. 데미르타이의 이야기를 들으면서 나는 운이 좋았다고 느꼈다. 아들과 딸이 돌아오길 오랫동안 기다리는 사람들, 심지어 자식들의 사망 소식을 들은 이들과 비교하면 나는 얼마 안 되는 행복한 사람들 중 하나였다. 나는 아들을 찾아내 병원에 입원시켰다. 안전한 곳에 아들을 옮긴 것이다.

"데미르타이," 내가 계속했다. "여러 해 동안 같이 일한 동료가 있었네. 동료에게 사춘기 딸이 있었는데, 집을 나가서 혁명가 집단에 들어갔지. 어느 날 동료는 딸이 총에 맞아 죽었고 친구들이 딸을 몰래 묻었다는 얘기를 듣게 됐지. 동료는 딸이 묻힌 곳을 찾아냈네. 대리석으로 비석을 만들고 배 그림을 비석에 새겼어. 그 배는 《그림으로 보는 이스탄불》의 표지에 나온 그림이었어. 딸이 어릴 적 같이 읽었던 책이지. 동료는 별처럼 빛나는 돔들, 강처럼 굽은 거리들, 창처럼 점점 가늘어지는 건물들에 대해 딸에게 얘기해주곤 했지. 어느 날 딸의 친구들이 와서 착오가 있었다고 말했어. 그 무덤에 묻힌 건 다른 친구이며 딸은 보스포루스 해협 건너편 묘지에 묻혀 있다고 말이네. 동료는 그날 잠을 이루지 못했어. 다음날도 마찬가지였네. 그 다음날 밤 동료는 밖으로 나가서 그 무덤 옆에 누웠어. 동이 틀 때 잠에서 깨어 샛별을 올려다봤지. 편백나무들 사이로 부는 바람 소리를 들었어. 동료는 손으로 묘지의 흙 한 줌을 파내 냄새를 맡고는 공중에 뿌렸어. 흙은 바람에 흩어져 날아갔지. 내가 이 무덤의 주인이야. 동료는 속으로 말했어. 나는 이 무덤이 좋아졌고 이 무덤도 나를 좋아하게 됐어. 동료는 무릎을 꿇고 울었다네. 자기가 그 무덤을 떠나면 다른 무덤에 묻힌 딸과 다른 모든 죽은 사람들을 돌봐 줄 사람이 없어질 거라고 믿었거든. 동료는 그 무덤에 주기적으로 갔어. 《그림으로 보는 이스탄불》을 들고 가서 이야기를 읽어주고 그림을 설명해줬지. 내가 왜 이 일을 떠올리게 됐는지 아나? 난 자네 어머니도 그렇게 했다고 생각하네. 자네 어머니는 친구에게 주려던 책을 비행기가 추락한 이스탄불 바다에게 읽어주신 거야. 어머니는 그 책을 다 읽어주고 바다에 떠내려 보냈네."

"의사 아저씨." 데미르타이가 걱정스러운 표정으로 말했다. "아저씨가 슬픈 얘기를 한 건 이번이 두 번째예요. 전에는 죽음이나 고통 얘기는 이 안에서 하지 않는 게 좋다고 말씀하시곤 했지요."

생각해보니 데미르타이의 지적이 맞았다. "내가 슬픈 얘기를 하고 있다고 생각 못 했네. 종종 나의 통제력이 떨어진다는 뜻이지."

데미르타이는 손에 입김을 불어 따뜻하게 하려고 애썼다. 나는 데미르타이의 이마를 짚어 체온을 쟀다. 맥박도 짚었다. 피부 밑에 살이 남아 있지 않았다. 뼈만 앙상했다. 데미르타이는 계속 떨었다. 체온이 올라갔다가 떨어져서 그런 것이었다. 상체를 젖히라고 그에게 말했다. 나는 천천히 그의 발을 들어 내 무릎 위에 올렸다. 발바닥은 빨간색, 분홍색, 흰색의 부푼 자국투성이였다. 데미르타이는 죽은 듯이 가만히 있었다. 나는 복화솜을 감싸는 것처럼 손바닥으로 그의 발가락들을 감싸 쥐었다. 데미르타이를 따뜻하게 보호하기 위해서였다.

데미르타이가 키득키득 웃기 시작했다.

"왜 그러나?" 내가 물었다.

"간지러워요."

"좋아. 적어도 웃을 수는 있게 됐군."

"웃어야 하나요?"

"그래, 우리는 웃어야 돼. 안 그러면 퀴헤일란 아저씨가 슬픈 얘기를 할 때 곤란해질 거야. 아저씨가 벌써 우리를 심각하게 보시잖아."

"그렇다면 제가 재미있는 얘기 하나 할게요."

데미르타이에게 새로운 이야기가 생각난 걸까, 아니면 그 전에 했던 이야기를 다시 하려고 했을까?

"무슨 얘기?" 내가 물었다.

"북극곰 얘기요."

"북극곰 얘기 어떤 거?"

"아기 북극곰 얘기요."

"해보게."

내 손바닥에 발을 맡겼던 데미르타이가 이야기를 시작했다. "북쪽의 땅에서는 바다도 얼음, 산도 얼음, 사람들이 들이마시고 내쉬는 공기도 얼음이었어요. 아기 북극곰은 엄마 곰한테 달라붙어 길고 따뜻한 털에 몸을 파묻었어요. 엄마, 아기 북극곰이 물었어요. 엄마는 내 진짜 엄마예요? 엄마 곰은 놀라서 대답했어요. 물론이지. 그럼 엄마의 엄마도 북극곰이었어요? 그럼, 엄마의 엄마도 북극곰이었단다. 엄마의 아빠는요? 엄마의 아빠도 북극곰이었지. 아기 북극곰은 엄마한테서 떨어져 아빠 곰한테 걸어갔어요.

이번에는 아빠의 따뜻한 털에 달라붙었어요. 아빠, 아빠는 내 진짜 아빠예요? 그래. 아빠 곰이 대답했어요. 질문은 아까처럼 계속됐어요. 아빠의 아빠도 북극곰이었어요? 그렇지. 아빠의 엄마는요? 북극곰이었지. 긴 얘기지만 짧게 할게요. 기대했던 답을 들은 아기 북극곰은 화가 나서 쿵쿵거리며 아빠 곰에게서 떨어져 얼음 위에 섰어요. 아기 곰이 소리쳤어요. 그런데 난 왜 항상 추워 죽겠는 거야?"

우리는 속삭이듯이 작은 소리로 웃었다. 목소리를 통제하지 못하면 그 목소리가 벽을 타고 넘어가 지상까지 들릴지도 몰랐다.

"그런데 난 왜 추워 죽겠는 거야?" 데미르타이는 자기가 한 말을 반복하고는 멀리 뛰어갔다 돌아온 아이처럼 헐떡이면서 이어 말했다. "나도 항상 추워요. 몸속에 뼈가 아니라 얼음 덩어리가 있는 거 같아요. 왜 이 감방에서 내가 제일 많이 추위를 느끼는 거지요?"

기다렸다는 듯이 내가 말했다. "그야 당연히 자네가 북극곰이라 그렇지."

"진짜 그런 거 같아요."

철문 열리는 소리에 우리 얼굴에서 웃음기가 사라졌다. 우리는 복도에서 나는 목소리를 들으려고 귀를 기울였다.

어둠 속에서 젊은 여자의 피를 빠는 흡혈귀, 숲속에서 아이들을 잡아먹는 늑대들이 철문으로 들어왔다. 아주 심한 냄새가 코를 자극했다. 우리는 사막에 있는 우물에 빠진 채 별을 따라가는 낙타 행렬이 와서 구해주기를 기다리는 것만 같았다. 우리는 철문 소리가 들리지 않는, 여기서 멀리 떨어진 어딘가의 따뜻한 모래 언덕 위에서 아침에 눈을 뜨는 상상을 했다. 우리는 폭풍우 속 파도에 흔들리는 배처럼 무기력했다. 각자가 모두 침몰한 배에서 살아남은 유일한 선원이라고 생각했지만, 죽은 선원들과 운명을 같이하게 될까 봐 두려웠다.

우리는 꼼짝도 하지 않고 밖의 소리를 들었다. 그들은 복도 위쪽에 있는 감방 하나의 문을 열었다가 닫았다. 그러고는 복도 아래쪽으로 움직였다. 그들은 다른 감방의 문을 쾅쾅 두드렸다. 그들은 술에 취해 소리를 치면서 웃었다. 우리가 알아들을 수 없는 노래를 불렀다. 그들이 기분 좋은 상태로 돌아서더니 우리 쪽으로 왔다. 그들의 발자국 소리가 벽에서 울렸다. 그들은 수가 많았다. 그들이 떠드는 소리와 악취는 견디기 힘들 정도였다. 그들이 우리 감방 앞에서 멈췄다. 그러더니 맞은편 감방의 문을 열었다. 거기에다 지네 세브다를 던져넣은 그들이 그녀에게 욕을 했다. 그녀를 모욕했다. 문을 꽝 닫았다. 그들은 정신병원 수용자들처럼 미친 듯이 웃었다.

데미르타이가 일어나 천천히 쇠창살 쪽으로 걸어가서 맞은편 감방을 살폈다. 그가 우리 쪽으로 고개를 돌리고 말했다. "쇠창살 쪽에 지네 세브다가 없네요."

"방금 돌아왔지 않나. 일어서려면 다소 시간이 필요할 거야."

데미르타이는 얼음장 같은 콘크리트 위에 맨발로 서 있다는 사실조차 의식하지 못했다. "여기서 보고 있을 게요." 그가 말했다.

이번이 마지막은 아닐 것이었다.

감방에서의 삶은 반복되었다. 어둠이 서서히 우리 위를 맴돌 때 우리의 말은 같은 사람을 이야기하고, 같은 도시를 가로지르고, 같은 희망에 매달렸다. 그래도 우리는 열정을 가지고 매일을 시작했고 오늘은 다를 거라는 희망을 품었다. 우리는 서로를 마치 처음 보는 것처럼 바라보았다. 우리의 꿈 그리고 우리의 고통이 새로 시작됐다는 걸 깨닫고 나면 일시적인 침묵에 빠져들었다. 행복에 한계가 있다면 불행에는 한계가 없을까? 웃음에 한계가 있다면 고통에는 한계가 없을까? 매일 우리는 웃을 구실을 만들어냈다. 우리의 웃음도 새로 시작됐다는 걸 느낄 때 우리는 새로운 한계에 도달했다는 걸 깨달았다.

우리는 고개를 들어 천장을 올려다보았다. 저 위의 이스탄불도 새로 시작했었는지 기억해내려고 했다. 시장의 노점상들, 모스크의 비둘기들, 수업을 마칠 때 아이들의 함성은 양쪽에서 다 같았을까? 보스포루스는 어떤 이웃에게나 똑같이 흘렀을까? 아기들은 똑같이 울면서 태어나고, 노인들은 똑같은 한숨을 쉬며 생을 마쳤을까? 우리는 죽음에 대해 알고 싶었다. 죽음도 새로 시작될까? 모든 죽음은 다 같을까?

"지네 세브다가 쇠창살 쪽에 있어요. 아저씨들을 부르는데요?" 데미르타이가 속삭였다.

"우리 둘 다?"

"네. 아저씨들하고 이야기하고 싶어 해요."

나는 퀴헤일란이 일어나는 걸 도왔다. 우리는 문까지 두 걸음을 걸었다. 복도에서 들어오는 빛 때문에 눈이 깜빡여졌다. 우리는 지네 세브다를 보고 웃었다. 마치 딸을 본 듯 기뻤다.

"괜찮은가?" 퀴헤일란이 썼다.

"네." 지네 세브다가 답했다. 그리고 같은 질문을 썼다.

"괜찮으세요?"

"우린 괜찮아."

지네 세브다의 감긴 왼쪽 눈은 퉁퉁 부었고, 얼굴의 멍은 더 많아진 상태였다. 아랫입술의 찢어진 상처는 더 벌어졌다. 목은 때가 끼어 까맣게 변하고 기름 낀 머리카락은 머리에 들러붙어 있었다. 그녀는 나에게로 시선을 돌리더니 상처 하나하나를 세듯이 내 얼굴을 자세히 살폈다.

"의사 선생님, 괜찮으세요?" 그녀가 물었다.

"괜찮아." 내가 답했다. "방금 고문 당하고 왔잖아. 자면서 쉬어야 해요."

내가 쓰기를 마치는 걸 기다리지 않고 지네 세브다는 손가락을 올려 재빨리 썼다. "서로 얘기를 할 때 비밀 얘기도 하나요?"

"아니." 내가 답했다.

퀴헤일란과 데미르타이도 고개를 끄덕이며 그렇다고 확인해주었다.

"진짜요?" 지네 세브다가 물었다.

"무슨 뜻이니?"

무슨 뜻이었을까?

우리는 고문 당하지 않는 시간은 자거나 이야기를 하거

나 추위에 떨며 보냈다. 이 안에서 우리는 서로 꿈을 공유하고 우리만의 천국을 만들었다. 이스탄불이 비밀을 숨기듯 우리도 서로에게 비밀을 숨겼다.

"의사 선생님." 지네 세브다가 불렀다. 그녀의 손가락이 잠시 허공에 머물렀다. 문장을 완성할지 말지 결정을 못한 것 같았다. "심문자들이 선생님 비밀을 알고 있어요."

내 비밀?

나는 침을 삼켰다. 놀라서 눈을 꼭 감았다가 다시 떴다.

"어떻게 안 거지?" 내가 물었다.

"선생님이 스스로 말하셨어요."

"아니, 난 고문 당할 때 한 마디도 안 했어."

"고문 당하면서가 아니라, 감방에서 하셨어요. 저들은 첩자 하나를 아저씨 감방에 심어 놓았어요. 그 사람한테 말한 거예요."

"무슨 말을 하는 거야?"

지네 세브다는 무슨 말을 하려는 걸까?

지네 세브다가 참을성 있게 썼다.

"심문실에서 의식을 잃고 누워 있다 깨어났을 때였어요. 심문자들은 벽 옆에 나를 그대로 두고 얘기를 했어요. 그들이 하는 얘기가 다 들렸어요. 어제 그들이 심문하던 누군가가 눈가리개를 떼어버리고 심문자 중 한 명의 총을 잡아챘대요. 그가 총을 마구 쏴댔어요. 그리고 처음 나가보는 복도로 뛰쳐 나가 무차별로 총을 쐈어요. 멀리 가지는 못 했어요. 심문자들이 이 사람을 에워쌌어요. 그들은 곧장 이 남자를 쐈어요. 그 총소리가 어제 우리가 궁금해하던 총소리였어요."

지네 세브다는 내가 자기 말을 다 알아듣고 있는지 보려고 잠깐 멈췄다.

"저도 눈이 가려진 상태였어요." 그녀가 다시 썼다. "그들의 얼굴은 못 봤어요. 그들은 제가 의식을 잃었다고 생각했어요. 그들은 차를 젓고 담배를 피우고 있었어요. 그러더니 의사 선생님에 대해 이야기하기 시작했어요. 그들 중 한 명이 선생님한테 어떻게 말을 해서 선생님의 신뢰를 얻었는지 털어놨어요. 선생님한테 얻은 정보도 털어놓았어요."

나한테 얻은 정보라니?

"어떤 정보를 나한테 얻었다고 하던가?"

"선생님은 자기들이 찾고 있는 진짜 '의사'가 아니라고 했어요."

나는 쇠창살로부터 뒷걸음질쳤다. 무거워진 발걸음으로 감방의 뒤쪽 벽까지 계속 뒷걸음질쳤다. 자면서 비명을 지르려고 하지만 소리를 내지 못하는 아이처럼, 나는 거기서 움직이지 못한 채 서 있었다.

"그들이 알고 있다." 나는 속으로 중얼거렸다. "세상에 그들이 알고 있다니."

나는 문 쪽으로 다시 조금 걸어갔다.

"또 있어요." 지네 세브다가 계속했다. "그들은 미네 바데라는 여자 이야기를 했어요. 그 여자가 사랑하는 사람은 선생님이 아닌 것이 분명해요. 미네 바데가 사랑한 사람은 다른 의사래요."

걸을 힘이 남아 있지 않았다. 바닥에 주저앉았다. 손을 입, 이마, 머리에 댔다. 셔츠가 답답하게 느껴졌다. 단추를 하나씩 뜯어냈다. 퀴헤일란이 내 손목을 잡았다. 나를 벽에 기대도록 했다. 내가 움직이려고 하자 퀴헤일란은 내 손목을 더 꽉 잡았다.

내게 무슨 일이 일어나고 있는 걸까?

삶에서 되돌릴 수 없는 세 가지가 있다고 한다. 그게 무엇이었을까? 새어나간 비밀이 그 중 하나였을까? 시계를 거꾸로 돌리고 싶었다. 지난달이나 지난해로 돌아가고 싶지는 않았다. 최초의 시대로 거슬러 돌아가고 싶었다. 인간이 아직 인간이 아니었던 때, 잔인함 같은 것은 없던 때,

사는 건 얼마나 멋졌을까? 걱정이 없고, 존재는 고통에 기초하지 않았다. 사람들은 보고 만지는 데 만족했다. 몇 명이 태어나는지 기록되지 않고 죽음은 자연의 순서를 따랐다. 그리고 비밀이 존재할 필요도 없었다.

"우린 밀고자가 아니에요." 내 손목을 잡으면서 데미르타이가 말했다. 그의 목소리는 힘이 없었다. "우린 아저씨 비밀을 몰라요. 그래서 다른 누구에게 얘기할 것도 없어요. 안 그래요, 퀴헤일란 아저씨?"

"그렇지…." 내가 대꾸했다.

"우린 아무에게도, 아무것도 말하지 않았어요."

"뭘 말할 수 있었겠어?" 내가 다시 말했다. "그들은 아들 대신 나를 잡았어. 아들이 진짜 의사야. 그건 내가 말하지 않았지. 내가 아들의 만남 장소에 나갔어. 경찰의 덫에 걸렸을 때 난 아들의 신분으로 위장했어."

아들은 라이터 알리와 만나기로 돼 있었다. 더위가 막바지일 때였다. 태양이 아름답게 보였다. 나는 라그프 파샤 도서관에 담긴 이스탄불에 마지막으로 애정을 쏟아부었다. 그 도서관 마당에서 나는 땅 쪽으로 고꾸라졌다. 손으로 땅에 구멍을 파고 밑으로 내려가 층층이 굴러 떨어지고 어둠 속에서 벌레처럼 어슬렁거리다 결국 이 감방까지 떨어졌다. 내 피부는 벗겨지고 그 밑에 새 피부가 돋아났다. 고통 속에서 나는 내 살을 먹었다. 목이 마르면 내 피를 마셨다. 아내가 부르던 오래된 사랑 노래가 있었다. 나는 손톱으로 벽에 그 노래 가사를 썼다. 피어라 꽃봉오리, 나는 말했다. 세상의 즐거움이 영원할 거라고 생각하지 말자. 나는 눈을 감았다. 어둠에게 말했다. 여기는 최후의 심판이 이뤄질 곳이었다. 살아 있는 모든 것은 죽었고, 죽은 것은 살아 있었다. 나는 애원하는 소리에 귀를 기울였다. 어느 날 문이 열렸다. 라이터 알리가 들어왔다. 부상을 입은 상태였다. 처음에는 밝은 표정이었지만 고통이 심해지자 그 밝은 표정은 점점 줄어들고 사라지기 시작했다. 알리는 죽은 친구들을 그리워하고 미네 바데에 대해 이야기했다. 그는 내 처지를 슬퍼해 주었다. 그는 미네 바데가 나를 사랑한다고 말했다. 의사 선생님, 미네 바데의 가슴에 상처가 두 군데 있어요. 그가 말했다. 하나는 총상이고 하나는 선생님이 만든 겁니다. 총상은 낫겠지만 선생님 때문에 생긴 상처는 어떻게 하실 겁니까? 미네 바데는 어떻게 마음의 상처를 치료할 수 있을까요? 라이터 알리가 말할 때 천장이 열리고 별들이 우리에게 쏟아졌다. 아내가 불러주던 노래가 먼 곳에서 들렸다. 나는 당신의 기쁨의 정원에 사는 나이팅게일이에요, 당신은 정원의 장미예요. 노래가 이어졌다. 내 아들은 자유의 몸이 되었다. 아들은 한 여자를 사랑했고 여자는 마음을 그에게 주었다. 그들은 서로를 찾아낼 것이고 오래지 않아 둘 다 회복될 것이다. 라이터 알리도 회복해서 그 모든 슬픔의 부담을 떨쳐낼 것이다. 그렇게 주머니에서 새어 나오는 작은 빛에 의지할 수 있을 것이다. 나는 그를 돕고 싶었다. 나는 손을 펼쳐 내 비밀의 일부를 알리에게 말했다. 걱정하지 말게, 그 여자는 나를 사랑하는 게 아니라 내 아들을 사랑하는 걸세. 그들은 만나서 서로를 돕게 될 거야. 걱정하지 말게, 둘 다 곧 나아질 거야.

"그게 다인 거요?" 퀴헤일란이 물었다.

"무슨 말씀이십니까?"

"심문자들이 아는 사실이 그게 전부냐는 말이오."

"그렇습니다."

"그렇다면 뭐가 문제가 되지요?"

"내 아들이 밖에 있다는 걸 저들이 알아요. 아들의 행적을 추적할 겁니다."

"아들이 어디 있는지 아시오?"

"모릅니다."

이 안에서 나는 내가 아니었다. 나는 아들의 신분으로 위장한 아버지였다. 그렇다면 라이터 알리도 라이터 알리가 아니었다. 그는 벨그라드 숲에서 총에 맞은 경찰이었다. 치료를 받고 지친 표정을 지은 다음 내가 머무는 철창 안으로 들어온 것이다. 서류에서 읽은 내용과 붙잡힌 사람들로부터 들은 이야기를 자기 비밀인 것처럼 내게 말했다. 그는 부상을 입었고 나는 그의 말을 믿었다. 그는 고통 당하고 있었다. 나는 그의 말을 믿었다. 나는 그와 빵을 나눴다. 내 아들이 사랑한 여자에 대해 알리가 말하자 나는 그의 말을 훨씬 더 강하게 믿었다. 내가 그의 부담을 덜어주었다고 생각했다. 단지 그의 고통을 덜어주고 싶었다. 그래서 내 비밀의 일부를 그에게 말했지만 아들이 어디 있는지는 말하지 않았다.

"확실하오?"

"그렇습니다. 아들이 어디 있는지는 아무한테도 말하지 않았습니다."

"물론 안 했을 거요." 퀴헤일란이 내 어깨를 잡으면서 다독였다. "모르니까 말이오."

"그렇습니다. 전 모릅니다."

"모르는 걸 말할 순 없지요."

"그렇습니다."

"모르니까 말이오."

"모르니까 그렇습니다."

"그렇다면 뭐가 두렵소?"

"비밀을 지킬 수 없었다는 겁니다. 내가 저항하다 굴복할까 봐 그렇습니다."

그때까지 나는 감방에서 행복했다는 걸 깨닫지 못했다. 고통을 견디고, 신음을 내고, 피를 뱉어도 나는 행복했다. 그걸로 충분했다. 나는 내 비밀을 사랑했다. 정맥에서 피가 다 말라 이 안에서 마지막 숨을 쉬게 될지도 몰랐다. 다만 아무도 내가 무슨 생각을 하는지 모를 것이다. 내 몸이 하나의 커다란 상처 덩어리가 되는 동안 밖에 있는 내 아들은 회복할 것이다. 내가 죽는다고 해도 아들은 살 수 있었다. 사람들은 불행을 알아보지만 행복은 꼭 그렇지만은 않았다. 이제야 그걸 깨달았다.

퀴헤일란이 내 얼굴을 받쳐 올리고는 내게 물을 주었다.

"진정하시오. 다 괜찮아질 거요." 그가 말했다.

"그렇겠지요?"

"걱정 마시오, 의사 선생. 지금부터 다 괜찮아질 거요."

"전 죽을지도 모릅니다. 그것도 괜찮겠지요."

계절은 겨울로 들어섰다. 일찍 어두워졌다. 깃털처럼 가벼운 눈송이들이 지붕 위에 내려앉았다. 지상의 이스탄불에서는 쇼윈도가 반짝이고 베욜루에는 활기찬 사람들이 넘쳐나고 있었다. 거리마다 영화 포스터, 음식 냄새, 음악 소리가 있었다. 무한에서 떠나 무한으로 향하는 전차는 사람들 사이를 지나갔다. 전차의 뒤칸에서는 한 젊은이가 사랑하는 여자와 손을 잡고 있었다. 내 아들이었다. 아들은 내가 들을 수는 없지만, 만약 들었다면 낯간지러울 말을 여자의 귀에 속삭였다. 아들의 얼굴은 영리하게 생겼다. 아들은 어렸을 때처럼 미소를 지었다. 거리에서 울리는 오래된 사랑 노래가 전차 안으로 흘러 들어왔다. 그 노래를 듣자 아들은 창밖으로 머리를 내밀어 밖을 보았다. 피어라 꽃봉오리, 피어서 이 짧은 순간의 즐거움을 연장하라. 노랫말은 그랬다. 아들은 아는 사람을 찾듯이 사람들을 살피고, 얼굴들을 자세히 본 다음 여자의 손을 더 꼭 잡았다. 무한에서 떠난 전차는 베욜루의 사람들 사이를 빛처럼 흘러 아들을 새로운 무한으로 데려가고 있었다.

그 순간 철문이 덜컹 열렸다. 끽끽거리는 소리가 복도에 울려 퍼졌다.

"저 죽을지도 모릅니다." 내가 다시 중얼거렸다.

"무슨 뜻이오, 죽다니?" 퀴헤일란이 물었다.

"내가 죽으면 아들이 어디 있는지 아는 사람은 아무도 없게 됩니다."

"하지만 의사 선생, 당신도 아들이 어디 있는지 모르지 않소?"

"너무 늦었습니다…."

"아니오!"

"너무 늦었습니다…."

퀴헤일란이 나를 바라다보았다. 퀴헤일란은 내 얼굴을 세게 때렸다. 그리고 멈췄다. 또다시 내 얼굴을 때렸다.

이발사 카모의 이야기

모든 시 중의 시

"방금 전 야간열차에서 내린 졸린 승객 하나가 하이다르파샤 역 앞 바다로 내려가는 계단 위에서 모자를 쓴 마른 남자를 만났어요. 이 남자는 앙상한 손가락에 사진을 쥐고 들여다보며 한 번은 소리내어 울다가 그 다음에는 큰 소리로 웃었지요. 울 때 남자는 고개를 숙였지만 웃을 때는 미친 사람 같았지요. 승객은 작은 가방을 바닥에 놓고 가서 이 남자 옆에 앉았어요. 시미트 장수를 불러 자기 거 하나와 모자 쓴 남자 거 하나씩을 샀어요. 승객은 반대편 해변의 구름 화환들과 나란히 늘어선 돛들을 바라다보았어요. 승객은 날씨가 좋다는 얘기, 이스탄불의 냄새가 계절에 따라 어떻게 바뀌는지에 대한 얘기를 했지요. 승객은 빠르게 지나가는 배들의 이름을 읽으면서 그 이름들에 의미를 부여했어요. 이스탄불은 진실이 분명하게 드러나는 것처럼 보이는 도시였지만 실제로는 그렇지 않았지요. 바다로 내려가는 계단, 열차와 배를 연결하는 계단, 사람들이 앉아서 사진을 보는 계단은 하나가 아닌 여러 형태의 진실을 품고 있었어요. 사람들은 저마다 도시의 다른 부분에서 다른 진실에 매달렸던 거예요. 이스탄불 이쪽에서의 태양은 저쪽에서의 태양과 같았던가? 알 길이 없었어요. 여기서 바람은 건너편과 똑같이 불었던가? 아무도 확신할 수 없었지요. 승객과 모자를 쓴 남자는 갑시다, 하고 말했어요. 그들은 가서 맞은편의 태양과 바람을 보려 했어요. 두 사람은 부두에서 페리를 탔어요. 갑판 뒤쪽에서 차를 마시면서 그들은 오래된 궁전, 건물, 탑들을 감탄하면서 보았어요. 그들은 이스탄불이 역사를 축적하는 도시가 아니라 역사의 깊은 곳에서 헤어나올 능력이 없는 도시라고 생각했어요. 컬러엽서에 실려 팔리는 그런 역사 말이에요. 페리에서 내려 노점상들과 길거리 맹인 가수들을 지나갈 때 그들은 마음을 바꿨어요. 엽서가 역사가 아니라 거짓말을 판다고 그들은 결론지었죠. 그들은 시르케지 역에서 통근열차에 올라 노인들이 사는 동네, 일찍부터 마시는 사람들이 가는 선술집, 무너져 내리는 도시 성벽을 지나 종착역까지 갔어요. 그들은 역이 없는 이스탄불의 동네들, 하늘의 새로운 색깔을 봤어요. 쓰레기 더미에서 죽은 새를 먹는 개들을 봤어요. 돌아오는 차표를 가지고 있던 그들은 같은 통근열차, 같은 페리를 타고 선로와 파도를 가로질러 바다가 보이는 하이다르파샤 역의 계단으로 돌아왔어요. 해가 지고 있었어요. 새떼들은 첨탑과 돔 옆을 미끄러지듯 지나쳐서 선홍빛 태양을 향해 날아가고 있었지요. 승객이 준 담배를 받아들면서 모자를 쓴 남자는 이야기를 시작했어요. 마치 이 순간을 하루 종일 기다린 것처럼 말이죠. 요즈음 별일이 다 일어나지. 남자가 말했어요. 어느 날 저녁에 아내가 나가더니 돌아오지 않았어. 사람들은 아내가 도망갔거나, 길을 잃었거나, 죽었을 거라고 말했어. 하지만 나한테는 별 차이가 없었어. 난 사람들에게 알리고 벽보를 붙였어. 경찰서와 병원을 돌기 시작했어. 하지만 술집도 자주 가기 시작했지. 술을 마시면서 아내 이름을 불렀어. 아내를 잊으려고 창녀들과 잤지. 내가 사는 도시에서 망명자처럼 살면서 나는 날, 달, 계절을 셌어. 보시오, 이게 내 아내 사진이오. 어딜 가든 사진을 지니고 다녔어. 아내의 아름다움은 물을 마실 때마다 마신 만큼 채워지는 에메랄드 컵으로 물을 마시는 것 같았지. 무한한 아름다움이었어. 이스탄불의 아름다움과 견줄 만했지. 같이 했던 옛날을 생각하면 기쁨으로 웃게 돼. 하지만 미래를 생각하면 다신 아내를 보지 못하리라는 걸 깨닫게 되지. 이게 나야. 난 깊은 구멍에 굴러 떨어졌어. 사진 속의 과거를 보고 웃지만 미래를 생각하면 울게 돼."

이야기의 끝부분에 이르러 내가 더는 말을 하기 힘들다고 판단한 퀴헤일란은 내가 일어나 앉는 걸 도와 벽에 기대게 했다. 퀴헤일란은 아직도 물이 몇 모금 남은 물병에 손을 뻗쳐 집어들었다.

"마시게. 목이 좀 나아질 걸세."

"퀴헤일란 아저씨, 나도 과거를 보고 웃어요. 모자를 쓴 남자처럼 말이죠." 내가 말했다. "하지만 미래를 생각하면서 울지는 않아요. 나는 미래를 경멸하니까."

"카모, 당신은 뭐든지 보고 웃을 수 있고, 뭐든지 경멸할 수 있어. 고통 앞에서 무너지지만 않는다면 말이네." 퀴헤일란이 나를 다독였다.

"나는 고통은 신경 쓰지 않아요." 온몸이 아팠지만 나는 말했다. 발가락에서 사타구니까지, 등뼈에서 목까지, 관자

놀이에서 턱까지, 모든 부분이 아팠다. 숨을 쉬면 갈비뼈가 부서지는 느낌이 들었다. 뜨고 있는 한 쪽 눈 바로 앞에서 불빛이 깜빡거렸다.

아주 힘들게 나는 플라스틱 물병의 물을 한 모금 마신 다음 삼켰다. 목이 탔다.

"이제 이걸 먹게." 내 손에 빵 조각을 쥐어주며 퀴헤일란이 말했다.

"그건 힘들 거예요." 돌처럼 딱딱해 보이는 빵을 내려다보면서 내가 대꾸했다.

"씹을 수 없나?"

"이가 아파요. 잇몸에 온통 상처가 났거든요."

"그럼 날 주게, 내가 씹어줄 테니."

퀴헤일란이 빵을 다시 가져갔다. 그는 끝부분을 조금 물어뜯었다.

"아저씨만 여기 남은 지 얼마나 됐죠?" 큰 광장을 둘러보듯이 감방 여기저기를 둘러보며 내가 물었다.

"자네가 돌아오기 바로 전에 의사 선생과 데미르타이를 데려갔네. 나만 여기 남았지."

"학생은 어떻게 됐어요? 미치지 않았나요? 아직 안 불었어요?"

"아니네. 둘 다 고통에 저항하고 있네."

"퀴헤일란 아저씨, 이 감방 안에 아직도 저항하는 사람들이 얼마나 있을지 모르겠군요. 나를 심문할 때 저들은 무릎을 꿇고 다 털어놓는 사람들을 수없이 보여줬어요. 딱합디다. 빌고 있었어요."

"감방에서 애원하는 소리가 너무 커 가슴이 찢어질 때가 있네. 굴복하는 사람들도 우리의 형제라네, 카모. 슬퍼하는 것 외에는 우리가 그들에게 해줄 게 없다네."

"슬퍼한다고? 그런 생각은 하지 마쇼! 저들이 내 눈가리개를 벗길 때마다 나는 저들이 데미르타이를 내게 데려올 거라고 생각했어요. 내가 데미르타이의 비참한 모습을 볼 수 있게 말예요. 다른 사람들처럼 울면서 눈이 충혈된 고문자들에게 비는 모습을…."

"그런 생각은 나중에 하고 지금은 우선 이 빵을 먹게."

퀴헤일란은 자기가 씹은 빵 조각을 손가락으로 꺼내 내 입 안에 넣어주었다. 나는 새처럼 입을 벌리고 있었다.

나는 빵을 먹기 위해 애를 썼다. 혀로 빵을 맛보았다. 뺨 안쪽에 빵을 넣었다. 목을 부드럽게 하기 위해 침을 삼켰다. 혀끝으로 빵을 건드려 목으로 넘어가게 했다. 가시를 먹는 것 같았다. 빵이 내려갈 때 식도에서 불이 났다.

"조금 더….." 씹은 빵을 동그랗게 말아서 건네며 퀴헤일 란이 권했다.

"아니, 좀 쉴래요." 내가 말했다.

"그럼, 숨 좀 돌리게."

"언제 나한테 이 천을 묶었어요?" 왼쪽 손목을 들면서 내가 물었다.

"아픈가? 꽉 묶어야만 했어."

"묶어서 아픈 게 아니고, 상처 때문에 그럽니다."

"저들이 자네를 데려올 때 손목에서 피가 흘렀지. 셔츠 소매를 찢어서 자네 팔에 묶은 거야. 의식이 반은 나갔었 네. 기억 안 나나?"

"마지막으로 기억나는 건 그 자들이 나한테 망치로 못을 박은 거예요."

"어떤 못이었나?"

"내 손목에 못을 박았단 말예요."

"손목에?"

"그래요."

"몹쓸 놈들! 믿을 수가 없군. 도대체 인간이 어떻게 그럴 수가 있나?"

"인간? 저들은 진짜 인간이 아니에요. 그걸 아직도 모룹니까? 신이 자연과 땅과 하늘을 창조했을 때 사탄은 인간을 가지겠다면서 선악과 열매를 인간에게 먹였어요. 지식을 얻게 되자 인간은 다른 생물들이 할 수 없던 일을 하고 자신의 존재를 인식하기 시작했지요. 그리고 인간이 자신의 존재에 대해 더 많이 알아갈수록 인간은 자신의 존재에 대해 더 많이 경탄하게 됐어요. 그들은 자기 자신 외에는 아무도 사랑하지 않았죠. 심지어 신도 사랑하지 않았어요. 그나마 신에게 애착을 느낀 건 죽음 후에도 살고 싶다는 욕망 때문이었지. 인간은 모든 것을 자기 존재를 기준으로 측정했어요. 그들은 자연을 짓밟고 살아 있는 것들을 몰살했어요. 적절한 시간이 되었을 때 인간은 신도 죽였지요. 세상에서 악이 우세한 이유가 그겁니다. 고문자들에게도 이 말을 했어요. 망할 놈의 사탄! 저들은 내 귀에 바늘을 찔렀어요. 귀에다 이상한 물질을 부어넣기도 했고. 끓는 물처럼 뜨거웠어요. 저들은 내 뇌까지 뚫으려고 했어요. 난 미치지 않기 위해 몸부림을 쳤고요. 사슬에서 빠져나오려고, 머리를 벽에다 찧었어요. 저들이 빌라고 내게 말했을 때 나는 저주를 퍼부었지요. 어떤 때는 신음 소리를 내고 어떤 때는 미친 듯이 웃었지요. 당신들이 사람이야, 당신들이야말로 진짜 사람이라고. 내가 말했어요. 나조차 생각도 못한 비명이 입에서 나왔어요. 저들은 내 머리를 물에 처박았어요. 내가 고통을 제대로 느끼도록 내 정신을 말짱하게 만들고 있었던 것이지요. 저들은 외과의사, 기능공, 도살업자처럼 움직였어요. 저들은, 사람들이 저들에게 요구한 모습 그대로 사람이 된 거요."

퀴헤일란은 손가락에 씹은 빵 조각을 들고 기다렸다.

"퀴헤일란 아저씨." 나는 계속했다. "난 혁명 조직에 가입하지 않았어요. 혁명가들은 사람들에 대해 잘못된 생각을 가지고 있어요. 그들은 사람들의 성향이 근본적으로 선하며, 사람들을 악에서 구할 수 있다고 믿고 있습니다. 이기심과 잔인함은 악조건에서만 나타난다고 생각하지요. 그들은 사람들이 영혼 속에 감추고 있는 지옥을 보지 못해요. 사람들이 세상을 지옥으로 만들려고 발버둥치고 있다는 걸 그들은 모르지요. 혁명가들은 엉뚱한 곳에서 진실을 찾으면서 삶을 낭비하고 있어요. 사람은 회복이 안 되지요. 구할 수도 없고. 벗어날 수 있는 유일한 방법은 사람들로부터 도망치는 거예요."

퀴헤일란은 호기심과 동정심으로 나를 쳐다보았다. 다른 사람들처럼 퀴헤일란도 나를 구제불능의 괴짜로 간주했다. 다만 끈기를 가지고 그는 내 말에 귀를 기울였다.

"사람들이 닿을 수 없는 곳이 세상에 남아 있을까요, 퀴헤일란 아저씨? 사람들은 호화로운 지프, 경찰차, 공장노동자 버스를 타지요. 사람들은 은행, 학교, 예배 장소로 몰려 갑니다. 그리고 도시와 마을, 산과 숲을 침략하지요. 아저씨가 그토록 사랑하는 이스탄불도 그 사람들 거예요. 그들은 거짓말하고 마구 공격하지요. 어디든지 가는 것에 만족하지 못하고 그들은 우리 안으로도 기어 들어오고 있어요. 그들은 우리 몸을 빼앗지요. 우리가 사람들로부터 도망치는 데 성공한다고 해도 우리 자신으로부터는 어떻게 도망칠 수 있을까? 이 문제를 고민하지 않고 혁명가와 정치인들, 교사와 목사들은 자신 그리고 다른 모든 사람을 속이면서 끝도 없이 말을 하지요. 그래서 내가 고문자들을 존경하는 거예요. 저들은 거짓말을 할 필요가 없거든. 저들은 진실을 숨기지 않지요. 저들은 악을 주저 없이 껴안지요. 난 저들에게 당신들은 내가 알고 있는 가장 훌륭한 사람이라고 말했어요. 그러자 저들은 내 몸을 조각냈지. 도살장에서 살아 있는 동물을 해체하듯이. 진심으로 당신들을 존경하오. 내가 말했어요. 당신들은 안과 밖이 똑같은 사람들이오. 당신들은 밖으로 보이는 그대로지. 내 말에 저들은 분노해 이성을 잃었어요. 벽을 쿵쿵 치고 창문을 부수고 고통에 비명을 질렀지요. 그러고는 문을 쾅 닫았어요. 저들은 내 눈을 가리고 벽에 묶어둔 채 방을 나갔어요. 밤이었나, 낮이었나? 바깥세상의 삶은 빠르게 흘렀나, 느리게 흘렀나? 아마 저들은 옆에 딸린 방으로 갔거나 전화기를 들어 마누라와 통화하고 싶은 충동을 느꼈을 수도 있지요. 너무 피곤하군. 저들이 말했어요. 또 악몽을 꿨어. 술 한 잔 마시고 당신 품에서 자고 싶어. 저들의 마누라들은 애정을 내보였어요. 좋은 마누라들이었거든요. 어릴 때부터 그렇게 하도록 배운 거예요. 저들의 마누라들은 부드럽게 말했고 마음은 남편을 향하고 있었지요. 마누라들은 집에 오면 팔을 벌려 안아주고, 숨이 막히도록 입을 맞추고, 달라붙어 다리를 벌려주겠다고, 자기들이 사랑하는 남자한테 말했어요. 마누라들은 남편에게 욕망으로 뜨거워진 몸을 약속했지요. 마누라들이 할 수 있는 건 그거밖에 없거든요. 밖이 낮이든 밤이든 상관하지 않고. 바깥세상의 삶은 빠르게 흘렀나, 느리게 흘렀나? 거리는 사람으로 붐볐던가, 아무도 없었던가? 심문자들은 전화를 끊고는 아무 말도 하지 않았어요. 그리고 땀을 닦았지요. 그들은 벽 옆에 쭈그리고 앉아 담배를 피우며 자신들의 심장이 펄떡거리는 걸 멈추길 기다렸지요. 분노가 수그러들자 내가 묶여 있는 방문을 열고 정확히 똑같은 수의 발자국 소리 내며 내 곁으로 왔어요. 저들은 침착하게 내게 말했어요. 카모, 과거에 대해 얘기해야 돼, 카모. 저들이 말했어요. 과거의 비밀을 털어놓아야 돼. 나는 고개를 들고 눈가리개 안에서 어둠을 응시하면서 대답했어요. 과거 저편에 뭐가 있는지 들을 준비가 됐소? 신도 과거를 바꾸지 못해서 우리 혼자 감당하도록 놔두는데, 당신들은 그보다 더한 얘기를 들을 준비가 돼 있소? 지옥에나 떨어질 놈들! 개자식들! 저들은 나를 묶었던 사슬을 풀고 눈가리개도 벗겼지. 저들은 나를 거울 앞에 앉혔어요. 시체 같은 내 얼굴을 내 눈으로 보게 만들었어요. 거울을 봐, 카모. 너한텐 미래가 없어. 과거만 있을 뿐이지. 그리고 넌 그 과거를 우리한테 털어놓게 될 거야. 그들이 말했어요."

"퀴헤일란 아저씨, 거울에서 본 얼굴은 짓이겨지고 더럽고 피폐해진 얼굴이었어요. 한 쪽 귀에서는 피가 스며 나오고 다른 쪽 귀에서는 고름이 나왔어요. 한 쪽 눈은 뜨고 다른 쪽 눈은 감겨 있었어요. 눈썹은 갈라지고 입술도 찢어져 있었어요. 입에서는 침이 흘러 나오고. 인간의 모습이 아니었죠. 우리는 거울 유리에 익숙하지요. 퀴헤일란 아저씨, 우리는 거울 액자가 나무나 금속으로 만들어져 있고 꽃무늬나 반짝이는 무늬로 장식돼 있다는 걸 알지요. 하지만 거울 안은 어떤가요? 거울의 깊은 곳에 있는 빈 공간도 잘 알고 있나? 그 거울 안 층들에 숨겨진 마술을 상상할 수 있나요? 거울은 어릴 적 내가 몇 시간씩 몸을 숙여 들여다보던 우물 같은 거예요. 거울의 가장자리는 볼 수 있지만 한가운데에서 돌고 있는 어두운 소용돌이는 볼 수 없어요. 나는 그 소용돌이 안에 갇혀 있었어요. 숨쉬기가 힘들어졌어요. 가슴을 돌로 누르는 것처럼 통증이 느껴졌죠. 걷잡을 수 없게 기침이 났고 폐가 찢겨져 나가는 것 같았죠. 어떻게 해야 할지 몰랐지요. 내 앞의 거울을 깨버려야 하나, 거울 옆에 선 심문자 한 놈의 목을 꺾어버려야 하나? 나는 어린아이가 기뻐서 내는 소리를 꺅, 지르고 웃음을 터뜨렸어요. 마치 유원지에서 거울의 방에 있는 것 같았거든. 난 가슴 통증을 무시했어요. 내 웃음소리는 거칠어졌고 방 안 전체에 울려 퍼졌어요."

내 말을 막으려는 듯 퀴헤일란이 손을 뻗어 씹은 빵 조각을 내 아랫입술 안으로 집어넣었다.

"이것도 먹게." 그가 말했다. "먹어야 돼."

곰팡이 악취가 콧속에서 진동했다. 역겨웠다. 구역질이 났다. 나는 빵을 입에서 꺼냈다.

"못 먹겠어요. 삼킬 수가 없어." 내가 말했다.

"그럼 잠깐 쉬게."

"그때 거기서 지네 세브다를 봤어요."

"지네 세브다? 심문실에서?"

나는 퀴헤일란이 지네 세브다 얘기를 들으면 표정이 밝아질 것임을 알았다. "그래요." 내가 대답했다. "내가 거울을 집어들어 심문자 한 명의 얼굴을 내리쳤을 때 저들은 전부 내게 달려들었어요. 쌓였던 모든 분노를 내게 쏟아냈지요. 저들은 정교한 고문기술을 내팽개치고 내가 정신을 잃을 정도로 두들겨 팼지요. 시간이 얼마나 지났는지 모르겠어요. 저들이 내게 찬물을 들이붓더군요. 정신이 돌아왔을 때 나는 콘크리트 바닥에서 떨고 있었지요. 몸이 무거웠어요. 보이던 한 쪽 눈에도 연막이 낀 것처럼 세상이 흐릿해졌고요. 그림자만 보였어요. 탁자. 의자. 서 있는 몇몇 사람. 긴 벽. 내 맞은편, 벽의 가장자리에 두꺼운 기둥 두 개가 있었어요. 그 기둥들 사이에 몸뚱이가 하나 걸려 있었죠. 누구의 몸인지 알아보기 위해서는 더 가까이 가거나 눈의 연막을 제거해야 했지요. 나는 눈을 비벼 눈가의 피를 닦아냈어요. 바닥에서 머리를 들어 다시 앞을 봤어요. 여자 하나가 기둥 두 개 사이에서 쇠사슬에 매달려 있었죠. 여자의 늘어진 두 팔은 쇠사슬에 매달리고 몸의 나머지 부분은 늘어져 있었어요. 여자는 머리를 움직이기도 힘들어 보였어요. 알몸이었어요. 가슴에는 피가 흐르고, 어깨에서 시작된 상처는 배, 사타구니, 다리까지 뻘건 줄을 이루고 있었어요. 심문자들은 내가 그 모습에 굴복하도록 만들려고 한 게 틀림없어요. 다시 내 앞에서 누군가를 고문해 동정심을 지극하려고 한 거지. 저들은 내가 동정심에 굴복할 놈이라고 생각한 거예요. 나는 눈을 다시 비볐어요. 목을 앞으로 빼 자세히 봤어요. 십자가에 매달린 성인처럼 걸린 사람이 지네 세브다라는 걸 알았어요. 지네 세브다는 가벼워 보였어요. 가을 나무에 달린 부드러운 잎처럼, 지네 세브다는 땅에서는 멀리, 천국과는 가까이 있었지요. 팔에 밧줄을 묶어 떨어지는 않았지만 지네 세브다는 그것 때문에 천국으로 올라가지도 못했어요. 며칠 전 우리 감방 앞에서 복도에 심문자들이 다 있는데도 아랑곳하지 않고 무릎을 꿇었던 그 여자가 맞나? 공중에 걸려 있는 이 여자가 발로 차이고 맞으면서도 꼼짝 않던 지네 세브다 맞나? 여자가 날 알아봤어요. 여자는 고개를 위로 조금 들었어요. 여자의 멀쩡한 한 쪽 눈이 커졌어요. 입술 가장자리가 일그러지며 웃으려고 했어요. 곧 힘이 빠져 머리가 가슴으로 다시 떨어졌지만. 여자에게서 눈을 뗄 수가 없었어요. 여자가 알몸이든 내가 알몸이든 상관하지 않았지요. 심문자들은 우리의 몸 앞에서 우리의 감정을 통제하려고 했어요. 나는 손으로 바닥을 짚고 팔에 온 힘을 집중해 똑바로 일어나 무릎을 꿇었어요. 이마의 땀, 뺨에서 목으로 흘러내리는 피를 닦아냈어요. 동상처럼 똑바로, 꼼짝도 하지 않았어요. 고문실은 조용했지요. 지네 세브다의 몸을 타고 피가 발가락으로, 바닥으로 떨어지는 소리만 들렸어요. 나는 무릎을 꿇고 기다렸어요. 해가 나건 비가 오건 눈이 오건 그 자리에 그대로 있는 동상처럼. 심문자들이 투덜거렸어요. 화가 나서 욕을 했어요. 저들은 며칠 전 지네 세브다가 복도에서 무릎을 꿇으면서 보여준 연대의 몸짓을 내가 재현하고 있다는 걸 눈치 챘어요. 저들이 내 쪽으로 몸을 숙였어요. 내 머리를 쥐어 뒤쪽 벽으로 끌고 갔어요. 저들은 내 어깨와 팔을 널빤지 위에 올리고는 반짝이는 길고 가는 못을 가져와 내 왼쪽 손목에 박을 준비를 했어요. 그리고 무거운 망치로 그 못을 박아 넣었지요. 손목이 아니라 뇌 속으로 망치를 박아 넣은 것처럼 느껴지더군요. 난 신음 소리를 냈지요. 뜬 눈과 감은 눈 양쪽에서 눈물이 솟구쳤어요. 당신들을 존경하오, 심문자들에게 말했어요. 당신들은 다른 누구도 할 수 없는 일을 하지. 안에 있는 걸 그대로 밖으로 드러내지. 죄수의 영혼을 파괴하기 전에 당신들은 스스로의 영혼을 파괴하고 있어. 석류를 깨면 온통 씨가 흩어지는 것처럼 말이야. 저들은 나한테서 손을 뗐어요. 뒤로 물러서서 잠시 서로를 쳐다봤지만 계속할 수밖에 없었어요. 저들은 내 다른 손목에 못을 댔어요. 저들이 망치를 공중에 들어올리던 그 순간 나는 숨도 못 쉰 채 눈이 감겼어요. 기절한 거예요. 기절하기 직전 머릿속에 떠오른 질문이 있었어요. 저들은 내가 말을 하게 만들려고 지네 세브다를 내 앞에 매달았을까, 아니면 지네 세브다가 굴복하게 하려고 나를 십자가에 매달고 반짝이는 못을 손목에 박았을까?"

퀴헤일란은 손가락으로 안 다친 내 손목을 감쌌다. 빵에 입을 맞추듯 내 손목에 입을 맞추었다. 그는 내 손목을 이마에 대고 눈을 감았다. 내 손을 자기 이마에 올려놓은 채 잠시 그렇게 있었다. 그는 고통을 소중히 여기는 몇 안 되는 사람들이 지닌 겸손함을 드러내며 신음 소리를 냈다. 그가 그럴 필요는 없었다. 나는 내 고통을 감당할 수 있었고, 그는 자기 고통을 걱정해야 했다. 내가 손목을 빼려고 했지만 그는 놓지 않았다. 다시 손을 빼려고 했다. 그는 그

큰 손으로 내 손목을 잡고 내가 기침을 할 때까지 이마에
대고 있었다. 기침이 그치지 않는 걸 알아차린 퀴헤일란이
고개를 들었다. 그는 내 손목이 마치 아기 참새인 것처럼
조심조심 바닥에 내려놓았다. 퀴헤일란이 내 어깨를 잡았
다. 그는 한쪽으로 쓰러지는 내 몸을 잡아 벽에 기대게 했
다. 바닥에서 천 조각을 집어 내 입에서 배어나오는 침을
닦았다. 자기 셔츠의 다른 쪽 소매에서 찢은 것 같았다. 그
는 내 이마와 목을 닦아주었다. 마지막 남은 물 몇 방울을
천 조각에 적셔 내 입술을 축였다.

머리가 어지러워지고, 경정맥에서 뛰는 맥박 소리는 심
장의 소리가 아니라 시간의 소리가 됐다. 과거에서 돌아온
시간의 소리, 미래의 방파제에 부딪혀 나를 운명 속으로
내던진 시간의 소리였다. 나는 그 속도를 따라갈 수 없었
다. 시간은 부풀었다가 곧 가라앉았다. 시간은 순간과 영
원 사이에서 맴돌았다. 시간은 내 아내 마히제르를 나에게
서 빼앗아 먼 곳으로 데려갔고, 아내의 이름을 내 경정맥에
새겨 숨을 쉴 때마다 아내를 느끼게 했다. 시간은 한편으
로는 내가 과거를 생각하면서 웃게 하고 다른 한편으로는
미래를 생각하면서 울게 했다.

하늘에는 우리의 모습이 반영되고 지상 모든 사람의 다

른 자아가 사는 세상이 그곳에 있다고 퀴헤일란이 말하던 날, 나는 고개를 들어 비가 내리고 사람이 많고 북적거리는 어둠 속의 이스탄불을 보았다. 노점상들의 소리, 교통 체증 속에서 매연을 들이마시는 자동차 엔진들의 요란한 소리, 일과의 끝을 알리는 종소리들이 들렸다. 하늘의 한쪽 끝에서 다른 쪽 끝까지 펼쳐진 이스탄불은 남자들과 여자들을 집어삼켜 가루로 만든 다음 토해냈다. 어디에나 고기 썩는 악취가 났다. 사람들은 다른 모든 이들을 낯선 사람으로 여겨 아무도 서로에게 말을 걸지 않았다. 사람들은 자신이 사는 도시와 닮아 어느 날 아침에는 즐거운 기분으로 일어나고 다음날 아침에는 불안에 떨면서 일어났다. 그들은 아침부터 저녁까지 그리고 저녁부터 아침까지 일했다. 그들은 죽음을 받아들이고 가슴 속의 진실과 직면하는 것 외에는 다른 모든 것에 준비가 돼 있었다. 그들은 흙탕물이 흐르는 시내처럼 거리를 흘러다녔고 피곤해지면 광장에 모여들었다. 나의 다른 자아도 그 사람들 속에 있었다. 목에 하늘거리는 스카프를 맨 나의 다른 자아는 사람들 사이에서 혼자 걸었다. 그녀는 나의 반영인 동시에 거울 속 뒤집힌 이미지였다. 나는 남자, 그녀는 여자였다. 나는 불안해했고 그녀는 평안했다. 나는 추했고 그녀는 아름다웠다. 나는 악했고 그녀는 선했다. 나는 이발사 카모였고 그녀는 내 아내 마히제르였다. 우리가 만나던 때, 우리의 그림자는 일치했다. 우리는 서로를 서로에게 묶어주는 시를 암송했다. 그 시들 덕분에 우리는 언어들 안에서 우리만의 비밀 언어를 만들어냈다. 우리는 아무도 알아듣지 못하는 그 언어로 소통을 했고, 농담을 했고, 사랑을 나눴다. 우리는 잘 때도 시를 꿈꾸고 다음날을 그 시로 시작하길 원했다. 하지만 시간은 우리의 언어가 뿌리내려 땅과 결합하는 걸 허락하지 않았다. 개 같은 시간.

마히제르가 나를 버리고 집을 나갔을 때, 처음에 내가 찾으려고 한 것은 아내가 아니었다. 모든 시에 대한 시였다.

내가 엄마로부터 배운 언어로는 충분하지 않았다. 난 엄마의 언어를 배우며 자랐다. 엄마의 언어로 사물의 이름을 외우고, 그 언어로 사물에 대해 알게 되고, 그 언어로 표현된 사람들의 이름으로 그들을 알게 됐을 뿐이다. 그래서 나는 언어를 잘 아는 것이 진실을 아는 길이자 다른 사람들과 같은 존재가 되는 과정이라고 생각했다. 몇 개 단어로 말을 했고 같은 수의 단어를 머릿속에 넣고 말을 하지 않았다. 언어를 발명한 건 내가 아니다. 엄마가 그 언어 안에서 나를 낳은 것이다. 엄마의 서랍에서 공책 몇 권을 훑어보다가 손으로 쓴 시들을 읽게 되기 전까지, 나는 그 언어 밖으로 걸어 나가지 못할 것이라고 생각했었다. 색바랜 잉크로 적어 내려간 시들은 아버지가 쓴 것이었다. 아버지의 서명과 친필을 본 건 그때가 처음이었다. 아버지는 내가 아는 단어들을 시에 썼지만 글자들에 새로운 가치를 부여하면서 다른 언어를 창조해냈다. 아버지는 그 전에는 아무도 생각하지 못한 의미를 만들어냈다. 불멸의 묘약을 찾았던 로크만 혜킴처럼 아버지는 순수한 존재로서의 언어를 추구했다. 아버지는 하늘에서 별이 내려오게 만들었고 별이 내려온 자리는 시의 별로 채웠다. 아버지는 시와 사랑이 둘 다 죽음의 가슴에서 젖을 빨았다고 단언했다. 아버지는 커튼을 조금 열고, 진실을 향해 열린 창문의 물방울을 닦아냈다. 하나씩 하나씩 사냥당하는 동물처럼, 아버지는 멸종해가는 시인이라는 종에 속해 있었다. 아버지는 내가 태어나기 전에 죽었지만 내게 값을 매길 수 없이 소중한 유산을 남겼다. 아버지는 시로 나를 욕망의 늪에서 구해냈다. 욕망은 삶의 새로운 신이었다. 신처럼 욕망은 모든 곳에 닿고 모든 것을 통제했다. 욕망은 한계가 없었다. 반면, 신은 거짓이었다. 욕망은 그 거짓의 반복이었다. 사람들의 거짓이 거기에 더해질 때 삶은 견딜 수 없게 됐다.

그 악순환을 깰 수 있는 사람이 시인을 제외하고 누가 있을까? 죽음의 언어로 말을 하고 사람들에게 무한한 욕망이 아닌 무한한 진실을 약속하는 사람이 시인을 제외하고 누가 남아 있을까?

나는 도서관을 찾아다녔다. 시인들이 쓴 가장 아름다운 시를 찾아내서 마히제르의 발밑에 놓고 싶었다. 도서 목록을 자세히 살폈다. 열람실에 앉아 논문과 책을 계속 뒤졌다. 동시를 읽을 차례가 됐을 때 나는 햇살 좋은 가을날 아시아 쪽 이스탄불로 건너가 치닐리 어린이 도서관 마당으로 갔다.

아버지의 서정적인 시처럼 도서관의 작은 마당은 새들의 노랫소리로 활기를 띠었다. 담쟁이덩굴의 그림자를 보니 평화로운 잠을 자고 싶어졌다. 칠이 떨어져 나간 나무 벤치가 잔디와 담이 만나는 곳에 놓여 있었다. 나는 잔디와 자갈 위를 가로질러 걸어갔다. 벤치에 앉아서 위스퀴다르 부두에서 여기까지 꼬불꼬불한 언덕길을 올라오면서 흘린 땀방울이 마르기를 기다렸다. 담 뒤에는 침묵이 흐르고 있었다. 어디에도 사람이 없었다. 눈이 막 감기려는 찰나, 마당 문이 열렸다. 어린 여자아이가 들어왔다. 교복을 입고 책가방을 든 아이는 먼저 위층의 도서관으로 올라가는 계단을 쳐다보다가 내 쪽으로 시선을 옮겼다. 아이가 두꺼운 안경을 쓰고 있어서 내가 보일지는 확신이 들지 않았다. 아이가 와서 내 옆에 앉았다.

"누구 아빠예요?" 아이가 물었다.

"누구의 아빠도 아니란다." 내가 답했다.

"그럼 누구 데리러 왔어요?"

"누구 데리러 온 게 아니야."

"그럼 새로 온 사서 선생님이에요?"

"아닌데. 그 전 선생님은 어떻게 되셨니? 은퇴하셨니?"

"돌아가셨어요."

계속 물어봐야 할지 잠깐 망설여졌다.

"나이가 많이 드셨니?" 내가 물었다.

"우리 엄마보다 많아요. 사서 선생님이 도서관에 강도가 들던 날 돌아가셨어요. 강도는 여기에 책밖에 없다는 걸 알고 벽시계를 훔쳐 갔어요. 그래서 지금 도서관엔 시계가 없어요."

"새 사서 선생님이 오시면 시계를 사서 거실 거야."

"그 전에 있던 시계는 10분 빨랐어요. 우린 익숙해요."

"새 시계도 10분 빠르게 할 수 있어."

"사서 선생님은 밖에 뭐가 있는지는 생각하지 말라고 했어요. 밖의 시간도요."

"그래서, 생각을 안 하게 됐니?"

"가끔은요."

나는 그게 어떻게 가능한지 알고 싶어졌다. 시간을 잊어 버리도록 만든 게 수백 년 된 담이었을까, 그림책이었을까, 새들이 지저귀는 소리였을까, 아님 사서 선생님이었을까?

"아저씨는 카모라고 해. 너는?"

"크반치요."

"크반치, 그 안경 끼고 얼마나 멀리까지 볼 수 있니?"

"아저씨도 다른 아이들과 똑같아요, 카모 아저씨." 아이가 말했다. "안경 가지고 놀리잖아요."

"아냐, 놀리는 게 아니란다. 밤하늘의 별을 볼 수 있는지 궁금해서 그래."

"별은 안 보여요. 하늘은 너무 멀리 있어서 안개처럼 보여요. 별은 그림책에서 봐요. 별 지도에서 북쪽을 보면 별들 가운데서 북극성을 언제나 찾을 수 있어요."

"아저씨가 네 나이였을 때는 북쪽보다는 남쪽에 더 관심 있었어. 남쪽을 생각하면 내가 아래로 떨어진다는 생각이 들었거든. 우리 집 마당에는 우물이 하나 있었어. 아저씨는 우물 옆에서 어린 시절을 보냈지. 남쪽이라는 말을 할 때마다 그 우물 바닥이 생각나. 땅의 깊숙한 곳이지."

"도서관은 한 층 위에 있어요. 열람실까지 가려면 계단 열 개를 올라가야 해요."

"아저씨는 어른이야. 위층에 있는 곳에도 익숙해. 세는 것 좋아하니?"

"네. 계단, 줄, 창문을 세요. 그리고 안 까먹어요."

"크반치, 도서관 문은 누가 여니? 누가 널 돌봐주지?"

"옆 건물 목욕탕 관리인 아줌마가 문을 열고 닫아요. 아줌마는 우리를 그냥 놔두세요. 우리는 공부를 해요. 사서 선생님이 돌아가셨어도 우린 말썽 부린 적 없어요."

"착하구나. 아저씨는 너네랑 며칠 공부를 같이 할 생각인데."

"여긴 어린이 도서관이에요, 카모 아저씨. 뭘 공부하려고요?"

"뭘 좀 찾아보려고. 시집을 찾아볼 거야. 너는 여기서 뭐 하니? 숙제가 있어?"

"학교 끝나면 매일 여기 와요. 엄마 일이 끝날 때까지 기다리면 엄마가 데리러 와요. 엄마가 여기 올 때까지 공부하는 거예요."

크반치가 벤치에서 미끄러져 내려갔다. 아이는 등에 배

낭을 메고 계단 쪽으로 걸어갔다. 나도 따라서 계단을 올라갔다. 방 하나로 돼 있는 사각형 모양 도서관 안에서 아이 몇 명이 책하고 공책을 편 채 공부하고 있었다. 벽에는 책장이 늘어서 있었다. 어디나 깔끔하고 깨끗했다. 책상도 깨끗했다. 비가 샜을 때 생긴 자국을 빼면 어디에도 지저분한 것이 없었다. 크반치는 창가 책상에 앉았다. 자기 옆에 앉아야 한다고 내게 신호를 보냈다. 책장을 흘낏 보았다. 나는 과학책, 역사책, 지리책을 건너뛰고 시집을 찾아냈다. 크반치가 가리킨 의자에 앉았다. 주머니에서 종이와 펜을 꺼내 시집 옆에 놓았다. 맞은편 벽에 도둑맞은 시계가 있던 자국이 보였다. 자국 위 녹슨 못이 목적을 상실한 채 걸려 있었다.

그날 나는 어린 시절을 그리워하는 노시인들의 시를 읽는 즐거움과 더불어 아이들과 함께 공부하는 즐거움까지 누렸다. 나는 침묵을 흡수했다. 한 페이지씩 시집을 넘겼다. 책 한 권을 읽고 다음 책으로 넘어갔다. 창밖을 내다보던 크반치가 가방을 쌀 때까지 나는 공책에 짧은 메모를 했다. 그제야 저녁이 된 걸 알았다. 나는 크반치를 따라 계단을 내려갔다. 마당 문으로 들어온 엄마를 크반치가 안는 걸 지켜보았다.

"카모 아저씨." 크반치가 말했다. "엄마예요."

내 손에 종이와 펜이 있는 걸 본 크반치 엄마는 나를 교사라고 생각했다. "만나서 반갑습니다, 선생님." 그녀가 손을 내밀며 인사했다.

"반갑습니다." 나는 악수를 하며 말했다. "아주 똑똑한 딸을 두셨습니다. 크반치는 여기서 제일 열심히 공부하는 아입니다."

"감사합니다."

엄마와 딸이 손잡고 자리를 떴다.

밖에서 엄마가 크반치에게 말하는 게 들렸다. "깜짝 놀랄 일이 있어."

나는 담배에 불을 붙였다. 한 모금을 빤 뒤 연기를 공중에 뿜었다. 오랫동안 잊었던 만족감을 느끼면서 도서관을 나왔다. 거리에는 사람이 없었다. 왼쪽의 치닐리 모스크, 오른쪽의 치닐리 목욕탕에 불이 들어와 있었다. 날이 짧아져 일찍 어두워졌다. 저녁 빛깔들이 빠르게 집들을 에워쌌다. 가을바람은 발코니에 걸린 빨래들을 하늘 쪽으로 불어 날렸다. 만족한 고양이처럼 살금살금 엄마 옆에서 걸어가던 크반치가 발코니를 올려다보았다. 아이는 두꺼운 안경을 통해 볼 수 있는 모든 것을 보려고 했다. 길 끝을 보려고 고개를 돌리던 아이는 나머지 길을 가는 동안 놀이를 하기로 했다. 아이는 엄마의 손을 놓고 달리기 시작했다. 그 장면은 몇 년 전 어딘가에서 내가 보고 잊지 못하던 그림 같았다. 까맣고 하얀 벽들과 보도 위에 노란색 빛이 비쳤다. 앙상한 나뭇가지들이 뻗어 있었다. 새들은 장식품처럼 전선 위에 자리를 잡았다. 나무와 새들을 지나자 한 여자가 불 꺼진 가로등 옆에서 기다리고 있었다. 보도에서 내려와 팔을 내민 그 여자가 자신에게 달려오는 크반치를 안았다. 여자와 아이는 한참을 안고 있더니 팔짱을 끼고 풍차처럼 돌았다. 이들의 치마가 바람에 부풀어 올랐다. 크반치의 엄마가 말한 깜짝 놀랄 일은 이것이었을 것이다.

거리에 다시 사람이 없어지고 나무와 새들만 남았을 때, 정신이 들었다. 크반치를 팔에 안았던 여자가 마히제르처럼 생겼다는 생각이 퍼뜩 들었다. 마히제르는 멀리 떠났다. 어둠 속에서 나는 여자들을 마히제르로 착각하곤 했다. 확실하지 않았지만 나는 담배를 던져버리고 그들을 따라 달렸다. 길모퉁이에서 그들이 어디로 갔는지 알아내려고 양쪽 길을 살펴보았다. 불이 켜진 아파트의 창을 모두 올려다보며 가다가 거리 끝 큰 길에 다다랐다. 양 방향으로 다니는 차들과 인파 속에서 그들을 놓쳤다는 생각이 들었다. 나는 뒤돌아 왔던 길로 다시 갔다. 가면서 같은 길거리와 같은 창문을 다시 자세히 보았다. 그날 밤 나는 그 길을 몇 번이고 왔다갔다 했다. 다음날 도서관 마당에서 크반치를 다시 만났을 때는 얼굴에 피곤함을 숨길 수 없었다.

나는 벤치에 앉아 있었다. 머리를 땋은 크반치가 마당 문으로 들어와 내 옆에 앉았다. 아이는 내가 같은 반 친구인 것처럼 얘기를 했다.

"왜 그렇게 피곤해 보여요?" 아이가 물었다.

"어젯밤에 늦게까지 공부했어." 내가 답했다.

"나도 공부해야 돼요. 오늘은 숙제가 많아요."

"아저씨가 도와줄까?"

"진짜요?"

"원한다면 물론 도와주마."

"그럼 도와주세요."

"약속한 거야."

"숙제를 마치면 오늘 밤에 영화 보러 갈 거예요."

"좋겠구나. 엄마랑 같이 가니?"

"야세민 아블라 아줌마가 데려갈 거예요. 엄마는 오늘 밤에 일해야 한대요."

"야세민 아줌마가 누구니? 친척이야?"

"아뇨. 엄마 친구예요. 어제 왔는데 오늘 우리 집에서 잔대요."

"어제 엄마가 말한 깜짝 놀랄 일이 그거였니?"

"네. 야세민 아줌마는 가끔 와서 저랑 지내곤 해요."

"둘이서 뭐해? 소꿉놀이?"

"소꿉놀이, 술래잡기, 고양이 주인 놀이를 해요."

"그런 다음에 같이 자고….”

"우린 꼭 껴안고 자요."

"아저씨도 놀랄 만한 게 있어, 보렘."

나는 주머니에서 초콜릿 바 하나를 꺼내 크반치의 작은 주머니에 넣어주었다. 아이의 초록색 눈이 커졌다. 끼고 있는 두꺼운 안경의 투명한 렌즈가 초록색으로 변했다.

그날 나는 시를 하나도 읽지 않았다. 크반치의 숙제를 도왔다. 나는 아이가 나눠준 초콜릿을 조금 먹었다. 아이가 공책에 이야기를 쓰고 산, 양, 그리고 나무 그림을 그리는 걸 도와주었다. 아이가 열 문제로 된 시험문제를 푸는데 힌트를 조금 주기도 했다. 아이가 숙제를 끝내기도 전에 창으로 들어오는 빛이 약해지고 있었다. 미안하다고 하고 나는 일어섰다. 그날은 전날보다 조금 일찍 도서관에서 나왔다. 아이들에게 간다고 인사를 했다. 아이들의 눈빛이 이젠 익숙했다. 아이들은 모두 시계를 마주보고 앉아 있었다. 시계가 거기 없어도 아이들은 그 시계에 의존했다. 나도 그 아이들 중 하나가 되어 존재하지 않는 시계의 시간에 맞춰 움직였다. 귀에서 째깍거리는 소리를 들으면서 계단 열 개를 내려왔다. 나는 마당 문을 나왔다. 문은 살짝 열려 있었다. 큰 폭으로 성큼성큼 길을 가로질러 맞은편 모스크의 마당에 들어섰다. 연약해 보이는 노인들 옆에 있는 의자에 앉아 저녁이 오길 기다렸다.

마당 문 근처의 전망 좋은 자리에서 나는 거리에 있는 몇몇 여자들과 아이들을 지켜보았다. 크반치가 밖으로 즐겁게 뛰어 나오는 게 보이자 나는 일어났다. 그늘에 숨어 아이를 따라갔다. 같은 길을 따라 어제 야세민 아블라가 기다리던, 불이 켜지지 않은 곳으로 갈 것이라고 예상했다. 나는 충분히 거리를 유지했다. 그들을 쉽게 볼 수 있을 만큼 가깝지만 그들이 날 눈치 챌 수 없을 정도로 떨어져 있었다. 크반치가 조금 더 앞으로 갔을 때 불 꺼진 가로등 옆에서 여자가 나와 두 팔을 벌려 아이를 안았다. 여자는 어제와 같은 코트 차림이었다. 눈부시게 아름다운 내 아내 마히제르였다. 분홍색 입술과 큰 눈을 가진 아내가 거기 있었다. 나는 벽에 기대 서서 그들을 지켜보았다. 그들이 서로의 온기를 느끼고 얼굴을 비비면서 오랫동안 꽉 껴안는 걸 빤히 바라보았다.

　나는 마히제르가 나를 떠난 뒤 혁명당원이 되고, 비밀 은신처에 숨어 살며 계속 이름을 바꿨다는 걸 알아냈다. 그렇게 아내의 최근 이름은 야세민이 된 것이다. 이게 무슨 낭비인가? 꽃이 자신의 아름다움을 모르고 피듯이, 잎이 죽음을 모르고 떨어지듯이, 내 아내 마히제르는 자기 자신에 대해 모르고 살았다. 아내는 자기가 자면서 요정이 돼 이불에 마법의 약을 뿌린다는 걸 모르고 있었다. 아내는 몰랐지만 나는 알고 있었다. 아내가 몰랐기 때문에 그녀를 위해 나는 그녀의 아름다운 이미지를 내 마음속에 간직했다. 오늘 도서관에서 숙제를 할 때 '아름다움이 무엇인가?'라는 질문을 받았다면 나는 마히제르를 떠올리며 이렇게 썼을 것이다. '가질 수 없는 아름다움이나 사랑은 물이 무엇인지 알지만 물 없이 사는 것이다.' 내 경우가 그랬다. 나는 물이 무엇인지 알았지만 나에게는 물이 없었다. 나는 마히제르를 볼 수 있었지만 그녀 없이 살았다. 나는 시간을, 이스탄불을, 사람들을 저주했다. 모든 사람이 싫었다.

　좁은 거리를 지나 우리는 큰 길로 나왔다. 그들은 앞에서 걸었고 나는 그 뒤를 따라갔다. 우리는 앞뒤의 택시 두

대에 타고 바하리예 거리로 갔다. 거기서 샌드위치 토스트를 각각 먹고 포스터를 본 적이 없는 영화를 보러 들어갔다. 그들은 앞에 앉았고, 나는 문 근처 뒷줄 좌석에 앉았다. 나는 마히제르와 내가 같이 본 마지막 영화를 기억해 내려 했다. 영화가 상영되는 내내 나는 스크린과 그들을 동시에 보았다. 그들이 영화에 열중하고 있을 때 나는 지난 시절의 꿈에 빠졌다. 우리가 밖에 나왔을 때 날씨는 추워졌다. 살을 에는 듯한 바람은 가을의 미풍이 아니라 겨울의 서리 같았다. 우리는 사람들 사이에서 걸었다. 우리는 노점상에게서 군밤을 샀다. 쇼윈도도 들여다보았다. 우리는 다른 택시를 타고 우리의 거리로 돌아왔다. 그들은 초록색 문이 있는 건물 앞에 멈췄고, 나는 다음 모퉁이에서 내렸다. 나는 담벼락의 그림자 안에 숨은 채, 몇 시간 동안이나 마히제르를 미행하던 회색 우비 입은 사람을 기다렸다.

키 작은 남자 하나가 마히제르와 크반치가 만나던 순간부터 따라붙었다. 회색 우비 옷깃을 올린 그는 외국 영화에 나오는 탐정처럼 뭔가 비밀스러운 느낌이 났다. 그 남자도 택시에 타고, 극장에 들어가고, 쇼윈도를 들여다보았다. 줄담배를 피우며 주변을 살펴보느라 바빠서 그는 내가 자신을 따라가는 걸 눈치 채지 못했다. 저녁 끝 무렵, 그는 그들과 같은 길로 돌아왔다. 택시에서 내린 그는 다시 담배에 불을 붙였다. 그가 건물의 초록색 문을 향해 성큼성큼 걸어갔다. 걸음을 늦추더니 안을 들여다보았다. 주머니에서 꺼낸 종이에 서둘러 메모를 했다. 일이 끝나자 그는 다시 옷깃을 올리고 길을 건넜다. 그는 낮은 담 뒤에 있는 공터로 들어갔다. 공터는 어두웠다. 나는 그를 따라갔다. 그는 어둠에 싸인 나무 옆에서 기다리고 있었다. 나는 그에게 다가가 불을 빌려달라고 했다. 그가 주머니에서 라이터를 꺼냈다. 몇 번을 시도한 끝에 그가 라이터를 켜고 내 얼굴 가까이에 갖다 댔다. 그가 나를 보자마자 라이터를 쥐지 않은 손을 자기 허리춤에 갖다 댔다. 내가 남자보다 빨랐다. 나는 절제 칼을 그의 목에 댔다. 그의 무릎을 쳐서 바닥에 주저앉혔다. 그의 벨트 안쪽에 있던 총을 빼앗았다.

"당신 누구야?" 내가 물었다. "누굴 미행하는 거지? 누구 아내를 꼬시려 하는 거야?" 처음의 충격에서 벗어나자 남자는 정신을 차리고 말했다. "경찰이오." 자신감이 묻어나는 말투였다. "놔주지 않으면 후회하게 될 거요." 나는 남자의 얼굴에 주먹을 날려 쓰러뜨렸다. 무릎으로 남자의 가슴을 눌렀다. "넌 사탄의 자식이야, 망할 경찰 새끼!" 내가 말했다. 그러고도 분이 안 풀려 다시 한 번 주먹을 날렸다. 남자는 욕을 하는 건지 애원을 하는 건지 모를, 알아들을 수 없는 소리를 냈다. 그의 보잘것없는 몸이 좌우로 꿈틀댔다. 내가 더 세게 누를수록 남자는 내 무릎 밑에서 가슴을 빼내려고 안간힘을 썼다. 남자의 갈비뼈가 부러지면서 고통의 신음이 흘러나왔다. 남자의 역겨운 입 냄새가 얼굴에 느껴졌다. "당신이 누군지 알아?" 내가 말했다. "당신은 죽어도 이해 못 할 걸 말해주지. 내 아내 마히제르는 진실이야. 당신은 그녀를 파괴하러 온 그림자지. 진실의 그림자는 아무 가치가 없어. 그 반대로, 무가치에서 진실을 끌어내고 진실을 다시 만들어내는 모든 것은 아름다운 시지. 당신은 어때? 당신은 진실의 적이야."

그 밤 이후로 나는 철제 칼의 노래를 더 자주 부르기 시작했다. 한 주 동안 나는 그림자 세 개로부터 아내를 구했다. 내 아내 마히제르는 순진했다. 세상을 알게 되고 바꿀 수 있다고 아내가 생각하는 동안, 그녀는 비명을 지르면 들릴 수 있는 거리에 머무는 내 존재를 눈치 채지 못했다. 아내는 자신 뒤에 무엇이 숨어 있는지 아예 모른 채 이스탄불 거리를 돌아다녔다. 아내는 보스포루스 해협의 양

쪽을 자주 왔다갔다 했다. 버스정류장에서 기다리기도 하고, 카페에 앉아 있기도 했으며, 도서관들을 돌아다니기도 했다. 아내가 만나기로 한 사람이 약속 장소에 나타나지 않을 때면 아내는 불안해하며 도망을 쳤다. 아내는 위스퀴다르, 랄렐리, 히사뤼스튀 달동네의 곰팡이로 덮인 지붕이 있는 축축한 집에서 지냈다. 아내는 늦게 자고 일찍 일어났다. 자기가 머물던 집에서 식물과 아이들을 돌봐주었다. 어느 날 저녁에는 치닐리 어린이 도서관이 있는 거리에 가서 크반치를 다시 안아주기도 했다. 그들도 즐거웠지만 보는 나도 즐거웠다.

그날 마히제르는 크반치네 집에서 밤을 보내고 다음날은 나가지 않았다. 그 전 며칠 동안 아내는 지치고 몸이 안 좋아 보였다. 얼굴이 홀쭉했다. 몸을 돌보면서 쉬어야 했다. 아내가 하루라도 집에서 시간을 보내게 되어 기뻤다. 아내가 집에서 쉬고 있는 동안 나는 도서관에 가서 시를 읽기로 했다. 길모퉁이 가게에서 초콜릿 바를 하나 샀다. 이제 나도 일부가 된 그 거리를 천천히 걸었다. 도서관 마당에서 크반치가 오길 기다렸다. 오래지 않아 크반치가 문을 열고 함박웃음을 지으며 마당으로 들어왔다.

"그동안 어디 가셨던 거예요? 걱정했어요!" 크반치가 말했다.

"다른 도서관에 갔었지."

"야세민 아줌마도 걱정했어요."

"야세민 아줌마가 누굴 걱정했는데?"

"누구겠어요, 아저씨지요."

"야세민 아줌마가 날 아니? 내 말은 내가 여기 온 거 말이야….."

"물론이죠. 내가 말했어요."

"언제?"

"지난주에 영화 보러 간 적 있잖아요. 그날 밤 아저씨 얘기 했어요. 아저씨가 내 숙제를 도와주었다고 했어요."

"안 지 일주일이 지났네….."

"네."

"그래서 아줌마가 뭐라고 했어?"

"아저씨를 잘 안다고 했어요. 아저씨를 사랑한다고요."

"날 사랑한다고? 진짜니?"

"진짜예요."

"또 뭐라고 했니?"

"어젯밤 야세민 아줌마는 아저씨한테 편지를 썼어요. 그 편지를 내 가방에 넣어주면서 아저씨한테 전해 달라고 했어요. 보세요, 여기 있어요."

나는 밀봉된 봉투를 받았다. 봉투의 앞뒤를 살펴보았다. 어떻게 할지 몰라서 몇 분 동안 안절부절 못했다. 좋고 나쁜 모든 가능성이 머릿속을 스칠 때, 크반치가 재미있다는 웃음을 지으며 나를 쳐다보고 있었다. 나도 아이를 보며 웃었다. 아이의 머리를 쓰다듬었다.

"너는 이 도서관에서 제일 예쁜 아이야." 내가 말했다.

"오늘은 숙제로 시를 써야 돼요. 도와줄 거죠?" 아이가 말했다.

"금방 가야 해. 오늘은 혼자 숙제 할 수 있지?"

"네. 그럴게요."

"그럼 올라가거라. 가서 시를 써."

"그럴게요. 카모 아저씨."

"뮤즈가 네 펜에 미소를 짓기를 빈다, 크반치."

"고마워요…, 그런데 오늘 뭐 잊은 거 없어요?"

"그게 무슨 뜻이지?"

"오늘은 내가 놀랄 만한 일 없어요?"

"끼먹을 뻔했다. 니 주려고 샀어."

"초콜릿! 고맙습니다, 카모 아저씨. 초콜릿 깜짝선물 너무 좋아요."

크반치가 계단을 올라 열람실로 들어가는 걸 보는 동안 편지를 쥔 내 손에 땀이 차올랐다.

편지봉투를 열었다. 마히제르의 진주 같은 글씨가 앞뒤로 쓰인 종이 한 장을 한참 동안 보았다. 편지는 사랑을 말하고 있었다. 그리고 편지는 고통, 상처, 추억을 말했다. 아내는 익숙한 말들을 하나씩 열거하면서 단어 하나하나 안에서 소용돌이쳤다. 아내는 후회, 눈물, 화, 이별, 눈물, 후회, 망각, 용서, 운명, 죽음, 외로움, 운명, 후회, 눈물, 그리고 망각이라는 말을 계속 반복했다. 아내는 멀다는 말을 가깝다는 말로, 죽음이라는 말을 삶으로, 이별이라는 말을 만남으로 썼고 그 반대로도 했다. 다른 시간과 장소에서라면 나는 그 말들의 의미를 알았겠지만 지금은 마히제르가 무슨 말을 하고 있는지 이해할 수 없었다. 아내의 언어는 엄마의 언어와도, 아버지의 언어와도 전혀 비슷하지 않았다. 아내의 언어는 의미를 무의미하게 만들었다. 놀라서 날아오르는 새떼처럼 아내의 말들은 모두 한데 엉켜 있었다. 아내는 각각의 말의 날개를 옆에 있는 말의 날개에 쑤셔넣어 그 날개를 부러뜨렸다. 아내는 과거의 우리를 만들었던 모든 것을 파괴하고, 미래로 문을 열 수 있는 그 어떤 가능성도 같이 파괴해 버렸다. 나는 잊히고 싶어요. 아내는 말했다. 이 거대한 도시 안에서 방 하나에 갇힌 것 같은 느낌이 들었다. 카모, 당신을 사랑하지만 우리의 과거는 우리의 운명이에요. 우리는 과거에서 벗어날 수 없어요. 아내는 말했다.

이건 도대체 무슨 망상이었을까? 아내는 사랑이라는 말에 조금도 가중치를 두지 않은 채 다른 모든 말들과 같은 수준에 배치했다. 양심의 가책 때문에 괴로웠다. 아, 이 낡은 양심은 끝도 없구나. 편지를 다시 읽으면서 나는 나 스스로에게 물었다. 이 모든 고통을 겪고도 나는 조금이라도 시간을 통제할 수 있을까? 눈멀고 귀먹은 운명을 정복할 수 있을까? 나는 부서졌다. 외로웠다. 악몽으로 잠을 이룰 수 없었다. 아, 내 마음은 패배했다! 아, 이 낡은 양심은 끝도 없구나. 누가 이런 공포를 견딜 수 있을까? 누가 삶의 잔인함을 이렇게 오랫동안 견뎌낼 수 있을까? 마히제르는 잊힐 권리를 내게 요구했고 나에게는 잊지 않을 권리가 필요했다. 나는 단 한순간도 아내의 얼굴을 잊을 수 없었다. 그랬다면 나는 내가 아니었을 것이다. 나는 영혼을 잃어버렸을 것이다. 무덤이 거부하는 죽은 사람이 됐을 것이다. 아, 내 영혼에 독화살을 박아넣는 낡고 끝이 없는 양심! 내가 마히제르를 나 자신에게서 꺼낸다면 내게 남은 것은 시체밖엔 없을 것이다. 구더기가 갉아먹는 시체.

마히제르는 우리가 서로에게 읽어주었던 시를 모두 모아 이 편지에 녹였다. 아내는 부모를 잃은 아이 같았다. 아내는 고통으로 괴로워하고 있었다. 아내는 방 안에 갇힌 채 내게 문을 열어 구해달라 부탁했다고 말했다. '문 좀 열어주세요!' 아내는 말했다. '문 열고 날 놓아주세요! 당신은 당신의 길을 가고, 나는 내 길을 갈 거예요!' 아내는 몸부림치고 있었다. 작은 주먹으로 문을 세차게 두드렸다. 쾅! 쾅! '문 좀 열어주세요!' 아내는 자기를 구해줄 열쇠가 나에게 있다고 말했다. 하지만 나는 어찌해야 할지 몰랐다. 내가 어디 있는지 잊어버렸다. 멀리서 들리던 개 짖는 소리가 점점 더 가까워졌다. 어둠 속에서 울부짖는 소리의 정체를 나는 알았다. 흰 개가 멀리서 짖는 것이었다. 추웠다. 가슴 부분이 아팠다. 목소리가 머릿속에서 울렸다. 쾅! 쾅!

"문 좀 여시오. 간수! 문 좀 열어요!"

알아내려고 한 건 아니지만, 어디에선가 아주 깊은 곳에서 나는 목소리가 퀴헤일란의 목소리라는 걸 천천히 알아챘다.

"문 여시오! 내 친구가 죽어가고 있소. 도와주시오!"

쾅! 쾅!

나는 성한 눈 한 쪽을 반쯤 뜨고 어둠을 응시했다. 퀴헤일란이 꼿꼿이 서서 감방 문을 쾅쾅 세게 치고 있었다. 나는 퀴헤일란에게 말을 할 수가 없었다. 손가락도 움직이지 않았다. 숨을 쉬려고 안간힘을 쓰면서 나는 쌕쌕거렸다. 신음 소리를 냈다.

퀴헤일란이 다가와 나를 내려다보았다.

"살았어." 그가 말했다. "장하네, 카모. 살았어."

퀴헤일란은 축 늘어진 내 목을 곧게 폈다. 바닥에서 천을 집어 내 입술을 적셨다. 내 머리를 쓰다듬으면서 긍정으로 가득 찬 말들을 내뱉었다. 언젠가 여기를 나가 이스탄불을 함께 돌아다니자고 했다. 아름다운 꿈은 상심한 연인이나 죽음의 문턱에 있는 사람들을 위한 것이다. 내 손을 잡은 퀴헤일란은 내가 거의 끝났다는 걸 알았다. 내가 지상에서 낭비한 시간이 이 안에서도 다 떨어져 가고 있다는 걸 그는 알았다.

빗장 풀리는 소리가 들렸다. 감방 문이 열렸다. 간수의 커다란 덩치가 불빛 앞에 나타났다.

"왜 소리를 지르는 거야, 멍청한 놈!" 간수가 짖듯이 말했다.

"아 친구가 많이 아픕니다. 도와주시오." 퀴헤일란이 소리를 낮춰 부탁했다.

"죽게 그냥 놔둬. 죽으면 자유의 몸이 되니까. 우리도 그렇고."

"물하고 진통제라도 좀 주시오…."

"진통제는 당신이 곧 필요하게 될 거야, 멍청한 영감태기. 심문실에서 당신을 데려오라고 했어. 빨리 일어나!"

흰 개의 그림자가 간수의 커다란 발 옆에 보였다. 개는 천천히 우아하게 복도에 들어와 있었다. 빛을 받으면서, 개는 맑은 대리석처럼 서 있었다. 개는 목이 굵었다. 귀는 곧추서고 털은 꼬리까지 덮여 있었다. 따뜻한 담요 같았다. 개의 늑대 같은 눈이 옛날처럼 나를 뚫어져라 보았다.

간수는 흰 개를 의식하지 못한 채 퀴헤일란의 옷깃을 잡아 밖으로 끌고 나갔다. 간수는 나만 안에 남겨두고 문의 빗장을 걸었다. 간수는 우리 둘을 떨어뜨렸다.

몸에서 힘이 빠졌다. 눈이 감겼다. 끝없는 잠으로 빨려 들어가고 싶었다.

흰 개가 천천히 다가왔다. 개가 내 옆에 같이 누워주는 걸 숨소리로 느낄 수 있었다. 개가 따뜻한 몸을 내 몸에 기대왔다. 개는 긴 꼬리를 내 다리에 감았다. 우리는 숨쉬는 속도가 같아져 동시에 가슴이 부풀어 올랐다가 가라앉았다. 개는 내 몸이 따뜻해질 때까지 기다렸다. 우리에게 시간이 있었다면 개는 몇 시간이고 그렇게 누워 있었을 것이다. 하지만 시간이 없었다. 개가 고개를 들었다. 내 얼굴을 핥았다. 축축한 분홍색 혀로 마치 자기 새끼에게 하듯 내 몸을 위 아래로 핥았다. 눈에서 귀까지, 가슴에서 손목까지, 개는 하나씩 하나씩 상처를 치료했다. 고통이 줄어들었다. 이 고통스러운 세상에서 사람이 눈을 감을 때는 적어도 고통 없이 숨을 쉴 수 있어야 했다. 그게 아니라면 살 이유가 어디 있겠는가? 흰 개가 무거운 몸을 움직였다. 내 어깨에 더 무겁게 기대왔다. 개는 매끈한 혀를 내밀어 어릴 적부터 쌓여온 내 모든 공포를 핥아냈다. 마음이 진정됐다. 모든 부담이 사라졌다. 몸이 가벼워지는 걸 느꼈다. 따뜻하고 잔잔한 물에 떠 있는 것 같았다. 이 흰 개만큼 삶이 친절했다면. 내가 길을 잃었을 때 삶이 내게 다른 길을 보여주었다면.

퀴헤일란 아저씨의 이야기

노란 웃음

"사과 세 개를 보내주세요. 보내기 전에 하나를 베어 물어요. 배의 늙은 해도 담당 선원은 상자에서 오래 전에 죽은 연인의 편지들을 꺼내 방금 그 문장을 반복해서 그들에게 읽어줬소. 사과 세 개를 보내주세요. 보내기 전에 하나를 베어 물어요. 의사 선생, 이 얘기를 전에 내가 한 적 있소? 진짜 했소? 그렇다면 이번엔 좀 다르게 얘기하겠소. 들어봐요. 이 늙은 선원은 연인에게서 물려받은 재산 두 가지를 가지고 평생을 바쳐 세계의 바다를 돌아다녔소. 하나는 외로움, 또 하나는 편지가 든 작은 상자였지. 대륙에 도착할 때마다 선원은 새로 지도를 그렸소. 섬에 도착할 때마다 지도에 새로운 이름들을 추가했지. 머리가 흰 노인이 되어 마지막 항해를 떠나면서 선원은 바다에 작별을 고하고 여생을 뭍에서 보내기로 결심했소. 선원은 파도에 영혼을 바친 뱃사람을 존경했지만 자신의 몸은 젊은 시절 연인의 옆에 묻히길 꿈꿨지. 선원은 이 이야기를 선실을 같이 쓰는 항해사에게 털어놨소. 항해사는 자기가 바다에서 죽든 뭍에서 죽든 상관이 없지만 제 시간이 되어서 죽기를 원했소. 난 이 시계로 시간을 맞추지. 회중시계를 꺼내 사랑스럽게 뚜껑을 만지면서 항해사가 말했소. 루비가 박힌 뚜껑에는 항해사가 해독할 수 없는 표시가 숨겨져 있었소. 아니면, 그런 비밀이 있다고 믿고 싶었는지도 모르지. 별빛 가득한 밤이었소. 거친 파도가 배의 옆구리를 때리면서 부서질 때 밖에서 뭔가 깨지는 소리가 들렸소. 늙은 해도 담당 선원과 항해사는 선실 밖으로 뛰어나가 계단을 올라서 갑판으로 갔소. 하늘에는 반짝이는 별들이 가득했지. 그들은 발을 멈추고는 바다에서 평생을 보낸 노인의 표정이라기보다는 하늘의 매력에 푹 빠진 아이의 표정으로 하늘을 올려다보았소. 은하수가 천천히 흐르는 걸 한참 동안 지켜봤지. 늙은 해도 담당 선원은 별들이 강물처럼 흰 곳을 가리켰소. 보게. 그가 항해사에게 말했소. 자네 시계 무늬 같지 않은가? 회중시계를 꺼내 비교해봤소. 뚜껑의 빨간 루비가 반짝였소. 하늘에서 원을 이루며 돌고 있는 별들이 루비에 그대로 비쳤지. 맞네. 늙은 해도 담당 선원이 말했소. 자네 시계의 시간과 표시가 맞아. 구름이 빠르게 늘어나더니 하늘이 흐려졌소. 돛에서는 울부짖는 소리가, 밧줄에서는 채찍 소리가 났지. 바다 위의 배는 나뭇잎처럼 바람에 이리저리 쓸렸소. 비가 쏟아지자 배는 온 방향에서 불어오는 회오리바람의 공격을 받았지. 점점 두려워졌소. 공포에 질린 외침 사이로 선장의 지시에 따라 그들은 배의 타륜을 돌려 균형을 잡고 돛을 바로잡기 위해 안간힘을 썼지. 그들은 밧줄을 풀었다 조였다 하면서 좌우로 허둥지둥 움직였소. 폭우는 사흘 동안 조금도 수그러들지 않고 계속됐고 구름은 걷히지 않았지. 그들은 파도에 이리저리 내팽개쳐지고 쓸려서 바다로, 아마 그 전에 아무도 가지 않았던 바다로 표류했지. 사흘째 되는 날 바다가 잠잠해지고 바람이 잦아들었소. 별들이 다시 나타났고 그들은 폭풍우가 끝났다고 믿었소. 자기들이 어디에 있는지 그들은 알아내려고 했소. 찢겨진 돛을 수선하고 물통이 깨져 쏟아져 버린 식수를 보충할 마른 땅을 찾아 다녔지. 선장은 자기 앞에 펼쳐진 지도를 꼼꼼하게 들여다보고 별들을 따라 항해를 했소. 결국 선장은 오래된 지도 하나에서 별의 위치와 맞아 들어가는 모양을 발견했소. 집게손가락으로 지도의 구석을 짚으면서 선장은 말했소. 우리는 여기 있는 거요. 그러고는 덧붙였소. 여기서 하루만 가면 닿을 수 있는 섬이 하나 있소. 갈 수 있소. 선장 옆에 서 있던 늙은 해도 담당 선원과 항해사는 서로를 쳐다봤소. 선장이 가리키는 하늘색 섬에 대해 의심이 든 거지. 선장, 그들이 말했소. 항로에서 너무 멀리 벗어나지 맙시다. 사랑에 빠진 해도 담당 선원이 그린 가짜 섬처럼 보이는군요. 지도의 빈곳에 섬을 그린 다음 자기가 사랑하는 여인의 이름을 붙이곤 하던 해도 담당 선원들이 옛날에 있었습니다. 그런 식으로 그들은 사랑의 흔적을 남기곤 했지요. 바다에는 해도에 나온 가짜 섬들로 갔다가 뒤늦게 속았다는 걸 안 이야기가 많았거든. 늙은 해도 담당 선원과 항해사는 이 섬이 의심스러웠지만 더 이상은 주장을 하지 않았소. 하지만 늙은 해도 담당 선원이 젊을 때 그 섬을 그려넣었다는 걸 두 사람은 알고 있었소. 선장이 화를 낼까 봐 그 말을 할 수는 없었지. 그들이 두려워한 건 바다 속으로 쓸려 들어가 숨이 막히는 것이었소. 이 두 친구는 선실에 내려가 얘기를 하면서 밤을 보냈소. 내가 사랑하는 여인을 처음 본 건 마을의 시장이었네. 늙은 해도 담당 선원이 말했소. 그때 난 청년이었지. 그녀에게 편지를 썼어. 오빠들한테 들키지 않게 그녀가 몰래 보낸 답장을 읽고 또 읽었네. 처음 바다로 항해를 나갈 때 난 그녀가 절대 잊지 못할 선물을 사오겠다고 맹세했네. 내 목표는 고래잡이로 돈을 많이 번 다음 돌아와 사랑하는 여인을 아주 멀리 데려가는 거였어. 내가 사랑한 사람은 아름답고 날씬했고 섬세했어. 그녀는 내가 나가 있는 동안 병에 걸려 며칠을 고열에 시달리며 누워 있었어. 죽음이 결국 유리처럼 약한 그녀의 몸을 정복했지. 항해에서 돌아와 그녀의 무덤에 갔다네. 그녀의 무덤 옆에 내 무덤을 팠지. 그 안에 들어가 지니고 있던 지도를 펴서 며칠 밤 동안 작업을 했네. 사람이 없는 바닷가 근처에 가장 아름다운 섬을 그려넣고 파랗게 칠한 다음 사랑하는 여인의 이름을 붙였지. 지구가 계속 도는 한 사랑하는 여인의 이름을 가진, 존재하지 않는 섬을 찾아 다니려고 했지. 마음속에 그 꿈을 품고 항해를 떠났다네. 돛이 떨어진 흰 배는 가슴을 파도에 드러내면서 바다로 미끄러져 들어갔소. 지도에 그려진 사람 없는 바닷가를 향해서. 늙은 해도 담당 선원과 항해사는 새벽에 잠이 들었소. 꿈의 섬으로 떠내려 간 거지. 저녁때쯤 가짜 섬이 그려진 지점에 닿았을 때, 섬이 보인다는 망꾼의 외침에 그들은 잠을 깼소. 섬이 보인다고? 그럴 리가? 늙은 해도 담당 선원은 자기 귀를 믿을 수가 없었지. 서둘러 갑판으로 나갔소. 안개 속에서 성벽, 돔, 탑들로 찬란하게 빛나는 하늘색 도시가 보였소. 이스탄불, 그가 죽은 연인의 이름을 나지막이 중얼거렸소. 내 사랑 이스탄불! 그는 자기 손으로 지도에 그린 섬이 현실이 된 모습에 놀라고 감탄하면서 섬을 바라보았소. 항해사가 그를 팔에 안았지. 늙은 해도 담당 선원은 희미하지만 만족한 미소를 지어 보였소. 삶에 충분히 만족한다는 미소였소. 내가 보고 있는 게 현실일까? 그가 말했소. 내 앞에 보이는 것이 사랑하는 이스탄불에게 내가 준, 존재하지 않는 상상의 그 섬인가? 갈매기들이 미풍처럼 배 쪽으로 미끄러지면서 날아왔소. 늙은 해도 담당 선원은 거기서 숨을 거뒀소. 뱃사람들의 전통에 따라 선원의 몸은 바다의 무한함에 맡겨졌소. 세월이 지나면서 이스탄불 사람들은 자기들의 도시가 실재하지만 안개에 싸인 배의 환상이라고 믿으면서 흰 배의 선장, 해도 담당 선원, 항해사 이야기를 끝도 없이 하게 됐소."

감방 안에는 나 혼자뿐이었지만 앞에 의사가 앉아 있다고 생각하면서 말을 이었다. 나는 의사에게 부스러진 손가락으로 힘겹게 만 담배를 건넸다. 성냥을 꺼내 의사의 담배에 먼저 불을 붙인 다음 내 담배에 불을 붙였다.

"이스탄불 사람들은 자기들이 실제라고 생각했소. 자기들이 흰 배에 있는 지도 안에서 살아간다는 사실을 몰랐던 거요." 나는 담배를 길게 빨아 연기를 허공 위로 뿜으면서 계속했다. "어떻게 생각하시오, 의사 선생? 지도에 섬을 그린 다음 고래잡이배에서 일자리를 구해 끝없는 바다로 항해하는 걸 상상하겠소?"

어릴 때부터 내 비밀의 섬도 이스탄불이었다. 아버지가 늙은 해도 담당 선원의 이야기를 들려주던 겨울 밤, 나는 책가방에서 지도를 꺼내 섬을 그려넣었다. 그 섬을 상대로 행복한 꿈을 꾸고 그 섬을 아주 많이 사랑했다. 그때는 사람들이 상상하기보다 먼저 보려고 하던 시대였다. 세상 모든 곳이 변하고 있었다. 사람들은 보지 않고 사랑하는 법을 잊게 됐다. 사람들에게는 꿈 꿀 섬이 없었다. 사람들은 자기가 뭘 찾고 있는지 몰랐다. 사람들은 멀리서 내가 이도시를 얼마나 오랫동안 사랑할 수 있었는지 이해하지 못했다. 정복이라는 개념을 기억에서 지웠기 때문에 그들은 나를 이해하지 못했다. 모든 정복은 꿈에 의존해서 자신만의 길을 간다. 예수의 길과 알렉산더 대왕의 길은 달랐다.

알렉산더는 도시를 정복했지만 예수는 도시에 사는 사람들을 정복하려 했다. 내 꿈은 도시와 그 도시에 사는 사람들 모두를 정복해서 그 둘을 동시에 구하는 것이었다. 이스탄불에는 그게 필요했다.

사람들은 모두 이스탄불의 아름다움에 대해 말하지만 아무도 거기서 행복하게 살아내지 못했다. 불확실성, 이기심, 그리고 폭력이 도시의 아름다움을 가려버렸다. 도시는 사람들이 세상에서 추구하는 아름다움과 고결함을 드러내는 존재였다. 그러기에 신은 너무 불충분했다. 도시에서 사람들은 스스로 자연을 만들어내려 노력하고 그 자연 안에서 자신을 찾으려고 했다. 신도 똑같이 하지 않았던가? 신도 자신의 중요성을 발견하기 위해 하늘과 땅과 사람들을 창조하지 않았던가? 시대가 흘렀다. 상황은 변했다. 혼돈은 신을 밖으로 밀어내기 시작했다. 신이 밖으로 밀려나려면 '안'이 필요했다. 사람들은 도시 안에서 그것을 만들고 있었다. 자신만의 자연을 퍼뜨리는 사람들은 자신도 모르게 새로운 시간을 만들고 있었다. 우울도 거기서 생겨났다. 사람들의 우울이 아니라, 새로운 시대에 적응 못한 신의 우울이었다. 바벨탑 이후로 신이 두려워하던 일이 일어나고 있었다.

바다 건너 부족민들은 아이들의 얼굴을 때려 보기 흉하게 만들었다. 적에게 납치당하거나 노예로 팔리지 않도록 하기 위해서다. 그런 식으로 아이들은 계속 자유로울 수 있었다. 그들의 언어에서 추함과 자유는 의미가 같다. 아름다움과 노예는 같은 말로 표현된다. 이스탄불 사람들도 자기들의 도시를 잃을지 모른다는 공포 속에 살았다. 그들은 이스탄불의 아름다움을 파괴하기 위해 가능한 모든 일을 했다. 지상과 지하에서 그들은 고통에 빠지고, 악에 매달렸다. 그들은 도시를 흉하게 만드는 걸 자유라고 불렀다. 악의 궁극적인 목표가 아름다움의 파괴라는 것을 알지 못했다. 하지만 이스탄불은 그걸 알았다. 이스탄불은 사람들의 어리석음에 저항했다. 그 위대한 도시는 자신의 아름다움을 지키기 위해 안간힘을 쓰면서 혼자 힘으로 모든 것에 저항했다.

　선은 도덕주의적이었다. 옳음은 계산적이었다. 그와는 반대로 아름다움은 무한했다. 아름다움은 하나의 단어, 하나의 얼굴, 비에 흠뻑 젖은 벽의 조각 안에 있었다. 아름다움은 이미지가 없어도 누군가의 공상 안에, 알려지지 않은 의미 안에 있었다. 황무지를 찾는 데 지친 사람들이 도시에 자신만의 자연을 만들고 나서부터 사람들은 자신의 삶

을 유리, 강철, 전기에 바쳤다. 창조하는 취향이 그들에게
생겼다. 사람들은 거울을 들여다보며 자기 자신에게 말했
다. 나는 자연을 발견하는 사람이 아니다. 나는 도시의 창
조자다. 그들은 사람들과 자연 사이의 갈등을 없애 영적인
적과 물질적인 것을 합쳤다. 그들은 모든 시간과 장소를
하나로 합쳤다. 도시를 보면서 그들은 과거만이 아니라 미
래도 보았다. 그 다음에는 여기저기 바쁘게 돌아다니는 데
점점 지쳐갔다. 점점 더 비관적으로 변했다. 절망적으로 변
했다. 그들은 아름다움 속의 추함에, 풍요 속의 빈곤에 휩
쓸렸다. 그들은 지쳤다. 그들은 이 도시의 아름다움이 죽
음의 고통을 겪고 있다는 걸 알았을까? 알았다면 그들은
삶을 그 아름다움에 다시 한 번 바쳤을 것이다. 그들은 도
시의 삶이 무가치하게 변하고 있다는 걸 알았을까? 알았
다면 그들은 도시의 삶을 다시 가치 있게 변화시키려 했을
것이다. 열정은 끝나고 있었을까, 더 이상 비밀은 없었을
까? 사람들은 열정으로 도시를 둘러싸고, 도시를 부수는
대신 새롭게 정복해야 했다.

　의사에게 이 모든 말을 했다. 의사는 내 앞에서 텅 빈 벽
을 응시하고 있었다. 나는 상상의 담배를 손가락 사이에
끼워 입술에 갖다 댔다. 한 모금 빨았다. 그렇게 조심했음

에도 재가 바닥에 떨어지자 한숨이 나왔다. 손가락으로 재를 집으려고 했다. 재는 잘게 부서졌다. 다시 화가 났다.

처음 화가 난 것은 심문을 당하고 감방으로 돌아와 이발사 카모가 없다는 걸 알았을 때였다. 카모가 어떻게 됐느냐고 물었지만 간수는 대답하지 않고 내 눈앞에서 문을 쾅 닫아버렸다. 의사와 데미르타이도 감방에 없었다. 내가 심문 당하는 동안 그들이 감방에 돌아왔었는지 궁금했다. 좀 쉬고 잠도 잤을까? 왔다 간 흔적은 보이지 않았다. 빈 물병이 같은 자리에 그대로 있었다. 벽과 문을 손으로 만져봤지만 피가 새로 묻어 있지 않았다. 맞은편 감방도 비어 있었다. 나는 바닥에 누워 문 밑으로 단추를 밀어 보냈지만 지네 세브다는 답이 없었다. 성한 한 쪽 발로 감방 문에 서서 몇 분을 기다렸지만 지네 세브다는 쇠창살 쪽으로 오지 않았다.

먼 데서 뭔가가 깨지는 듯한 큰 소리가 들렸다. 벽 너머, 복도 너머, 철문 너머에서 들리는 폭발 소리는 브라우닝 권총 소리 같았다. 앉은 자리가 흔들렸다. 벽을 잡고 간신히 설 수 있었다. 다친 다리를 돌이 가득 담긴 가방처럼 끌면서 절름절름 문으로 갔다. 쇠창살을 손으로 잡았다. 뭔가 보이기를 기대하면서 밖을 내다보았다. 복도는 비어 있었다. 하얀 조명 아래 물결치는 그림자도, 누군가 숨을 쉬는 흔적도 보이지 않았다. 총소리는 어느 방향에서 났을까? 좀 더 정확하게 총소리는 누구한테서 나온 것일까?

두 가지 가능성이 머릿속을 스쳤다. 총의 목표물은 '죽음도 좋다'고 말한 의사였을까? 영리한 데미르타이, 아니면 화를 잘 내는 카모, 아니면 완강한 지네 세브다였을까? 그들 중 한 명이 기회를 잡아 총을 빼앗고 다른 복도로 뛰어가 저들과 대치한다면 얼마나 멀리 갈 수 있을까? 복도들 사이에서 어떻게 길을 찾을 수 있을까?

더 좋은 시나리오도 있었다. 위의 이스탄불이 우리를 잊지 않은 것이다. 벨그라드 숲 충돌에서 살아남은 젊은 혁명당원 무리에 다른 사람들이 들어왔을 가능성이다. 그들은 우리의 고통을 끝내고, 고통 당하는 사람들을 구하겠다고 맹세했을 것이다. 그들이 우리를 도우러 오고 있었다. 의사의 젊은 아들과 미네 바데가 그들과 함께 할 것이다.

총소리가 다시 났다. 한 번 폭발음이 나면 다른 폭발음이 뒤를 이었다. 베레타, 발터, 스미스 앤 웨슨 총알이 브라우닝 소리와 섞였다. 그 소리들이 복도에서 울렸다. 나는 평생을 보낸 하이마나 산의 야생동물 울음소리를 식별해내듯이 권총 소리 하나하나를 식별해냈다. 귀에 신경을 집중했다. 총알 하나하나가 인간 몸에 낼 상처들을 생각하니 불안해졌다.

친구들이 걱정됐다. 그들은 지금 어떤 상태일까? 살았을까, 죽었을까? 두 상태 다일 수도 있었다. 내가 그들을 보지 못하는 한 그들은 살아 있기도 하고 죽어 있기도 한 것이었다. 그들은 숨을 쉬거나, 죽어서 이 바닥에 누워 있었다. 우리 사이의 벽은 모든 가능성을 그럴 듯하게 만들었다. 우리를 향해 전투하면서 다가오는 사람들도 마찬가지였다. 완전무장을 하고 전진하는 사람들은 우리를 구하러 오는 사람들이자 죽이러 오는 사람들이기도 했다. 그 외에 다른 것은 알 수가 없었다. 내가 알지 못하니 모든 가능성은 다 똑같이 그럴 듯해 보였다. 지상 세계에서 여기 지하 감방을 떠올리는 것도 마찬가지였다. 우리가 여기서 고통 당한다는 이야기를 들은 이스탄불 사람들은 슬프고 절망적인 기분으로 걸어다니면서 우리에 대해 두 가지 가능성을 생각했다. 우리가 살아 있을 가능성과 죽었을 가능성 말이다. 아마 우리는 숨을 쉬거나, 죽어서 바닥에 누워 있었을 것이다.

나는 지상의 사람들 입장이 되어 보려 했다. 그들의 눈으로 잠깐 나 자신을 봤지만 무엇을 생각해야 할지 알 수 없었다. 나는 살아 있기도 하고 죽어 있기도 한 것처럼 느껴졌다. 마치 동시에 두 상태에 존재하는 것 같았다.

복도의 흰 조명에 이끌려 생각에 빠져 있는 동안 총소리가 멎었다. 사방이 조용해졌다. 감방에서는 그 전처럼 아무 소리도 나지 않았다. 나는 언제라도 복도 끝에서 누군가가 나타날 것처럼 계속 기다렸다. 한 발로 조금이라도 더 오래 서 있으려고 쇠창살을 붙잡았다. 불빛 때문에 눈이 부셔서 눈을 깜빡였다. 우리 감방 뒤쪽 복도에 있는 감방에서 문 두드리는 소리가 들렸다. "간수!" 외치는 소리도 들렸다. 우리 뒤쪽 감방에 있는 누군가가 도움을 필요로 하고 있었다. "간수!" 나는 귀를 복도 쪽으로 기울였다. 간수의 발자국 소리를 기다렸다. 간수는 지금쯤 의자에서 일어나 방을 나와 딱딱한 구두 굽으로 콘크리트를 밟으면서 걸어올 것이다. 간수는 뒤쪽 복도로 가서 감방 문 앞에 설 것이다. 빗장을 밀어 문을 열고 욕을 내뱉기 시작할 것이다. 하지만 간수는 움직이지 않았다. 간수는 의자에서 일어나지도, 구두 굽으로 콘크리트를 밟으면서 걸어오지도 않았다. 뒤쪽 감방에서 나는 소리에 반응하지 않고 그냥 놔뒀다. 이제 다시 조용해진 복도는 바닥이 없는 구덩이 속으로 빠져들었다. 더 이상 기다리기에 나는 너무 지쳐 있었다. 벽에 몸을 기댔다. 성한 다리에 무게를 실으면서 미

끄러지듯 바닥에 앉았다. 다리를 넓게 벌리면서 깊은 숨을
쉬었다.

코피가 난다는 사실을 안 건 그때였다. 바닥에서 천을
집어 닦았다. 잠이 오지 않았다. 배가 고팠다. 물을 못 먹
어 입이 말랐다.

텅 빈 벽을 바라다보면서 시간을 때우는 것보다는 의사
에게 이야기를 하는 편이 더 낫겠다고 생각했다. 담뱃갑
을 주머니에서 꺼내는 시늉을 했다. 갈라진 손가락으로 담
배를 말면서 의사의 집에 가서, 거기서 의사와 얘기를 하
기로 마음먹었다. 의사가 좋아하는 곳, 보스포루스 해협이
내려다보이는 의사의 집 발코니에 같이 앉아 있는 걸 상상
했다. 풍성하게 만 담배를 의사에게 건넸다. 그리고 내 것
도 하나 말았다. 테이블에 있는 라이터를 집어 우리 담배
에 불을 붙였다. 한 모금을 빨고 폐 속에 연기를 잠깐 담았
다가 파란 하늘에 뿜었다. 초겨울 이스탄불에선 아주 보기
드문 하늘이었다. 방금 전 들은 총소리는 머릿속에서 지웠
다. 밑에서 올라오는 자동차 경적 소리, 페리의 사이렌 소
리, 갈매기 울음소리에 귀를 기울였다.

발코니의 레이스 테이블보 위에는 에즈메, 치즈, 그리고
피클이 가지런히 놓였다. 루콜라는 신선했다. 요구르트는

부드러웠다. 무에는 레몬을 짜서 뿌렸다. 올리브에는 얇게 저민 칠리 고추가 뿌려져 있었다. 빵은 얇게 잘랐고, 잘라진 조각 중 몇 개는 구워져 있었다. 물 주전자는 반쯤 차 있었다. 라키 술에는 얼음이 들어가 있고, 술은 길고 우아한 잔에 따랐다. 탁한 라키 술은 아주 차가웠다. 담뱃갑, 라이터, 재떨이는 모두 테이블 위에 나란히 놓여 있었다. 흰 테이블보 가장자리 레이스 자수로 보아 지난 시대로부터 내려온 가보임에 틀림없었다.

더운 날이었다. 의사는 긴장을 풀고 즐거워하는 것 같았다. 오래된 터키 고전가요가 직직거리며 안에서 흘러 나왔다. 가수는 오래 전에 세상을 떠났지만 이 집을 결코 떠나지 않은, 의사의 아내였다. 당신은 내 마음의 주인이에요. 그녀가 힘 있는 목소리로 노래했다. 그곳은 오직 당신 거예요. 인생은 다 가고 머리는 희어졌지만, 당신은 내게 모든 것. 당신은 기쁨, 당신은 생명이에요. 그녀가 노래했다. 노랫말은 물처럼 발코니를 따라 흘러내리고 낙수 홈통을 타고 땅으로 흘렀다. 아파트, 아래 정원, 거리의 모든 것이 그런 갈망을 불러일으켰다. 노점상들은 같은 목소리로 외쳤다. 페리의 프로펠러와 자동차의 바퀴는 똑같이 윙윙 소리를 냈다. 지붕들은 여러 줄로 늘어서 있어 저 아래 바다로 내려가는 계단처럼 보였다. 바다의 부푼 파도는 노래에 맞춰 솟았다가 가라앉았다. 선장들은 차례로 경적을 울렸다. 마치 그들은 우리가 마시는 라키 술을 보고, 우리가 듣는 노래를 들은 것 같았다.

의사는 처음에는 나를 위해, 다음에는 우리 맞은편 바다를 위해 잔을 들었다. 의사는 우리가 자기를 흉내내는 걸 보며 미소 지었다. 의사는 라키 술을 한 모금 마셨다.

"오셔서 정말 기뻐요, 퀴헤일란 아저씨." 의사가 말했다.

"나도 기쁘다네." 내가 대꾸했다.

"이스탄불은 실컷 보셨습니까?"

"긴 인생에다 열흘을 더 했으니, 그 정도면 충분하오."

"그렇게 말씀하시니 좋습니다."

"평화롭게 죽을 수 있을 거 같소, 의사 선생. 평화로운 기분이 들어."

"왜 죽는 얘길 하십니까? 좋은 생각만 하시지요. 자주 이런 자리를 만들고 계절마다 이스탄불을 내려다보면서 라키 술을 마실 수 있기를 기원하시지요."

"이스탄불을 위해 건배하세."

"좋은 날을 위하여…."

우리는 잔을 부딪쳤다.

우리는 맞은편 건물의 지붕 테라스에 비어 있는 접이식 의자들, 빨랫줄, 지붕의 타일을 바라다보았다. 안개는 없었다. 하늘은 맑았다. 참르자 언덕에 조그만 구름 조각이 걸린 걸 제외하면 하늘은 온통 새파랬다. 크날르 섬의 집들과 숲이 보일 정도였다. 오른쪽에서 가라앉는 해가 하늘을 진한 오렌지색으로 물들이면서 지려면 한 시간쯤 남아 있었다.

"곧 저녁이오. 모든 것은 마법의 담요에 싸일 게야."

"마법요? 이스탄불에 무슨 마법이 남아 있습니까?"

"의사 선생, 당신이 일전에 희망에 대해 말한 것을 마법에 적용했소. 마법은 우리가 가진 것보다 더 좋은 것이지."

"희망이든 마법이든, 어떤 걸 사용하느냐는 중요하지 않습니다. 어쨌든 이스탄불의 아름다움을 구하기에는 충분하지 않을 테니까요. 저는 아무에게나 이런 말을 하지 않습니다. 퀴헤일란 아저씨. 아저씨니까 말하는 겁니다. 사람들은 지쳐가고 있어요. 여기서 나가고 싶어 합니다."

"의사 선생, 사람들이 이곳을 포기하는 건 살기에 적합하지 않기 때문이오. 하지만 우리가 생각해야 할 것은 이스탄불이 살 만한 가치가 있는지가 아니라 창조할 가치가 있는지 여부이지."

"도시의 어떤 부분이 창조될까요? 유린 당한 아름다움?"

"아름다움만 다시 창조해도 정복은 본질적으로 정당화되겠지."

"정복…, 정복에 대한 생각은 아직도 그대로이십니까?"

"당연하지."

"지난 열흘 동안 그 많을 것을 보고도요…."

"생각이 더 굳어졌네."

"그 생각에 건배할까요?"

"오늘 머릿속에 떠오른 모든 것을 위해 건배하세."

우리는 즐거운 기분으로 의자에 등을 기댔다.

우리는 오른쪽 지붕들 위를 떠다니는 빨간 숄을 바라다보았다. 숄은 바람에 실려 바다 쪽으로 날아가고 있었다. 어떤 때는 물결처럼 출렁이다 어떤 때는 똑바로 날았다. 숄은 날개를 한껏 뻗은 새처럼 활공했다. 지붕으로 내려앉을 생각이 없는 듯했다. 바다까지 날아갈 것 같았다. 숄의 매혹적인 빨간색에 빠져 우리는 먼 곳을 생각했다.

"퀴헤일란 아저씨, 혼란스러울 때가 있어요. 아저씨를 열흘이 아니라 평생 안 것 같아요. 아저씨도 그런 생각이 드시나요?"

"나도 우리가 오랫동안 이스탄불의 골목골목을 같이 돌

아다니면서 이야기를 나눈 것만 같네. 더 오래 얘기할수록 서로 할 말이 더 많아지는 친구 같은 생각이 든다네."

"우리가 늙었나 봅니다…."

"난 이미 늙었다오. 의사 선생. 자넨 아직 괜찮아."

"하지만 아저씬 예리하시지 않습니까? 저보다도 건강하시고."

"난 한 번 알게 된 건 잊지 않고 간직하네. 진짜 그래. 예를 들어, 의사 선생이 말한 그 책은 내 뇌에 새겨져 있지. 며칠 동안 그 책 생각을 하고 있었네."

"어떤 책 말씀이십니까?"

"《데카메론》 말이오."

"제목을 기억하고 계시는군요."

"기억하고 있지."

"그 책에 나오는 재미있는 이야기들도 물론 잊지 않고 계시지요?"

"의사 선생, 그 책에 나오는 이야기를 당신이 할 때마다 아버지가 나한테 들려준 이야기가 생각난다오. 아버지는 이스탄불에 다녀오는 길에 지하 감방에 갇힌 적이 있지. 아버지는 감방에서 뱃사람한테 들은 섬 이야기를 우리에게 하셨지. 그 섬의 관습에 따르면, 누군가가 죽으면 사람들은 모두 죽은 사람의 집에 모여 한밤중까지 곡을 하면서 슬퍼하다가 집으로 돌아갔네. 그러고 나면 초상집에는 가족들만 남지. 그때 비로소 가족들은 이야기를 시작하는 거야. 죽은 사람에 관한 재미있는 얘기들을 하면서 웃기 시작하네. 이야기가 시작될 때마다 가족들은 웃음을 터뜨리고, 이야기가 계속되면 눈물을 흘렸지. 그들은 그걸 노란 웃음이라고 말했어. 노란색이 죽음을 잊게 해주기에 적당한 색깔이라고 생각한 거지. 어떻게 생각하시오, 의사 선생?《데카메론》에서 죽음의 숨결이 코앞에서 느껴질 때 귀부인과 신사들이 재미있는 이야기를 하는 것이 노란 웃음이 필요해서라고 생각하시오?"

"그럴지도 모르지요." 의사가 대답했지만 말을 잇지는 않았다. 의사는 거실에서 울리는 전화를 받으러 일어났다.

웃음 또한 우리가 가진 것보다 더 좋았다. 그건 삶이 우리에게 준 교훈 중 하나였다. 발코니에 혼자 남은 나는 내 앞의 음식들에게 그 표현을 확장했다. 치즈와 피클은 우리가 가진 것보다 좋다, 라키 술은 예외 없이 우리가 가진 모든 것보다 좋다, 나는 혼자 킥킥거렸다. 술 한 모금을 마셨다. 나는 잔을 테이블에 놓고 오이를 한 입 먹었다. 이스탄불에서 사는 건 얼마나 멋진 일인가. 나는 말했다. 금각만의 바닷물이 보스포루스 해협의 해류와 합쳐지는 곳에서 작은 고깃배들이 파도 위에 출렁이는 걸 내려다보았다. 서쪽의 첨탑들과 높은 아파트 지역 뒤의 하늘이 조금씩 다른 붉은 빛을 낼 때, 이스탄불 쪽에서 갑자기 나타난 안개가 이쪽으로 오고 있었다. 안개는 곧 낚싯배들 위에 드리워졌다. 나는 에즈메를 토스트 빵조각에 발랐다.

거실에서 돌아온 의사와 나는 남은 라키 술을 다 비웠다. 잔을 다시 채웠다.

"아들이 전화했습니다." 의사가 말했다. "오늘밤 못 온다고 합니다."

"우리 젊은 의사 말인가? 왔으면 좋았을 텐데. 만나고 싶었다네."

"그 아이도 아저씨를 만나고 싶어 합니다. 안부 전해달라는군요."

"고맙네."

"젊은 사람들은 정확하게 자기들이 하고 싶은 걸 하지요. 젊은 사람들을 이해하는 건 불가능해요. 아주 중요한 일이 있는 게 분명합니다."

"아들 여자친구는 어떻게 지내나? 미네 바데 말이네…."

"잘 지냅니다. 저도 아직 못 봤습니다. 둘이 오늘밤에 오면 보려고 했는데."

"오늘은 못 올게 분명하니 의사 선생, 다음에…."

"다음이라고요?"

의사는 취기가 오른다는 듯이 잠깐 말을 멈추었다. 의사
는 지붕들 너머 바다를 바라다보았다. 잔을 양 손으로 움
켜잡았다. 손깍지를 끼고 앞으로 구부정하게 앉았다. 어깨
를 구부린 채 지금은 잠잠해진 보스포루스 해협의 파도를
유심히 보았다. 안쪽에서 들리는 아내의 목소리를 더 잘
듣기 위해 고개를 한쪽으로 젖혔다. 눈을 감고는 아내와
함께 노래 가사를 웅얼거렸다. 의사의 머리가 숙어져 어깨
에 닿았다. 목소리가 느려지다 침묵에 빠졌다. 그가 깊게
숨을 쉬었다. 나는 기다렸다. 의사가 졸린 게 틀림없다고
생각하던 그 순간 그가 똑바로 앉아서 눈을 떴다. 그는 슬
픈 눈망울로 나를 보았다. 마치 내가 거기 있는 걸 의심하
는 듯, 처음에는 가까이에서 나를 살펴보더니 다음에는 떨
어져서 가만히 보았다. 의사는 라키 술을 한 모금 마셨다.

"괜찮소, 의사 선생?" 내가 물었다.

"아들이 사랑하는 여자를 보고 싶었습니다. 미네 바데가
오늘밤 왔으면 좋았을 텐데."

"오늘 별똥별이 보이면 그들을 위해 소원을 빕시다."

"별이 아니라 안개가 보일 것 같아요, 퀴헤일란 아저씨. 아저씨의 마술 같은 이스탄불이 곧 안개에 싸일 겁니다."

폭발음이 잇따라 여러 번 들렸다.

어디서 그 소리가 나는 건지 우리는 알 수 없었다. 먼저 우리는 건너편 집들을 보고, 다음에는 발코니 난간에 기대 세 층 아래 거리를 내려다보았다. 붐비는 저녁 거리, 쏟아져 나오는 학생들, 가로등이 차례로 보였다. 모든 게 정상이었다. 발코니나 창에서 내려다보는 사람도 없었다. 테라스와 드리워진 커튼들도 그대로였다.

"총소리였습니까?" 의사가 물었다.

"아닌 거 같네." 의사가 걱정하지 않도록 내가 둘러댔다. "밖에 무슨 일이 일어나도 신경 쓰지 말고 우린 그저 라키 술이나 즐기세."

나는 술 반 잔을 들이켰다. 그 자리에서 취하고 싶은 충동이 일었다. 마치 처음 보는 것처럼 이스탄불의 석양에 빛나는 먼 곳의 창문들을 바라보았다.

"퀴헤일란 아저씨." 의사가 말했다. "하늘에, 우리 세상과 똑같은 세상이 하늘에 있다고 아버님께서 말씀하셨다고 했지요? 얼마 전에 아들한테 그 얘기를 했습니다. 아들은 재밌어 했지만, 늘 그랬듯이 녀석은 내 의견과 정반대를 생각했습니다. 아들은 우리의 위가 아니라 아래의 세상을 찾아야 한다고 말했습니다. 지하는 멀지 않아요, 우리 곁에 있어요. 아들이 말했지요. 거기서 사람들은 고통 받으며 몸부림치고, 나갈 길을 찾고 있습니다. 그 사람들은 지치고 약해져 있습니다. 그들은 하늘을 보는 것처럼 고개를 듭니다. 그들은 우리에 대해 상상하고 우리를 부릅니다. 우리 모두에게는 지하에 사는 또 다른 자아가 있습니다. 귀기울이면 들을 수 있습니다. 아래를 내려다보면 그들을 볼 수 있을 겁니다."

"이스탄불에 있는 아버지의 다른 자아는 당신의 아들일지도 모르오. 환생이라고 할 수도 있겠지. 어떻게 생각하오, 의사 선생?"

우리는 동시에 웃음을 터뜨렸다. 우리는 의자에 등을 기댔다. 내 아버지는 돌아가셨고, 의사의 아들은 살아 있었다. 우리 웃음의 색깔은 죽음과 삶의 경계에서 노란색 강물처럼 변하면서 이스탄불 바다로 흘러가고 있었다. 어디를 봐도 불빛들이 늘어서서 빛나고 있었다. 톱카프 궁전과 처녀의 탑에 불이 들어왔다. 셀리미예 사원과 하이다르파샤 역은 안개 속에 갇히고, 페리는 더 오랫동안 경적 소리를 냈다. 낚싯배들은 해안으로 돌아오고 있었다. 낮과 밤,

현실과 환상이 섞였다. 모든 존재는 반대되는 것을 안에 숨기고 있었다. 밤이 낮의 빛깔을 뒤덮으면서 환상은 새로운 현실의 소식을 전하고 있었다. 알몸으로 퍼져 나가던 도시는 은실자수를 놓은 비단 같고 양털 같은 덮개로 자신을 휘감았다. 하지만 마을이 사람의 어린 시절을 상징하고 도시가 성인 시절을 상징한다면 이스탄불 사람들은 불안한 청소년처럼 아직 연옥에 살고 있었다. 그들은 아름다움에 대한 적절한 표현을 찾지 못했다. 낮에는 초조하게 여기저기를 돌아다니다 밤이 되면 불안한 마음으로 잠들었다. 아름다운 도시를 원하는 것이 아름다운 삶을 원하는 것과 같다는 사실을 그들은 잊었다.

웃으면서 손을 이리저리 흔들던 의사는 물주전자를 엎을 뻔했다. 주전자가 테이블 가장자리에서 떨어지기 직전에 의사는 주전자 몸통을 간신히 잡았다. 젖은 손을 닦으면서 의사가 다시 웃기 시작했다. 의사의 노란 웃음과 함께 우리 주변 모든 것이 점점 노란색으로 물들었다. 주전자의 물과 그릇 안의 물이 노랗게 변했다. 노란 바람이 맞은편 테라스 의자들을 감쌌다. 바다에서 해안으로 나는 갈매기들은 노란 허공에 날개를 맡겼다. 이스탄불 항구의 배들이 노란 화물들을 내려놓을 때 보스포루스 다리의 교각들은 노랗게 빛났다. 기억은 길고, 삶은 짧았다. 의사의 기억은 온통 노란 그림자를 가진 기억이었다. 도시의 모든 부분은 의사를 서로 다른 시간대로 데려갔고, 라키 술 한 모금 한 모금은 의사를 서로 다른 기억으로 인도했다. 얼음이 든 라키 술의 색깔도 노랗게 변했다.

문 두드리는 소리가 나자 우리는 서로를 쳐다보았다.

"결국 왔군요." 의사가 말했다.

의사는 잔을 테이블에 내려놓았다. 서두르지 않고 일어났다. 가서 문을 열었다.

나는 문에서 들리는 목소리에 귀를 기울였다.

"데미르타이," 의사가 물었다. "어디 갔다 온 거니?"

"여기는 생선이 별로 안 좋네요. 쿰카프까지 갔다 왔어요." 데미르타이가 말했다.

"여기선 왜 안 좋지?"

"이스탄불에서 제일 좋은 생선을 가져 온다고 제가 약속하지 않았던가요?"

"지금 6시야. 자네는 방금 여기에 왔고."

"6시요? 의사 아저씨 시계가 틀린 거 같아요. 제 시계는 6시 10분 전이에요."

"장난하지 말고. 가방은 부엌에 두게."

"샐러드거리도 가져 왔어요."

"늦게 온 벌로 어서 샐러드를 만들게. 나는 생선을 튀길 테니."

"그럴게요. 근데 퀴혜일란 아저씨 아직 안 오셨어요?"

"다른 사람들도 자네 같은 줄 아나?"

"어디 계세요?"

"발코니에 계셔."

데미르타이가 신이 나서 발코니로 뛰어왔다. 내가 일어나기도 전에 데미르타이는 두 팔을 내 목에 감았다. 그가 머리를 내 어깨에 묻었다. 데미르타이의 가슴이 뛰는 게 느껴졌다. 삶은 젊은이들에게 참 잘 맞는다는 생각이 들었다. 죽음이 데미르타이를 데려가지 말기를, 나는 누구도 데미르타이를 내 품에서 떼어내지 않기를 바랐다. 데미르타이의 가슴이 진정될 때까지 나는 기다렸다.

나는 두 손으로 그의 손을 감쌌다.

"얼굴이 좋아 보이네." 내가 말했다. "몸무게가 좀 는 거 같아. 머리는 기르기로 했나?"

"네. 아저씨처럼 어깨까지 기를 거예요."

"그럼 같이 사진을 찍으면 되겠군."

"저도 그러고 싶어요. 우리 둘이 찍은 사진은 없잖아요."

"손이 얼음처럼 차구나, 데미르타이."

"늘 그래요."

"가서 점퍼 입고 오게. 발코니에 앉아 라키 술을 마실 거야. 추우면 안 되지."

"점퍼 두 개 입을게요."

"좋은 생각이군."

해가 지자마자 발코니에는 냉기가 돌아 으스스해졌다. 모직 카디건을 입지 않았다면 나도 추웠을 것이다.

"퀴헤일란 아저씨, 신문에서 본 따끈따끈한 이야기해 드릴게요. 앉아서 음식을 먹으면서요. 젊을 때 생선을 팔았던 가수가 이제는 음악을 포기하고 젊을 때의 연인과 다시 생선을 팔기 시작한 얘기예요. 아, 그리고 이뇌뉘 경기장 밑에 묻힌 보물을 찾을 수 있는 지도가 어느 궁전에 숨겨졌는지를 두고 생선장수들이 얘기하는 걸 들었어요. 지난번 경마를 조작한 사람이 누군지도 알아냈고요. 전부 다 얘기해 드릴게요."

"재미있겠군. 하지만 지금은 의사 선생을 도와줘. 안 그러면 의사 선생한테 혼날 거야."

"지금 가서 도와드릴게요."

데미르타이가 부엌으로 갔다. 하지만 가자마자 다시 돌

아왔다.

"퀴헤일란 아저씨," 데미르타이가 말했다. "잊어버릴 뻔했어요."

"뭐를?"

"우리가 앉아서 먹을 때 말이에요. 제가 할 얘기들 말고도, 수수께끼의 답도 말해 드릴게요."

"어떤 수수께끼지?"

"신문에 나서 페리 승객들이 여러 날 동안 궁금해했던 장 씨와 필리즈 부인에 대한 수수께끼 말이에요. 필리즈 부인은 장 씨의 아내이자 딸이자 여동생이란 얘기요. 그 얘기 같이 들었잖아요. 그런데 최근 뉴스를 보니 필리즈 부인은 장 씨의 고모이기도 했어요. 기억나세요?"

"기억나고 말고."

"그게 어떻게 가능한지 알아냈어요."

"정말인가?"

"말하면 놀라실 거예요."

"어서 말해보게."

"말할게요. 그런데 저한테 상 주셔야 해요."

"어떤 상?"

"늦게 온 걸로 벌을 받고 있으니 수수께끼를 맞힌 걸로

도 상을 주셔야 해요. 그렇게 생각 안 하세요?"

"말이 되는구나. 상 받아야지. 의사 선생은 어떻게 생각 하는지 물어보자."

"부엌에서 의사 아저씨를 설득해 볼게요."

"행운을 비네. 행운이 필요할 거야!"

데미르타이가 안으로 들어갔다. 그가 들어가자 발코니 에는 나만 남았다. 나는 이스탄불을 보는 데 빠져들었다. 이스탄불은 매일 고통과 슬픔을 새로 만들어내지만 동시 에 희망과 꿈도 만들어내는 도시다. 자살을 하기 위해 보 스포루스 다리에 기어 올라가 마지막으로 풍경을 보는 고 문 당한 영혼들처럼, 마치 처음 보는 듯 경이에 차서 손잡 고 서로를 바라보며 걷는 연인들처럼 나는 돌마바흐체 궁 전, 세페칠레르 별관, 그리고 갈라타 다리를 한참 동안 바 라보았다. 아나톨리아 쪽 가난에 찌든 언덕의 게제콘두 동 네들이 흰 안개에 휩싸이는 것도 유심히 보았다. 이스탄불 은 백만 개의 감방이 있는 도시였다. 그리고 하나하나의 감방은 그 자체가 이스탄불 전체였다. 부분은 전체 안에 있고 전체는 부분 안에 있었다. 가까운 것은 먼 것이고 먼 것은 가까운 것이었다. 모든 것은 황폐하기도 하고 기름지 기도 했다.

이 도시에서 모든 육체적 고통은 정신적 고통과 함께 왔다. 사람들과 고독은 똑같이 억압적이었다. 불행한 사랑의 고통은 가난과 경쟁했다. 나이가 들수록 생계를 유지하기도 그만큼 힘들어졌다. 전염병과 전염병에 대한 공포는 손에 손을 잡고 왔다. 아이들은 몸 안에 정맥 대신 광섬유케이블이 흐른다고 생각하며 자라고 있었다. 거울이 아니라 계산기를 주머니에 넣고 다니는 노인들이 늘었다. 사람들의 입에서는 숫자가 편지를 밀어냈다. 그들은 왜 돈이 사랑으로 변하지 않는지 알 수 없었다. 숫자는 늘 모자랐다.

의사가 안에서 부르는 소리가 들렸다.

"퀴헤일란 아저씨! 다 됐습니다. 조금만 더 기다리세요."

"서두르지 않으면 라키 술은 내가 다 마시겠네." 내가 대답했다.

나는 빈 잔을 채웠다. 물과 얼음을 잔에 넣었다. 내가 꿈꾸던 도시에서, 내가 사랑하는 사람들과 함께, 보스포루스 해협이 보이는 발코니에서 나는 라키 술을 마셨다.

아버지는 이스탄불이 계절마다 새로운 도시를 만든다고, 어둠 속에서, 눈 속에서, 안개 속에서 다른 도시들을 낳는다고 말씀하시곤 했다. 어느 더운 여름날 아버지는 토파네 해변에 줄지어 앉아 그림을 그리는 한 무리의 학생들을 만났다. 학생들은 저마다 자기 앞에 있는 처녀의 탑, 갈매기들을 보면서 캔버스에 물감을 칠하고 있었지만 같은 그림은 단 하나도 없었다. 어떤 그림에서는 바다가 푸른 색이었고, 다른 그림에서는 노란색이었다. 어떤 그림에서는 처녀의 탑이 지은 지 얼마 안 돼 보였고, 다른 그림에서는 오래 되어 보였다. 어떤 그림에서는 갈매기가 날개를 폈고, 다른 그림에서는 떼 지어 죽었다. 캔버스들은 같은 도시가 아니라 온갖 종류의 서로 다른 도시를 묘사하고 있었다. 각각의 도시 사이에는 몇 개의 시대, 멀고 먼 거리가 존재했다. 그 도시들은 밝거나 어둡거나, 즐겁거나 우울했다. 하지만 아버지가 본 도시는 그 모든 도시와 달랐다. 그 제야 알게 됐지. 아버지가 말했다. 도시를 도시로 만드는 것은 사람들의 시선이었다는 것을. 좋지 않은 시선으로 도시를 보는 사람들은 도시를 악하게 만들었다. 좋은 시선으로 보는 사람들은 도시를 아름답게 만들었다. 도시가 변하고 아름답게 되는 것은 사람들이 변하고 아름답게 되는 데 달린 것이었다.

나는 아버지가 그 옛날 만났던 이스탄불을 보고 싶었다. 그 이스탄불은 사라지고 없었다. 처녀의 탑 몸체가 안개 속에 잠겨 있었다. 바다는 내 잔의 라키 술처럼 하얗게 변해버렸다. 페리와 낚싯배들은 바닷가에 정박해 쉬고 있었다. 안개구름 속에서 보이는 건 빨간 날개를 단 갈매기 한 마리뿐이었다. 갈매기는 날개를 넓게 펴고 바다에서 해안으로 미끄러져 들어왔다. 갈매기는 몸을 허공에 맡기고 있었다. 하늘 전체를 독점하면서 갈매기는 지붕들 쪽으로 내려왔다. 갈매기가 좀 더 가깝게 다가왔을 때 보니, 그건 갈매기가 아니라 빨간색 숄이었다. 빨간색 숄은 한순간 안개에서 빠져 나와 사라져 버렸다. 라키 술을 너무 많이 마신 걸까? 몇 잔이나 마셨을까? 난 킥킥대며 웃었다.

누군가 외치는 소리가 들렸다. "의사 선생! 의사 선생!"

익숙한 목소리가 아래층에서 났다.

나는 시선을 발코니 난간으로 옮겼다. 이발사 카모가 건물 입구 보도에서 기다리는 게 보였다.

"카모!"

"퀴헤일란 아저씨! 반가워요."

나는 손을 흔들었다.

"위로 올라오게." 내가 말했다.

"나중에 올라가리다." 그가 대꾸했다.

"왜 그러나?"

"베욜루에 가서 아내를 만날 거예요."

"아내도 데려오게나."

"우리 둘 다 갈 거예요. 아내가 아저씨를 만나고 싶어 합니다."

"너무 오래 걸리면 안 되네. 저녁 준비가 다 됐으니."

"꼬마 학생도 왔나요?"

"그렇네."

"지네 세브다는요?"

"곧 올 걸세."

"가야겠네요. 아내를 기다리게 하면 안 되니까."

"어서 가게. 빨리 가야 빨리 오지."

카모는 두꺼운 외투주머니에 손을 넣었다. 그리고 빠른 걸음으로 멀어졌다.

카모가 길모퉁이쯤 갔을 때 나는 카모를 불렀다.

"카모!"

카모가 멈춰 서서 돌아보았다. 카모는 안개 속의 그림자 같았다. 존재와 비존재가 만나는 교차로에서, 그는 심장의 느린 속도와 시간의 속도 사이에 있었다.

"보고 싶었네." 내가 말했다.

카모가 웃더니 두 팔을 넓게 벌려 허공을 안았다. 멀리서 나를 꽉 안아준 것이다. 그러고는 재빨리 돌아서서 성큼성큼 안개 속으로 걸어 들어갔다.

나는 잔을 들었다. "이스탄불의 건강을 위해서." 나는 계속했다. "이스탄불의 건강을 위해서."

테이블에 잔을 내려놓다가 코피가 나는 걸 알게 됐다. 손수건으로 입술에 흐르는 피를 닦았다. 옷에 피가 묻었는지 보는데 젊었을 적 더웠던 어느 여름날이 생각났다. 나는 더위 때문에 질식 직전에 있는 말을 타고 대저택 옆을 지나고 있었다. 하이마나 산비탈에 있는 저택이었다. 저택 앞 샘에서 물을 긷는 여자 쪽으로 말을 몰았다. 젊은 여자는 땋은 머리를 하고 있었다. 노란 리라 동전들이 여자 이마의 리본에 달려 있었다. 손가락에 새긴 헤나 문양이 보였다. 시집 온 지 얼마 안 된 여자임이 분명했다. 여자는 물 한 그릇을 가져와 내게 내밀었다. 나는 시원한 물로 피곤함을 떨치며 벌컥벌컥 마셨다. 말도 여물통의 물을 실컷 마셨다. 해를 등지고 나는 떠났다. 언덕을 올랐다. 야생 배나무 옆을 지날 때 셔츠에 피가 묻어 있는 게 보였다. 코피가 나서 흰색 셔츠에 떨어진 것이다. 그 순간 나는 새 신부와 사랑에 빠졌다는 걸 알았다. 피는 사랑이나 죽음의 표시다. 그때 나는 아직 죽음과는 멀고 사랑과는 가까운 나이였다.

담뱃갑에서 담배종이를 꺼냈다. 종이를 손가락 사이에 끼우고 담뱃잎 가루를 듬뿍 얹었다. 담배를 말았다. 종이 가장자리를 혀로 적신 다음 붙였다. 종이의 젖은 부분을 라이터 불로 말렸다. 나는 한 번에 담배를 다 태울 듯이 깊게 빨았다. 담배 연기를 코로 뱉었다. 담배 연기는 피를 멈추는 데 도움이 됐다. 담배 연기는 그쳤다가 다시 나기를 반복하는 코피를 응고시켰다. 몸을 뒤로 젖혔다. 나는 귀를 기울여 거실에서 흘러 나오는 터키 고전가요를 들었다. 하지만 노래의 멜로디는 밖에서 나는 총소리에 곧 묻혀버렸다.

브라우닝, 베레타, 발터, 스미스 앤 웨슨 권총 소리가 다시 울렸다. 한편으로는 그 소리에 대해 생각하기 싫었지만 다른 한편으로는 그 소리가 내게 희망을 주었다. 총소리가 점점 더 크고 가까워졌다. 나는 소리의 정체를 알고 싶어졌다. 다가오고 있는 건 삶일까, 죽음일까? 고개를 들었다. 칠흑 같은 어둠 속에서 활공하는 새를 보았다. 새는 넓은 날개를 펼쳐서 공간 전체를 채웠다. 새는 과거의 바람에 지쳐 현재의 허공 속에 몸을 맡기고 있었다. 새의 날개 하나는 고통으로, 다른 하나는 아름다움으로 물들었다. 내가 일어나서 팔을 뻗었다면 그 새에 닿을 수 있었을까? 발끝으로 서서 손가락을 넓게 폈다면 시간의 새의 그 검은색 깃털을 만질 수 있었을까?

총소리가 아주 가까워지다 철문 바로 밖에서 멈췄을 때 나는 담뱃잎을 듬뿍 넣어 만 담배가 영원히 내 손가락 사이에서 머무르기를 간절히 원했다. 나는 삶이나 죽음 또는 고통을 원하지 않았다. 단지 내 비강으로 담배의 맛을 느끼고 싶었다. 테이블보의 레이스 자수를, 토스트 빵의 색깔을, 얼음 넣은 라키 술의 향을 생각하고 싶었다. 나는 바다의 미풍에 날리는 빨간 숄 그 자체만을 꿈꾸며 내 맨발을 푹신한 양탄자 깊숙한 곳에 담그고 싶었다. 치즈와 피클이 먹고 싶었다. 다른 사람들이 다 들을 수 있게 음악 소리를 최대로 높이고 발코니에 앉아 배들에게 손 흔들고 싶었다.

그런 일은 일어나지 않았다. 총소리가 그친 곳에서 철문 소리가 나기 시작했다. 철문을 톱으로 써는 듯한 소리가 복도를 가득 메웠다.

나는 움직이지 않고 기다렸다. 손을 목에 댔다. 고통스러웠다. 목을 쓰다듬었다. 머리를 좌우로 움직였다. 긴 손톱을 자세히 들여다보았다. 헝클어진 머리를 다시 매만졌다. 이마의 핏자국을 닦았다. 찢어진 셔츠 깃을 똑바로 하고 어깨를 폈다. 울퉁불퉁한 콘크리트를 손가락으로 쓸면서 벽을 만졌다. 냉기가 손가락에서 팔까지, 뒤이어 몸 전체로 퍼지는 듯했다. 축축한 공기에서는 해초 냄새가 났다. 귀가 웅웅거렸다. 머릿속에서 소용돌이가 쳤다. 시간의 새가 어둠 속에서 넓은 날개를 펼쳐 활공할 때 철문 소리가 허공에 스며들었다.

고개 들어 맞은편의 안개를 마지막으로 바라다보았다.

노란 안개는 아름다웠다.

삶과 죽음을 품에 안은 이스탄불에서 시간을 감싼 안개는 너무나 아름다웠다.

지옥은 우리가 고통 받는 곳이 아니다.

우리가 고통 받는 소리를 아무도 듣지 못하는 곳이

바로 지옥이다.

— 만수르 알 할라주

아블라: 성인 여성에게 쓰는 존칭 겸 애칭.

발르크-에크메크: 이스탄불에서 인기가 많은 길거리 음식. 빵 사이에 갓 잡은 고등어를 끼우고 주로 양파, 레몬, 칠리를 곁들여 먹는 샌드위치.

베이: 남성에게 쓰는 공식적인 존칭. 영어의 미스터에 해당한다.

자즈크: 요구르트, 마늘, 오이, 민트로 만든 사이드 요리. 그리스식 이름 인 자지키로 널리 알려져 있다.

다뤼샤파카: 빈곤층 고아들의 교육을 위해 1863년 설립한 자선단체.

에즈메: 매우 매콤한 가루. 토마토 샐러드, 전채요리에 쓰이며 케밥과 같이 먹기도 한다.

게제콘두: 글자 그대로의 뜻은 '하룻밤 사이에 솟아난'이다. 시골에서 대 도시 외곽으로 이주해온 사람들이 서둘러 지은 싸구려 불법 주택.

하이다리: 진한 요구르트, 마늘, 페타 치즈, 허브로 만든 전채요리.

로크만 헤킴: 전설적인 의사이자 약사. BC 1100년경에 살았으며, 자신이 모든 질병의 치료법과 불사의 묘약을 발견했다고 믿었다.

만수르 알 할라주: 9세기 페르시아의 신비주의자, 혁명가, 시인, 수피즘 스승. 이단으로 몰려 고문당하다 처형됐다.

라키: 터키의 국민 술. 아니스 열매를 수증기로 증류해 만든다.

시미트: 고리 모양처럼 생긴 빵으로 참깨를 뿌려먹는 길거리 음식.

옮긴이 **고현석**

연세대학교 생화학과를 졸업하고 〈서울신문〉〈경향신문〉〈뉴시스〉〈뉴스1〉에서 과학 및 외신 담당 기자로 일했다. 현재는 전문 번역가로서 문학과 우주물리학, 생명과학 등 다양한 분야의 책을 번역하고 있다. 옮긴 책으로 《의자의 배신》《느낌의 진화》《로봇과 일자리: 어떻게 준비할 것인가?》《인종주의에 물든 과학》 등이 있다.

이스탄불 이스탄불

첫판 1쇄 펴낸날 2020년 5월 15일

지은이 | 부르한 쇤메즈
옮긴이 | 고현석
펴낸이 | 지평님
본문 조판 | 성인기획 (010)2569-9616
종이 공급 | 화인페이퍼 (02)338-2074
인쇄 | 중앙P&L (031)904-3600
제본 | 에스제이피앤피 (031)942-6006

펴낸곳 | 황소자리 출판사
출판등록 | 2003년 7월 4일 제2003-123호
주소 | 서울시 종로구 송월길 155 경희궁자이 오피스텔 4425호 (03165)
대표전화 | (02)720-7542   팩시밀리 | (02)723-5467
E-mail | candide1968@hanmail.net

ⓒ 황소자리, 2020

ISBN 979-11-85093-92-5   03830

* 이 도서의 국립중앙도서관 출판시도서목록(CIP)은 서지정보유통지원시스템 홈페이지(http://seoji.nl.go.kr)와 국가자료공동목록시스템(http://www.nl.go.kr/kolisnet)에서 이용하실 수 있습니다.(CIP제어번호:2020014296)
* 잘못된 책은 구입처에서 바꾸어드립니다.